夜色温柔

［美］菲茨杰拉德 著

贾文浩 贾文渊 译

中国画报出版社·北京

图书在版编目（CIP）数据

夜色温柔 /（美）菲茨杰拉德著；贾文浩，贾文渊译. ---北京：中国画报出版社，2016.1（2016.5重印）

（插图典藏本）

ISBN 978-7-5146-1241-7

Ⅰ.①夜… Ⅱ.①菲… ②贾… ③贾… Ⅲ.①长篇小说—美国—现代 Ⅳ.①I712.45

中国版本图书馆CIP数据核字（2015）第297579号

夜色温柔　　　　　［美］菲茨杰拉德　著　　贾文浩　贾文渊　译

出 版 人：于九涛
责任编辑：史文良
助理编辑：吕　微
图　　片：文鲁工作室
责任印制：焦　洋
出版发行：中国画报出版社
　　　　　（中国北京市海淀区车公庄西路33号　邮编：100048）
开　　本：32开（880mm×1230mm）
印　　张：12.5
字　　数：281千字
版　　次：2016年1月第1版　2016年5月第2次印刷
印　　刷：北京通州皇家印刷厂
定　　价：38.00元

总编室兼传真：010-88417359　　版权部：010-88417359
发　行　部：010-68469781　　010-68414683（传真）

目 录

1 / 第一部
139 / 第二部
297 / 第三部

今宵与君聚首!同享夜色温柔!
……
无奈悠悠黑暗使人愁,
却见风吹云破洒下缕缕月光,
流照苍苔曲径和那青翠花床。

——《夜莺颂》

第一部

1

马赛和意大利边境之间,那片温馨的法国里维埃拉海滨上,耸立着一座富丽堂皇的玫瑰色大酒店。正面有一排青绿的棕榈树,浓荫蔽日,凉爽宜人,前方是一小段光亮耀眼的海滩。这地方近来成了名流显贵们喜欢光顾的避暑胜地;十年前,英国客人每到四月就纷纷离去,到北方度夏,酒店便人去楼空。如今酒店附近建起了一座座单层别墅,但是,这个故事开始的时候,在高斯外宾酒店和五英里以外的戛纳之间,仅有十几座形状活像睡莲的老式圆顶房舍,点缀在密密的松树林里,任凭风吹日晒。

酒店和它面前那片宛如跪毯的褐黄沙滩浑然一体。清晨,远处戛纳市的楼群、周围或呈粉红或呈淡黄的城堡、雄视意大利边界的紫霭缭绕的阿尔卑斯山,一一映在平坦如镜的海水之中。近岸清浅的水底，海草冒出气泡，在水面泛开丝丝涟漪，牵动水中影像微微颤抖。还不到八点钟，就有个穿蓝色浴衣的男人来到沙滩，一边用凉凉的海水把浑身淋湿，算是下水前的适应准备，一边哼哼呀呀喘着粗气，接着就在海水里扑腾了一会儿。他离开后，沙滩和海湾又平静下来，一个钟头里再没有动静。只见远处商贩们成群结队向西面走去；餐厅的伙计在酒店天井里大声吆喝；松树上的露水也渐渐变干。过了一个钟头，蜿蜒于低低的莫尔山脉的那条大道上，响起了汽车的喇叭声。这条山脉把沿海地带和真正的普罗旺斯①地区一分为二。

离海岸一英里开外有块地方，松树渐稀，白杨茂密，树叶上落满了灰尘。这里孤零零地立着一个火车站。1925年6月的一天上午，一辆出租车从这个车站载着一位妇人和她的女儿来到高斯酒店。母亲脸上仍可看出昔日的风韵，但细碎的纹路正无情地蔓延开来；她表情安详而沉稳，让人看了觉得舒服。不过，人们会情不自禁地把目光很快移到女儿身上，她那粉嫩的双手似乎有一种魔力，令人倾倒；两颊艳如桃李，好像夜晚刚洗过冷水浴的儿童脸上露出的那种动人的绯红。玲珑的前额上方，发际分明，仿佛戴着一顶彩纹头盔，白里透黄的金色卷发浓密而秀美，犹如翻滚的波涛。一双水汪汪的大眼睛，晶莹清澈。脸上未曾施过脂粉，完全是天然本色，是她那颗年轻心脏的有力搏动把这颜色泼洒在皮肤下面的。那曼妙的体态仍透露着些许少女的特征——她芳龄未满十八，发育几近成熟，但稚嫩的露珠在她身上尚未落尽。

这时她们眼前豁然开朗，水天一色，波平如练，弥漫着淡淡的一片热气。母亲见此景象，开口说道：

---

① 法国东南一地区，濒临地中海。过去曾是一个省，省会为埃克斯。——译注

"看样子咱们不会喜欢这地方。"

"反正我想回家,"女孩说。

两人蛮有兴致地聊着,但显然并没有什么头绪,所以聊了几句就觉得有点儿乏味,再说,就算有什么头绪也还不够。她们要的是兴高采烈的情绪,并不是要刺激一下她们那疲惫的神经,而是怀着一种热列的期待,就像得胜心切的学童打算尽情度假似的。

"我们只住三天就回家。我这就拍电报订船票。"

进了酒店,女孩就像背课文一样,操着地道而略显刻板的法语订了房间。她们被安排在一楼的客房里,一进去,她就走出法国式落地窗,来到前廊,廊子是石砌的,和楼房一样长。她袅袅婷婷地迈着步子,有如芭蕾舞女,不让上身的重量松散地落在臀部,窄小的脊背挺得笔直。没走几步她就发觉自己被火辣辣的日光包围着,赶紧退了回去——太晃眼了。五十码以外,地中海在毒烈的日光照耀下,正一阵阵失去它的色泽;前廊的栏杆下面,一辆褪了色的别克牌汽车正停在酒店前的车道上,任凭太阳烤灼。

其实在整个儿这片地方,只有海滩上有些动静。三个英国保姆围坐在那里编织毛衣毛袜,织的是英国维多利亚时代那种一成不变的图案,就是在19世纪40年代、60年代和80年代因袭成例的图案,手上织着,嘴里念咒似地说三道四,飞短流长;水边有十几个人与各自的家人躲在条纹遮阳伞底下歇凉,他们的十几个孩子正在太阳地里玩耍,有的踏着浅水追逐并不怕人的小鱼,有的赤身躺在沙滩上,涂了椰子油的身体在阳光下闪闪发亮。

罗斯玛丽走下沙滩的时候,一个十二岁的男孩忽然从她身边窜过去,猛地扑进水里,并且兴高采烈地高声大叫。她感觉到那一张张陌生的面孔都盯着她仔细打量,就一把脱掉浴衣,跟着小男孩扑进了水里。她把脸埋进水里往前漂了几码远，发现水很浅，便摇摇晃晃站了起来，朝前走去，拖着两条细腿使劲克服水的阻力，好像脚上绑了重物似的。走到齐胸深的时候，她回头朝岸上看了一眼，瞥见一个穿游泳裤的秃顶男人正透过单片眼镜神情专注地望着她。罗斯玛丽也盯了他一眼，那人赶紧摘下眼镜，让它吊在一片可笑的胸毛里，拿手里的瓶子给自己倒了一杯什么饮料。

罗斯玛丽朝前一扑，脸埋进了水里，用类似爬泳的姿势，手脚扑腾着朝浮排游去。海水包围了她，把她从炎热的空气中拉进了凉爽的水里，浸湿了她的头发，涌向她身体的各个部位。她在水中翻滚嬉戏，尽情地拥抱海水。游近浮排的时候，已经累得喘不上气来，可是一抬头，看见上面坐着一个皮肤晒得黝黑、牙齿雪白的女人正低头注视着她，罗斯玛丽忽然意识到了自己那一身白生生的皮肤，于是朝后一仰，躺在水面向岸上漂去。刚从水里出来，那个长着胸毛手里拿着瓶子的男人就对她说：

"我说——浮排那边有鲨鱼。"他是哪国人还看不出来，但说的是英语，带着慢声慢气的牛津口音。"昨天鲨鱼吞掉了两个英国水手，就在朱安海湾那边的浮排附近。"

"天哪！"罗斯玛丽惊叫了一声。

"人们老把废物丢在浮排上，所以鲨鱼常到那里找东西吃。"

他目光里露出不经意的神色，表示他说这话只是为了让她警惕，说完就往后退了两小步，顺手又给自己倒了杯饮料。

谈话间，罗斯玛丽不无喜悦地意识到了自己所引起的注意，尽管只是轻微的表露，于是打算找块地方坐下来。一眼望去，只见沙滩上那几个家庭都占据着各自阳伞下那一小块阴凉。再说这些人还来回走动，谈笑风生——显然不该去打搅这种其乐融融的气氛。再往上,就在沙滩上散布着小石子和死海草的那一带,还坐着些人,皮肤都很白,和她自己的一样。他们躺在随身携带的小阳伞下,没有用那种海滩上常见的大阳伞,一看就知道不是这里的常客。罗斯玛丽在黑皮肤和白皮肤的两伙人之间找到块空地,把浴衣铺在了沙滩上。

  躺下来后,她先是听到他们的说话声,感到他们的脚就在她附近走动,他们的影子在她身上一闪一闪的。有条好奇的狗呼出的热气弄得她脖子痒痒的;她感到皮肤晒得有点儿发烫,还能听到海水微微的喘息声。过了一会儿,她就听得出不同的说话声了,听见有人轻蔑地说起"那个北方佬"昨天在戛纳的一家咖啡馆绑架了一名侍者,扬言要把他锯成两段。说这话的是个白发女人,穿一身整齐的夜礼服,显然是昨夜参加过晚会的标志,因为她头上还插着头饰,胸前还戴着一朵枯萎的兰花。罗斯玛丽对这女人和她那些朋友产生了一丝反感,就把头扭开了。

  另一侧,离她最近的是个年轻女人,正趴在阳伞下看一本书里的什么条目,书就展开放在沙滩上。她的泳装肩带从肩膀上拉了下来,露着微微泛红的古铜色脊背,脖子上挂着一串奶油色珍珠项链,在阳光下闪闪烁烁。她的脸不好看,但还算得上可爱,也有点儿显得可怜。两人的目光碰了一下,但她好像并没有看见罗斯玛丽。她旁边是个健壮的男人,戴着一顶骑师帽,穿着红道游泳裤;再往前看去,又看见了刚才坐在浮排上的那个女人,这会儿正回头看她,显然是看见了她;接下来是个长脸男人,一头雄狮般的金发,穿蓝色泳裤,没戴帽子,正和一个穿黑泳裤的小伙子非常认真地谈话,小伙子绝对是个拉丁人,两人都在拨弄沙子里的海草碎叶。罗斯玛丽觉得他们很可能是美国人,可又觉得不像她新近认识的那些美国人。

　　过了一会儿，她发现那个戴骑师帽的男人正在悄悄为在场的人表演一个小把戏。他拿着一个耙子，煞有介事地耙着碎石子，脸上神情严峻，却能看出几分诙谐。这小把戏似乎挺逗人，不知他说了句什么，逗得大家大笑。就连和她一样因离得远而听不清那人说什么的人，也都在侧耳倾听，整片沙滩上只有那个戴珍珠项链的年轻女人对此无动于衷。她仍在低头看书，也许是因为精神专注，每次人们一笑，她的头就更低一些。

　　那个戴单片眼镜手里拿酒瓶的男人突然不知从哪儿冒了出来，站在罗斯玛丽身边冷不丁说了一句：

　　"你游得真好。"

　　她一时不知所措。

　　"好极了。我叫坎皮恩。这儿有位女士说上星期在苏莲托见过你，知道你是谁，很想见见你。"

　　罗斯玛丽掩饰住心中的不快，朝那边望了一眼，看见那些皮肤没晒黑的人露出了期待的目光，就不大情愿地站起来，朝他们走了过去。

　　"这位是艾布拉姆斯太太，这位是麦基斯科太太，这位是麦基斯科先生，这位是邓弗利先生——"

　　"我们知道你是谁，"那个穿夜礼服的女人说。"你是罗斯玛丽·霍伊特，我在苏莲托就认出了你，还问过旅馆招待，我们都觉得你了不起，都想知道你为什么不回美国去再拍一部精彩电影。"

　　大家虚张声势地聚在她身边。认出她的那女人并不是个犹太人，虽然名字挺像。她是那种上了年纪却依旧爱社交的人，行为与年龄对不上号，混迹于下一代人之中。

"我们想告诉你不要头一天就晒得太多,免得晒坏皮肤,"她兴致勃勃地接着说,"因为你的皮肤可不一般,不过这地方过于讲究礼节,不知道你对这一套在乎不在乎。"

2

"我们以为你在拍电影,"麦基斯科太太说。她眼睛不大,不过还算得上年轻漂亮,可是她的口气认真得让人沮丧。"我们不知道那部电影里有谁没谁。我丈夫特别喜欢的一个男演员原来还是个要紧角色呢——除了主角儿就数他了。"

"电影?"罗斯玛丽问,显然没听明白。"这儿有电影吗?"

"亲爱的,我们不知道,"艾布拉姆斯太太大笑着说,"我们不演,我们只看。"

邓弗利先生是个年轻人,亚麻色头发,带点女人气。他说:"艾布拉姆斯大婶本人就是一台戏,"坎皮恩冲他摇了摇眼镜,说:"行了,罗亚尔,话别说得那么刻薄。"罗斯玛丽看着他们,觉得很不舒服,心想真该让妈妈陪她一块儿来。她不喜欢这些人,特别是拿他们和海滩另一头那些让她感兴趣的人一比,就更是这样了。她母亲那种优雅而适度的社交才能往往能让她迅速而果断地摆脱讨厌的环境。然而罗斯玛丽跻身名流之列才六个月,她幼年习惯的法国式举止和后来学到的美国式随和,常使她陷入尴尬的境地。

麦基斯科先生三十岁上下,一张红脸上长满雀斑。他并不觉得"电影"这个话题有什么趣味。他一直盯着海面,这时瞥了他妻子一眼,转向罗斯玛丽,用咄咄逼人的口气问道:

"来这儿很久了吗？"

"刚来一天。"

"哦。"

他显然发觉自己扭转了话题，不禁朝大家望了一眼。

"要待一夏天吗？"麦基斯科太太问，一副单纯的样子。"要是那样，你就能看到剧情的发展了。"

"看在上帝的分儿上，瓦奥莱特，丢开这个话题吧！"她丈夫禁不住大声说。"找点别的话说吧，看在上帝的分儿上。"

麦基斯科太太朝艾布拉姆斯太太靠过去，悄悄说了一句，可是大家都能听见：

"瞧他多紧张。"

"谁紧张啦？"麦基斯科先生反驳道，"有啥紧张的。"

大家都能看出来他生气了，气红了脸，红里略带青灰，脸上看不出究竟是什么表情。他突然隐约意识到了自己所处的局面，就站起来朝水里走去，他妻子也站起来跟在他身后。罗斯玛丽抓住这个机会，也跟着走进水里。

麦基斯科先生深深地吸了口气，一头扑进浅水，就在这地中海里用两条僵硬的胳膊扑打起来，看样子活像爬行。还没游多远，他就喘不上气来了，便站了起来，四下里望了望，发现自己仍能看见海滩，不禁露出一脸惊讶的神色。

"我还没学会换气呢。真看不出人家是怎么个换气法。"他脸上露出询问的表情，看着罗斯玛丽。

"你可以在水里把气吐出去，"她解释起来，"每划四下，头钻出水面吸一次气。"

"我觉得最难学的就是换气了。咱们一块儿游到浮排那边怎么样?"

那个头发像雄狮一样的男人正伸展开手脚躺在浮排上,涌动的水波把浮排推得像摇篮一样荡来荡去。就在麦基斯科太太靠近的时候,浮排正好悠过来撞了她胳膊一下,那人赶紧坐起来,把她拉了上去。

"我害怕这东西碰着你。"他说话慢声慢气,显得有点不好意思,生就一脸苦相,罗斯玛丽还是头一回见着这么一副苦命相貌:印度人常有的高颧骨,长长的上嘴唇,深深陷进去的眼窝里有双大得出奇的深褐色眼睛。他说话时声音是从嘴角上发出来的,好像要让他的话循着一条迂回婉转的线路抵达麦基斯科太太。转眼间他便扑进水里,朝岸上浮去,长长的身躯漂在水上动也不动。

罗斯玛丽和麦基斯科太太一直望着他。等到那股冲力用尽之后,他的身体猛地弯曲起来,像对折了一下似的,两条瘦腿露出了水面,然后就完全消失在水里了,水面上简直连个水泡儿也看不见。

"他游得真好。"罗斯玛丽说。

麦基斯科太太的话很不客气,令人吃惊。

"哼,他是个糟糕的乐师。"她朝丈夫转过头去,她丈夫试了两下都没爬上浮排,第三次才好不容易爬了上来,勉强保持住了平衡,打算做个潇洒的动作来掩饰掩饰,结果弄巧成拙,又踉跄了一下。"我是说,阿贝·诺思也许游得不错,可他是个糟糕的乐师。"

"对,"麦基斯科先生没好气地附和了一声。显然是他左右着妻子的观念,并不给她多少自由。

"安太尔是我丈夫。"麦基斯科太太又转向罗斯玛丽,神情中带有一种优越感。"安太尔和乔伊斯,你在好莱坞大概没多听说过这些人,不过美国最早发表的《尤利西斯》的评论,是我丈夫写的。"

"要有根烟就好了,"麦基斯科先生平静地说,"此刻这对我更重要。"

"他有不少关系——你说对不对,艾伯特?"

她的声音突然低了下来。那个戴珍珠项链的女人下了水,正和她的两个孩子一块儿玩耍,这时阿贝·诺思像座火山岛一样从水里钻出来,把一个孩子高高架在肩头。孩子又惊又喜,大声尖叫,那女人在一旁观看,面容安详得可爱,但并未带笑。

"那是他妻子吗?"罗斯玛丽问。

"不是,那是戴弗太太。他们不在这家旅馆住。"她那对眼睛好像照相机似的,一刻不离那女人的面孔。过了一会儿,她猛地转过头对罗斯玛丽说:

"你以前出过国吗?"

"出过,我在巴黎上的中学。"

"哦!这么说,这里的情况你大概也了解,要是你想在这儿玩得过瘾,那就得和几个真正的法国家庭认识一下。瞧这些人能玩出个什么名堂?"她从自己左肩上方往岸上指了指。"他们就会三五成群凑在一块儿。可我们是带着引见信来的,已经在巴黎结识了法国最有名的艺术家和作家。真是不虚此行。"

"我看是这么回事。"

"你瞧,我丈夫就快写完他的第一部小说了。"

罗斯玛丽说:"噢,是吗?"她心里倒也没觉得有什么特别,却是老在琢磨她母亲在这大热天能不能睡着。

"这部小说是根据《尤利西斯》构思的,"麦基斯科太太接着说,"只不过在时间上有些变化,我丈夫把原来的二十四个小时变成了一百年。他写了一个没落的法国老贵族,让他和机械时代形成对比——"

"呀,看在上帝的分儿上,瓦奥莱特,不要见人就说出这书的构思,"麦基斯科沉不住气了。"我可不愿意书还没出版,就弄得满世界都知道书里写的是什么。"

罗斯玛丽游回岸边,把浴衣披在已感酸困的肩头,继续躺在沙滩上晒太阳。那个戴骑师帽的男人手里拿着一个酒瓶和几个小玻璃杯,不停地从一个阳伞底下走到另一个阳伞底下。过了一会儿,他和伙伴们兴高采烈,聚在一处,集中在几个连在一起的阳伞下面——罗斯玛丽猜想大概是有什么人要离开这里,此刻正聚在海滩饮酒话别。就连孩子们也意识到了那几个阳伞下面人们的热烈情绪,不禁都把头转向那边——罗斯玛丽似乎觉得这不过是戴骑师帽那人一手搞出来的把戏。

正午的日头普照着天空和大海,五英里开外,宛如素带的戛纳在一片耀眼的白光中,幻化成一片清凉的海市蜃楼。一条浅红色帆船渐渐驶来,背后拖着一道长长的尾波,一直伸向远方溟蒙的海面。极目望去,空旷的海上似乎毫无生命的气息,只有那几顶阳伞下不时传来阵阵喧闹。

坎皮恩朝她这边走过来,站在了几步开外,罗斯玛丽赶紧闭上眼,假装睡着了。过了一会儿没听见什么动静,就半睁开眼睛,蒙蒙眬眬看见两根柱子,原来是两条人腿。那人想蹭到一片云影下的阴凉里,可是那朵云彩很快飘走了。不一会儿,罗斯玛丽真的睡着了。

她一觉醒来,浑身是汗,只见沙滩上人都走光了,只剩了那个戴骑师帽的男人,正在折叠最后一个阳伞。罗斯玛丽正眨巴着眼睛愣神儿,那人走过来说:

"我正打算把你叫醒再走。一下子晒得太厉害可不好。"

"谢谢你。"罗斯玛丽低头看了一眼晒红的双腿。

"天哪!"

她笑着和他搭讪,可是迪克·戴弗已经扛着一个帐篷和一个阳伞,朝等在上边的一部汽车走去了,于是她走进水里,洗掉身上的汗水。戴弗又回到沙滩上收拾耙子、铁铲、筛子,把它们放进一条岩石缝里。最后,他四下望了望,看看忘了什么东西没有。

"你知道这会儿几点了?"罗斯玛丽问道。

"差不多一点半了。"

两人凝神望了一会儿海景。

"这个时间不错,"迪克·戴弗说。"可不是一天里景色最坏的时候。"

他注视着她的那一刻,她的倩影映在了他那双明亮的蓝眼睛中,活泼而自信。然后他把最后一批东西扛在肩上,朝汽车走去。罗斯玛丽从水里出来,拿起浴衣抖了抖,回旅馆去了。

3

快到两点,母女俩才来到餐厅。外面的松树随风摇曳,光影在大厅里空落落的桌子上晃来晃去。两名招待正在收拾盘子,一边用意大利语大声聊天,一见她们进来,立刻停止说话,送来两份中午供应的套餐。

"我在海滩爱上人了。"罗斯玛丽说。

"是谁?"

"一开始是不少蛮不错的人,后来是其中一个男人。"

"你俩聊天了吗?"

"聊了不多几句。他长得很帅,淡红色头发。"她好像饿极了,一阵狼吞虎咽。"不过他结婚了——向来如此。"

她母亲也是她的知心朋友,总是尽可能给她指导,这在演艺界并不稀罕,不过埃尔西·斯皮尔斯太太这样做并不是为了补偿自己的失败,这倒是有点特别。她个人对生活并没有感到辛酸或厌恶——两次满意的婚姻,两度守寡,每次都加深了她对此淡然处之的态度。她的一位丈夫是个骑兵军官,另一位是个军医,两人都给她留下了一些遗产,她打算把这些遗产原封不动地留给罗斯玛丽。她不让罗斯玛丽分担自己的坚忍意志,不让她分担自己的辛勤和毅力,而是在罗斯玛丽身上培养起一种理想主义信念,让她用这种信念看待自己,用自己的眼睛看待世界。所以在罗斯玛丽还是个"天真"的孩童时,她就受到了双重保护:母亲的羽翼和自己的外壳。埃尔西老成持重,对巧言令色的浅薄庸俗之辈一概不信任。然而,看到罗斯玛丽在电影圈内突然成功,斯皮尔斯太太意识到该让女儿在心理上断奶了;如果这种活跃、急切和令人兴奋的理想主义从她自己身上转移到了别的方面,那么埃尔西由此感到的并不是痛苦,毋宁说是一种喜悦。

"这么说,你喜欢这地方?"她问道。

"要是我们认识那些人,那倒挺有意思。另外一些人可不怎么样。他们认识我——不管我们走到哪儿,好像人人都看过《爸爸的女儿》。"

斯皮尔斯太太等着女儿这种自我中心的情绪平缓下来,才认真地说:"你提醒了我,什么时候去见厄尔·布雷迪?"

"我原来打算咱们下午去——要是你休息好了的话。"

"你去吧——我就不去了。"

"那就明天再说吧。"

"我想叫你一个人去。没多远,再说你又不是讲不了法语。"

"妈妈——这事我非做不可吗?"

"哦,那就往后推推吧——我们走以前哪天都行。"

"好吧,妈妈。"

午饭后,两人都突然感到闷得慌,旅居外国的美国人来到一个安静的陌生地方,总会有这种感觉。没有什么令人兴奋的事情降临在她们身上,没有不知从哪儿冒出来的声音和她们打招呼,没有什么人的想法能激发她们头脑里的零星思绪;她们心里思念着纽约的喧闹,不禁感到这地方一片死寂,毫无生活的气息。

"咱们就在这儿住三天吧,妈妈?"罗斯玛丽说,这时她们已经回到了自己的屋里。外面一阵轻风吹拂着热气,穿过树丛,钻进了百叶窗。

"你在海滩爱上的那个男人怎么样?"

"我谁也不爱,就爱你,亲爱的妈妈。"

罗斯玛丽来到大厅向高斯酒店的管事询问火车时刻。这位管事身穿浅棕色卡其布制服,正靠着服务台闲着,见有人问话,便瞪了她一眼,然后突然想起了自己应有的职业态度。她上了公共汽车,同两名唯唯诺诺的酒店招待一道去火车站。两人在车上毕恭毕敬,一言不发,让她觉得很别扭,真想告诉他们:"只管聊你们的吧,别拘束。不会打搅我的。"

火车头等车厢里闷得令人窒息;铁路公司那些生动的广告卡——阿尔勒的加尔桥,奥朗日的圆形剧场,夏蒙尼的冬季运动场——比外面一望无际、毫无动静的大海清新多了。美国的火车就知道全力奔赴目的地,对一切都很缓慢的环境里的人仿佛唯有蔑视。这里的火车不一样,它穿行于山野林莽之间,与大自然浑然一体。它的喘息吹拂着棕榈树叶上的尘土,呼出的煤渣与花园中的干粪掺杂混合。罗斯玛丽敢肯定,她能探出车窗采到花朵。

戛纳车站外面,十几名司机正在他们的出租车里睡觉。她信步走在街上,只见赌场、豪华商店和大旅馆都空空荡荡,好像是夏季大海面孔上的一副副坚实的假面具。真令人难以置信,这地方居然还有"季节性",罗斯玛丽面对这种风尚,感到有点压抑,仿佛自己在这死气沉沉的一切之中,表现出一种不健康的品位;仿佛感到人们对她的行为大感不解,冬天才是欢快的季节,其他季节大都萧条清淡,她为何偏偏此时来到这里。这时候北方才是生意蓬勃的天地。

她拿着一瓶椰子油走出一家杂货店,有个女人抱着一堆沙发垫从她面前穿过,朝停在街上的一辆汽车走过去,她认出那是戴弗太太。一条腰长个矮的黑狗冲着她汪汪直叫,把个打盹儿的司机一下子惊醒了。她坐进这辆车里,绷紧她那可爱的面孔,克制着自己的表情,眼睛里流露出勇敢和机警,并没有盯着什么看,但目不斜视,注视着前方。她穿一身鲜红的裙装,古铜色的腿上没有穿长筒袜,长着一头浓密的黑色秀发,像个中国人。

再等半个钟头换乘的火车才到站,罗斯玛丽便坐进十字广场上的协约咖啡馆,这里绿树荫浓,光线柔和,有个乐队为迎合想象中的国际听众,演奏了一支尼斯狂欢节歌曲和一支一年前的美国流行乐曲。她给妈妈买了一份《时代报》和一份《周末邮报》,这时她一边喝着柠檬汁,一边打开后一份报,看一位俄国公主的回忆录,仿佛觉得九十年代的文风比如今法国报纸上的文章更真实更贴近生活，这就是那种使她在旅馆感到压抑的同样感觉——那个大陆上五光十色、异彩纷呈、简直就是一幕幕悲喜剧的生活，她已经习以为常，但却未谙世事，无法从中窥出生活的真谛，所以她这时觉得法国的生活真是空虚沉闷。那个乐队演奏的忧伤乐曲，更使这种感觉雪上加霜，不禁让人想起杂耍表演中为那些杂技演员演奏的伤感曲调。此刻她很乐意回到高斯酒店。

她晒疼了肩膀，第二天疼得不能游泳了，于是她和母亲一块儿租了辆汽车——花了不少工夫讨价还价，因为罗斯玛丽在法国形成了她的金钱价值观——驱车沿着里维埃拉海岸兜风，这是好几条河流之间形成的一块狭长的三角地带。司机仿佛是个伊凡雷帝时代的俄国大公，他毛遂自荐，要为她们当向导，于是那些辉煌的名称——戛纳、尼斯、蒙特卡洛——渐渐透过它们那麻木的外壳露出了光彩，幽幽地诉说着古代君王的盛衰荣辱，诉说着王侯大公忽而亲近佛陀忽而崇尚芭蕾的寻欢作乐，诉说着沙俄王子在那一去不返的时代优游于波罗的海的逍遥岁月。引人注目的是沿岸都有俄国人的踪迹——他们那些已经关门的书店和食品杂货店一个挨着一个。十年前，每当旺季在四月份结束之际，东正教教堂随即锁上大门，他们喜爱的美味香槟也被储藏起来，等他们回来时再享用。他们说，"我们下个季节再回来"，不过这话总是说得太早，因为他们一走就再也不回来了。

傍晚时分驱车返回旅馆，实在令人赏心悦目，一路俯瞰着海面，海水的颜色神奇得像儿童心目中的玛瑙翡翠一般，绿得像染绿的牛奶，蓝得像洗衣的皂水，色泽有如葡萄美酒般的浓郁。看着人们在各自家门外吃饭，听着乡村酒吧的藤篱之间传出的生硬的钢琴声,也同样使人惬意。拐下金崖道,沿着绿树如织的堤岸驶向高斯酒店的时候,月亮已经升起,悬浮在废弃的水渠上方……

旅馆背后的小山上有个地方正在开舞会,罗斯玛丽躺在月光朦胧的蚊帐里听到了飘来的舞曲,才知道这里也有娱乐活动,不禁想起了海滩上那些挺不错的人。她心想,明天上午可以和他们见面,可是他们显然已经形成了一个小圈子,不需要再接纳别人了,而且他们一旦把阳伞、竹席、狗和孩子放在沙滩上,那地方就围起了一道无形的篱笆。不管怎么说,她还是打定了主意,最后两个上午说什么也不能和另外那些人待在一起。

4

她的问题解决了。麦基斯科一家还没有到那儿,她刚把浴衣铺在沙滩上,那圈人里就有两个男的朝他走来,一个是那位戴骑师帽的,另一个是黄头发,高个子,就是他老喜欢捉弄酒店里的招待。

"早上好,"迪克·戴弗说。他停顿了一下,"瞧——要么是曝晒,要么干脆不晒,你昨天下午怎么不来?我们都为你担心。"

她坐起身来,轻轻笑了一声,表示欢迎他们过来。

"我们挺担心,"迪克·戴弗说,"以为你今天上午也不来。到我们那儿去吧,可以吃点东西,喝点饮料,请你赏光。"

他看样子挺善良挺招人喜欢——他的口气保证了他会照顾她,过一会儿他就会为她打开一个新天地,展示出许许多多绝妙的机会。他介绍得很巧妙,并没有提及她的名字,接着又轻松地告诉她,大家都知道她是谁,但是都十分尊重她的私生活——这种礼貌罗斯玛丽自成名以来，除了和专业人士在一起的时候，还没有遇到过。

尼科尔·戴弗戴着珍珠项链，古铜色的肩膀和脊背懒洋洋地松弛着，正在翻看一本菜谱，寻找马里兰炸鸡的做法。罗斯玛丽猜测她的年龄大概在二十四岁上下——她的容貌按传统标准可以说漂亮，但给人的印象是，这张脸首先是根据大于活人的比例构造的，具有坚实的结构特征，仿佛五官、生动的额头、肤色，以及能和脾气性格联系起来的一切，全都按照罗丹的风格加以塑造，又以美的标准精雕细刻，达到了完美境界，以至于任何微小的增减都会无可挽回地减损其魅力和神韵。至于嘴巴，雕塑家采用了极其大胆的手法——雕刻成了杂志封面上常见的那种弓形嘴唇，不过仍带有其他部位的特征。

"你来这儿很久了吗？"尼科尔问。她的嗓音低沉，甚至有点粗糙。

罗斯玛丽脑子里忽然闪过一个念头，这人可能还要在这儿待一个星期。

"不太久，"她回答得很模糊，"我们出国很久了——三月份在西西里上岸，慢慢往北走。我一月份拍电影的时候得了肺炎，后来就一直休养恢复。"

"噢！怎么会得了肺炎？"

"是游泳染上的。"罗斯玛丽很不情愿谈论个人私事，"有一天我感冒了，可是正好要在威尼斯拍一个我跳到河里的镜头。那个镜头的布景非常昂贵，所以我只好一遍又一遍地往水里跳，跳了一上午。我妈妈正好有个医生在那儿，但也无济于事——我还是得了肺炎。"还没等他们来得及说话，她就当机立断，改变了话题。

"你们喜欢这地方吗?"

"他们不得不喜欢,"阿贝·诺思慢声慢气地说道,"是他们提议要来的。"他把他那颗高贵的脑袋慢慢转动了一下,好让眼睛直视着戴弗夫妇,目光里含有温柔的情意。

"哦,是吗?"

"这是这家酒店夏季的第二次营业期,"尼科尔解释说,"我们说服高斯留下一个厨子,一个伙计,一个听差——酒店这么做挺合算,今年情况更好。"

"可你并不住酒店呀。"

"我们在塔尔姆盖了一座房。"

"这里面有个道理,"迪克说,一面把阳伞调整了一下,挡住了照在罗斯玛丽肩头的一块阳光,"北部像杜维尔那类地方,都叫俄国人和英国人占了,他们不怕冷,可我们美国人有一半都来自热带环境,习惯了热带气候——所以我们才开始到这地方来了。"

那个相貌上有拉丁美洲人特征的青年一直在翻看《纽约先驱报》。

"我说,这些人是哪些国家的?"他突然问了一声,接着又念了一句,略带点儿法国口音,"'在韦维王宫酒店下榻的有潘德利·弗拉斯科先生,博尼斯'——我没有夸张——'科利纳·麦多卡女士,帕谢女士,塞拉芬·图利奥女士,玛利亚·阿玛利亚·罗托·梅斯女士,莫伊斯·特贝尔女士,帕拉格丽斯女士,阿波丝·亚力山大女士,约兰达·约斯夫鲁女士,吉纳维娃·莫玛斯女士!'这位对我最有吸引力——吉纳维娃·莫玛斯。简直值得去韦维走一趟,一睹吉纳维娃·莫玛斯的芳容。"

他突然焦躁不安地站了起来,猛地伸了个懒腰。他比戴弗和诺思小几岁,高个头,身体结实,但很瘦,不过肩头和上臂肌肉挺发达。按传统眼光乍一看，可以说他相貌英俊——但他脸上微微有点让人不舒服的东西，损害了他那双褐色眼睛里咄咄逼人的光泽。然而，当人们忘掉了他那不能不说平淡无奇的嘴巴和他那年轻的额头以及上面那些显示焦虑和无益的痛苦的皱纹之后，却还能记得他那双眼睛。

"我们从上星期有关美国人的新闻里发现有几位不错，"尼科尔说，"伊夫林·奥伊斯特，还有——另外那几位是谁来着？"

"有一位是斯·弗莱士先生，"戴弗说，一面也站起来，拿起耙子认真地耙着沙子里的小石子。

"哦，对了——斯·弗莱士——不是他叫你毛骨悚然的吗？"

和尼科尔在一起让人感到很安宁——罗斯玛丽觉得比和她母亲在一块儿还要安宁。阿贝·诺思和那个法国人巴尔邦谈起了摩洛哥，尼科尔抄下了那道菜的配料，做起了针线活儿。罗斯玛丽打量了一下他们的装备——四个大阳伞，形成了一面阴凉的天篷，一个便携式更衣间，一个吹气的橡皮马，都是些罗斯玛丽从来没有见过的东西，来自战后[①]突然涌现出的豪华制品，说不定这些东西的主人还是第一批购买者呢。她猜想他们也许是些时髦人物，尽管她母亲从小给她灌输了一种思想，认为这些人都是寄生虫，可她在这里的感觉并非如此。即便看到他们是那么慵懒，无所事事，就像这漫长的上午一样，她觉得这里面仍包含着什么目的，一种工作，一个方向，一种她尚不了解的创造性活动。她的思想还不成熟，琢磨不透他们彼此间关系的实质，她关心的仅仅是他们对待她的态度——但她觉察出了一层蛛网般的相互关系，她暗自认为，他们似乎过得很

---

① 这里指第一次世界大战。——译注

愉快。

她挨个儿把眼前的三个男人打量了一遍，私下里飞快地体验同他们每个人在一起的感觉。三个人各有各的特点，但都有一种特别的文雅举止，仿佛那是他们生活的一部分，过去和将来都如此，不受任何事物的影响，与演员们之间那种临时伴侣作风没有丝毫相像之处；而且她还体会到一种蕴涵深远的优雅风度，这与导演们那种粗糙随意的伙伴关系大异其趣，而在她的生活经历中，导演们是知识阶层的代表。演员和导演——这些就是她所认识的所有男人，此外还有那些形形色色缺少特征的大学男生们，只对一见钟情感兴趣，她去年秋天在耶鲁大学的舞会上见过不少。

这三个男人不一样。巴尔邦不如另外两个斯文，多几分怀疑眼光和冷嘲热讽的态度，举止很正式，甚至带点虚饰。阿贝·诺思表面上腼腆，实际上极擅幽默，言谈举止常常令人捧腹，让她颇感意外。她一贯认真严肃，对这种性格无法产生太好的印象。

但是迪克·戴弗无可挑剔。她暗暗对他产生了好感。他肤色发红，饱经风雨，短发的颜色与肤色一致。胳膊上手背上也长着淡淡的短毛。眼睛湛蓝，鼻子略尖。不管注视谁、和谁说话，他都那么诚心诚意，不带半点疑虑——这种注意的确令人得意，因为又有谁用心注视我们呢？常有目光落在我们身上，是那种好奇或不感兴趣的目光，仅此而已。他说话略带爱尔兰腔调，声音柔和谦恭，但她感到这声音里流露着一种强硬，一种自制和自律，这正是她所崇尚的美德。哦，她选中了他，尼科尔抬起头来，看见她选中了他，听见了那微微的一声叹息在确认他已陷入罗网。

将近中午时分，麦基斯科夫妇、艾布拉姆斯太太、邓弗利先生、西格诺·坎皮恩等人陆续来到海滩。他们带来一面新阳伞，一边竖伞,一边瞟了戴弗夫妇几眼,随即露出满意的神情钻到阳伞下面——除了麦基斯科先生,他独自站在外面,样子怪滑稽。迪克耙石子耙到了他们附近,然后又回到自己的阳伞跟前。

"那俩小伙子正凑在一块儿读一本《礼节大全》。"他悄悄说。

"打算结识一下有分量的人。"阿贝说。

玛丽·诺思是罗斯玛丽头一天在浮排上遇到的那个皮肤晒得黝黑的年轻女人,这时刚下水游了一圈上岸了,脸上带着微笑,轻松活泼地说:

"这么说,'决不动摇'先生和太太来了。"

"他们是这人的朋友,"尼科尔指着阿贝提醒她说。"他怎么不去跟他们说说话?你不觉得他们漂亮吗?"

"我觉得他们很漂亮,"阿贝看法相同,"并不仅仅是漂亮,就这样。"

"瞧,我觉得今年来海滩度夏的人特别多,"尼科尔说,"这是我们的沙滩,是迪克耙掉一堆石头才清理出来的沙滩。"她考虑了一下,压低了声音,免得叫坐在后面的一个阳伞底下的那三个保姆听见。"不过,比较起来,他们还算不错呢,去年来的那些英国人实在让人难受,一直嚷嚷个不停:'海多蓝呀!天多白呀!小娜丽的鼻子多红呀!'"

罗斯玛丽觉得不能把尼科尔当敌人。

"可是他们打起来可真够瞧的,"尼科尔接着说,"你来的前一天,那个结了婚的男人,就是那个名字听起来像汽油或黄油什么的——"

"麦基斯科?"

"对——当时他们争论起来,那女的抓起把沙子扔了男的一脸，男的二话不说就坐在她身上，把她的脸压在沙子里。我们都惊呆了。我想叫迪克去拉开他们。"

"依我看，"迪克·戴弗说，心不在焉地低头盯着席子看，"不如我去请他们吃晚饭。"

"不，你可别去。"尼科尔立刻对他说。

"我觉得这么做好极了。他们就在这儿——我们也调整一下，适应适应。"

"我们适应能力强得很。"她不让步，还笑了一声。"我可不想把我的鼻子压在沙子里。我这人尖酸刻薄，"她对罗斯玛丽说，接着提高嗓门儿喊起来，"孩子们，换上游泳衣！"

罗斯玛丽感到这将是她生活中的一次典型的游泳，以后只要一提起游泳，就会立刻想起来。这时，大家一块儿朝水边走去，已经懒散够了，这会儿都跃跃欲试，要从灼热的沙滩上进入凉凉的水里，一边大吃辣味咖喱外加冰镇白葡萄酒。戴弗一家的日子过得和古老的文明时代一样，要尽可能让手头的东西物尽其用，让每一次的过渡都发挥出最大价值，她不知道从现在这种专心致志的游泳，到充斥饶舌的外省午餐时间，还有一次过渡。但是她又一次意识到，迪克在照料自己。她很乐意跟大家一块儿行动，就像听见了一道命令似的。

尼科尔把一件模样挺怪的衣服递给丈夫，刚才缝的就是这件衣服。他进了更衣帐篷，出来时惹得大家哄闹起来，因为他穿了条透明的黑色网眼游泳裤。走近一瞧，才看出还有一层肉色布里子。

"瞧，玩什么把戏，女里女气的！"麦基斯科先生嚷了起来，显出鄙夷的神情，立刻朝邓弗利先生和坎皮恩先生转过去，添了一句，"呀，真够瞧的。"

罗斯玛丽看见这样的泳裤，乐得咯咯直笑。出于天真的本性，她内心深深感到戴弗一家有一种令人侧目的朴实，却不知这里面的究竟，不知那并非朴实，不知那是凭着重质量不重数量的信条，从某国市场精心挑选出来的；那种行为举止上的质朴，婴儿般的安宁与善意，对朴实品质的看重，这些实在来之不易，是通过她无法想象的搏斗才得到的。在当时，戴弗一家准确地代表了一个群体的最新发展，所以在他们周围，人们多半都显得笨拙狼狈——其实，一个质的变化已初见端倪，罗斯玛丽对此却毫无觉察。

她和他们站在一起，看着他们喝雪利酒，吃饼干。迪克·戴弗用一双透着凉意的蓝眼睛看着她，用他那张善良而坚定的嘴巴，经过深思熟虑，认真地说道：

"很久以来，你是我见到过的唯一青春焕发的女孩。"

后来，罗斯玛丽把脸埋在母亲怀里哭了又哭。

"我爱他，妈妈。我爱他爱得无法控制了——我从来没有对谁有过这种感觉。可他结婚了，我也喜欢她——的确毫无希望。啊，我真爱他！"

"我挺想见见他。"

"他请我们星期五吃晚饭。"

"要是你爱上了人，那就该欢喜才对，不该哭。"

罗斯玛丽仰起头，脸上动人地微微一颤，笑出了声。她母亲总能给她重大影响。

5

　　罗斯玛丽来到蒙特卡洛，心情十分沮丧。她坐车驶过崎岖不平的山路直奔拉图比，来到一片正在重建的高蒙公司的旧场地，递进名片，站在铁栅门外等候答复，一眼望去，那景象恰似好莱坞的摄影场景。最近某部电影里那奇形怪状的断壁残垣，一条模拟的印度废街，一头硬纸片做的大鲸，一棵巨树，上面长着大如篮球的樱桃，这些全都按照一种异样的格局自然展现着，仿佛在此地天然生就的一般，就像到处生长的花草树木一样，譬如白色不凋花、含羞草、软木槲、盆栽松等。还有个快餐棚和两个状如谷仓的舞台。脸上化了妆的人在场子里三五成群，随处可见，都在满怀希望地等候着。

　　十分钟过后，一个年轻人快步走到大门口，他的头发颜色像金丝雀羽毛。

　　"请进，霍伊特小姐。布雷迪先生正在场子上，可他很想见你。让你久等我很抱歉，但是您知道有些法国女人糟得很，想方设法往进钻——"

　　制片厂经理打开摄影棚白墙上的一扇小门，罗斯玛丽心里涌起一股熟悉的感觉，跟着他走进幽暗的摄影棚内。里面到处是人，影影绰绰，朦朦胧胧，人们转过一张张灰白的面孔看着她，有如炼狱里的鬼魂盯着一个活人走过。窃窃私语声不绝于耳，远处传来一架风琴的柔和悦耳的颤声。他们拐过几间小阁子，来到白晃晃的舞台，一名法国男演员——他的衬衫前襟、衣领和袖口上呈现着亮闪闪的粉红色——和一名美国演员面对面站着，一动不动。两人都以顽固的眼神瞪着对方，仿佛已经保持这种姿势对峙了好几个钟头；

而且又过了很长时间什么也没发生，谁也没有挪动一下；一排照明灯突然咝的一声熄灭，马上又亮了；远处响起一阵阴郁的敲打声，好像在祈求进入什么地方似的；一张蓝色的面孔出现在顶上晃眼的电灯之间，朝黑暗的上方不知喊了一句什么。然后罗斯玛丽面前响起一个声音，打破了寂静。

"宝贝，你没有脱掉长筒袜，你能再磨烂十双。那衣服值十五英镑。"

说话人往后退了几步，撞到了罗斯玛丽身上，于是经理说："嘿，厄尔，这位是霍伊特小姐。"

他们这是初次见面。布雷迪为人既灵敏又热心。和他握手时，她见对方把她从头到脚打量了一番，这种动作她很熟悉，让她觉得很自在，但也总使她产生一种淡淡的优越感，不管打量她的人是谁。假如她的身体是件物品，那么，她尽可以产生拥有这件物品的任何优越感。

"我知道你最近随时都会来，"布雷迪说，那口气略微有点探听人家私生活的意思，声音里还带着一丝儿傲慢的伦敦口音。"旅途愉快吗？"

"很愉快，不过我们很乐意回家。"

"不——！"他反驳道，"待一会儿——我有话和你说。我告诉你，就是你演的一部片子——那部《爸爸的女儿》，我在巴黎看过了。后来马上给美国发了电报，看你签了片约没有。"

"我刚签了——很抱歉。"

"哎呀，演得真棒！"

罗斯玛丽不愿意傻里傻气地笑着表示同意，只皱了皱眉头。

"没人愿意一辈子就演一部电影。"她说。

"没错——说得对。你有什么打算?"

"妈妈觉得我需要休息一段时间。回去以后,或者和全国第一制片厂签,或者和飞马制片厂签。"

"那我们怎么办?"

"我母亲,商业上的事都由她来决定。没有她我什么也定不下来。"

他又把她上上下下打量了一遍,与此同时,罗斯玛丽对他产生了好感。这并不是喜欢,绝不是像今天上午在海滩上对那个男人一样一见倾心。只是心里动了一下。他需要她,而她任凭自己纯情的驱使,心里平静地琢磨想象着屈服于他。然而她知道,离开他半个钟头之后,她就会把他忘掉——就像一个男演员在电影里的亲吻一样。

"你住在哪儿?"布雷迪问,"哦,对了,在高斯酒店。瞧,我今年的计划也全有了,可我给你写的那封信还算数。在康尼·塔尔梅奇还是个小孩子的时候,我就宁愿和你而不是其他女孩拍一部电影。"

"我也有同感。你为什么不回好莱坞去?"

"我不能忍受那个浑蛋地方。我在这儿挺好。等我拍完这个镜头,领你各处看看。"

他走上布景台,和那个法国演员轻声说话。

过了五分钟——布雷迪还在说,那个法国演员隔一会儿就把脚挪动一下,点点头。忽然,布雷迪停住话头,冲灯光喊了一声,那灯光明晃晃地照着他们,还嗡嗡直响。现在罗斯玛丽在洛杉矶很有名气,可她并不害怕,又搬到了这个治安并不好的城市里,因为她想回到那里去。可她不想见布雷迪,又觉得他干完后就会到那儿去，所以离开制片厂时，心里憋得慌。既然她知道制片厂就在那儿，这下地中海周围也没有那么安静了。她喜欢看街道上的行人，去火车站的路上，顺便给自己买了双帆布便鞋。

她母亲很高兴她那么准确地完成了叫她做的事，可她还想叫她出门去。斯皮尔斯太太气色很好，但她累了；给人送终的确累人，而她刚看望了一对临终的老人。

6

尼科尔·戴弗吃午饭时喝了些红葡萄酒，感觉不错，两手交叉起来高高地抱在胸前，让戴在肩头的假茶花碰着了脸颊，来到了她那没有杂草的漂亮的小花园里。花园背靠房子，两边挨着老村子，另一边是崖边，下面就是海水。

挨村子的两堵围墙另一面，到处散布着灰尘，满是缠绕扭结的藤蔓、柠檬树、桉树，偶尔会有辆手推车经过，这会儿刚过去一辆，已经在小路上走远了，小路渐渐变窄，路面也有些坏损了。尼科尔每当转过身来看着另一面的时候，总感到有些惊喜，她走过一个牡丹花坛，来到一片碧绿青凉的天地，这里花鲜叶嫩，青翠欲滴。

她脖子上系着一方淡紫色围巾，即使在阳光下难辨色彩，颜色照样映在了她脸上，并在她款款移动的脚边投下了淡紫色的阴影。她的面孔严肃而近乎严厉，只有那双含有犹疑的慈悲目光的绿眼睛，才显得温和。她那曾经是淡色的头发颜色已经变深了，但如今二十四岁，却比十八岁时还要漂亮，那时她那一头秀发比她本人更具风采。

　　白石墙边的小径旁长满了云雾般形态各异的花朵，她沿着小径信步来到一片俯瞰海面的空地，几棵无花果树上闲置着一些吊灯，有张大桌子和几把柳条椅，还有一把产自西爱那的摆货摊用的大阳伞，所有这些东西都摆放在一棵巨大的松树周围，这也是花园里最大的一棵树。她在那儿停了一下，不经意地看着一丛葱郁的旱金莲和缠绕在根部的一片蝴蝶花，这花好像是随手撒了一把种子长起来的，她边看边听孩子们屋里传出的争吵声。这声音渐渐在夏日的空气里消失之后，她又继续循着牡丹花径往前走，粉红雾团似的花朵争奇斗艳，黑色和褐色的郁金香，紫红嫩茎的玫瑰，就像糖果店橱窗里摆设的糖花一样晶莹剔透——仿佛这花团锦簇、杂色纷呈的花卉终于艳丽到了无以复加的地步，再往前便忽然终止，露出一段潮湿的台阶，通向五英尺下的一个平台。

　　平台上有一口井，井口有一圈木板，哪怕在最晴朗的日子里，上面也很潮湿滑溜。她走上花园另一边的一段台阶，来到一块菜地；她走得挺快；她喜欢活动，尽管有时候她给人一种悠闲的感觉，既使人平静，又使人动心。这是因为她不喜欢多说话，生活中，她常常保持沉默，有时也来一两句文雅的俏皮话，点到为止，话少得出奇，近乎吝啬。但是现在每逢客人因她话少而不自在的时候，她就会接过话头口若悬河地说下去，常使自己也感到十分吃惊——然后收住话题，来个急刹车，近乎胆怯地打住，像条顺从的猎犬叼回了猎物，自以为已经尽职，而且做得不错。

　　她刚站在绿油油的菜园子里，迪克碰巧在她前面穿过小径到他自己的工作间去。尼科尔默不作声地等着他过去，然后穿过一排排可做色拉的蔬菜，来到一个小小的动物笼子跟前，那里面养着些鸽子、兔子和一只鹦鹉，冲她直叫，叫声混杂，互不谦让。她走下台阶，来到另一片岩石空地上的一段低矮弯曲的墙边，朝下望去，下方七百英尺处，便是地中海。

她站的地方是古老的塔尔姆山村。这座别墅和周围园地是由依崖而建的一排农民的住房改建而成的——五座小房屋连在一起建成了别墅，推倒四座小房子辟为花园。外面的围墙原封未动，所以，从底下的路上看起来，这里与那片紫灰色的村镇难分彼此。

尼科尔站在那里看了一会儿地中海，觉得没什么事可做，尽管她的两手从来不知疲倦。过了一会儿，迪克从他那只有一间屋的房子里出来了，拿着一个望远镜，朝东面望戛纳。尼科尔随即进入他的视野，于是他又回到房子里，出来时手里拿着一个扩音器。他有不少小器具。

"尼科尔，"他喊了一声，"我忘记告诉你了，我最后出于道义的考虑，决定邀请艾布拉姆斯太太，就是那个白头发女人。"

"馊主意，简直荒唐。"

她的回答轻而易举地传到了他的耳朵里，使他的扩音器显得作用不大了，于是她提高嗓门儿大声说："你能听见我的话吗？"

"能听见。"他垂下了扩音器，接着又顽固地举起来，"我还要多请些人来，要请那两个小伙子。"

"好吧。"她心平气和地说。

"我想办个邪门儿晚会，真的要这么做。让晚会上有人争吵，有人勾引女人，回家时觉得感情受了伤害，女人在盥洗室晕过去。你等着瞧吧。"

他回到了他的房子里，尼科尔看出他这时的情绪最为典型，一激动就恨不得把所有的人都弄得激动起来，接下来便是忧郁，这他

倒从来没有表现出来过，但她能看得出来。他对某些事情的那份激动往往没有什么道理，倒是能让人产生一种不同凡响的鉴赏力。除了个别思想顽固和一贯持怀疑态度的人以外，他总有力量唤起人们的一种不加鉴别的挚爱。他一旦意识到自己浪费了精神，滥用了感情，就会马上改弦易辙。有时候，他回顾自己滥施情感的行为，会感到非常吃惊，就像一位将军为满足自己残忍的嗜血欲而命令大屠杀，并凝视屠杀惨状。

然而，走进迪克·戴弗的世界待上一会儿，却是一次特别的经历：人们会有一种感觉，相信他专为他们着想，能看到他们各自值得骄傲的独特命运，尽管早已沉埋于漫漫岁月，屈服于连连抗争。他很快就能博得人们的好感，因为他为别人考虑得总是那么细致，那么斯文，仿佛那是一种本能，快得让人难以觉察，只能从事情的效果里看出来。然后，生怕关系之初的热情冷却下来，他便毫无戒备地敞开大门，让人进入他的欢愉世界。只要人们愿意完全投入，他总要全心全意地使他们愉快，但当你对这种不加甄别的同样对待略生疑虑的时候，他就在你眼前消失了，对他的言谈举止、所作所为留不下什么可以引起联想的回忆。

那天晚上八点半，他出门来迎接第一批客人，外衣拿在手上，显得很正式，很有气派，好像斗牛士的斗篷似的。按照他的习惯，和罗斯玛丽母女俩寒暄过后，他等着她们先说话，仿佛是叫她们在新环境里把握一下自己的声音。

再回到罗斯玛丽的视角，那么应该说，在塔尔姆之行的压抑心情下，在此间空气清新的房子里，她和母亲都以欣赏的眼光四下环顾了一番。超凡脱俗的人一般都有一种品质，能做到在一个不习惯的陌生环境里随遇而安，那么看到一些微小的瑕疵，比如背后冷不丁闯出一个女佣吓人一跳，或者一个瓶塞被笨拙地弄坏，你会觉得这对于各方面都尽善尽美的黛安娜别墅来说，毕竟是瑕不掩瑜的。第一批客人带来了夜晚的欢乐，一天的家庭活动在客人眼前渐渐停歇下来。戴弗家的孩子们和他们的家庭女教师仍在露台上吃晚饭。

"多美的花园啊！"斯皮尔斯太太脱口赞叹了一声。

"尼科尔的花园，"迪克说，"她就是不肯让园子安静点儿——老爱找碴儿，怕园子里出什么毛病。她说不定哪天就会说出现了白粉病、黑斑病，要不就是枯萎病。"他用一根指头指着罗斯玛丽说："我要给你一顶帽子在沙滩上戴——别推辞。"话说得很轻松，似乎在掩饰一种父亲般的关怀。

他把她们从花园领到露台，在那儿倒了几杯鸡尾酒。厄尔·布雷迪到了，看见罗斯玛丽，感到很惊奇。他的态度比在制片厂温和了些，好像一进大门就变了个人似的。罗斯玛丽立刻拿他和迪克·戴弗做比较，心中的天平一下子向后者倾斜过去。相比之下，厄尔·布雷迪似乎有点儿粗俗，有点儿缺乏教养；此人又一次使她产生了一种触电般的感觉。

他亲切地同孩子们说话，孩子们刚在院子里吃完饭。

"嗨，拉尼尔，唱支歌怎么样？你和托普茜给我唱支歌吧。"

"唱什么？"小男孩同意唱了，说话带着怪怪的美国腔调，像唱歌似的，一听就知道是在法国长大的美国孩子。

"就唱那首《我的朋友皮埃罗》。"

姐弟俩毫不拘束地挨着站好，放开喉咙唱起来，甜甜的童声在暮色中轻轻荡漾。

晴朗的天空月光明

> 皮埃罗知我心
> 请把羽毛笔给我用
> 我要写一封信
> 我的蜡烛已经燃尽
> 没有光怎写信
> 把你的门儿快打开
> 让神给我光明。

唱完后,孩子们面带微笑,静静地站着,感觉自己唱得不错,小脸蛋儿在落日的余晖中流露出兴奋的光彩。罗斯玛丽恍然觉得黛安娜别墅就是世界的中心。在这个舞台上,将要发生重大的事件。忽听门铃叮当一声,罗斯玛丽更兴奋了,其他客人一块儿推门进来了——麦基斯科夫妇、艾布拉姆斯、邓弗利、坎皮恩先生,一起来到露台。

罗斯玛丽涌起一股揪心的失望——她立刻看了迪克一眼,似乎要对这种不协调的混合问个究竟。但是他脸上并没有露出不平常的表情。他以庄重的态度迎接新来的客人,对他们的一切都非常尊重。罗斯玛丽对他特别信任,过了一会儿就觉得麦基斯科夫妇的到来也没有什么不好,仿佛她本来就打算和他们见面似的。

"我在巴黎和你见过面,"麦基斯科对阿贝·诺思说,阿贝·诺思夫妇是随后进来的,"其实我遇见你两回。"

"是的,我也记得。"阿贝说。

"是在什么地方来着?"麦基斯科问,他不想就此放过这个话题。

"哦,我想——"阿贝觉得腻了,"我记不起来了。"

两人的对话一时停住了，罗斯玛丽本能地觉得有人应该说点儿什么替他们解解围，可是迪克并不打算打破两位晚到的客人之间的这种尴尬场面，也不想挫一挫麦基斯科太太那种自鸣得意的傲气。他不解决这个社交问题，因为他认为此刻这个问题并不重要，可以自行解决。他想把机智用在要紧回合，等到关键时刻，客人们都觉得是时候了，再说不迟。

罗斯玛丽站在汤米·巴尔邦身旁——他显出一种少有的轻蔑神态，似乎受到了某种刺激。他第二天上午就要离开这里。

"回家吗？"

"家？我没有家。我要去参加一场战争。"

"什么战争？"

"什么战争？任何战争。最近我没看报，但我觉得有战争——这世界上总有战争。"

"你难道不在乎为什么而战吗？"

"根本不在乎——只要待遇不错就行。每次一感到烦躁，我就到戴弗家来拜访，因为我知道，几星期后我就要去打仗了。"

罗斯玛丽不知说什么好。

"你喜欢戴弗夫妇。"她好像要提醒他似的。

"当然——特别是她——可是他们使我想到战场上去。"

罗斯玛丽琢磨着这话的意思，却琢磨不透。戴弗夫妇使她想永远留在他们身边。

"你有一半美国血统。"她说，仿佛这就能解决了问题似的。

"我也有一半法国血统，我是在英国受的教育，自从十八岁以来，我穿过八个国家的军服。但我希望别给你留下个印象，觉得我不喜欢戴弗一家——我喜欢他们，特别是尼科尔。"

"谁能有什么办法呢?"她的话很天真。

她觉得仿佛离他很远。他的话里面的言外之意使她厌恶,那些尖刻亵渎的言辞削弱了她对戴弗夫妇的敬慕。她很高兴晚餐时他不坐在她身边,大家朝花园里那张桌子走去的时候,她心里还在琢磨着他说的那句"特别是她"。

走在小径上的时候,有一阵她和迪克·戴弗走在了一块儿。体会着他那果断机警的智慧,会让人充满信心地觉得他无所不知。漫长的一年来,她有了钱,出了名,和名流打交道,这些名流对于罗斯玛丽母女来说,不过是在巴黎酒店里遇到的那些人扩大了的翻版而已。罗斯玛丽是个富有浪漫色彩的姑娘,她的职业在这方面并没有给她提供多少满意的机会。她母亲只关心罗斯玛丽的事业,不能容忍拿这种虚幻的感觉来代替各种各样的乐事,而罗斯玛丽的心思早飞到事业以外了——她人在电影里,心可不在电影里。所以,看到母亲的脸上露出对迪克·戴弗的赞许时,她认为这就意味着他是"真正的男人";就意味着允许她愿意怎么做就怎么做。

"我一直在注意着你,"他说,她知道他这话是当真的,"我们越来越喜欢你了。"

"我第一次看见你的时候就爱上你了。"她低声说。

他假装没注意听,好像这句恭维话纯粹是出于礼貌似的。

"新朋友,"他说,好像这句话很重要,"总比老朋友在一块儿过得愉快。"

这句话她听了不大明白,一边琢磨一边不知不觉坐到了餐桌旁边,夜色一阵阵暗下来,照着餐桌的灯光显得越来越亮。罗斯玛丽看见迪克把她母亲安排在他右手落座,不禁心头一喜;她自己坐在路易·坎皮恩和布雷迪之间。

她这时感情充沛,朝布雷迪转过来,想把心里的话告诉他,但是她刚提了一下迪克的名字,就见他眼里迸出一道冷光,好像要让她明白,他拒绝这种父亲般的长辈身份。同样,她也决不受他的摆布,于是两人胡扯一气,或者不如说她听他胡扯一气,但她很有礼貌,目光始终不离开他的脸,可心思却非常明显地游离到了别处,她甚至觉得会被他猜出来。她不时也能抓住他的话里的大意,就下意识地附和一两声,仿佛钟敲到一半的时候才听到响声,至于敲了几下,只能凭残留在脑子里的震荡声来判断了。

7

罗斯玛丽趁说话的间隔,挪开目光,朝尼科尔那边看了一眼,见她坐在汤米·巴尔邦和阿贝·诺思之间,她的黑头发在烛光里一闪一闪地发亮。罗斯玛丽侧耳倾听,猛然听到了她那短促而浑厚的声音;

"可怜的人,"尼科尔叹道,"你为什么想把他锯成两截?"

"当然喽,我想看看一个招待心里装着什么东西。你不想知道他心里装着什么吗?"

"老菜谱,"尼科尔短短地笑了一声,"打碎的瓷器和铅笔头。"

"没错——关键是要科学地证明这一点。用锯琴对付他,就能把肮脏的东西清除干净。"

"那么你在这场手术里,是亲自操锯主刀吗?"汤米问道。

"我们倒没有走到那一步。听见那惊叫声就够吓人的了。我们觉得他身上有什么东西裂开了。"

"听起来真怪，"尼科尔说，"居然有乐师会用另一位乐师的锯琴去——"

晚餐进行了半个钟头的时候，一个谁都能觉察出来的变化发生了——人人都丢开了某种东西，某种戒备、担心或疑虑，大家此时都表露出了真正的自我，都实实在在成了戴弗家的客人。不友好或心不在焉的态度，对戴弗夫妇都是一种不礼貌。此时大家都十分和睦，见此情景，罗斯玛丽也觉得每一位客人都不错——除了麦基斯科，此人老想显得与众不同。这倒也不是出于恶意，而是几杯葡萄酒下肚后，他一心要显示此行非常愉快。他靠在椅背上坐在厄尔·布雷迪和艾布拉姆斯太太之间，对前者讲了几句关于电影的话，和后者什么也没说，只管盯着迪克·戴弗，一脸尖酸讥讽的表情，时而试图和坐在斜对面的迪克说点什么。

"你和范·布伦·登比是朋友吗？"他说。

"我不认识他。"

"我以为你是他的朋友。"他尖刻地说。

关于登比先生的话题自然没能谈下去，于是他又打算引起别的同样不相干的话题，但是每次迪克都很有礼貌地注意他说的话，似乎弄得他没话可说，而每当谈话被他打断而出现短暂的僵局之后，谈话就在没有他参与的情况下继续进行。他老想加入别人的谈话，但总像是和人握手握住的却是一只手套，里面的手早抽走了——所以到后来，他显出一种不屑于对牛弹琴的神气，把全副精神都放在了香槟酒上。

在谈话的间歇里，罗斯玛丽就向桌子周围看几眼，很想看到大家都高兴，仿佛她将来要当他们的继母似的。桌上优雅的烛灯从别致的粉红色灯盘中散出光芒，照在艾布拉姆斯太太的脸上，脸庞让维伏克利克牌香槟酒染成了红色,显得精神饱满,仁慈宽厚,饱含孩童般的善意。坐在她旁边的是罗亚尔·邓弗利,他那张女人般清秀的面孔,在夜晚的欢乐气氛里,显得不那么令人吃惊了。瓦奥莱特·麦基斯科打扮得很美,所以她没有努力显示自己那仿佛是个未到场的暴发户的妻子的并不显著的身份。

再说迪克,他一直忙着和大家闲谈,深深沉浸在自己举办的聚会中。

然后是她的母亲,她永远都是那么完美无瑕。

这时巴尔邦和罗斯玛丽的母亲说起话来,态度言谈是那么优雅自如,她禁不住又喜欢起他来了。接下来是尼科尔,罗斯玛丽忽然用一种新的眼光来看待她,发现她是自己所见过的最美丽的女人之一。她有一张圣徒的面孔,宛如圣母雕像,烛光的白晕给她脸上蒙了一层朦胧的光彩,松树上那些红吊灯映得她脸上容光焕发。她是那样的宁静安详。

阿贝·诺思和她谈起了他的道德准则:"我当然有,"他一口咬定,"人不能没有道德准则。我的准则是反对烧死巫师。我只要听说什么地方烧死了巫师,就气得肺都要炸了。"罗斯玛丽听布雷迪说过,他是个早熟的音乐家,刚开始曾经辉煌过一阵子,后来连续七年什么乐曲也没写。

接下来和她说话的是坎皮恩,他尽量克制住了自己,不显得过于女人气,甚至偶尔也对身边的人说几句话,口气温和而慈祥。玛丽·诺思脸上喜气洋洋,老是微笑着露出一口洁白的牙齿,使人无法不对她报以微笑——她那张开的嘴唇周围洋溢着喜悦,样子十分可爱。

最后是布雷迪,他渐渐显露出了诚恳的交往态度,而不是那种感情用事的粗暴主张和决定,也不是那种不顾别人的脆弱情感、我行我素的作风。

　　罗斯玛丽就像那位伯内特夫人①的一本糟糕的小说里描写的一个孩子似的,怀着纯洁直率的信念,似乎刚在边疆做了荒唐可笑的即兴表演,一心就想着回家。黑暗的夜空里飞着一些萤火虫,远处崖底传来几声狗叫。餐桌好像慢慢升了起来,就像可升降的舞台似的,使桌子周围的人恍如遗世独立,飘浮于茫茫宇宙之中,只靠桌上的食物维生,仅凭桌上的灯光取暖。这时,麦基斯科太太轻轻笑了一声,笑得很怪,仿佛这笑声是一个信号,表示他们已经与世隔绝,戴弗夫妇一听,忽然显得热情洋溢,和蔼可亲,虽说客人们这时已经受到了细致入微的礼遇,也得到了彬彬有礼的赞扬,但夫妇俩好像还要尽量化解客人们因远离家园而可能产生的眷念之情。这时,他俩对客人们讲了几句话,表达了他们的友谊和感情,话似乎是对各位分别说的,又像是对全体一块儿说的。一时间,大家的脸都转向他俩,就像围着一棵圣诞树的孩子们那一张张可怜巴巴的面孔一样。然后,晚餐便突然中止了——客人们撇开欢宴敞开心扉进入难得的情感氛围的那个时刻,在它尚未受到不敬的搅扰之时,在客人们还没有完全意识到它的存在之际,就戛地停了下来。

　　但是,南方火热而温柔的灼人魅力——温柔的夜色,远处崖下地中海的幽幽絮语——已经全都转移到了他们身上,与他们浑然一体。罗斯玛丽的妈妈曾夸过尼科尔的一个手袋不错,这时,她看见尼科尔把这个黄色手袋递到她妈妈手里,一边说:"我觉得东西应该属于喜欢它们的人。"——接着又把她能找到的所有黄色小东

---

① 美国女作家弗朗西斯·伯内特(1849—1924)。——译注

西一股脑儿放了进去,包括一根铅笔,一管口红,一个小笔记本,"因为这些是一块儿的。"

尼科尔不见了,过了一会儿,罗斯玛丽发现迪克也不在那儿了;客人们各自在花园里漫步,有的向露台走过去。

"你想不想,"瓦奥莱特·麦基斯科问罗斯玛丽,"去盥洗室?"

罗斯玛丽那时不想去。

"我想,"麦基斯科太太说,"去盥洗室。"她是个直率的女人,这等私事也要对人说说。罗斯玛丽看着她向房子走去,不禁有点儿反感。厄尔·布雷迪建议去海堤上走走,可是罗斯玛丽觉得该和迪克·戴弗待上一会儿了,要是他再出现的话。于是她磨蹭着没去,听着麦基斯科和巴尔邦争论。

"你为什么想和苏联人打仗?"麦基斯科说,"难道那不是人类最伟大的一次试验吗?为什么要和摩洛哥的里弗人打仗?我觉得为正义而战才更光荣。"

"你怎么能搞清楚哪一方是正义的?"巴尔邦冷淡地问。

"哟,有头脑的人都知道。"

"你是个共产主义者吧?"

"我是个社会主义者,"麦基斯科说,"我同情俄国。"

"喔,我是个战士,"巴尔邦乐了,"我只管杀人。我跟里弗人打仗是因为我是个欧洲人,跟共产主义者打仗是因为他们想瓜分我的财产。"

"完全是狭隘的借口。"麦基斯科环顾周围,想找个伴儿一块儿嘲笑巴尔邦,可是没找到。他弄不清自己反对巴尔邦的什么,既不是他简单的头脑,也不是他曾受到过的复杂教育。麦基斯科懂得什么是主义,随着思想日趋成熟,他能够认识并区分出这些主义中有优势的一个——但是，面对一个他认为是"笨蛋"的人，而这人和哪种主义都对不上号，他却并不觉得自己比这人高明，于是他便得出了这样一个结论，即巴尔邦是古代世界的最后产物，其本身并无价值。麦基斯科常与美国上流阶层打交道，深知他们是一群反复无常患得患失的势利鬼，他们不学无术，却为此津津乐道，他们故作傲慢，蛮横无礼，所有这些都是从英国人那里继承来的，而把英国人的市侩习气和蛮横态度发展成了一种故意的行为，用在了这样一片国土上，那里一知半解的知识和一丁点儿礼貌会比任何地方都值钱——1900年左右的"哈佛作风"把这种态度推向了极致。他觉得这个巴尔邦就是这路货色，再说他多喝了几杯，竟然忘了自己本来是敬畏巴尔邦的——这才给自己招来了一系列的麻烦。

罗斯玛丽替麦基斯科感到有点儿难受。这会儿她表面上不动声色，心里却是一团火，一心等待着迪克回来。桌子周围已经没几个人了，她和巴尔邦、麦基斯科、阿贝几个还坐在这里。她坐在椅子里，眼睛却看着通向石头露台的小径，小径两边长着影影绰绰的桃金娘和羊齿丛，看到她母亲的侧影映在一扇灯光照亮的门上，觉得挺有意思，正要起身到那儿去，却见麦基斯科太太匆匆走出房门。

她显得很兴奋，过来没吭气，随手拉出一把椅子坐下，眼睛瞪得大大的，嘴巴抽动了几下，大家都知道这位是消息灵通人士，目光全转向她，她丈夫也很自然地问了一句："怎么啦，瓦？"

"我亲爱的——"她口气有点儿不对劲，然后对罗斯玛丽说："我亲爱的——没什么。我简直没法说。"

"大家都是朋友。"阿贝说。

"啊，我在二楼碰见一个场面，我亲爱的——"

她神神秘秘地摇了摇头，把话及时打住了，因为汤米站起来很

有礼貌但口气尖锐地对她说:

"评论屋里发生的事是不明智的。"

8

瓦奥莱特又使劲喘了几口气,脸上做出另一种表情。

迪克终于出现了,他出于直感,知道巴尔邦和麦基斯科准在争辩,就插在他们中间,把两人分开,和麦基斯科谈起文学来,好像显得对文学一窍不通,问个不停——这样就暂时给了麦基斯科一种他就想得到的优越感。别人帮着他收拾烛灯——谁不愿帮人拿灯穿过黑暗呢?罗斯玛丽帮了,罗亚尔·邓弗利对好莱坞没完没了地问这问那,她也得耐着性子一一回答。

现在——她心想——我总算有机会能单独和他在一起了。他心里一定清楚,因为他的原则和母亲教我的原则是一样的。

罗斯玛丽想对了——他把她从露台上那伙人中分了出来,两人单独待在一起,离开房子朝下面靠海的那道墙走去,台阶并不规则,忽窄忽宽,弄得她一会儿往下冲几步,一会儿又好像被拉住一样。

他们一块儿眺望地中海。下方远处,最后一条游船从莱兰群岛方向驶过海湾,就像个七月四号①的气球断了线,在茫茫天空随意飘浮。那条船在黑色的岛屿之间漂泊,在黑黝黝的潮水中轻轻荡漾。

"我理解你为什么那样说你妈妈,"他说,"她对你的态度特别好,我想。她有一种在美国很少见的智慧。"

---

① 美国独立纪念日。——译注

"妈妈是个十全十美的女人。"她祈祷似地说。

"我把我的一个计划和她谈了谈——她告诉我你们在法国待多久取决于你。"

取决于你,罗斯玛丽差点儿没有大声说出来。

"既然这儿的事已经完了——"

"完了?"她问道。

"哦,我是说——夏天的这一段过完了。尼科尔的姐姐上个星期走了,巴尔邦明天走,阿贝和玛丽·诺思星期一走。也许我们这个夏天会过得最快活,可是眼下这份快乐是完了。我希望它一下子过去,而不是渐渐消失,让人伤感——所以我才举办了这次聚会。我们的计划是——尼科尔和我去巴黎给阿贝·诺思送行,他要到美国去——我想知道你愿不愿意和我们一块儿去。"

"妈妈是怎么说的?"

"她好像觉得可以。她自己不想去,想叫你独自去。"

"我长大以后还没回过巴黎呢,"罗斯玛丽说,"我非常愿意和你一块儿去看看。"

"你真好。"他的声音突然变得有如金属声,这大概是她始料不及的。"当然,你一来到海滩,我们就感到很兴奋。你身上那种活力,我们肯定那是出于职业习惯的——尤其是尼科尔有这种感觉。从来没有哪个人或者哪些人有这样的活力。"

她的直觉告诉她,他正在把她的注意力慢慢往尼科尔身上引导,所以她也有所收敛,以同样的克制口气说:

"我也想了解你们——特别是你。我告诉过你,第一次见面我就爱上你了。"

她这样说是对的。但是天地间的空气使他的头脑冷静下来,刚才凭着一股冲动把她带到这里，此刻这股冲动消失了，他意识到了两人之间的那种吸引力，意识到了自己是在一种从未经历过的情景和不熟悉的对话中努力寻找对策。

这时，他想让她回到房子里去，但是很难办到，而他也并不大情愿失去她。他保持着和蔼的情绪和她开玩笑，她却只感到微风在轻轻吹拂。

"你不知道你想要什么。你去问问你妈妈你想要什么。"

她吃了一惊。她摸了他一下，觉得他的黑上衣好像是神父穿的长袍。她似乎就要跪下来了——她就以这种姿势使出了最后一招。

"我觉得你是我遇到过的让我最佩服的人——除了我母亲。"

"你有一双浪漫的眼睛。"

他笑了起来，一边和她朝露台走去，在那儿把她交给了尼科尔……

时间过得飞快，是走的时候了，戴弗夫妇为大家一一送行。戴弗家那辆宽大的轿车里坐着汤米·巴尔邦，还放着他的行李——他要到酒店去过夜，第二天早上好赶火车——车上还有艾布拉姆斯太太、麦基斯科夫妇和坎皮恩。厄尔·布雷迪要去蒙特卡洛，罗斯玛丽和母亲顺路搭他的车，罗亚尔·邓弗利也和他们一起走，因为戴弗家的车已经够挤了。花园里的吊灯还在他们吃过饭的桌子上方亮着，戴弗夫妇并排站在园门口，尼科尔在夜晚的衬托下，显得雍容华贵，迪克叫着每位客人的名字，和他们一一道别。对罗斯玛丽来说，坐车离去，把他们撇在那座房子里，实在是难以忍受。她又想起麦基斯科太太不知在盥洗室里看见了什么。

9

　　这是个晴朗的黑夜,夜空像个篮子倒挂在一颗淡淡的星星上。前面汽车的喇叭声穿过浓郁的空气,听起来很闷塞。布雷迪的司机开得很慢;前面那辆车的尾灯一转弯就亮一下——后来一溜烟没有踪影了,十分钟后才又出现,停在了路边。布雷迪的司机马上减速,却还是超过了那辆。就在超过它的一瞬间,他们听到了那辆静静地停在那里的豪华轿车里人们模模糊糊的说话声,还看见戴弗家的司机在笑。于是他们加快速度继续赶路,行驶在薄如轻纱的夜色中,终于经过一阵下坡滑行,来到了高斯酒店的大楼前。

　　罗斯玛丽才睡了三个钟头就醒了,躺着睡不着,看着窗前的月光发愣。在这引发情欲的黑暗中,她把以后的事飞快地幻想了一遍,想到了可能会导致一个亲吻的种种偶然性,可这亲吻也像电影里的一样模糊。她翻了个身,有意识地变换了一下躺着的位置——这是她平生头一次失眠的征兆——努力用母亲的思维来想这个问题。她这样考虑问题的时候,经常远远超越自己的经验,依据的是依稀记着的一些事,都是以前她无意倾听的谈话里提起过的。

　　罗斯玛丽从小到大,受到的影响一直都是工作的概念。斯皮尔斯太太作为两个男人的遗孀,总把和这两个男人相处的微妙经验拿来教导女儿。在她发育到十六岁长出一头秀发的时候,就带着她去埃克斯温泉,事先不打招呼就去了一位正在养病的美国制片商的寓所。后来这位制片商去了纽约,她们也跟着去了。就这样,罗斯玛丽通过了入门考试。接下来便是成功,如今已经初步站稳了脚跟,于是斯皮尔斯太太觉得应该放松些,这天晚上不动声色地暗示了一下:

"把你养大是为叫你工作的——可不单单是为了嫁人。现在你遇到了第一个目标,是个不错的目标——那就朝前走吧,把发生的事积累下来,当作经验。这事不是伤了你自己,就是伤了他——不管发生什么,也毁不了你,因为你在经济上是个男孩儿,而不是个女孩儿。"

罗斯玛丽并没有过多地思考过什么,完全相信母亲在各方面都是无比正确的,所以那一席话好像终于剪断了脐带,使她心神不宁,无法入睡。深夜的天空,透过高高的法国式落地窗,看上去似乎快要露出黎明的曙色了,她翻身下床,走上露台,光着脚感觉热乎乎的。空中不断有些神秘的响声,来自网球场上方树枝间一只满足了私欲的鸟,它凭着锲而不舍的精神终于获胜;酒店后院环形车道上响起脚步声,先踩在土路上,接着踩在车轮碾压的石道上,又踩在水泥台阶上,然后三种不同的声音又颠倒重响了一遍,听上去是走开了。在墨蓝色的海面那边,有一片高高的黑影,那是山地,上面住着戴弗夫妇。她同时想到了他们俩,仿佛听见他们还在轻轻唱着一首歌,像烟雾一样袅袅飘升,好像是一支圣歌,时间是那么久远,距离也是那么遥远。他们的孩子早已安然入睡,他们的大门在夜幕里紧闭着。

她回到屋里,穿了件薄薄的睡袍,蹬了双便鞋,又走出落地窗,沿着长长的露台朝前门走去,脚步很快,因为她发现别的房间也通着露台,里面都散发出睡觉的声息。她看见一个人影坐在正门宽大的白楼梯上,定睛一看,原来是路易·坎皮恩,正在独自哭泣。

他哭得很伤心,但声音很轻,像个哭泣的女人一样颤抖着。去年她扮演一个角色时的一幕场景猛地掠过她的脑海,她上前去摸了摸他的肩膀，他惊得低叫了一声，立刻认出是她。

"怎么啦？"她目光平视，眼神温和，并没有惊讶地斜着眼看他，"我能帮帮你吗？"

"谁也帮不了我。我知道。我只能怨自己。从来都是这样。"

"怎么啦——愿意跟我说说吗？"

他看着她，想了想。

"不，"他拿定了主意，"等你年纪再大些，就会知道恋爱的人受的苦了。那是一种苦闷。与其恋爱，不如保持冷漠，像年轻人那样无忧无虑。我以前也有过这种经历，可是从来没有像这样——这么偶然——本来一切都是好好的。"

天色很快亮起来，可以看出他脸色很难看。尽管不知出了什么事，她忽然觉得很反感，但情绪异常平静，身体也没有做出任何反应，所以并没有泄露她的真实感觉。然而，坎皮恩十分敏感，已经觉察到了，于是突然改变了话题。

"阿贝·诺思就在附近。"

"咦，他是要住在戴弗家的呀！"

"是的，可他来了——你不知道出了什么事？"

二楼上的一个百叶窗突然打开了，有人用英国腔调一字一板地说：

"你别说了，好不好！"

罗斯玛丽和路易·坎皮恩觉得不好意思，便走下台阶，来到通向海滩那条路边，拣了条长凳坐下。

"这么说，你不知道出了什么事？哎呀，真是天大的事——"他又来了精神，非把那件事讲出来不可。"这种突如其来的事我还是头一回遇到——对那些野蛮人我向来是躲避的，因为他们会弄得我不得安宁,搞得我有时候一睡好几天。"

他得意地看着她。她搞不明白他说的是什么意思。

"听我说,"他冷不丁又开口了,整个人朝她靠过来,一只手拍了拍她的大腿,表示那绝不是一个不负责任的冒险动作——他十分自信。"有人要决斗。"

"什——么?"

"决斗,用——现在还不知道用什么。"

"谁和谁决斗?"

"我来从头告你吧。"他长长吸了口气,讲开了,仿佛这事对她不利而自己并不是与她作对。"当然喽,你当时是坐在另一辆车里。哦,你也许算是走运——我可是少说也要少活两年,事情来得那么突然。"

"出什么事了?"她问。

"我不知道是怎么开始的。是她先说的话——"

"谁?"

"瓦奥莱特·麦基斯科,"他压低了声音,好像凳子底下藏着人似的,"可是别提戴弗夫妇,因为谁提他就威胁谁。"

"是谁这么厉害?"

"汤米·巴尔邦,所以你千万别说我提到过他们。我们谁也没能知道瓦奥莱特究竟要说什么,因为巴尔邦老打断她的话,不让她往下说。不料惹恼了她丈夫,你瞧,这才有了这场决斗。今天早上五点——再过一个钟头就到。"他突然叹了口气,想起了自己的忧伤,"我真希望要去决斗的是我。我活着也没什么意思了,还不如叫人杀死的好。"他说不下去了,难过得一前一后地晃动着。

二楼上那扇铁皮百叶窗又打开了,还是那个英国腔调:

"够了,马上给我闭嘴。"

话音刚落,阿贝·诺思从楼里走了出来,看上去有点儿神情恍惚,凭着海上灰白天空的衬托,看见了他俩。罗斯玛丽摇了摇头,示意他别说话,三个人一块儿挪到了前面路边的一条长凳上。罗斯玛丽看出阿贝有点醉意。

"你起来干吗?"他问。

"我不过刚起床。"她笑开了,但马上想起了二楼上那个声音,便克制住了。

"夜莺吵得人睡不着,"阿贝想给罗斯玛丽打圆场,把这句话连说了两遍,"大概是夜莺吵得人睡不着。这个碎嘴子告诉你发生的事了吗?"

坎皮恩神气十足地说:

"我只知道我亲耳听到的事。"

他站起来匆匆走开了;阿贝坐在了罗斯玛丽身旁。

"你怎么对他这么不友好?"

"我是那样吗?"他惊讶地问,"他在这儿哭了一早上了。"

"嗯,也许他有什么伤心事。"

"也许吧。"

"决斗是怎么回事?谁和谁决斗?我当时就觉得那辆车里有点儿怪。是真的吗?"

"这当然够蠢的,不过好像是真的。"

10

　　当时戴弗家的汽车停在路边,厄尔·布雷迪的汽车从旁边经过,麻烦就是这时候挑起来的——阿贝讲述着事情的经过,沉闷的声音融入了浓浓的夜色——瓦奥莱特·麦基斯科发现了戴弗家的什么秘密,正讲给艾布拉姆斯太太听——她上了戴弗家的二楼,在那儿撞见了不知什么叫她吃惊的事。但是汤米是戴弗夫妇的一条看门狗。实际上,她是既让人激动又让人觉得可畏——不过这倒是互相的,而戴弗夫妇二人作为一个整体对于他们的朋友们来说,才更为重要,朋友中许多人并不见得能完全体会到这一点。当然,形成这种局面也付出了某种代价——有时候他俩就好像一对跳芭蕾舞的漂亮搭档,只能引起你欣赏芭蕾舞的兴趣,可是这还不够——你总想了解剧情。不管怎么说,迪克把一些朋友交给尼科尔接待,汤米就是其中的一个,所以看到麦基斯科太太一直在暗示她发现的秘密,汤米就沉不住气了。他说:

　　"麦基斯科太太,请不要再谈论戴弗太太了。"

　　"我可不是说给你听的。"她反驳道。

　　"我看你最好别议论他们。"

　　"他们就那么神圣吗?"

　　"别议论他们。谈别的好了。"

　　他当时坐在坎皮恩旁边的一个小座位里,这事是坎皮恩给我讲的。

　　"哟,你这人真够霸道的。"瓦奥莱特回敬了一句。

　　你知道深夜汽车里的谈话是什么状况,有人低声唠叨,有人不说也不听,晚会过后没精神了,要不就是烦了,要不就是睡着了。

唉,直到汽车停下来,巴尔邦像骑兵一样吼叫,把大家吓了一跳,人们这才明白出了什么事。

"你就在这儿下车——这儿离酒店只有一英里,你可以走回去,要不我把你拽回去也行。你必须住嘴,让你老婆也住嘴!"

"你这暴徒,"麦基斯科说,"别看你比我壮,我不怕你——现在需要的决斗规则——"

"他错就错在这儿了,因为汤米是个法国人,想也不想就靠过去和他一拍手把这事定下来了,司机这才开了车。这就是你们经过的时候发生的事。接着女人们又说起话来。一直到了酒店,车上的气氛还是那样。

"汤米给戛纳的什么人打了电话,要他当帮手,麦基斯科说他不打算让坎皮恩当帮手,坎皮恩也不见得非干这个差事不可,所以他给我打了电话,叫我什么也别问,下来就是。瓦奥莱特·麦基斯科瘫倒了,艾布拉姆斯太太把她扶到自己屋里,给她吃了片镇静药,她就躺在床上舒舒服服地睡着了。我一到那儿就劝汤米改主意,可是他怎么说都不行,除非向他道歉,麦基斯科又气呼呼的,无论如何不肯道歉。"

阿贝讲完后,罗斯玛丽认真地问道:

"戴弗夫妇知道这事和他们有关吗?"

"不——以后也绝不会知道他们会和这事有什么关联。那个坎皮恩真是个浑蛋,这事也要告诉你,既然他告诉了你,就到此为止吧——我对那司机说,要是他说出去,我就宰了他。这是两个男人间的打斗——汤米需要好好打一架。"

"但愿这事别让戴弗夫妇发觉。"罗斯玛丽说。

阿贝瞟了一眼手表。

"我得上楼去看看麦基斯科——你想来吗?他感到自己没什么朋友——我敢肯定他还没睡。"

罗斯玛丽似乎看到了那幅图景:一个什么事都理不出个头绪的紧张兴奋的男人,焦虑地熬了一夜。她想了想,又是同情又是厌恶,不过还是答应一块儿去,浑身充满清晨的精力,和阿贝一块儿上了楼。麦基斯科正坐在床上,酒后好斗的劲头已经消退了,不过手里还拿着一杯香槟。他显得很弱,情绪暴躁,脸色苍白。显然,他一夜没睡,一直写,一直喝。他目光茫然,看着阿贝和罗斯玛丽问道:

"到时间了吗?"

"不到,还有半个钟头。"

桌子上铺满了纸,他费力地把这些纸整理到一块儿,是一封长信;最后几张上的字写得又大又难认。外面越来越亮,电灯显得渐渐暗下来,他在微弱的灯光下把自己的名字草草签在信的末尾,然后塞进一个信封,递给阿贝。"给我妻子。"

"你最好把头在冷水里泡一泡。"阿贝提了个建议。

"你觉得我最好这么做?"麦基斯科问道,脸上露出怀疑的神色。"我不想变得太清醒。"

"可是你现在这副模样太可怕。"

麦基斯科顺从地进了盥洗间。

"我的东西是一团糟,"他大声说,"我不知道瓦奥莱特怎么回美国。我没有办理人寿保险,老没工夫办。"

"别说胡话了,再过一个钟头,你会照样在这儿吃早饭。"

"当然,我知道。"他从盥洗室里出来,头发湿淋淋的,看着罗斯玛丽,好像头一回见面似的。突然,泪水涌进了他的眼眶。

"我的小说再也写不完了。我就是为这个难过。你不喜欢我,"他对罗斯玛丽说,"这也没法儿改变了。我主要是个作家。"他发出一个消沉的声音,无可奈何地摇了摇头。"我这辈子做过不少错事——太多了。可我也是个名人——在某些方面——"

他撇开这个话题,吸着一根已经熄灭的烟。

"其实我喜欢你,"罗斯玛丽说,"可我觉得你不该去决斗。"

"是的,我本该揍他一顿就算了,可是现在生米已经煮成熟饭了。我让自己给扯进本来没有权利做的事里去了。我的脾气暴躁透顶——"他仔细看着阿贝,好像等着遭到反驳似的。接着他发出一声惊人的大笑,把那截熄灭的烟头举到嘴边。他的呼吸加快了。

"麻烦在于是我提出要决斗的——要是瓦奥莱特不多嘴的话,我本来可以把这事处理好的。当然,就是现在我也可以退出,或者坐下来把这事当作是开了个玩笑算了——可我觉得要是这么做的话,瓦奥莱特就会小瞧我的。"

"不,她不会,"罗斯玛丽说,"她会更尊重你的。"

"不——你不了解瓦奥莱特。要是让她占了上风,她可凶着哪。我们结婚十二年了,有个小女儿,七岁就死了。后来你知道怎么着,我俩有点儿面和心不和了,倒没什么大矛盾,可就是慢慢疏远了——今天夜里她在那儿骂我是个懦夫。"

罗斯玛丽不知说什么好,就没回答。

"好吧,我们要多加小心,尽可能不出大乱子,"阿贝说。他打开一个皮匣子。"这是巴尔邦决斗用的手枪——我借来了,好让你熟悉一下,心里有个数。他的枪就放在皮箱里。"两把枪都是老式的,他拿起一把掂了掂。罗斯玛丽感到一阵恐惧,不由得叫了一声,麦基斯科看着手枪,神色焦虑不安。

"哎——难道我们就用零点四五口径手枪站在那儿对射吗？"他说。

"我不知道，"阿贝冷酷地说，"枪筒长就瞄得准。"

"两人离多远？"麦基斯科问。

"这我问过。如果有一方一定要被干掉的话，就离八步远，如果双方只是咽不下一口恶气，就离开二十步，如果双方只不过为了维护各自的荣誉，就离四十步。我和他的帮手商量过了，就定成四十步了。"

"不错。"

"普希金的一本小说里有场精彩的决斗。"阿贝回忆着书里的情节，"两人都站在悬崖边上，所以谁要是被打中，谁就完蛋了。"

这对麦基斯科来说，似乎十分遥远，而且不实用，他瞪着阿贝说道："什么？"

"你想到水里泡一泡清醒清醒吗？"

"不——不，我不会游泳。"他叹了口气。"我真不明白这究竟为的是什么，"他无可奈何地说。"我真不明白我为什么要这么干。"

这事是他有生以来头一回干。实际上对于他这种人来说，感性世界是不存在的，眼下他面临着一个确定无疑的事实，却又感到非常意外。

"我们可以走了。"阿贝看出他有点儿气馁了。

"好吧。"他一口喝干一杯烈性白兰地，把酒瓶装进衣兜，摆出一副差不多可以说是凶狠的架势说道，"假如我打死他，那会怎么样——会进监狱吗？"

"我送你越过意大利边境。"

他瞥了一眼罗斯玛丽,然后以抱歉的口气对阿贝说:

"有件事我想和你单独说了再走。"

"我希望你俩都别受伤,"罗斯玛丽说,"我觉得这是件天大的傻事,应该制止才对。"

11

她在楼下空荡荡的大厅里看见了坎皮恩。

"我看见你上楼去了,"他兴奋地说,"他好吗?决斗多会儿开始?"

"不知道。"听他那种口气,好像这事是场马戏,好像麦基斯科是个可怜的小丑,所以她很反感。

"你能和我一块儿去吗?"他问,那神气好像包下了座位似的,"我租下了酒店的汽车。"

"我不想去。"

"为什么不呢?想想看吧,这事会叫我少活好些年,可我说什么也不能不去。我们可以站到远远的地方看。"

"你为什么不叫邓弗利和你一块儿去?"

他的单片眼镜掉了下来,没像上回看见的那样掉进一堆胸毛里。他站了起来。

"我再也不想见到他了。"

"哦,我恐怕不能去。妈妈不会愿意让我去的。"

罗斯玛丽进了屋里,听见斯皮尔斯太太醒了,倦声倦气地问她:

"你到哪儿去了?"

"我睡不着。你睡你的吧,妈妈。"

"到我屋里来。"罗斯玛丽听见她坐起来了,就进去告诉她发生了什么事。

"你为什么不去看看?"斯皮尔斯太太建议她去,"你倒不必离得太近,完事后你也许能帮上忙。"

罗斯玛丽一想到自己站在一边旁观的样子就觉得不舒服,所以还是不愿意去。斯皮尔斯太太倦意很浓,还不十分清醒,隐约想起了她做医生妻子的时候,那些死伤病痛者的家属常常半夜来敲门求助。"我想让你独立自主地决定去什么地方和做什么事——雷尼做广告特技表演的时候,你出的力比眼下这事可艰难多了。"

罗斯玛丽还是觉得自己没有理由去,但是她顺从了那个可靠而清晰的声音,是这个声音把她在十二岁的时候送上了巴黎奥德昂剧院的舞台。她出门时又向母亲打了个招呼。

她在楼梯上看见阿贝和麦基斯科一块儿坐车走了,感到如释重负——可是不一会儿,酒店的汽车开到了拐角处。路易·坎皮恩欢喜地尖叫了一声,把她拉进车里,让她坐在他旁边。"我一直在那儿藏着,因为他们可能不让咱俩去。我把我的电影摄影机带上了,你瞧。"

她无可奈何地笑了笑。这人真是糟透了,糟到令人不觉其糟的地步,只觉得他丧失人性了。

"我不知道为什么麦基斯科太太不喜欢戴弗夫妇?"她说。"他们对她可是挺好的。"

"噢,不是这么回事。是她看见了什么。因为有巴尔邦在场,我们没弄清楚她究竟看见了什么。"

"这么说，不是这事让你这么难过。"

"噢，不是，"他说，他的声音有点儿结巴，"是另一件事，我们回了酒店才发生的。可我现在无所谓了——我把它彻底忘了。"

他们跟着前面那辆车沿着海岸向东驶去，经过了朱安坪，那儿正在建一座新赌场的主体结构。已经四点多了，天空呈灰蓝色，第一批渔船正吱吱嘎嘎开进淡淡的灰绿色海面。这时，他们拐下了大路，驶向偏僻的野外。

"那是高尔夫球场，"坎皮恩叫了起来，"我肯定场地就定在那儿了。"

他猜对了。阿贝的汽车在他们前面停下来的时候，东方已经露出红里透黄的曙色，显然又是个闷热的日子。罗斯玛丽和坎皮恩吩咐酒店的司机把车停在一片松树丛里，两人躲在树林里的暗处，避开了那条发白的高尔夫球的正规通路，阿贝和麦基斯科正在那儿走来走去，麦基斯科每隔一会儿就把头抬起来，像个东闻闻西嗅嗅的兔子。过了一会儿，远处的一个高尔夫球座那边走来几个人，两位旁观者认出那是巴尔邦和他的法国帮手——后者胳膊底下夹着手枪盒子。

麦基斯科好像吃了一惊，溜到了阿贝身后，长长地喝了一口白兰地。他让酒给呛了一下，边咳边朝对方走去，但是阿贝拦住了他，自己走上前去和那个法国人交谈起来。这时太阳已经跳出了地平线。

坎皮恩抓住了罗斯玛丽的胳膊。

"我实在受不了，"他怪声怪气地说，几乎没气了，"太可怕了。这会叫我——"

"放开手!"罗斯玛丽以断然的态度说了一声。她暗暗用法语胡乱祈祷了一阵。

两位对手面对面站着。巴尔邦挽起了袖子,眼睛迎着旭日闪烁着焦燥的光芒,但是他的神态举止显得冷静沉着,把手掌在裤子上擦了擦。麦基斯科乘着酒劲显得满不在乎,嘟起嘴吹着口哨,若无其事地翘着他的长鼻子。这时阿贝拿着块手帕走上前去。那个法国帮手站在那里脸朝着别处。罗斯玛丽心情十分紧张,简直透不过气来,怀着对巴尔邦的憎恨,紧紧咬着牙;接着:

"一——二——三!"阿贝扯开嗓门儿数了三下。

他们同时开了枪。麦基斯科晃了一下,但很快又站稳了。双方都没有击中目标。

"好了,这就够了!"阿贝喊道。

两位决斗者走进圈内,大家都以疑问的目光看着巴尔邦。

"我宣布我不满意。"

"什么?你当然应该满意了,"阿贝不耐烦地说,"只不过你没有体会到罢了。"

"你的人拒绝再来一枪吗?"

"你他妈的没说错,汤米。你非要这么干,我的委托人已经这么干了。"

汤米摆出一副蔑视的姿态,大声笑了。"这个距离太可笑了,"他说,"我对这种闹剧不习惯——你的人必须记住,他现在可不是在美国。"

"挖苦美国是白费口舌,"阿贝的口气有点儿严厉,接着又稍缓和了些,"这事弄成这样已经够劲了,汤米。"他们轻松俏皮地周旋了一会儿——然后巴尔邦点了点头,向他的对手冷冷地鞠了一躬。

"不握握手吗?"那个法国医生建议道。

"他俩已经认识了。"阿贝说。

他转向麦基斯科。

"好了,咱们走吧。"

他俩大步走开的时候,麦基斯科得意地抓住了阿贝的手臂。

"等一等!"阿贝说,"把手枪还给汤米。他以后也许还用得着。"

麦基斯科把枪递了过去。

"见他的鬼去吧。"他狠狠地说,"对他说他可以——"

"要不要告诉他你还想打一枪?"

"喔,我已经打了,"两人一边走,麦基斯科一边大声说,"我干得不错,是吗?我没手软。"

"你喝醉了。"阿贝直截了当地说。

"不,我没有。"

"好了,就算你没醉吧。"

"就算我喝了一两口,那又有什么区别呢?"

他这会儿又恢复了自信,不满意地看着阿贝。

"那又有什么区别?"他又问了一遍。

"莫非你不知道打仗期间人人都要喝醉吗?"

"唔,咱不说这个了。"

但是这段插曲还没有彻底了结。他们身后的石南草丛里响起了急促的脚步声,那位法国医生赶上了他俩。

"对不起,先生们,"他喘着气说,"能否付给我酬金?当然这仅仅是治疗护理费用。巴尔邦先生只有张一千块的钞票,没法付，他把小钱包留在家里了。"

"瞧，法国人不会忘记这个。"阿贝说，随即转向医生。"多少？"

"让我来付吧。"麦基斯科说。

"不用，我有。咱俩刚才差不多一样危险。"

阿贝付给医生钱，麦基斯科突然拐进树丛，好像要呕吐。只见他脸色苍白，但还是趾高气扬地和阿贝在清晨的曙色中朝汽车走去。

坎皮恩仰躺在树丛里喘着气，他倒成了这场决斗中唯一的伤员了。罗斯玛丽突然歇斯底里地大笑起来，一面用帆布鞋底接连踢他，一直踢得他清醒过来——现在对她唯一重要的事，就是几个钟头后她要在海滩上见那个人，她在脑子里还把那人叫作"戴弗夫妇"。

12

他们在瓦赞饭店等候尼科尔，一共六个人：罗斯玛丽，诺思夫妇，迪克·戴弗，还有两位法国音乐家。他们打量着饭店里的其他客人，看他们是不是显得安宁——迪克说没有哪个美国人能显得安宁，他自己除外，他们在找一个在这方面能和他媲美的人。果然不出所料——进了饭店的人十分钟后没有不举起手来的。

"我们真不该废弃了在胡子上打蜡的做法，"阿贝说，"但是迪克并不是唯一显得安宁的人——"

"哦，不对，我的确是。"

"——不过他也许是个既安宁又头脑清醒的人。"

一位衣冠楚楚的美国人陪着两个女人走进了饭店,两个女人风风火火地坐下来,在桌子旁边坐立不安,对自己的举止并无意识。那男人忽然发觉有人在看他——于是他的手机械地举了起来,弄得领带怪模怪样地鼓起一块儿。有两个男人进来后尚未落座,其中一个不停地用手掌拍打着他那刮得光光的腮帮子,他的同伴拿着一截熄灭的雪茄,机械地举起来又垂下。已经坐下来的一些客人有的扶眼镜,有的捻毛发,不戴眼镜的人有的拨弄嘴唇,有的甚至狠狠地拽耳垂。

一位著名的将军走了进来,阿贝判断了一下,认为他是西点军校一年级的学员——在西点军校第一年,学员不准退学,经过这一年的磨炼,一辈子也恢复不过来——还和迪克打了五块钱的赌。

将军的双手自然垂落在身体两侧,等候着侍者安排他坐下。他的胳膊忽然往后甩了一下,好像要跳水似的。迪克说:"哎!"他可别失去控制,但是将军又恢复了原先的姿势,他们也松了一口气——窘迫很快过去了,侍者给他拖出把椅子,安排他坐下了……

这位得胜了的将军略有点儿生气,抬起手搔开他那头发梳得光光的脑袋了。

"你瞧,"迪克得意地说,"我是唯一的。"

罗斯玛丽对此并不怀疑,迪克发现她是个最好的听众,便来了精神,逗得大家眉飞色舞,竟使罗斯玛丽对饭店其他客人产生了一种不耐烦的轻视感觉。他们来巴黎两天了,可骨子里仍在海滩的阳伞下面。在一些场合,比方前一天晚上侍卫团的那场舞会,周围环境对罗斯玛丽来说真是糟透了,与她要去参加的好莱坞社交舞会大相径庭。迪克在这种场面上总是有选择地和几个朋友寒暄交谈,并不扩大活动范围——戴弗夫妇似乎有很多熟人，但是好像人家都是好久没见他俩了，而且都显出那么一种不知所措的样子："呀，你俩到哪儿待着去了？"——然后迪克连讽带刺一下子就把局外人温和而长久地驱走，重新组成自己的圈子。过不了多久，罗斯玛丽就似乎想起来自己也认识那些人，只不过是很早以前的事，记不住是什么时候了，然后就接近他们，随即排斥他们，最后丢开他们。

他们自己的聚会则是地道的美国式的，但偶或又绝不是美国味儿。这和他们的人是一样的，经过多少年的调和，界限已经模糊了。

尼科尔身穿天蓝色套装，就像一方碧空落到了地面似的，飘进了光线幽暗充满烟雾菜香扑鼻的饭店。她从他们的眼里看出自己是多么漂亮，就对他们嫣然一笑，把她的谢意送给了大家。这时他们都和颜悦色，十分融洽，十分殷勤，无可挑剔。待了一会儿便腻烦了这一套，插科打诨，露出了本色，最后又定了许多计划。大家谈天论地，尽情说笑，过后就忘得一干二净——忘乎所以地开怀大笑，男的一连喝了三瓶葡萄酒。同桌的三个女人是美国生活潮流的代表。尼科尔的祖父是一位独立创业的美国资本家，外祖父是一位利普·韦森菲尔德家族的伯爵。玛丽·诺思的父亲是个裱糊匠，是泰勒总统[①]的后代。罗斯玛丽来自中产阶级的中间阶层，被她母亲一夜之间推到了好莱坞前所未有的峰巅。她们之间的相像之处以及和众多美国女人的不同之处，在于她们全都幸福地存在于男人的世界——她们通过男人而不是靠反对男人来保持自己的个性特征。她们三个都会成为温柔的情妇或贤良的妻子，这倒不在于偶然性的

---

① 约翰·泰勒（1790—1862），美国第十任总统（1841—1845）。——译注

出身门第，而在于一种更具偶然性的因素，即是否找对了男人。

所以罗斯玛丽觉得这次聚会很愉快，是一次美好的午餐会，好就好在只有七个人，一次好的聚会不能超过这个人数。也许是因为她刚进入了他们的圈子，仿佛是一种催化剂，使他们一反常态，很快就畅所欲言，毫无保留。午餐结束后，罗斯玛丽由一名侍者带领着，来到里面一处阴暗的电话间，法国所有的饭店都有这么一个去处，她在那儿就着一个黄灯泡的昏暗光亮，查找一个电话号码，给美法联合电影公司打了个电话。对方说他们当然有《爸爸的女儿》的拷贝，不过这会儿正好不在，但他们可以在这个星期之内为她放映，地点是圣天使路341号，具体事宜需要和克劳德联系。

围起半圈的电话间朝着衣帽间，罗斯玛丽挂上电话的时候，听见两人低声说话，就在一排衣服的另一边，离她不到五英尺。

"——这么说你爱我？"

"哦，我当然爱你！"

是尼科尔——罗斯玛丽在电话间门口犹豫了一下，没有迈出脚步——接着又听见迪克说：

"我太需要你了——咱们现在就回旅馆去。"尼科尔轻轻叹了口气。一时间，罗斯玛丽并没有听懂这话的意思——但那口吻她还是听出来了。这秘密在她心里剧烈地震荡起来。

"我需要你。"

"我四点到旅馆。"

罗斯玛丽屏住呼吸，听着两个声音渐渐离去。她刚开始有些吃惊，她曾见到过他俩的关系状态，似乎并不特别热情，关系显得有点儿冷淡。此刻，一股深沉而莫名的强烈感情流过她的身体。她搞不清自己究竟是被吸引住了还是觉得反感了，只知道自己被深深触动了。她又走进餐厅里的时候,心里感到非常的孤独,但是从旁观察却又觉得挺感人,尼科尔充满激情的回答"哦,我当然爱你!"一直在她脑子里回响。她所目睹的那一幕的独特情调和她还有一段距离,但不管距离多远,她都觉得很正常,并不倒胃口,在电影里拍某些爱情镜头时她所产生的反感,此刻是绝对没有的。

尽管距离很远,现在那一幕仍然使她系心萦怀,挥之不去。和尼科尔一块儿逛街买东西的时候,她心里老惦记着那个约会,倒比尼科尔本人还着急。她用一种新的眼光看待尼科尔,重新估价尼科尔的魅力。尼科尔当然是罗斯玛丽遇到过的最有魅力的女人——那份冷竣,专一,忠诚,还有一种难以捉摸的特性,罗斯玛丽以她母亲那种中产阶级的思维方式去琢磨,把这些与她对钱的态度联系起来。罗斯玛丽花的是自己挣来的钱——她来欧洲是由于那次在一月份的一天,她一连六次跳进水里,当时体温从早上的华氏99度升到了103度,她母亲才叫她停了下来。

罗斯玛丽听了尼科尔的建议,用自己的钱买了两身裙装,两顶帽子、四双鞋。尼科尔拿着长达两页的购物清单买东西,连橱窗里的陈列品也买了几件。凡是她喜爱的自己又用不了的东西,她都要买下来当礼物送朋友。她买的东西包括彩珠、海滩折叠垫、假花、蜂蜜、为客人预备的床、提包、相思鸟、装饰玩偶房子的小画,还有三码龙虾色的新布料。还买了一打游泳衣,一个橡皮鳄鱼,一副镶金象牙国际象棋,给阿贝买了几块亚麻大手帕,另外还在海尔默斯商店买了两件羚羊皮夹克,一件是翠蓝色,一件是火红色。她买所有这些东西和一个高级妓女购买内衣首饰的出发点截然不同,内衣首饰是那种人的职业装备和投资。尼科尔是智慧和辛劳的产物。为了她这类人,火车从芝加哥驶出,横穿北美大陆隆起的腹部,驶向加利福尼亚；一座座搪胶工厂投入生产，各种工厂里的传送带越接越长；男工们在大桶里搅拌牙膏，在大缸里调制洁口液；女工们在八月份飞快地填装西红柿罐头，或者圣诞夜在"五分一毛"零售店里态度粗暴地售货；印地安人和白人的混血儿在巴西咖啡种植园做苦工，新型的拖拉机把过时的幻想家们挤出了专利权的行列。这些人只是无数劳工中的一部分，尼科尔从他们那里得到的东西仅仅是一星半点儿。随着整个系统如大潮奔涌般滚滚向前，她这种成批购买商品的嗜好便发起烧来，就像救火队员面对蔓延的大火脸上出现的红光一样。她那种我行我素的行为举止体现了一些简单的原则，体现得那么熨贴，显得那么优雅，使罗斯玛丽着了迷，禁不住想学她的样。

　　快四点了。尼科尔站在一家商店里，肩头站着一只相思鸟，兴致正浓，滔滔不绝地说了一番话：

　　"哎，要是你那天不跳进水里，会怎么样呢——有时候我也琢磨这些事。战前我们住在柏林——当时我十三岁，是母亲临去世前的时候。我姐姐要去参加一场宫廷舞会，她的邀舞单上有三位王子，一切都是一位管家事先安排好的。临走前半个钟头，她突然又肚子疼，又发高烧。医生说是阑尾炎，必须马上动手术。但是妈妈坚持照原来的计划办，于是姐姐去了舞场，跳到夜里两点，夜礼服里面绑着一个冰袋。到第二天早上七点才动了手术。"

　　这么说坚强是一种优秀品质，有教养的人都具备这种品质。但是已经四点了，罗斯玛丽满脑子想的都是迪克这会儿正在旅馆等候尼科尔。她必须上那儿去，她不应该让他等。罗斯玛丽老在想："为什么你不去？"接着脑子里闪过一个念头："要是你不愿意去，那就让我去好了。"可是尼科尔又进了一家商店，给她俩买胸衣,还让人给玛丽·诺思送去一件。这时她好像才想起来了,马上显得心不在焉,举手招呼出租车。

"再见,"尼科尔说,"过得很快活,是吗?"

"快活极了!"罗斯玛丽说。看着尼科尔去赴约,让她好难过,比原来想的还难过,浑身上下都在抗议。

13

迪克在坑道转弯处拐过来,沿着战壕里的木板路往前走。他来到一个潜望镜跟前,透过镜筒观望了一会儿;然后踏上台阶,朝掩体那边张望。前方暗黑的天空下是博蒙特哈梅尔;他左面是那座悲惨的西埃普弗尔山。迪克用他的双筒望远镜看着这两处景观,不禁悲从中来,感到喉头一阵发紧。

他继续沿着战壕往前走,发现别人正在另一条坑道里等他。他很兴奋,想让大家分享他的兴奋,让他们理解这些东西的意义,其实阿贝·诺思在军队服过役,而他却没有。

"这块地方在那年夏天平均每英尺付出了二十条生命的代价。"他对罗斯玛丽说。她顺从地朝前望去,前面是一片绿色平原,草木并不茂盛,倒是有点光秃,上面只有才长了六年的低矮树木。假如那天下午迪克还说那些树木现在正遭受着炮击,罗斯玛丽也会不假思索地相信他的话。她的爱已经到了这种地步,使她终于开始感到不愉快了,感到悲观绝望,不知道该怎么办才好——真想和妈妈倾诉一番。

"从那以后这世界上又死了无数人,我们也会很快就死去的。"阿贝用这话来安慰大家。

罗斯玛丽紧张地期待着迪克继续说话。

"瞧那条小溪——我们可以两分钟内走到那儿去。英国人用了一个月才走过去。一个帝国慢慢往前推移，前面的倒下，后面的继续前进。另一个帝国慢慢往后退，一天只退几英寸，留下漫山遍野血淋淋的尸体。这一代欧洲人再也不会干这事了。"

"什么？他们只不过才退到土耳其，"阿贝说，"再说在摩洛哥——"

"那不一样。这西线的战事再不会发生了，在很长一段时间内不会发生了。年轻士兵们以为还能打，其实不能了。他们可以再攻下马恩省，但无法攻占这地方。这里被攻占有很多方面的原因，包括宗教和阶级之间多年存在的那种一成不变的固定关系。俄国人和意大利人在这条战线上干得不好。要想打得好，必须把整个思想感情武装起来，让头脑里装满过去的回忆，以及更早的事，比如圣诞节的欢乐，皇太子和他的未婚妻寄来的明信片，瓦朗斯的小咖啡馆，昂特林顿的花园酒吧，市政大楼里的婚礼，观看赛马，还有祖父的络腮胡子。

"格兰特将军1865年在匹兹堡发明了这种战术。"

"不对，不是他发明的，他发明的是大规模屠杀。这种战术的发明者是刘易斯·卡罗尔[1]和儒勒·凡尔纳[2]，是能写出《水仙》的人，是善玩滚球的乡村教区执事，是马赛的教母，是在维尔特堡和威斯特伐利亚的背街小巷被勾引的姑娘。哎，这是一次爱之

---

[1] 英国作家（1832—1898）。——译注
[2] 法国作家（1828—1905）。——译注

战——中产阶级把一个世纪的爱都用在这儿了。这是最后的一次爱之战。"

"你把这次战役交给劳伦斯①好了。"阿贝说。

"我那美丽可爱而又安全的世界,在一次巨大的爱的爆发中,在这儿完全崩溃了,"迪克顽固地感叹着,"难道不是吗,罗斯玛丽?"

"我不知道,"她神情严肃地回答,"你什么都知道。"

他们落在了其他人后面。突然一阵土碴碎石落了他们一身,阿贝在旁边的一条坑道里叫喊起来:

"战斗的精神又回到我身上来了。我已经爱上俄亥俄一百年了,我要炸掉这条战壕。"他把脑袋探出坑道,"你们死了——你们不懂规则吗?那是颗手榴弹。"

罗斯玛丽大笑起来,迪克也抓了一把石子准备报复,却又放下了。

"我不能在这儿胡闹,"他口气里带点儿抱歉的意思,"银带砍断了,金碗打碎了,还有这一切的一切,但是像我这样浪漫的人对此却无能为力。"

"我也是个浪漫的人。"

他们从经过仔细整修的战壕里走出来,迎面看见一个为纽芬兰死难将士所建的纪念碑。罗斯玛丽念了一下碑文,不禁失声痛哭起来。她和大多数女人一样,愿意让人家告诉她应该怎样感觉,她愿意让迪克告诉她什么事是荒唐的,什么事是悲惨的。但最要紧的是,她想让他知道她是多么爱他,因为这个事实弄得一切都没了头

---

① 英国作家(1885—1930)。——译注

绪，弄得她如醉如痴地来到这个战场参观凭吊。

参观既毕，他们坐进了自己的汽车，出发去亚眠。天上下起了暖暖的细雨，雨水纷纷落在矮树林和灌木丛里。他们看见按类型分别堆在一起的哑弹、炮弹、炸弹、手榴弹，仿佛一次巨大的火葬用过的无数堆干柴一样，还有头盔、刺刀、枪托、腐烂的皮带之类的装备，全都散布在地上，丢弃了六年。在一处弯道附近，忽然出现了一片坟茔，坟头插满了花环，宛如一片白色的海洋。迪克叫司机停车。

"那姑娘还在那儿——还带着她的花环。"

大家看着他下了车朝姑娘走过去，姑娘犹豫地站在坟场门口，手里拿着一个花环。她的出租车停在那里等着她。这姑娘长着红头发，是田纳西人，他们上午在火车上和她相遇，她是从诺克斯维尔来这儿的，为的是给她哥哥的坟上放一个花环，以示纪念。她神色怅惘，脸上挂着泪珠。

"陆军部肯定给错我号码了，"她呜咽着说，"这个号码是另一个人的名字。我从两点一直找到这会儿，可是坟这么多，实在找不到。"

"我要是你，就不看名字，随便放在哪个坟上都行。"迪克劝她说。

"你觉得我该这么做吗？"

"我觉得这是他想要你做的。"

天色渐渐暗下来，雨越下越大了。她把花环放在场门内第一座坟头，然后接受了迪克的建议，打发了出租车，搭他们的车一块儿回亚眠。

罗斯玛丽听了那个不幸的故事，又掉了眼泪——这是一个忧伤的日子,但是她感到自己长了见识,尽管自己并不理解这事情的实质。后来她回忆起那天下午,觉得还是愉快的——也是一次平凡的经历,是联系过去的欢乐和未来的欢乐的一个环节,而它本身结果也是一次欢乐。

亚眠是个到处都是紫色调的城镇,依旧沉浸在战争的惨痛之中,和别处的几个车站很相像,比如巴黎的北方车站和伦敦的滑铁卢车站。白天在这种城镇里,人就会情绪低沉。大教堂前面的灰色卵石铺面的大广场上,穿行着二十年前的小电车,就连天气似乎也有一种过去的味道,好像褪了色的照片似的。但是天黑之后,法国生活中最令人满意的东西就又浮现在这幅画面上来了——到处是女孩们轻盈的身姿,男人们在小酒店里吵吵嚷嚷,一句话恨不得说上一百个"那个",一对对情侣徜徉街头,肩并肩,头挨头,用不着花费什么,但其乐融融。他们坐在街边的拱廊里等火车,拱廊很高,足可以让烟雾、欢笑和音乐散发出去。乐队为迎合听众的口味,突然奏起了《对,我们没有香蕉》[①],他们禁不住拍起手来,因为指挥显得非常得意。那个田纳西姑娘忘记了悲哀,也高兴起来,甚至还热情地转动着眼珠指手画脚地与迪克和阿贝嬉笑调情。他俩温和地和她逗笑取乐。

后来,他们又逛了一些小地方,这些地方各具特色,分别属于维尔特堡人、普鲁士卫兵、阿尔卑斯山猎步兵、曼彻斯特磨坊工人、伊顿公学的老毕业生。离开这些地方后,他们上了火车回巴黎。路上吃了些车站饭馆做的香肠乳酪三明治,喝了些博若莱葡萄酒。尼科尔心不在焉,不停地咬嘴唇,一边翻看着迪克带来的几本

---

① 当时的一首美国流行歌曲。——译注

介绍那个战场的小册子——的确，迪克已经把有关那个战场的情况都很快研究了一遍，一直试图从中概括出一个简单的道理，直到能和他的一个晚会沾上点儿边儿。

14

他们抵达巴黎后，尼科尔深感疲乏不堪，无法按计划到盛大华美的装饰艺术展览会去参观了。他们与她在乔治国王饭店告别。看着她消失在门厅那明亮漂亮的玻璃门之间，罗斯玛丽感到大大松了一口气。尼科尔有一种力量，那是一种无法捉摸的力量。与她母亲比起来，她的脾气既不太温和，又难以预料。总之，罗斯玛丽有点害怕她。

十一点钟左右，她与迪克和诺思夫妇聚在塞纳河畔一个水上咖啡店里。桥上灯火倒映在河面上，发出粼粼波光，起伏的波涛如摇篮般晃动着安卧其中的一轮轮寒月。罗斯玛丽以前与母亲一起住在巴黎，有时在星期日乘小型汽轮逆流而上驶往叙雷讷，一路上谈论未来的计划。她们当时没有多少钱，可是斯皮尔斯太太坚信，罗斯玛丽的美就是一笔财富，并且向女儿灌输了事业的抱负，到后来，她心甘情愿在女儿的"优势"上押下她那点私房钱做赌注；等罗斯玛丽成功后，再报答母亲……

自从抵达巴黎后，阿贝·诺思就一直处于酒后微醺的醉态：阳光和葡萄酒的刺激让他的眼睛布满了血丝。罗斯玛丽这才发现，他无论到了什么地方都要停下脚步喝上一杯。她不明白玛丽·诺思怎么会喜欢他这种嗜好。玛丽十分平静；除了不时笑上一两声外，罗斯玛丽对她没有更多了解。她喜欢她乌黑、平滑的秀发,那头发梳向脑后,如同瀑布一样泻下去,鬈发不时滑落下来,形成十分时髦的模样,等到快要遮住眼睛了,她便轻轻晃动一下脑袋,将头发荡回到原来的位置上。

"阿贝,我们今晚得早点睡了,喝完这杯就走吧,"玛丽的声音很轻,但是其中不无焦虑,"你不想在船上灌个不停吧。"

"时间挺晚了,"迪克说,"大家最好都走吧。"

阿贝的面孔富有贵族般的尊严,这时露出些许固执,口气坚决地说:"啊,别走。"他一本正经地停顿了片刻,又说:"啊,不要现在就走。我们得再来一瓶香槟才成。"

"我可不能再喝了。"迪克说。

"我说的是罗斯玛丽。她天生就嗜酒。她在卫生间里还藏着一瓶杜松子酒呢——是她妈妈告诉我的。"

他把第一瓶里剩余的酒全倒进罗斯玛丽的杯子里。她来到巴黎的第一天喝了那么多柠檬水,让她直发恶心。那以后,她跟他们在一起时什么也不喝,不过现在,她却端起那杯香槟,仰起脖子喝起来。

"这是怎么回事?"迪克吃惊得喊了起来,"你对我说过,你不喝酒的。"

"可我没说将来永远不会喝。"

"那你母亲会怎么说呢?"

"就喝这一杯。"她感到自己无法抵抗这种诱惑。迪克也喝了,虽然没有多喝,但终归是喝了,也许这样能让她与他更加接近,因为他参加了她不得不从事的活动。她喝得太快,呛了一下,然后说:"另外,昨天是我的生日,是我十八岁的生日。"

"你干吗不早告诉我们？"他们都感到愤愤然了。

"我知道你们听了准会大惊小怪，为此惹出许多麻烦来。"她喝完那杯香槟说，"这便是一次庆祝。"

"绝对不是，"迪克口气肯定地说，"明天的晚餐是你的生日晚会，你可别忘了。十八岁——嗨，哪有比这更重要的年龄啊。"

"我一直认为，十八岁以前的一切都无关紧要。"玛丽说。

"说得对，"阿贝表示同意，"而且在这之后一切还是照旧。"

"阿贝认为，他上船之前什么都无关紧要，"玛丽说，"这一次，他到纽约去是把什么都计划好了。"她说话的口吻，听上去对说的内容感到了厌倦，仿佛那些东西对她已经不再有什么意义，好像在现实中她和她丈夫所走的道路或者没有走的道路，仅仅变成了一个计划。

"他要在美国作曲，而我要在慕尼黑歌唱，所以，等我们再聚到一起时，没有什么是我们不能做的。"

"那可太好了。"罗斯玛丽一边摩挲着香槟酒瓶，一边附和道。

"罗斯玛丽得再来一杯香槟。过后她才能让她的淋巴腺正常工作。淋巴腺是十八岁才开始起作用的。"

迪克听了阿贝的话，发出一阵宽容的笑声。迪克喜欢阿贝，但是对他早已不抱什么希望了："从医学角度讲，这话是错误的。我们要走了。"阿贝一把拉住这位孱弱的保护人，轻声说道：

"我有一种预感，不等你写完你那科学论文，我早就在百老汇走红了。"

"我也这样希望，"迪克的语调平淡，"我也希望这样。我或许会抛弃你所谓的'科学论文'。"

"噢，迪克！"玛丽的声音里充满吃惊和震动。罗斯玛丽从来没有见过迪克的面孔变得如此毫无表情。她认为他宣布的事情太严重了，感到自己也不由得要像玛丽一样喊道："噢，迪克！"

然而，迪克突然放声大笑起来，又补充说："当然是为了另一个目标而放弃。"说完便从桌子旁边站起来。

"迪克，你坐下。我想要知道……"

"在合适的时候我会告诉你的。晚安，阿贝。晚安，玛丽。"

"晚安，亲爱的迪克。"玛丽微笑着说。她的表情仿佛显出自己坐在那条几乎空荡荡的船上，感到十分高兴。她是个满怀希望的勇敢女人，她追随着自己的丈夫，随遇而安，自己没有能力稍稍改变他的生活道路。有时候，她沮丧地意识到，自己藏在心中的目标已经深深与他的融合在一起了。可是她仍然显出一副幸运的神色，仿佛她本人不过是一种筹码而已……

15

"你打算放弃什么？"罗斯玛丽与迪克坐在出租汽车里，面对着他问道。

"没什么重要的东西。"

"你是个科学家？"

"是个医生。"

"哎呀！"她欢快地微笑起来，"我父亲以前就是个大夫。那你为什么不……"她停住了。

"这没什么神秘的。我并不是在自己职业的鼎盛时期丢了脸，躲到里维埃拉来休假。我只是没有行医而已。不过也没准儿,说不定将来有一天,我要重操旧业再开始行医呢。"

罗斯玛丽平静地抬起头向他迎上去,渴望着与他接吻。他望了她片刻,似乎不明白她这是什么意思。然后,才把她搂进自己的臂弯里,用自己的脸颊厮磨着她柔嫩的面颊。接着,他再次抬起头俯视了她挺长一阵儿。

"多可爱的孩子。"他严肃地说。

她仰视着他,朝他微笑,两只手机械地摩挲着他的西服衣领。"我爱你,也爱尼科尔。这可是我的秘密——我不愿向任何人谈起你,因为我不想让其他人知道你有多好。说真心话,我爱你,也爱尼科尔,真的。"

——这种话他听过不知多少次了——就连说话的套路都是一个样。

突然,她向他靠上来,她那稚嫩的面庞消失在他两眼的焦距范围之内,他狂吻着她,气都喘不上来,仿佛根本就顾不上考虑她有多年轻。后来她朝后面仰过去,躺在他的臂弯里,叹了口气。

"我决定不要你了。"她说。

迪克吃了一惊——难道他说过什么话,暗示自己的哪一部分属于她?

"这可太不公平了,"他尽量压低声音说,"我刚刚开始着迷。"

"我多爱你啊……"仿佛这事已经有好几年了似的。这时,她轻轻呜咽起来。"我一直是多么爱你啊……"

他觉得自己不禁要笑出声来,但是却张口说出:"你不但漂亮,而且有着非凡的气度。你不论做什么都能成功,不论是假装爱上了什么人,还是装作羞答答的样子,都十分逼真。"

在出租车幽暗的后座上，罗斯玛丽身上散发出香水的气味，那种香水是她从尼科尔那儿弄来的。她再次靠向他，贴在他身上。他亲吻着她，却并不能从中获得乐趣。他知道她的胸中藏着热情，但是她的眼睛里却没有流露出来，她的嘴巴也没有表示出来。她的呼吸中有一丝淡淡的香槟气息。她再次不顾一切地朝他凑上来，他便再次亲吻她。她天真的亲吻，以及四目相对时她的目光投向冥冥幽暗之中的情景，让他感到心中一阵发冷。她还不能真正明白，澎湃的美藏在人的内心中。等她意识到这一点，并融进激情的海洋中后，他才能毫无悔意地接受她。

她的旅馆房间就在他们的房间斜对面，离电梯比较近。两人走到门口时，她突然说：

"我知道你不爱我——我也没指望你会爱我。但是你说我应该早些把我的生日告诉你才对。这个嘛，我已经告诉你了。我想要得到的生日礼物，就是请你到我的房间里来待上片刻，我要告诉你一点儿事情。只待片刻。"

他们走进屋，他把门闭上。罗斯玛丽贴近他站着，但是并没有接触到他。夜色中，她脸上的颜色已经看不清楚——她的脸色十分苍白，就像一朵舞会后残留的白色麝香石竹花。

"你微笑的时候……"他恢复了慈父般的态度，这也许是尼科尔默默出现在他意识中的缘故，"我心里总是认为，会看到你掉了乳牙留下的豁口。"

但是他已经太晚了——她凑上来贴着他的身子，可怜巴巴地对他耳语说：

"要我吧。"

"要你干吗？"

他惊得浑身都僵住了。

"来吧,"她低语说,"哦,请你来吧,做人们在一起做的任何事情。我就是不喜欢也不会在乎的——我从来就没有预料到会喜欢——我从来都讨厌想这事,可我现在不讨厌了。我想要你来做。"

她为自己居然说出了这样的话感到吃惊,她从来没想到自己会这么说。她将自己十年来修女般生活中阅读过的、看到的,以及睡梦中见到的景象都集合起来了。突然间,她也明白了这是她最了不起的角色,便更加充满激情地投入其中了。

"这事可不该发生,"迪克故意说,"难道这不是由于香槟的缘故吗?我们尽量把这事忘掉吧。"

"噢,不。现在就做。我要你现在就做,要我吧,教我做,我属于你,完全属于你了,我是自愿这样做的。"

"首先,你想过这样做会让尼科尔受到多大的伤害吗?"

"她不会知道的——这与她没有任何关系的。"

他慈祥地继续说下去。

"另外,我爱尼科尔。"

"但是你可以不止爱一个人,不是吗?就像我既爱妈妈,也爱你,而且我现在更爱的是你。"

"还有一个问题。你现在并没有爱上我,但是事后或许会爱上的,你的生活因此会变得一团糟。"

"不,我保证我以后再也不见你了。我马上就要跟母亲到美国去了。"

他没有就这一点进行争论。他对她年轻稚嫩的嘴唇记忆太生动了。他换了另一种口吻。

"你正处在那种情绪中。"

"噢,求求你,我就是怀了孩子也不会在乎的。我可以像电影厂的姑娘们那样,上墨西哥去处理。啊,这可跟我以前想的任何情况都不同——以前,人们跟我一本正经地亲吻,让我感到讨厌。"他看出,她心里仍然认为这事准会发生。"那些人长着大牙齿,可是你跟他们不同,你漂亮。我想要你做。"

"我相信你认为人们用某种方式接吻,你要我那样亲吻你。"

"噢,别逗我了——我又不是个娃娃。我知道你不爱我,"她突然变得又自卑又平静,"我也没有那么多奢望。我知道对你来说,我必须显得无足轻重才对。"

"胡扯。但是,对我来说你显得太年轻了。"他在自己脑子里又补充道,"你不懂的东西太多了。"

罗斯玛丽期盼着,呼吸变得急促起来。迪克说:"最后还有一点,我不能满足你的愿望。"

她一脸的肉都耷拉下来,显得又沮丧,又失望。迪克机械地说:"我们只能……"他没有讲下去,跟着她走到床前,在她身边坐下来。她抽泣着。他突然感到迷惑不解,不是为这桩事的道德问题,也不是因为这种事情不论从哪个角度讲都是不可能的,他仅仅是感到迷惑不解。有那么一刻,他平时的优雅风度、镇定中蕴藏的力量都不复存在了。

"我原来就料到你不会,"她啜泣着说,"不过是我可怜的希望而已。"

他站起身来。

"晚安,孩子。太遗憾了。咱们忘掉这事吧。"他对她说了几句护士安抚病人入睡时常说的废话。"有许多人会爱上你,最好保持你爱情和感情的纯真去迎接你的初恋。旧观念了，是不是？"他朝房门走去时，她抬起头朝他那个方向望去。她对他脑子里的想法一无所知。她看到他缓慢地朝前面迈出一步，转过身来再次朝她望望，她一时想扑上去抱住他，把他整个拥入自己的怀抱，她想要他的嘴、他的耳朵、他的外套领子。她想要搂住他，把他吞进自己的身体。她望着他的手落在门钮上。然后她放弃了，倒在床上。门闭上以后，她站起身，走向梳妆台，对着镜子梳头发，一边梳一边抽着鼻子。罗斯玛丽像往常那样梳了一百五十遍，然后又梳了一百五十遍。直到梳得一条胳膊都酸疼了，然后她换了一只胳膊，继续梳啊梳……

16

她醒来时变得冷静了，觉得羞愧。望着镜子里自己的漂亮面庞，她没有感到安心，反而揭起了昨天的旧伤疤，也想起她母亲转寄来的一封信。信是去年秋天带她参加过耶鲁大学舞会的一个小伙子写给她的，信中说她在巴黎没有任何益处——那一切仿佛那么遥远。她离开自己的房间去见戴弗夫妇，这事对她来说简直是一种煎熬，而且有双重的苦恼。但是当他们见了面，一起去服装店试衣服时，她的秘密隐藏得像尼科尔的秘密一样隐蔽。尼科尔碰巧就一位疯疯癫癫的女售货员做了一番评论，这番话让她感到十分安心："大多数人都认为别人对自己的看法很苛刻，其实不见得——他们认为其他人对自己的看法要么是赞成，要么是不赞成。"要是换了昨天，罗斯玛丽在得意中准会讨厌这种说法，但是今天，她渴望缩小那件事的影响，便很乐意附和这种说法。她崇拜尼科尔的美貌和智慧，同时，她一生中第一次感到了忌妒。就在离开高斯酒店前，她母亲还用不经意的口吻说过，尼科尔是个大美人，罗斯玛丽知道，母亲的话中包含着极为重要的看法，而且还等于是坦白地说，罗斯玛丽不是个大美人。这并没有让罗斯玛丽感到不安，她最近才刚刚发觉，就连尼科尔的风度也十分高雅。可是尼科尔的漂亮似乎从来就不是与生俱来的，而是后天获得的，就像尼科尔学到的法语一样。

上了出租汽车后，罗斯玛丽仔细观察着尼科尔，把她跟自己进行对比。她那娇美的身体和精致的嘴巴中潜藏着浪漫的爱，那张嘴巴有时紧紧闭起来，有时却充满期待地微微向世界敞开。尼科尔还是个年轻姑娘时就是个美人，此后，她的皮肤绷紧在高颧骨上，仍然是个美人——她已经成形了。她的头发以前是浅鹅黄色的，但是现在她比以前更漂亮了，头发的颜色也变深了，不再像以前那样淡得像一团云彩。

"我们以前在那儿住过。"罗斯玛丽突然指着圣皮埃尔路上的一幢房子说。

"真奇怪。我十二岁时，妈妈带着我和巴比在那儿住过一个冬天。"尼科尔指着街对面的一座旅馆说道。两座房子暗黑色的正面建筑仿佛正在盯着她们看，勾起两人晦涩的童年记忆。

"当时我家刚建成我们的湖滨住宅，正在精打细算节约开销呢，"尼科尔接着说道，"至少巴比和我还有家庭教师都很节约，而妈妈要出外买东西。"

"我们当时也挺紧张的。"罗斯玛丽说道。她意识到，这个词对她们俩有着不同的含义。

"母亲总是十分小心谨慎地把它叫成个小旅馆……"尼科尔

用她那种有魅力的声音轻轻笑了一声，"……我的意思是说，她避免把它叫成个'廉价'旅店。假如有些时髦的朋友们问起我们的住址，我们绝对不会说：'我们住在贫民区一个黑黢黢的巢穴里，我们高兴的是那儿还有自来水，'——我们会说，'我们住在一家小旅馆里。'仿佛所有的大旅馆都太吵闹，太粗俗，不适宜我们去住似的。当然啦，那些朋友们都能看穿我们的把戏，并且把这事告诉所有的人，但是妈妈总是说，这也显示出我们对欧洲非常熟悉。她的确十分熟悉欧洲：她是个土生土长的德国公民。但是她母亲却是个美国人，所以她后来是在芝加哥长大的，比较起来，她具有较多的美国特色，较少的欧洲风格。"

她们要在两分钟后与其他人会面，在卢森堡公园对面的盖纳谟路边从出租车上走下来的时候，罗斯玛丽这才回到现实中来。他们在诺思夫妇居住的公寓里用午餐，那里远远高出绿叶浓荫，显得光秃秃。罗斯玛丽觉得这天与前一天大不相同——她与他打照面儿的时候，他们的目光只是匆匆扫视一下，好像鸟儿拍打翅膀时互相扫动了一下。这以后一切都很正常，一切都好极了。她明白，他开始爱上她了。她乐得发狂，体会到感情的活力在全身上下涌动着。她的自信心在冷静而清楚地加强，在她的心中歌唱着。她几乎不朝迪克那边张望，但是她觉得自己一切都明白。

午饭后，戴弗夫妇、诺思夫妇和罗斯玛丽去看一部法国与美国合作拍摄的电影。她给来自纽黑文的男朋友科利斯·克莱打过电话，他们要一起看这部电影。他是佐治亚州人，对那些在北方受过教育的南方人有着传统的成见，传统得甚至有些刻板。去年冬天，她还认为他十分迷人——他们有一次在从纽黑文到纽约的汽车里，还曾经手拉着手；可是对她来说，他现在已经不复存在了。

在放映厅里,她坐在科利斯·克莱与迪克中间,放映师往机器上装《爸爸的女儿》影片时,一个法国经理对她讲美国俚语感到不舒服。放映机出了点儿故障,他便模仿着美国腔调说:"不错,伙计,我没有香蕉。"接着,灯灭了,放映厅喇叭里开始发出咔嗒咔嗒的声音,还有一阵噪声。她终于再次与迪克单独待在一起了。他们在昏暗中相互望了一眼。

"亲爱的罗斯玛丽。"他低语道。他们的肩膀相互接触了一下。尼科尔在这排座位尽头不安地躁动着,阿贝突然猛烈咳嗽起来,还擤擤鼻子。接着,大家坐端正,电影开始了。

银幕上出现了她的身影——那是一年前的那个女学生,头发长长地披在身后,发卷僵硬得像一座雕像上的头发;那是她的身影——又年轻,又单纯,活脱脱是她母亲爱怜关心的产物;那是她的身影——体现了她同类人的全部幼稚状态,仿佛是个用硬纸板剪出来的新玩具娃娃,而没有开始想到淫欲。她还记得自己身上穿着那身衣服时的感觉,当时穿着那身年轻人穿的新鲜丝织衣服,觉得特别富有朝气。

爸爸的女儿。她是个勇敢的小东西,还是遭受了什么苦难?哎呀,有点儿太喜欢叽叽喳喳了,难道她不是表现得有点过于喋喋不休了吗?她用娇小的拳头,与贪欲和腐败的力量抗衡。唔,命运的进程中止了;不可避免的变成了可以避免,推论、论证以及各种理性的分析全都失去了意义。女人会忘记洗盘子的活计,放声哭泣,就在看这部电影时,一个女人哭了那么长时间,几乎让罗斯玛丽受到感染。她在一个耗资巨大的场景中从始哭到终,那个场景从一个邓肯·法伊夫式的豪华客厅转到一座飞机场,从闪了两个镜头的快艇竞赛转到一条地铁,最后镜头摇进卫生间。不过罗斯玛丽胜利了。她个性细致优雅,遭到世人粗俗的冒犯时表现出勇气和坚定,罗斯玛丽表现这一切时十分自然,她的面孔还没有变得像个面具。电影太动人了,整排的观众在放映过程中不时为她所感动。放映中间有一次间歇,开亮了灯。在人们发出的一阵喝彩声过后,迪克真诚地对她说:"我简直大大吃了一惊。你会成为舞台上的最佳女演员。"

接着,大家继续看《爸爸的女儿》。这时已经到了幸福的日子,罗斯玛丽和她父亲团圆,父亲的表情显得那么复杂,迪克像所有心理学家一样,为他们的故意做作紧紧皱起了眉头。银幕上的图像消失后,灯亮了。一个重要的时刻来临了。

"我还安排了一件事,"罗斯玛丽对打算离去的观众说,"我为迪克安排了一次试镜。"

"一次什么?"

"一次银幕试镜,他们现在就拍。"

一片死寂,接着诺思夫妇发出一阵无法压抑的哈哈大笑。罗斯玛丽望着迪克,看出他已经理解她的意思了。他的面孔首先显出怒气冲冲的样子,与此同时她意识到,她在打出自己的王牌时犯了个错误,她却并没有怀疑,出问题的是这副扑克牌。

"我可不要试什么镜,"迪克的口气十分坚决;但是他权衡整个形势后,换上一副轻松的口吻说:"罗斯玛丽,我感到失望。电影给女子提供了绝好的职业,可是老天爷,他们却不会把我拍进镜头。我不过是这么个整天躲在自己生活小圈子里的老科学家。"

尼科尔和玛丽带有讽刺意味地怂恿他抓住这个机会。她们逗他取乐,两个人却都为自己没有受到邀请而恼火得发狂。但是,迪克却用颇为辛辣的口吻讨论演员们,这样便为这个话题收了场:"最强壮的卫士被安置在大门口,却毫无用处。也许是因为这种空虚状态让人揭发出来太丢面子吧。"

罗斯玛丽与迪克和科利斯一起乘出租汽车,他们要把科利斯送回去,然后迪克要带罗斯玛丽去喝茶,尼科尔和诺思夫妇不能陪同,因为要去打点阿贝留下来的事情。后来,罗斯玛丽在出租汽车里责备迪克。

"我当时想,如果试镜结果不错,我就能带你到加利福尼亚去。要是他们喜欢的话,你就能脱颖而出,在电影里做我的男搭档呢。"

他十分感动,说道:"这个想法太美妙了,但是我宁愿望着你。你是我见过的最漂亮的姑娘。"

"那真是部了不起的电影,"科利斯说,"我已经看过四遍了。我认识纽黑文的一个小伙子,那个小伙子看了十几遍这个片子——有一次,他专程跑到哈特福德去看这部片子。后来我把罗斯玛丽带到纽黑文去见那个小伙子,他却羞得不愿见她。你能打胜吗?这个小姑娘把他们都击败啦。"

迪克和罗斯玛丽互相对视一眼,希望不受别人打扰。但是科利斯没有明白他们的意思。

"我送你们到你们要去的地方,"他提议道,"我住卢特什亚。"

"我们送你去那儿,"迪克说。

"我送你们容易些。毫不费事。"

"我想最好还是我们送你回去。"

"但是……"科利斯开口之后,终于理解了眼前的形势,便开始与罗斯玛丽讨论什么时候再见面。

最后,他下车了,随之而去的不仅仅是他那个无足轻重的影子,而且还是个惹人憎恶的第三者。汽车突然停下,让车上的人感到既意外又不满。车子停的地方是迪克指定的。他长长吸了一口气。

"我们进去好吗？"

"我没意见，"罗斯玛丽说，"你要我做什么我都愿意。"

他考虑了一下。

"我几乎不得不进去，她要我向我的一位朋友买些画，因为那个朋友需要钱。"

罗斯玛丽整理了一下她那富有魅力的零乱头发。

"我们在这里仅仅待五分钟，"他做出了决定，"你不会喜欢这些人的。"

她便猜想，那是些乏味呆板的人，要不就是些粗鲁的醉汉，或者是些令人厌烦、强人所难的人，或者属于戴弗夫妇设法避免见到的任何类型。她对这种情景可能对她产生的影响毫无准备。

17

这是一座用雷茨枢机主教宫改造成的房子，地点在绅士街，但是进门后，才发现其中并没有什么昔日的物品，也没有罗斯玛丽熟悉的新东西。石砌的房子外墙似乎能将未来全都囊括其中，因而让人产生触电般强烈的感觉，让人得到感官上的体验，跨进那个门槛或许可以不恰当地比喻为吃燕麦片粥和杂烩菜当早饭。从那个所谓的门槛走进去，穿过长长的钢蓝色长廊，其中装饰着镀了银的棱角，在无数角度古怪的斜面上，装饰着小镜子。这种效果与装饰艺术展览中的任何东西都没有相似之处，因为人们是在这房子里面，而不是在外面观赏它。罗斯玛丽感到一种拍片前超然物外的虚假得意，她猜想，在场的每个人也都有这样的感觉。

这里有大约三十个人，大多数是女人，而且都很时髦，全都模仿路易莎·M.奥尔科特[①]或者塞古尔夫人的装束。这些人在这出戏里的举止既谨慎又精确，就像一只手在小心翼翼地捡起尖棱尖角的碎玻璃片。她们作为个人或集体都不能算作这个环境的主宰者，然而，不论其中的秘密多么费解，一个主宰着艺术品的人便具有这种地位，可是，谁也不知道这间屋子中的含义，因为它与其他事物混合在一起，使这间屋子面目全非。在其中生存，简直像在擦得极为光滑的楼梯上移动脚步一样困难。除了前面提到的那些能捡起碎玻璃的手所具有的品质，谁也别想成功，而那种品质恰恰能限制这里大多数人，那种品质也就是他们的准确定义。

他们属于两种类型，第一种类型中有美国人也有英国人，大家都把春天和夏天的时光白白抛掷个干净，结果现在他们做的一切都仅仅是出于神经质的缘故了。他们在一段时间里平静而冷漠，然后，冷不防勃然而起，发生争吵、喧嚣，吸引人们的注意。另外一种人或许可以被称作剥削者，他们是些吃闲饭的寄生者，相比之下，这些人比较清醒，也比较严肃，他们在生活中有自己的目标，没有多少时间去开玩笑逗乐。这些人在那个环境中保持了最好的风度，在这帮价值观轻浮的怪诞人群中，要是有什么人说话得体，那就是他们了。

这个法兰肯斯坦[②]一口便将迪克和罗斯玛丽吞了下去——将他

[①] 美国女作家（1832—1888），以写儿童读物而闻名。《小妇人》是她最成功的作品。此处借用她的名字指她书中的女主人公。——译注

[②] 英国女作家玛丽·W.雪莱（1797—1851）所著小说中的主人公，系一生理学家，曾制造一怪物，后为此怪所毁灭。此书在西方十分知名。人们遂以法兰肯斯坦的名字泛指各种怪诞的事物。——译注

俩撕裂开来，罗斯玛丽立刻便发现自己在这里成了个虚伪的小人物，正面临着灭顶之灾，盼望有个人来为她指引方向。然而，由于屋子里如此混乱，她并没有觉得自己的地位比任何其他人更危险。此外，她所受的训练也起了作用。在一系列近乎军事行动的转移之后，她发觉自己已经开始与一位姑娘交谈起来，那是个面孔像漂亮小伙子一样的姑娘，穿着整洁，机智圆滑；其实，她不过是被一场谈话吸引住了，谈话发生在离她四英尺以外的一架黄铜梯子旁边。

那儿的一张长椅上坐着三个年轻女子。她们的身材都很高大苗条，脑袋却很娇小，收拾得十分整洁，如同模特儿的脑袋一样。她们在交谈时脑袋在剪裁得体的深色衣服上面优雅地晃动着，仿佛茎杆长长的花朵，也像眼镜蛇身体上扁平触目的部分。

"噢，他们表演得不错。"其中一位用富有表情的低沉嗓音说道。"的确是巴黎最好的表演——我绝对不会否认这一点。可是，归根到底……"她叹了口气，"那句话他说了一遍又一遍——'最古老的居民被啮齿动物啃咬。'你只会发笑一次。"

"我喜欢那些生活有更多波折的人，"第二位说道，"我不喜欢她。"

"不论是他们还是他们的侍从，都不会让我真正激动起来。就说那个性格变化莫测的诺思先生，不是这样吗？"

"他已经走了，"第一位姑娘说，"但是你必须承认，咱们评头论足的这一对是你见到过的人中最有魅力的。"

听到这个暗示，罗斯玛丽才意识到她们谈论的是戴弗夫妇，她感到愤怒，身体不由紧张起来。但是，正与她交谈的姑娘说得上了劲儿。那姑娘的眼睛湛蓝明亮，脸颊绯红，身穿浆硬的蓝衬衫和颜色十分接近灰色的外套，活像广告招贴上的人物。她拼命将她们俩之间的东西拨到一边,生怕罗斯玛丽看不见她,最后能够掩盖住这位姑娘的,只剩下一层并不可笑的幽默感。罗斯玛丽一目了然地看到她后,觉得有些厌恶。

"你肯赏光与我共进午餐吗?或者明天共进午餐或晚餐?"这位姑娘乞求道。罗斯玛丽环顾周围,寻找迪克,发现他在与女主人交谈,他们走进这房子后,他就一直与女主人交谈着。他们的目光聚在一起,他微微点了点头,那三个眼镜蛇姑娘同时注意到了她;她们的长脖子都甩过来瞄准她,微妙的批评目光聚焦在她身上。她挑战般地回望着她们,表示确认听到了她们说的一切。接着,她突然摆脱了与她面面相觑的对手,态度礼貌,但是行动急促,这是她从迪克那儿学来的。她朝迪克走去。女主人也是一位身材高挑、家境富裕的美国姑娘,满不在乎地炫耀着民族优越感。她正在向迪克提出无数个关于高斯酒店的问题,看来,她显然想到那儿去,正在坚持与他的不情愿态度做斗争。罗斯玛丽的出现提醒了她,她意识到自己是这里的女主人,她扫视了一下,问道:"你见到什么有趣的人吗?见到……"她的眼睛到处寻找一位或许会让罗斯玛丽感兴趣的男子,但是迪克说,他们非走不可了。他们立刻就动身,离开那个未来的门槛,回到那堵象征往昔的石墙外面。

"太可怕了,不是吗?"他说道。

"是可怕。"她顺从地重复道。

"罗斯玛丽?"

她喃喃地问道:"什么?"她的声音里充满敬畏。

"这儿让我感到害怕。"

她突然抽泣起来,声音大得能让人听到。"你有手帕吗?"她结结巴巴地问道。但是,她没有多少时间用来哭泣。他们顷刻之间已经变成一对贪婪的恋人,出租汽车的车窗外面,绿色和乳黄的暮色消褪了,雨丝在平静地扫落着,朦胧中,闪烁出火红的、煤气蓝的、幽绿色的光影。这时已经接近六点钟了,街道上开始忙碌起来,小咖啡店灯光明亮,出租汽车朝北面转过去时,协和广场现出一片壮丽辉煌的粉红色光芒。

他们终于开始互相凝视,嘴里还喃喃地念叨着对方的名字,听了让人心里着迷。在他们的脑子里,两个名字温柔地飘荡在空气之中,比其他词语和名字消逝得缓慢,比音乐更加持久。

"我不知道昨天晚上我是怎么搞的,"罗斯玛丽说道,"是那杯香槟的缘故?我以前从来没有那样做过。"

"你只不过说了你爱我。"

"我真的爱你——我无法改变这一点。"这时罗斯玛丽可以哭了,所以她用手帕捂住面孔哭起来。

"恐怕我也爱上你啦,"迪克说,"这并不是应该发生的最佳情况。"

接着两人再次相互念叨着对方的名字——然后两人的身体悠到了一起,仿佛是由于出租汽车转弯太急产生的惯性。她的乳房紧紧地贴在他身上,她的嘴唇又恢复了温柔,与他的融为一体。他们几乎感到一种痛苦的慰藉,停止了思想,什么也不看,他们仅仅保持着呼吸,互相探索着。他们都处在一个温和的灰色世界中,如酒后微醒般感到十分疲惫,他们的神经如同一把松弛的钢琴琴弦,又如柳条椅一样突然发出嘎吱的声音。他们各自的神经那么脆弱温柔,不能不跟对方的神经融合在一起,他们的嘴唇和胸脯也不能不与对方紧紧贴在一起……

他们处在爱情最幸福的阶段,彼此充满大胆的想象。那是些惊人的想象，结果，两个自我之间的融合仿佛达到了很高的境界，人与人的其他关系全都无关紧要了。他们两人仿佛完全是无意中抵达那里的，似乎仅仅是一系列偶然事件迫使他们走到一起，偶然事件多得让他们不由得认为，他们两人应该走到一起才对。他们抵达的时候都十分坦然，除了出于好奇和私下的兴趣，并没有刻意追求。

在迪克看来，那段路太短了。他们已经到了旅馆前面最后一个转弯处。

"什么办法也没有，"他惊慌地说，"我爱上你了，但是这并不能改变我昨晚对你说的那一切。"

"那就没什么关系了。我只是想要你爱我——只要你爱我，我就感到心满意足。"

"不幸的是我的确爱你。但是千万不能让尼科尔知道——哪怕让她稍稍感到怀疑也绝对不行。尼科尔和我必须继续过下去。说起来，这比愿意生活在一起更重要。"

"再吻我一遍。"

他亲吻她，但是他很快便放开她。

"不能让尼科尔受苦，她爱我，而且我也爱她。这个你明白的。"

她当然明白。这种事情她明白得很。不能伤害别人。她知道戴弗夫妇互敬互爱，因为这一直是她假定的基础。不过，她认为那是一种冷淡的关系，实际上就像她与母亲之间的爱一样。能和外人有这么好的关系，难道不是缺乏内部亲密关系的明证吗？

"我的意思是爱，"他猜出了她的思想，说道，"积极的爱——这事太复杂，我没法告诉你。正是它才产生了那种疯狂的决斗。"

"你怎么知道那场决斗的？我以为我们本来要把这事瞒着你的。"

"你以为阿贝还能藏住秘密?"他的话中充满尖刻的讽刺。"要是你有了个秘密,宁可把它通过无线电广播出去,宁可在闲话小报上登出来,也别告诉一个每天要喝三四杯酒的男人。"

她笑出声来表示同意,身子与他靠得近了些。

"所以,你明白我与尼科尔的关系是复杂的了。她并不很强壮——她看上去强壮,其实不然。因此事情就更加麻烦了。"

"噢,以后再谈那事吧!现在吻我,爱我吧。我要爱你,而且绝对不让尼科尔看见。"

"你这个小宝贝。"

他们到旅馆后,罗斯玛丽走在他后面,心里羡慕着他,崇拜着他。他的脚步十分机警,仿佛他刚刚做完某项壮举,正匆匆朝下一个目标走去。他是个秘密寻欢作乐的组织者,保护着巧妙掩盖起来的幸福。他戴的帽子完美无瑕,他手上戴着一副黄色手套,拿着一根沉重的手杖。她心中想着,假如今晚能与他在一起度过,他们两人该有多么幸福。

他们俩徒步上楼,要上五段楼梯。到了第一个转弯的平台上,两人停下来亲吻;到了第二个平台上时,她开始谨慎起来,到了第三个平台时就更加谨慎了。登上下一个平台——还剩下两个了——她中途停下脚步,与他匆匆吻别。在他的敦促下,她与他走到下一个平台,然后继续上楼梯。最后,他们隔着楼梯栏杆握手道别,接着,两人的手指渐渐滑开来。迪克回到楼下去,为晚上做一些安排。罗斯玛丽跑进自己的屋子,给妈妈写信;她感到了良心的谴责,因为她根本没有想念母亲。

18

尽管戴弗夫妇对人们组织的活动持冷漠态度,但是他们却十分敏锐,无法摒弃时代的韵律和节拍——迪克举办的晚会都十分令人激动,激动之余,呼吸一下夜晚的新鲜空气,便是更加珍贵的机会了。那天晚上的晚会以滑稽戏响板的节奏进行着。开始来了十二个人,后来成了十六位,他们四人一组乘汽车而行,横穿巴黎经历一段短暂的奥德赛①式的漂泊旅行。一切都在意料之中。人们仿佛神奇地与他们聚在了一起,如同驾车专家一样与他们相伴,几乎引导着他们度过夜晚的时光,一辆车离开后,另外的车辆就凑上前来,仿佛这里的新鲜活动已经安排了一整天。罗斯玛丽欣赏这种与好莱坞不论多大规模的晚会都风格迥异的活动。在众多汽车中有一辆是波斯王的车。这辆车由迪克驾驶,至于他们塞了多少贿金才租到这车,谁也不去关心。罗斯玛丽认为这仅仅是一些美妙的新鲜事物,这样的事情两年来已经充满了她的生活。这辆车是在美国组装于一个特殊的底盘上的。它的轮毂和散热水箱用纯银制造。汽车内部装饰得富丽堂皇,华丽至极,下一个星期运抵德黑兰后,要由宫廷珠宝匠用真正的珠宝来装饰。车子后部只有一个座椅,因为波斯王必须单独乘坐。于是,他们便轮流坐在上面,其余的人则席地坐在铺满车厢地板的貂皮上。

但是迪克总是在面前。罗斯玛丽向一直带在身上的母亲肖像保证说,她从来没有,而且绝对没有遇到过任何人像迪克这天晚上

---

① 荷马所著史诗《奥德赛》中的主人公,多年漂泊,历尽苦难才回到家中,击败缠着他妻子求婚的食客,最后与妻子团聚,过上幸福的生活。——译注

一样可爱。她拿他与人们做对比：与阿贝一本正经介绍作"亨吉斯特上校和霍萨先生"的两位英国人对比；与斯堪的纳维亚王储对比；与刚从俄国返回的小说家对比；与充满睿智却无可救药的阿贝对比；与中途与他们凑到一起来的科利斯·克莱对比。结果，她感到，他们无法与他相提并论。他在整个活动中表现出的激情和忘我的情绪让她感到心醉神迷。他娴熟的驾驶技巧也让她着迷。那么多不同的车型，每一辆都仿佛无法开动，驾驶的时候都需要集中注意力，正如一支部队需要给养，但是他开起那些车来却毫不费力，在大家面前仍然表现出自己的全部本色。

后来，她回忆起这段时光，感到这是她最幸福的时刻。第一次是在她与迪克跳舞的时候，她感到自己的美与他高大强壮的身体在一起迸发出光芒，他们两人在飘动，在翱翔，就像人们美妙的梦境，他带着她转到这儿，转到那儿，仿佛她是一块漂亮珍贵的方巾，又像一簇鲜花，被他展现在五十只眼睛面前。有那么一刻，他们并不跳舞，只是贴在一起。早上的某个时候，他们两人单独待在一起，她湿漉漉布满尘埃的年轻身体紧紧向他贴过来，两人一直紧紧贴在一起，背后是人们的帽子和围巾……

她笑得最为开心的时刻在晚些时候。他们六个核心人物成了晚会的遗老，大家在朦胧的夜色中站在里兹饭店的前厅里，告诉值夜班的侍者说，珀欣将军在外面呢，他想要鱼子酱和香槟。"他这个人忍受不得片刻耽延。他发一声号令就能调动所有的军人和武器。"侍者们突然涌了出来，前厅中立刻就摆好了一张桌子。阿贝代表珀欣将军走进门来，大家便站起身，对他咕哝着唱些记忆中残存的军歌片段。侍者们看到这般虎头蛇尾的骗局，才知道受了捉弄，便不再理睬他们。他们就为侍者们设了个陷阱——那是个巨大而且了不起的工事，是用前厅的家具搭建而成，其作用就像戈德堡卡通片中的陷阱一样。阿贝对这个结构摇了摇头，怀疑它的效果。

"也许，最好是偷上一把锯琴，然后……"

"已经足够了，"玛丽打断他说，"要是等阿贝把那东西拿来，早到了该回家的时间啦。"她迫不及待地对罗斯玛丽泄露秘密，说：

"我必须把阿贝弄回家去。他明天要乘十一点钟的联运列车①启程。这事太重要了——我觉得整个未来都有赖于赶上这趟车，但是我只要跟他争执，他总是做相反的事情。"

"我试试说服他。"罗斯玛丽自告奋勇地说。

"你愿意吗？"玛丽表示怀疑，"也许你能说服他。"

这时迪克走到罗斯玛丽身边。

"尼科尔和我要回家了，我们想，也许你愿意跟我们一起回家。"

在这种虚假的黎明中，她疲惫得脸色苍白。脸颊上的两片暗斑正是白昼血色丰富之处。

"我不能，"她说，"我向玛丽·诺思许过诺，要与他们待在一起的——要不然的话，阿贝绝对不会上床睡觉。也许你可以帮点忙。"

"你难道不明白，你根本没法改变别人吗？"他向她提出忠告说，"假如阿贝跟我在大学住同一间寝室，而且是第一次打交道，情况或许会有所不同。现在，你什么忙也帮不上。"

"可我必须待在这儿。他说只有我们陪他到夜总会去，他才答

---

① 从欧洲到美国以轮船和火车衔接的客运服务。——译注

应完了上床睡觉。"她说话的口吻几乎像挑战一样。

他匆匆吻了一下她的肘弯内侧。

"可别让罗斯玛丽独自回家，"他们离开时，尼科尔大声对玛丽嘱咐道，"我们要对她母亲负责的。"

晚些时候，罗斯玛丽、诺思夫妇、纽瓦克的一个布娃娃制造商、身影无处不在的科利斯和一个穿着极为漂亮，名叫乔治·T.护马者的印地安人，一起坐在一辆货车的成千上万只红萝卜上面。夜色中，沾在红萝卜胡须上的泥土散发出芬芳的气息。罗斯玛丽高高地坐在红萝卜堆上，在偶而才有一盏街灯的黑暗中，她几乎看不见其他人。他们的声音来自遥远的地方，仿佛他们的经历与他的大不相同，既不相同又遥远，因为她心中想的是迪克，为自己陪诺思夫妇而感到遗憾，真希望自己已经回到了旅店，他就睡在走廊对面的房间里，或者希望他能在这儿，陪坐在她身边，让温和的黑暗从身旁流逝。

"别爬上来，"她对科利斯喊道，"红萝卜会统统滚落下去的。"她朝阿贝扔去一只红萝卜。阿贝正直挺挺地坐在司机旁边，模样活像个老头儿……

后来，天终于亮了，她走在回家的路上，鸽子已经打破了圣苏尔皮西教堂上空的宁静。大家同时放声大笑，因为他们明明知道时间还是昨天晚上，而大街上的人们却幻想着已经到了明亮炎热的早晨。

"我终于参加了一个疯狂的晚会，"罗斯玛丽想道，"但是迪克不在可真索然无味。"

她有点被出卖的感觉，便觉得伤心，但是转眼之间，一个运动着的物体闯进了视野。那是一株枝繁叶茂的大七叶树，枝叶朝着香榭丽舍大街，这时扫在一辆长长的卡车上，发出哗啦啦的笑声——就像一个可爱的人虽然身处不利境地，但是仍然不失可爱的本色。罗斯玛丽望着这棵大树，认为它与自己有着相同的特征，便欢快地笑了，一切立刻就显得生气勃勃。

19

阿贝十一点钟从圣拉扎尔火车站启程——他独自站在臭烘烘的玻璃圆顶大厅里等候。那是七十年代的遗物了，属于水晶宫的那个时代。他把手插在外套口袋里，以免人们看到他的手指在颤抖，只有二十四小时暴露在室外，手的颜色才会变得那么灰白。如果他把帽子脱掉，就会看到他仅仅最上层头发梳向后面，下层头发毅然指向两侧。人们很难认出他就是两个星期前在高斯海滩畅游过的那个男人。

他来早了，仅仅转动眼珠从左到右扫视了一下；要想移动身体其他部分，需要动用的力量是他此时所不具备的。看上去挺新的行李从他身旁提了过去。即将上车的旅客们身材短小面色黧黑，他们扯着嗓子喊："车要来啰，噢……"

他正在寻思，是不是有时间到餐饮部喝上一杯，这么想着，手已经伸进衣袋里，捏住那一叠面值一千法郎的潮湿钞票，这时，他摇曳不定的目光落在楼梯口，固定在尼科尔幻象般的身影上了。他望着她——她的微妙表情显示出，仿佛有什么人在等她，而人们却看不到那个人。她颦蹙着眉头，心里在想着她的孩子们，与其说她观望他们的时候心里充满了爱慕，不如说她仅仅像一头动物那样数着他们——像一只母猫用爪子拨动、检查她的猫崽子。

她看到阿贝后,那种表情从她的脸上消失了。早晨的天光带着伤感,阿贝晒成紫红色的皮肤更加映衬出眼睛下面的乌黑眼袋,他的模样让人看了感到沮丧。他们在一张长条凳上坐下来。

"我来是因为你请我来,"尼科尔以攻为守地说。阿贝显然忘记自己为什么要请她来,尼科尔望着匆匆走过的旅客,表情显得十分惬意。

"那是你要坐的车上最美的女人——就是男人们都在向她说再见的那一位——你知道为什么她要买那条裙子吗?"尼科尔说得越来越快了,"你知道为什么除了那个要旅行的美女之外,谁也不会买那裙子吗?明白吗?不明白?醒醒吧!那是一条有来由的裙子——那种特别的料子能讲出一个故事,坐在环球旅行的车上,有人会觉得孤独,想要听听这故事。"

她没有说出最后几句话。她谈论那个姑娘说得过多了。阿贝很难从她严肃的面孔上看出她是在讲话。他吃力地换了一种姿势,让人看上去仿佛他要起身,其实他坐着一动也不动。

"那天下午你带我去参加那个滑稽的舞会——就是圣吉纳维夫——"他开始说话了。

"我记得的。挺有趣,不是吗?"

"对我可没什么趣。我这一次见到你就觉得没什么趣味。我对你们俩都厌烦了。但是并没有表现出来,因为你们对我更厌烦——你明白我的意思。假如我有什么热情的话,我就会找一些新的人们。"

尼科尔回敬了他一巴掌,她的天鹅绒手套上绒毛很粗糙:

"阿贝,做出这么一副愁眉苦脸的样子真是犯傻。不管怎么说，这并不是你的本意。我不明白你为什么要放弃一切。"

阿贝思索了一下，竭力想要咳嗽一下或擤擤鼻子。

"我想我烦了。不论上哪儿去，都得走上很长的路。"

一个男人在一个女人面前可以装成个无可救药的孩子，不过，要是真觉得自己是个无可救药的孩子，他就不愿意假装。

"别找借口。"尼科尔口气干脆地说。

阿贝每一分钟都觉得难受，而且越来越难受——他除了想说些又难听又刺激的话之外，其他什么也想不出来了。尼科尔认为，她的正确态度就是手搭在膝头上端坐着，两眼盯着前方。有一阵儿，两个人没有交谈，彼此都想躲开对方，仅仅在呼吸着面前的空气，仿佛对方看不见那蓝色的天空。他们不像恋人那样有过共同的过去，也不像夫妻那样拥有共同的未来。然而，到了这天早上，尼科尔觉得她喜欢阿贝胜过任何人，只有迪克是个例外——而且他多年来也一直深深地爱着她。

"我厌倦了女人的世界。"他突然开口说道。

"那你干吗不自己创造一个世界？"

"厌倦了朋友。朋友不过是些谄媚者罢了。"

尼科尔一心想熬过这个时辰，心里希望车站大钟上的分针能走得快些。他却追问道："你同意吧？"

"我是个女人，我要做的不过是把事情凑合在一起。"

"我要做的是把它们撕裂开来。"

"你要是喝醉了，除了能撕裂自己，什么别的东西也别想撕开。"她这时的口吻十分冷淡，既感到畏惧，又缺乏自信。车站里挤满了人，但她一个也不认识。过了一会儿，她的目光落在一个高个子姑娘身上，心里不禁十分感激。只见那姑娘的头发颜色像干草，发式像头盔，正在向邮筒的缝隙里投几封信。

"阿贝，我得跟那个姑娘说几句话。阿贝，你醒醒！你这个傻瓜！"

阿贝耐心地将目光顺着她望的方向投过去。那位姑娘转过身来，突然显得又惊又喜，与尼科尔打招呼。阿贝认出，这是他在巴黎某个地方见过的一个姑娘。他趁尼科尔走开的当儿，用手帕捂着嘴巴使劲咳嗽，还大声擤着鼻子。这个早晨挺热，他的内衣都被汗水浸湿了。他的手指颤抖得厉害，划了四根火柴才点着一支香烟。现在看来，到餐饮厅去喝一杯是绝对必要的，但是尼科尔立刻便转回来了。

"那可是个错误，"她用冷冰冰的幽默口吻说道，"她要求我来见她，结果却对我嗤了嗤鼻子。她望着我的那副模样，仿佛我已经腐朽了似的。"她激动得笑了两声，声音高得仿佛在琴键上错弹了两度。"让人们来找你吧。"

阿贝从抽烟咳嗽中缓过气来，评论说：

"问题是，你清醒的时候，谁也不想见，等你醉了，谁也不想见你。"

"谁，我？"尼科尔再次笑出声，不知是出于什么原因，那次邂逅让她觉得欢快。

"不——我。"

"这话留给你自己吧。我喜欢人们，喜欢许许多多人。"

罗斯玛丽和玛丽·诺思来到他们的视野中，她们走得很慢，目光扫视着寻找阿贝，尼科尔十分显眼地跳起身来，嘴里喊着："嘿！嗨！嘿！"一边出声地笑着，一边晃动着她带给阿贝的一包手帕。

她们聚到了一起，构成一个不和谐的群体，阿贝的巨大身影使她们相形见绌。他横在她们中间，就像一艘大帆船的残骸，以他的存在、他的弱点、他的放任、他的狭隘和他的痛苦，影响着大家。她们都意识到，从他身上庄重地涌出的尊严来自他的成就、回忆、暗示和优越感。但是她们为他残余的愿望感到恐惧，因为他以前的愿望是求生，而现在的愿望却变成求死了。

迪克·戴弗来了，带来一张热心温暖的面孔，三个女子乐得直嚷，立刻像猴子一样跳到他面前，攀着他的肩膀，抓着他漂亮的帽子，握住他手杖上的金色手柄。此刻，她们可以完全摆脱阿贝那副猥琐的模样了。迪克很快就看出了此时的形势，而且平静地掌握了它。他让她们镇静下来，走进车站，让这个奇迹归于平静。附近，一些美国人在互相道别，声音就像水流有节奏地涌进一只又大又旧的洗澡盆一样。站在车站里，背后是巴黎城，不免产生一种遐想，仿佛他们在朝大海俯下身去，大海已经开始让他们发生形变，似乎在他们的基础分子中，原子正发生着变化，要造就一批新人。

那些富有的美国人涌进车站，停脚在站台上。周围立刻多了些坦率的新面孔，它们流露出智慧、体贴、自私、慷慨。偶然有一张英国人的面孔出现在他们中间，显得十分敏锐、出乎人们的意料。等到站台上有了挺多美国人时，他们带来的新鲜和富有的印象渐渐淡化成朦胧的种族雾霭，在他们和对他们进行观察的人们中间造成障碍，使人们互相视而不见。

尼科尔抓住迪克的胳膊喊道："看哪！"迪克连忙转过头去，刚好来得及看到发生在半分钟之内的事情。在两节车厢之外的一个卧铺车厢入口处，一个生动的场面与许多道别的景象截然不同。刚才与尼科尔说过话的那个头发像头盔一样的年轻女子，突然避开与她交谈的那个男人,小跑几步,一只手狂乱地插进提包;接着,左轮手枪的两声枪响震荡在狭窄的站台上空。与此同时,火车头鸣了一声笛,火车开始移动,一时掩盖住了那两声枪响的刺耳声音。阿贝再次从他的窗口摆摆手,显然是为刚刚发生的事情招手。但是,在围观的人群聚集起来之前,其他人已经看到了枪响产生的效果,看到挨了枪弹的目标瘫坐在站台上。

那火车并没有停下来。尼科尔、玛丽和罗斯玛丽在人群外面等待,迪克挤进去看个究竟。五分钟后,他才再次与她们会合——这时候,人群已经分成了两部分,一部分跟在担架上抬着的那个人后面,一部分跟着那个脸色苍白,但是步履坚定的姑娘,两个凶神恶煞般的警察走在她两边。

"那是玛丽亚·沃利斯。"迪克匆匆说道,"她开枪打倒的那个人是个英国人——他们花了好大的劲儿才弄明白,因为她的子弹刚好射穿了他的身份卡。"他们迅速从火车旁走开,随着人流涌出来。"我问清楚了他们要把她带到哪个警察局,所以我要上那儿去……"

"但是她姐姐就住在巴黎,"尼科尔反对说,"干吗不给她打个电话?太奇怪了,好像谁也没想到这一点。她跟一个法国人结了婚,他总比我们有办法。"

迪克踌躇了一下,摇了摇头,便跑走了。

"等一等!"尼科尔跟在他身后喊道,"这么干太傻了,你能帮上什么忙呢?别人能听懂你那蹩脚的法语吗?"

"至少我不能让他们对她做出不像样的事情来。"

"他们肯定不会放她走的,"尼科尔声调刻薄地向他保证说,"她用枪打了那个人。最好立刻给劳拉打电话,她的作用比我们大得多。"

迪克没有让她说服——况且,他这是在向罗斯玛丽炫耀。

"你们在这儿等着!"尼科尔的口气坚决,说完便匆匆走向一个电话亭。

"只要尼科尔一插手!"他用爱恋的口吻讽刺道,"我们就什么也别想干了。"

这是他这天早上第一次看到罗斯玛丽。他们互相交换了一下眼色,都想从对方的表情中辨别出前一天的感情来。此刻,每个人都似乎觉得对方是不真实的——接着温柔的绵绵情话又开始了。

"你喜欢帮助所有的人,对不对?"罗斯玛丽问道。

"我只不过装装样子。"

"妈妈就喜欢帮助每一个人——当然,她不能像你一样帮助那么多人。"她叹了口气,"有时候,我觉得我是个世界上最自私的人。"

她提到她母亲,第一次让迪克感到恼火,而不是感到有趣。他想把她母亲撇到一边,想把罗斯玛丽立足的那个幼稚园整个撇到一边。但是他意识到,这个冲动会丧失控制——他明白,假如他有片刻松懈的话,罗斯玛丽对他的迫切要求会变成什么。他不无惊恐地看出,他们之间的关系就要滑坡;它不可能维持现状,不是前进,就是后退;他第一次想到,罗斯玛丽比他更加主动地掌握着操纵杆。

他还没来得及想出一个行动方案,尼科尔便返回来了。

"我找到劳拉了。这是她今天听到的第一个消息,她的声音变得越来越微弱,然后突然提高,仿佛她要昏倒,然后又振作起来。她说,她早知道今天准会出什么事的。"

"玛丽亚本该跟佳吉列夫待在一起才对，"迪克口气温和地说，为的是让大家都恢复平静。"她的舞台感觉倒满不错，更不用说节奏了。难道我们中有谁见到过哪趟火车出站时不响几声枪的？"

他们脚步一颠一簸，走下宽阔的钢制台阶。"我为那个可怜的男人感到伤心，"尼科尔说道，"怪不得她跟我交谈的时候说的话那么奇怪——她早已蓄谋射击了。"

她笑了，罗斯玛丽也笑了。但是她们俩都吓坏了，而且两个人都想要迪克就这件事做点道德方面的评论，而不是让她们自己去苦思冥想。这个愿望在她们心中并不完全明朗，罗斯玛丽尤其感到比较含糊，她一向习惯于将这种惊人的事件片段抛在脑后。但是她脑子里也积蓄起了实实在在的震惊。有一刻，迪克为新认识到的感情所刺激，神经颤抖得厉害，没有能将发生的事情与假日联系起来，女子们感到缺乏某种东西，便隐约感到不愉快。

接着，仿佛什么也没有发生似的，戴弗夫妇和他们的朋友们的生命之河涌流到了街道上。

不过，一切都发生了——阿贝走了，玛丽这天下午就要出发去萨尔茨堡，在巴黎的时光就要结束了。要不就是那几声枪响使它结束了，那种冲击结束了只有上帝才知道是什么样的隐秘。那几声枪响打进了他们每个人的生活：暴力的回声跟随着他们来到街道上，就在他们等出租汽车的时候，两个脚夫站在他们旁边，对发生的事件做事后评论。

"你看见那支左轮枪了吗？那么小巧，真正的袖珍枪——像把玩具枪。"

"不过，劲可真够大的！"另一个脚夫自作聪明地说，"你看见枪套没有？上面血迹斑斑，我看以前肯定开过枪。"

20

他们来到广场上。七月的阳光下,汽油燃烧后的废气弥漫着,蒸腾着。这是一种可怕的情景——它与乡下单纯的炎热不同,因为没有地方可以逃避它。他们在卢森堡公园对面露天用午餐的时候,罗斯玛丽觉得肚子疼,又烦恼又疲倦,十分不耐烦——正是对这种感觉的预感让她对自己在车站时的自私行为进行了谴责。

迪克并没有怀疑这种敏感的变化。他感到极为不痛快,随之而逐渐增加的利己念头一时蒙蔽了他,让他看不出周围正在发生什么事情,而且夺走了他那幽默风趣的想象力,这种想象力正是他做出判断的基础。

玛丽·诺思的歌唱教师也来与他们一起喝咖啡,然后陪伴她上火车。她们走后,罗斯玛丽也站起身,到电影厂去赴约会:"去见个官员。"

"噢,对了……"她建议说,"假如那个南方小伙子科利斯·克莱上这儿来找我,假如你们还坐在这儿没走的话,就告诉他我没时间等了;告诉他明天给我打电话吧。"

由于刚才的纷扰,她的反应有些过于满不在乎,仿佛她觉得自己有权得到孩子般的权利——她这些话的结果是唤醒了戴弗夫妇对自己孩子们真挚的爱,罗斯玛丽立刻受到女人尖锐的指责:"你最好给侍者留个条子,"尼科尔的声音既严厉又干巴,"我们马上就走。"

罗斯玛丽明白了她的意思,却并不嫉恨。

"那就算了。再见,各位。"

迪克要侍者送来账单,戴弗夫妇松了口气,叼着牙签不安地嚼着。

"哦……"他们一齐开口说。

他从她唇角上看出闪电般掠过的一丝不快,时间短得只有他才能注意到,他可以装作没有看到。尼科尔会怎么想呢?罗斯玛丽是他在过去的年代里"粗暴对待"过的十几个人中的一个:其中包括一位法国马戏团小丑、阿贝和玛丽·诺思、几位舞蹈演员、一位作家、一位画家、一位大木偶剧团的喜剧演员、一个有些疯疯癫癫的俄国芭蕾舞男主角,还有一个他们在米兰资助过的很有前途的男高音歌唱家。至于这些人在打断他的兴趣和热心时,态度有多认真,尼科尔知道得很清楚;但是她也意识到,他们结婚以后,除了她生孩子的那几个晚上之外,迪克从来没有离开她在外面过夜的经历。从另外一个角度讲,他让人着迷的品质也必须表现出来——拥有这种品质的人肯定会利用自己的特长,与那些缺乏这种特长的人为伴。

这时,迪克的表情凝住了,几分钟过去了都没有做出任何自信的手势,没有做出一贯表示惊讶的表情。

南方小伙子科利斯·克莱侧身从桌子过多而显得拥挤的过道走过来,态度傲慢地跟戴弗夫妇打招呼,这种招呼从来就让迪克感到吃惊——仅仅向熟人喊一声"嗨!"要不就只跟其中一个人说话。他此刻对人们漠不关心的感觉十分强烈,自己宁愿保持无动于衷的状态。有人可以当着他的面炫耀自己的漫不经心,对于他生活的准则简直是一种挑战。

科利斯并没有意识到自己还没穿上结婚礼服,就用下面的话通报了自己的到来:"我看我来迟了——女主角已经飞了。"迪克很是忍耐了一番,才原谅了他没有先恭维尼科尔的态度。

她立刻起身离开，他与科利斯坐在那里，喝完他的最后一杯葡萄酒。他有点喜欢科利斯——小伙子属于"战后"的一代，比起十年前他在纽黑文认识的大多数南方佬，并不太难相处。迪克听着一段谈话，心里觉得好笑，手里缓慢地填装着烟斗。下午刚刚开了个头，孩子们和保育员们正手牵着手朝卢森堡公园走去，这是迪克几个月来第一次没有利用一天中的这段时光。

突然，他的血液都僵住了，因为他这才意识到科利斯得意的独白是什么内容。

"她并不像你可能想象的那么冷淡。我承认，我有很长时间认为她挺冷淡的。但是她跟我的一个朋友热乎上了，那是在复活节假期时，从纽约到芝加哥的车上跟我结伴的一个小伙子，名字叫希利斯。她认为希利斯是纽黑文相当够刺激的人——当时她跟我的一个表妹乘一个卧铺包厢，可她想跟希利斯单独待在一起。后来到了下午，我表妹过来了，就在我的包厢里打扑克。过了大概两个小时吧，我们回那边去，见罗斯玛丽和比尔·希利斯正站在包厢门口跟乘务员吵嘴呢——当时罗斯玛丽的脸白得像纸一样。好像是因为他们反锁了门，还拉上了窗帘，我猜哪，当时乘务员去查票，费了一番周折才让他们把门打开。他们以为是我们跟他们开玩笑，起初不让他进门，他们这么干让他发了火。他问希利斯这是不是他的卧铺包厢，还问他为什么把门反锁上，他和罗斯玛丽是不是结过婚的夫妇？希利斯发了脾气，解释说他们没干什么错事。他指责说乘务员的话侮辱了罗斯玛丽，还要跟他打架，那个乘务员完全可以找麻烦——相信我的话吧，我好不容易才把事情平息下来。"

迪克想象出其中的每一个细节，对包厢里那一对不幸的男女感到了忌妒，他觉得自己的思维感情在发生变化。他与罗斯玛丽之间出现这么一个第三者的形象,甚至仅仅是个消失掉的形象,已经足以把他抛在一边,让他在这种关系中失去平衡,让他感到一阵阵痛苦和凄凉、渴望和绝望。想象中那么生动的手在抚摩罗斯玛丽的脸颊,她的呼吸急促、脸色在激动中变得苍白,但是隐藏在内心中那神圣的秘密却让她感到温暖。

——我把窗帘拉上你不反对吧?

——请便。里面太亮了。

科利斯·克莱这时谈起了纽黑文的大学生联谊会的人事问题,说话时的声调并没有改变,抑扬顿挫的口吻还是老样子。迪克猜想,他是用迪克无法理解的方式爱着罗斯玛丽。她与希利斯之间的事似乎没有让科利斯产生感情方面的创伤,只是让他高兴,因为他因此确信罗斯玛丽属于"人类"。

"博恩斯学院有一群很了不起的人,"他说,"其实,我们都有。纽黑文现在大得厉害,让人感到伤心的是,我们不得不削减一些成员。"

——我把窗帘拉上你不反对吧?

——请便。里面太亮了。

……迪克横穿巴黎,到了自己开户的银行,开了一张支票。他望着坐在柜台后面的那一排人,不知道该递给哪个才对。他写的时候,特别聚精会神于书写用具,十分挑剔地检查了钢笔,然后在铺着玻璃的桌面上吃力地写着。有一次,他抬起头来盯着邮寄处,然后再次低下头,全神贯注于正在应付的目标。

他还是没有做出决定,到底该把这张支票给谁,他拿不准这一排人中,哪一个对他的悲惨境遇猜测得最少,哪个人谈话最少。其中有曾经请他去美国俱乐部吃过午饭的那个和蔼的纽约人佩林;

有西班牙人卡塞萨斯,虽然这人比他大十二岁,但是他常常与他谈起一位共同的朋友;还有马奇豪斯,这人总是问他想提取他妻子的钱,还是提取自己的钱。

他在支票存根里填上数目,并且在数字下面划了两道之后,终于做出了决定,他要找皮尔斯,这是个年轻人,在他面前,他只需要稍加表演就成了。做表演比看表演常常要容易些。

他先到邮政柜台——柜台后面的那个女人用胸脯顶了一下,才没让一张纸落到地板上。他不禁想道,女人在利用自己身体方面与男人是多么不同啊。他把他的信件拿到一旁,拆开看。其中有一张德国有关人士寄来十七本精神病学书籍的账单;一个来自布伦塔诺的账单;一封父亲从布法罗寄来的信,信是用手写的,字迹一年比一年潦草;还有汤米·巴尔邦寄来的一张卡片,邮戳上的地址是非斯①,上面的内容滑稽好笑;有两封慕尼黑的几位医生写来的信,都是用德语写的;戛纳一个石膏工艺匠寄来一张有争议的账单;一个家具商寄来的账单;巴尔的摩一个医学杂志出版商寄来的信,上面除了各种各样的通知之外,还有一份邀请书,请他去参观一个锋芒初露的年轻画家的作品展览;另外还有三封给尼科尔的信和一封罗斯玛丽的信,上面注明由他转交。

——我把窗帘拉上你不反对吧?

他朝皮尔斯走去,但是他正在为一个女人服务,迪克站在自己的位置上望去,发现他不得不把支票交给卡塞萨斯,因为他这时正闲着呢。

"你好吗,戴弗?"卡塞萨斯态度十分温和。他站起身,脸上

---

① 摩洛哥一个省会城市。——译注

堆起微笑,他的八字胡便朝两侧散开了。"我们那天谈起了费瑟斯通,我便想起了你——我心想,他这时候在加利福尼亚吧。"

迪克睁大了眼睛,身体朝前面俯下去一点儿。

"在加利福尼亚?"

"我不过是听人说的。"

迪克举着那张支票摇了摇;为了把卡塞萨斯的注意力集中到这上面来,他朝皮尔斯的桌面上望去,用友好的目光将皮尔斯的目光抓住,用三年前一个老式眼神游戏逗了他一下。当时,皮尔斯与立陶宛的一位伯爵夫人搅在了一起。皮尔斯咧开嘴朝他笑笑,直到卡塞萨斯认可了那张支票,没有什么进一步的理由耽搁迪克为止。卡塞萨斯喜欢迪克,站起来,手里抓着夹鼻眼镜重复说道:"是的,他是在加利福尼亚。"

与此同时,迪克看到,坐在这排柜台末端的佩林正在与世界重量级拳击冠军交谈。迪克从佩林的眼神中看出,他正在考虑招呼自己过去,为他们介绍呢。但是迪克最后决定不接受介绍。

迪克在玻璃桌旁绷着脸积蓄起紧张情绪,卡塞萨斯便打消了社交兴趣,他道别后便走出了银行。他的紧张情绪来自当时死死盯着看支票研究支票,来自将目光视而不见地投在银行家左边第一根大理石柱子上,来自心里想着自己遇到的麻烦,结果,他在办事的时候,手里却在不停地拨弄着手杖、帽子和那些信件。出门后他的出租汽车立刻飞驰到路边来,因为他早已给了守门人好处。

"去杰出电影厂——在巴塞区立特街。先到穆特。我可以从那儿给你指路。"

他对过去四十八小时中发生的事件无法做出确切的反应,这时不知道该怎么办才好。到穆特后,他付了车钱,打发走出租汽车,自己步行朝电影厂的方向走去。到达那座楼房前,他横穿马路,走到路的对面。尽管他的衣着考究,上面还有不少装饰物,但是他在马路中间让车逼得东躲西让,悲惨得活像头受到围捕的野兽。只有抛弃他的过去,摒弃过去六年来的努力,他才能获得尊严。他迈开轻快的步伐,盲目地围着那幢楼房转来转去,生怕罗斯玛丽走出来让他错过。他的举止荒唐得像个塔金顿笔下的少年。这是个让人感到阴郁的街区,他在楼房隔壁看到一个招牌,上面写着:"1000种衬衫"。许多衬衫填满了橱窗,有的堆在一起,有的领口拴了领带,有的垂吊着虚假装饰,摊在陈列柜底部。"1000种衬衫"——数数看!那座楼房的另一侧,他看到:"文具","糕点","廉价处理","甩卖"——还有拿康斯坦斯·塔尔梅奇的照片做广告的"褪色水洗布"。再远些的地方,招贴就显得阴沉了些:"教士服装","死亡申报",以及"丧葬殡仪"。真是生死攸关。

他明白,自己现在的所作所为,标志着他生活中的一个里程碑——它与他以前做过的任何事情全然脱节了——甚至与他希望在罗斯玛丽身上产生的效果也脱节了。罗斯玛丽从来都把他看作正确的化身,而他出现在这座楼房前,走来走去,这本身就是对别人的一种打扰。但是迪克的这种行为是出于需要,因为这是某种内在现象的外在表现:他受到逼迫在那儿走动,或者站在那儿不走,他的衬衫袖子遮住手腕,长短正合适,他的外套袖子包在衬衫袖子外面,活像个包在袖子上的壳,他的衬衫领子形状与他的脖子完全吻合,他的一头红发修剪得十分雅致,他手中握着小皮包,样子像个花花公子——正如另外一个身披麻布衣服、满身是灰的人曾经觉得需要站在费拉拉①的一座教堂前一样,迪克在赞颂那些尚未遗忘的、尚未忏悔、尚不纯洁的事物。

21

他无所事事地闲站了三刻钟后,突然与一个人发生了交流。这事碰巧发生在他没有心情与任何人进行接触的时候。由于他有时严密保护着自己不加掩饰的怕羞心情,因而,他往往破坏自己制定的目标,就像一个表演不佳的演员能刺激观众伸长脖子仔细注意,从而弥补他的拙劣演技。同样,我们很少为那些需要并要求我们怜悯的人感到伤心。我们将怜悯留给另外那些人,他们通过其他方式使我们感到一种莫名的同情。

所以,迪克或许可以分析一下随后发生的这件小事。当他漫步在圣天使路时,有个面庞较窄的美国人跟他说了一句话,那人也许有三十岁,看上去仿佛精神受到过创伤,面部还带着一丝轻微而阴险的微笑。他向迪克借火点烟,迪克递给他后,他使用一种独特的姿势靠在那里,那是他自幼便意识到的一种姿势——将一只胳膊肘支在香烟柜台上,用天知道是什么样的邪恶心理观察着出出进进的顾客。他十分熟悉停车场,因为他在那儿不露声色地搞点生意,他也熟悉理发店、剧院的门厅这类地方,迪克就是在那儿遇到他的。有时候,塔德拍的恐怖卡通片中的面孔会出现在这类地方——迪克在童年时代时,即使仅仅朝他站的那种朦胧的不祥地带投去匆匆一

---

① 意大利一城市。——译注

瞥，心里也会感到十分不安。

"喜欢巴黎吗，伙计？"

没等他回答，那人便跟上迪克的步子追问道："你打哪儿来？"

"布法罗。"

"我是圣安东尼市的——不过自从战争以来，我就一直在这儿。"

"在部队待过？"

"我得说，是这么回事儿。八十四军团——听说过那个部队吗？"

那人稍稍超过他一点儿，眼睛盯住他，模样简直像是威胁。

"要在巴黎待几天，伙计？还是路过？"

"路过。"

"住哪家旅馆？"

迪克开始觉得好笑——这位想在晚上抢劫他的房间。他的想法显然露在面孔上，让对方看出来了。

"你这么壮的汉子用不着害怕我，伙计。周围倒是有许多人打算暗中收拾美国游客，可是你不必害怕我。"

迪克感到厌烦了，便停下脚步问道："我不懂，你哪儿来的那么多时间到处浪费？"

"我在巴黎做生意。"

"哪方面的？"

"卖报纸。"

他这种可怕的态度与那种温和的职业之间反差太大，让人觉得十分荒唐，不过这人对自己说的话做了一些修正：

"别担心。我去年赚了许多钱——六法郎的《星期日时代报》卖十到二十法郎。"

他从一个皱巴巴的皮夹子里掏出从报纸上剪下的东西，递给身旁一个碰巧朝相同方向步行的人——那是个卡通画，上面画着大批美国人正从一条装满黄金的船上走下来。

"二十万———一个夏季要花费一千万。"

"你来巴塞干什么？"

他的同伴小心地朝周围望了一眼，阴郁地说："电影。这儿有个美国电影厂。他们需要会说英语的人，我在等机会。"

迪克迅速而坚决地摆脱了他。

很显然，罗斯玛丽不是在他最初绕着这个建筑物兜圈子时溜掉，就是在他还没有来到这个地方前就走了。他走进街角的咖啡店，兑换了一个铅币，投进厨房和臭烘烘的厕所之间的电话机，给乔治国王旅馆打电话。他觉得快要窒息了——不过这种症状更加剧了他的恶劣情绪。他拨了旅馆的号码，然后手握听筒盯着咖啡店；过了很久，才听到有个奇怪的声音跟他说话。

"我是迪克——我必须跟你通话。"

她迟疑一下，接着用同样的声调勇敢地说："我真高兴你给我打电话。"

"我到你的电影厂来找你——我这会儿在巴塞，就在电影厂对过儿。我原来想陪你一起在树林里乘车兜风的。"

"啊，我在那儿只待了一小会儿！我真抱歉。"接着是一阵沉默。

"罗斯玛丽。"

"嗯，迪克。"

"听着。你把我弄得处境很不一般。要是一个孩子搅得一个中年人不知所措，这事可就麻烦了。"

"你并不是个中年人,迪克——你是世界上最年轻的人。"

"罗斯玛丽?"他盯着放满法国劣质"毒药"的架子,沉默下来——架子上放满了奥塔酒、圣詹姆士朗姆酒、玛丽布里扎酒、橘子汽酒、安德烈布兰考酒、樱桃酒、阿马涅克白兰地。

"你是独自一人吗?"

——我把窗帘拉上你不反对吧?

"你以为我会跟谁在一起呢?"

"我只是这么想想。我想现在跟你在一起。"

沉默,接着,在一声叹息之后,传来了回答:"我倒真希望你是跟我在一起的。"

这个电话号码代表着她的旅馆房间,房间里飘着一曲音乐:

两人喝茶,

就你和我,

就我和你,

随心所欲。

他的记忆中出现了她晒得黝黑的皮肤上扑的粉,他亲吻她的面孔时,她的鬓角湿润了;他记起她紧贴着他的白皙面孔、她那圆溜溜的肩膀。

"这是不可能的。"他自忖道。片刻之后,他已经走到大街上,朝着穆特走去,要不就是离开了穆特,他手里仍然抓着他的小皮包,他的金柄手杖握成个持剑的角度。

罗斯玛丽回到她的桌子前面,写完了给母亲的信。

"……我只是不久前才见到他的,可我觉得,他长得帅极了。我已经爱上他了(当然我最爱的还是迪克,不过你明白我的意思)。他的确要导演这部片子,马上就要启程上好莱坞去,我想我们也应该启程了。科利斯·克莱一直在这儿。我倒是喜欢他,但是由于跟戴弗夫妇在一起,所以没有多跟他见面。戴弗夫妇是我见过的人里最好的人,简直像天神一样完美。我今天感觉不是很好,吃了些药,不过看来没什么必要。我要等到见了你再把发生的一切讲给你听!等你收到这封信,你打算到北方来,还是我跟戴弗夫妇一起到南方去?"

六点钟的时候,迪克给尼科尔打电话。

"你有了什么具体计划没有?"他问道,"你想不想做点平静的事情——在旅馆吃晚饭,然后做点游戏?"

"你愿意吗?你想要我做什么,我就做什么。我刚给罗斯玛丽打过电话,她正在自己的房间吃晚饭。我认为这让我们都感到有点尴尬,你不觉得吗?"

"并没有让我觉得尴尬,"他反对说,"亲爱的,要是你身体不太累,咱们就做点事情。否则的话,我们就到南方去,花上一个星期想想,我们为什么没有去看鲍彻。这可比考虑……"

他这可是说漏嘴了,尼科尔马上接了他的话茬儿。

"考虑什么?"

"考虑玛丽亚·沃利斯的事。"

她同意去看戏。他们之间有一个默契,那就是做什么也不能搞得太累,他们觉得,从整体上来说,这样能使日子过得好些,而且能让晚上的时光更加有秩序。当他们体力不支,精神打起了白旗时,他们就把责任转嫁给其他人,说那是由于他们疲惫的缘故。他们打扮成巴黎最迷人的夫妇,出去之前,轻声敲了敲罗斯玛丽的门。没有回答;他们认为她已经入睡了,便走进温暖喧嚣的巴黎夜色之中,在富凯酒吧的阴影中抓起一杯苦艾酒和一杯苦啤酒。

22

尼科尔醒得挺晚,醒来后嘴里还在喃喃地念叨着梦境里的东西,然后才动手将睡着的时候粘在一起的长睫毛分开来。迪克的床上是空的——过了一阵,她才意识到,她是被客厅里的敲门声弄醒的。

"请进!"她用法语喊道,可是没人答话,又过了一会儿,她披了件睡袍走去开门。一位警察礼貌地向她致意,然后走了进来。

"阿贝·诺思先生在这儿吗?"

"谁?不在——他已经到美国去了。"

"他什么时候离开的,夫人?"

"昨天早上。"

他摇了摇头,还向她急促地晃了晃食指。

"他昨天晚上还在巴黎。他在这儿登记过,可他的房间是空的。他们告诉我说,我最好上这个房间来打听。"

"这听上去可太奇怪了——我们昨天早上亲自送他上了联运列车啊。"

"虽然可能是这样的,但是有人今天早上见过他。甚至他的身份卡片也有人看到过的。瞧,在这儿。"

"这事我们可一无所知。"她吃惊地声明说。

他考虑了一下。他是个长相漂亮,但是气味不佳的男人。

"你昨天晚上根本没有与他在一起?"

"绝对没有。"

"我们逮捕了一个黑人。我们相信,我们终于抓到了要抓的那个黑人。"

"我向你保证,我对你说的事情一无所知。假如是我们认识的亚布拉罕①·诺思先生,也罢,假如他昨晚还在巴黎,我们可并不知道。"

那人点了点头,动了动上唇,相信了她的话,但是感到失望。

"发生什么事了?"尼科尔问道。

他伸出手掌,朝上面吹了一口气。他开始发现她十分迷人,眨巴着眼睛望着她。

"你想会发生什么事呢,夫人?夏天照例有的事情呗。阿贝·诺思先生遭抢劫,报了案。我们已经逮住了那个恶棍。阿贝先生应该来辨认他,以便进行恰当的指控。"

尼科尔把睡袍往身上裹紧些,匆匆送他出了门。她感到迷惑不解,洗了个澡穿起衣服。这时已经过了十点钟,她给罗斯玛丽打电话,但是没人接。然后她给旅馆负责人打电话,发现阿贝真的登记过,是在今天早上六点半。不过,他的房间里仍然没人住。她希望听到迪克的消息,就在客厅里等;就在她想放弃等待,打算出门去的时候,旅馆负责人打来电话,通知她说:

"一个叫克劳肖的先生求见,是个黑人。"

"什么事?"她问道。

"他说他认识你和大夫。他说有一个弗里曼先生进了监狱,全世界的人都认识那个先生。他说这事是冤枉的,他希望在自己被逮捕前见见诺思先生。"

"这事我们根本不知道。"尼科尔对这些麻烦事统统表示否认,狠狠摔下听筒。阿贝奇怪的再次出现使她清楚地意识到,自己

---

① 阿贝的全称。——译注

对他的浪荡形迹有多么厌烦。为了不去想他,她走了出去,结果在裁缝店遇到罗斯玛丽,便一起到里沃利街购买假花和各种颜色的珠子、串子。她帮罗斯玛丽为她母亲挑选了一颗钻石,以及可以带回家送给加利福尼亚业务伙伴的围巾、珍奇的香烟盒之类。她为儿子买了希腊玩具兵和罗马玩具兵,那是整整一支部队,总共花费了一千多法郎。她们又一次以不同的方式花钱,罗斯玛丽又一次对尼科尔的花钱方式感到崇拜。尼科尔一副心安理得的样子,认为花的钱是自己的——可罗斯玛丽仍然认为,自己的钱是别人奇迹般地借给她的,因而必须十分仔细才是。

在一个外国城市的阳光下购物是蛮有乐趣的。健康的身体让丰富的颜色涌上面颊;胳膊、手、腿、脚踝都自信地伸展着,拿东西或迈步时的动作充满自信,让男人着迷。

她们回到旅馆后,找到了迪克,她们俩一早上变得活泼、新鲜,两个人都享受着片刻幼稚的欢乐。

他刚刚收到阿贝打来的电话,内容十分奇怪,仿佛他早上的时光是躲在某个地方度过的。

"那是我平生经历过的最奇特的一次电话交谈。"

迪克不仅与阿贝进行交谈,而且还跟十几个其他人同时谈话。在电话里,那么多的人被介绍作"……想跟你谈话的人在一个什么阁楼里,他说啦,他在那里面——那是个什么地方?"

"嘿,反正有个人的,关在一个什么地方吧,他卷进一场丑闻,倒是可以回家去。我个人——我个人的意见是他有个……"接着听到的是吞咽的声音,以后就没声了。

电话里又提出一个补充的提议:

"我考虑,你是个心理分析专家,对这种事情会感兴趣的。"那个没有透露姓名的人没有挂断电话,但是最后他还是没有引起迪克作为心理学家或者作为任何身份可能产生的兴趣。接着是阿贝的谈话:

"喂。"

"嗯?"

"喂,好吗?"

"谁啊?"

"嗯。"接着听到的是变了声调的鄙夷笑声。

"来,我另找个人跟你交谈吧。"

偶尔,迪克还能听到阿贝的声音,伴随着扭打、摔听筒、远处传来的呼喊声片断:"不,我不,诺思先生……"接着是一个鲁莽专横的声音:"假如你是诺思先生的一个朋友,那就来把他弄走。"

阿贝插了进来,声音严肃沉着,实实在在的意思压过了前面所有那些话。

"迪克,我在蒙特马特发动了一场种族起义。我要把弗里曼救出监狱。要是从哥本哈根来的一个擦皮鞋的黑人……喂,能听见我的话吗……好吧,听我说,假如从那儿来的任何人……"听筒里再次出现无数嘈杂的人声。

"你干吗回到巴黎来?"迪克问道。

"我旅行到了埃夫勒,然后决定坐飞机回来,以便拿它跟圣萨尔皮斯做个比较。我的意思是我并不打算把圣萨尔皮斯带回巴黎来。我意思甚至不是巴洛克!我的意思是圣日尔曼。看在上帝的分儿上,再等一分钟,我叫侍者说话。"

"看在上帝的分儿上,别。"

"听着——玛丽难道没有走吗?"

"走了。"

"迪克,我想要你跟这儿的一个人谈谈,我是今天早上遇到他的,他的父亲是一个海军军官,在欧洲找过所有的大夫。让我给你讲讲他的事情……"

听到这里迪克挂上了电话。也许那是一种忘恩的行为,假如把他的脑子比作一盘磨,他这时需要给它添谷粒了。

"阿贝以前那么可亲,"尼科尔对罗斯玛丽说,"很久以前那么和蔼——那是在迪克和我刚结婚的时候。要是你那时能认识他就好了。他常常到我们家来做客,一住就是好几个星期,我们几乎注意不到他在房子里。有时候,他也娱乐一下——有时候他会待在书房里,在一架弹不响的钢琴前一坐就是好几个小时——迪克,你还记得那个女佣吗?她觉得他是个鬼,有时候阿贝在门厅见到她,冲着她哞哞叫,这事让我们损失了一套茶具——可我们不在乎。"

很久以前——那么多的乐趣。罗斯玛丽羡慕他们有过的乐趣,心里想象着与自己完全不同的有闲者的生活。她对有闲者的生活没有多少了解,于是便像从来没有享受过这种生活的人一样,对它十分羡慕。她认为那是一种休闲的生活,却并不了解戴弗夫妇像她自己一样没有松弛可言。

"是什么让他变成这个样子的?"她问道,"他干吗非喝酒不可?"

尼科尔的脑袋向右一摆,向左一摇,不承认自己应该对此负责:"当今社会上,那么多好样的男人们都垮了。"

"他们什么时候没有垮过?"迪克问道,"好样的男人们都在临界状态拼搏,因为他们不得不那样——有些人无法忍受,便被淘汰了出去。"

"问题要深刻得多。"尼科尔坚持自己的观点,她还为迪克当着罗斯玛丽的面与她对抗而感到恼火。"艺术家们——比如说费尔南德吧——看起来就不往喉咙里灌黄汤。为什么只有美国人才放荡?"

对这个问题的回答可能有很多很多,迪克决定把它留到枕头上跟尼科尔咬耳朵讨论。他对她的批评有点过于激烈。虽然他认为她是自己见过的人里最迷人的,尽管他从她那里得到了自己所需要的一切,但是他已经隐隐约约嗅到了战斗的气息,于是他每时每刻都在武装自己,使自己变得更加坚强。他不能放纵自己心血来潮,觉得此刻任性随便是不雅的。他怀着侥幸心理,希望尼科尔仅仅猜出他见到罗斯玛丽有些激动而已。他不能肯定——昨天晚上在剧院的时候,她还直截了当地把罗斯玛丽说成个孩子呢。

他们三人在楼下一个铺有地毯、云集着侍者的环境中用午餐,这儿的侍者们并不像他们最近美餐过的餐馆里那样,踏着活泼的快节奏步伐端来饭菜。不过,这里有许多美国家庭,他们互相顾盼着,希望进行交谈。

旁边一张桌子坐着几个人,让人无法解释他们的关系。有一个反应迟钝的年轻小伙子和两个女人。两个女人既不年轻也不太老,也不属于什么具体的社会阶层;不过,这一桌人给人的印象是一个整体,她们俩紧密团结在一起,比那种想冲破丈夫职业优势的妇女团体更加紧密。他们肯定比一个旅游团体的关系更加紧密。

本能使迪克将已经到了唇边的嘲弄之辞吞了回去;他向侍者打听这是些什么人。

"那是些金五星①哀悼者。"侍者解释说。

大家用或响亮或低沉的声音表示感叹。罗斯玛丽的眼睛充满了泪水。

"也许这些年轻女人是阵亡将士的妻子们。"尼科尔说道。

迪克的目光越过酒杯再次朝他们望望;他们愉快的面孔上露出尊严,庄严的气氛笼罩着他们,他从他们身上领悟到美国作为一个相当古老国家的全部成熟特征。这些女人到这里来,是为了悼念自己已故的亲人,那是她们无法弥补的损失,但是她们的严肃态度却使这间大厅变得十分美好。他仿佛再次坐在父亲的膝盖上,与摩西拜一起乘车,周围是那些忠于民族、献身祖国的老勇士们在战斗②。他几乎吃力地转向自己这张桌子上的两个女人,面对着的是他所信赖的整个新世界。

——我把窗帘拉上你不反对吧?

23

阿贝·诺思自从早上九点开始,就一直待在里兹酒吧。他来到这里寻求避难时,橱窗已经打开,阳光投在从地毯和座垫掸到空气中的灰尘上,形成一道道光栅。侍者们在走廊里奔忙着,为清洁空间而奋斗。在酒吧对面,有一个供女人们使用的酒吧柜,小得让人无法想象它在下午怎么能容得下大批的顾客。

---

① 美军官兵阵亡的标志。——译注
② 19世纪美国人开发美国西部时的情景。——译注

著名的经销商保罗还没有来,但是正在核算账目的克劳德令人不无吃惊地停下手头工作,使阿贝感到振奋。阿贝坐在靠墙的一张长凳上,喝了两杯后,觉得舒服多了,舒服得能打起精神到理发师那里去刮胡子了。回到酒吧后,保罗到了,照例乘着他定制的汽车在嘉布遣大道下车。保罗喜欢阿贝,便走上来与他交谈。

"我本来今天早上要乘轮船回家,"阿贝说道,"我是说昨天早上,要不就是不管哪天早上。"

"你干吗要走?"保罗问道。

阿贝想了一下,就又开始推理了:"我在读《自由》杂志上的一篇连载,下一期要送到这里来的——要是我走了的话,我就读不成了——而且我再也读不上它了。"

"那一定是个非常好的故事吧。"

"是个可怕的故事。"

保罗忍住咯咯的笑声直起身子停顿了一下,靠在椅背上。

"假如你真想走,诺思先生,你的一些朋友明天要坐'法兰西号'——先生,那个高挑个子的人名字叫什么?先生——我想想看——个头儿高,留着胡子。"

"亚德利。"阿贝提醒他说。

"对极了,亚德利先生。他们两个人都要乘'法兰西号'走。"

他起身走开,去履行自己的职责,阿贝想留住他:"假如我不经过瑟堡就好了。行李可是经过那里走的。"

"到了纽约去拿行李吧。"保罗一边走开一边说道。

阿贝渐渐理解了这个建议的含义——受到别人的关心,或者说是延长了他不负责任的状态,让他变得越来越热心了。

其他顾客此时逐渐在酒吧里落座了。首先来的是阿贝以前在不知什么地方见过的一个大块头丹麦人。那个丹麦人在屋子另一头坐下来，阿贝猜想，他可能要在那儿坐上一整天，喝酒，吃午饭，跟人交谈或者看报纸。阿贝心里产生一种欲望，想要比他待的时间更长些。到了十一点钟，大学生们开始走进来，他们的步子十分谨慎，生怕互相碰撞会把别人的书包撕破。他就是在这个时候要侍者帮他给戴弗夫妇打电话的；等到他跟戴弗夫妇打通了电话，正好他跟其他朋友也发生了接触，他的想法是产生让大家都在电话上讲话的效果。他的念头不时转到应该去监狱搭救弗里曼上，但是他摆脱了这个念头，就像摆脱开噩梦一样。

到了一点钟，酒吧里挤满了人，在因此产生的嘈杂人声中，侍者们发挥着自己的功能，将顾客仅仅作为花钱喝酒的物体来对待。

"一共是两杯薄荷鸡尾酒……再来一杯……两杯马丁尼和一杯……不能再给你喝了夸特利先生……已经是三轮了。一共是七十五法郎，夸特利先生。谢弗先生说他付这次——你付最后一轮……我当然听你的……非常感谢。"

混乱中，阿贝失去了自己的座位；这时便摇摇晃晃站在那里，跟一些有交往的人交谈。一只拴着皮带的大型阿富汗犬，围着他的腿转圈子，他想方设法逃了出来，而且没有激怒那狗，结果受到犬主人的道歉，并且接到共进午餐的邀请，但是他拒绝了。他解释说，时间快到后半晌了，到时候他必须去处理点事情。稍过一会儿，他用酒鬼最优雅的风度——也就是说用监狱犯人或者家奴般的风度——向一个熟人道别，转过身后，发现酒吧最繁忙的时刻已经结束，现在又像开始时那么清静了。

屋子对面，那个丹麦人和他的同伴叫了午餐。阿贝便照他们的样子叫了午餐，但是午餐来了他却几乎动也没动。后来，他只是坐在那里，为生活在对往昔的记忆中而感到幸福。酒精使过去发生过的事情与现实中的事情并存，仿佛那些事情还在继续，甚至与将来要发生的事情共同存在，仿佛它们会再次发生。

到了四点钟，一位侍者朝他走来。

"你想见一个名字叫朱尔斯·彼得森的黑人吗？"

"见鬼！他怎么找到我的？"

"我没有告诉他说你在这儿。"

"那是谁告诉的？"阿贝把头垂下来，俯身在酒杯上面，但是镇静下来。

"他说已经在各家美国酒吧和旅馆里找过你了。"

"告诉他，我不在这儿……"侍者走开的时候，阿贝问道，"他会到这儿来吗？"

"我去查看一下。"

听到那个问题后，保罗扭过头来瞅了一眼；他摇了摇头，看到阿贝后，他走了过来。

"对不起；我不能允许发生这种事。"

阿贝吃力地站起身，走出酒吧，朝卡姆邦路走去。

24

理查德[①]·戴弗手提小公文包，在第七区给玛丽亚·沃利斯留了个条子，上面的签名是"迪克尔"，他和尼科尔自从相爱以来，

[①] 迪克系理查德的别称。——译注

便以这个合成词在对外联系时签名。离开那儿,他走进一家熟悉的衬衫缝纫店,店员对他支付了多得不成比例的金额感到大为吃惊。他带着优雅的风度,仿佛自己掌握着通向安全的钥匙,对那些贫苦的英国人出手如此大方,另外,他还要求裁缝将衬衫袖子的长度改变一英寸。后来,他为自己的这些行为感到有点羞愧。事后,他走进克里伦酒吧,喝了一小杯咖啡和半杯杜松子酒。

他走进旅馆的时候,门厅看上去明亮得有些不自然;他离开的时候才意识到,这是因为外面已经黑下来了。时间不过四点钟,可是外面风声大作,香榭丽舍大街上的树叶在风中尖声呼啸,狂乱地摆动着。迪克拐上里沃利街,在拱廊盖顶的街上走过两个交叉路口,到银行去拿他的信件。然后,他雇了辆出租车,在第一阵雨中沿着香榭丽舍大街驶过。

他两点钟回到乔治国王旅馆。以尼科尔与罗斯玛丽的美貌相比,如同以达芬奇笔下的美女与一幅插图上的姑娘相比。迪克匆匆行驶在雨中,恐怖得像着了魔似的。他心情十分复杂,胸中的激情胜过许多人的激情总和。

罗斯玛丽打开她的房门时充满了别人没有体验过的感情。她现在成了人们常说的"疯丫头"——整整二十四个小时,她都没有把东西理出个头绪,现在还埋头在一片混乱中;仿佛她的命运是一块拼图板——计算利润、考虑希望,将迪克、尼科尔、她母亲,以及昨天遇到的导演都考虑在内,好像是在拨动算盘上一个个珠子。

迪克敲门的时候,她刚刚穿好衣服,正在观望外面的雨丝,心里想起一首诗,也想起了贝弗利山[①]上满溢的雨水槽。她打开门看

[①] 美国影城好莱坞的影星聚居区。——译注

到他，觉得他像神灵一样永恒不变，正如所有上了年纪的人在年轻人的眼光中一样刻板，一样缺乏灵活性。迪克看到她后，心里不可避免地产生一种失望。他稍过片刻才对她做出反应。她的微笑十分坦诚，她的身体完全是一朵含苞欲放的花朵。他敏锐地注意到她从卫生间走出来，在地毯上留下的湿脚印。

"远在天边的小姐。"他并没有注意到自己讲话时的机敏。他将手套、皮夹子放在梳妆台上，把手杖靠在墙边。他突出的下巴主宰了包围在嘴巴周围的痛苦线条，把那痛苦驱逐到额头上和眼角外面，仿佛这种恐惧不能在大家面前流露出来。

"过来坐在我的腿上，跟我靠在一起，"他温和地说，"让我看看你那可爱的小嘴。"

她走上前来，坐在他腿上。外面的雨滴变得舒缓下来——滴答——滴答，她将嘴唇压在她心目中那个漂亮冰冷的形象上面。

她迅速在他嘴巴上亲吻了好几遍，她的面孔向他凑上来，在他看来，那张面孔似乎变大了。没有任何东西像她的皮肤一样让他感到眼花缭乱。有时候，美能让人联想到最美好的东西，他便想起了自己对尼科尔的责任，也想到她就在走廊那边两扇门以外的地方。

"雨停了，"他说道，"你看到投在墙壁上的阳光了吗？"

罗斯玛丽站起身来，俯身说出自己最真诚的话：

"啊，你我真是两个好演员啊。"

她走向梳妆台，刚刚把梳子插进头发里，便听到一阵低沉而坚决的敲门声。

他们吃了一惊，但是并没有什么特殊的感觉。敲门声坚决地重复着，罗斯玛丽突然意识到，门并没有上锁。她仅仅梳了一下，就停住手，朝迪克努了努嘴，迪克迅速将床上刚才坐过的地方拉平，然后朝门口走去。迪克用自然的声音和并不高的嗓门儿说着：

"……那么，如果你不想出去，我就去告诉尼科尔，我们这最后一个夜晚可以平静地度过。"

对于门外的人来说，刚才的谨慎完全没有必要。外面这些人的处境难堪，根本不会对他们俩在一起的尴尬情景做出判断。站在门外的是阿贝，过去二十四小时中，他似乎老了好几个月，还有一个惊恐不已的黑人，阿贝介绍说，他是斯德哥尔摩来的彼得森先生。

"他的处境十分可怕，这都是我的错。"阿贝说，"我们需要一些忠告。"

"到我们的屋子里来吧。"迪克说。

阿贝坚持要罗斯玛丽一起来，他们便穿过走廊，走进戴弗夫妇的套房。朱尔斯·彼得森跟在他们身后，他是个身材矮小，值得尊敬的黑人，他在边疆各州，以温和的方式追随着共和党。

看起来，这个人是今天早上在蒙巴内发生的争执的法律见证人。他曾经陪阿贝到警察局去过，他的证词支持了阿贝的说法，那就是：有个黑人从他手中夺去一张一千法郎的钞票。辨认出这个人的身份，是这个案件的关键。阿贝和朱尔斯·彼得森在一位警察的陪伴下回到了那个咖啡馆，有点儿过分仓促地认定一个黑人是那犯人，于是，这个案子在一小时后便结案了。然而，那个黑人却是在阿贝离开后才走进那地方的。警察的行动使这个案子变得更加复杂化了，因为他们逮捕的是一位有名的饭店老板：黑人弗里曼。弗里曼当时不过刚刚感到有点酒后微醺，便走开了。据报告，那个真正的罪犯不过逼着阿贝交出五十法郎的钞票作酒钱。他仅仅是在最近再次以邪恶的面孔出现在这个地方的。

简而言之，阿贝在短短的一小时之内，便成功地将自己与一位欧洲黑人和三个住在法国拉丁区的美国黑人搅在一起，搅乱了他们的生活、良心和感情。把问题搞清楚的时间十分渺茫。一天过去了，这一天的气氛紧张，不熟悉的黑人面孔在始料不及的地方和意想不到的角落到处出现，口气坚决的黑人声音不断响起在电话中。

阿贝仅仅依靠自己的力量已经成功地逃避了所有的人，只是没有避开朱尔斯·彼得森。彼得森颇像个帮助白人的友好印地安人。那些遭到出卖的黑人对付阿贝的兴趣还不如搜寻彼得森的劲头大，彼得森便竭力追随着阿贝，希望得到保护。

彼得森在斯德哥尔摩经营过一间很小的鞋油制造作坊，经营失败后，现在仅仅掌握着他的配方，以及只能装满一个小工具箱的经营工具。不过，他的新保护人刚才向他许诺说，要让他在凡尔赛重整旗鼓。先前为阿贝开车的司机正巧在那儿当鞋匠，阿贝给了彼得森二百法郎做本钱。

罗斯玛丽听着这番杂乱无章的废话，心里直恶心。要想欣赏其中的怪诞之处，她那点幽默感远远不能胜任。那个带着便携式鞋油的小个子，眼睛骨碌骨碌直转，惊恐中不时将白眼仁露出大半。阿贝的身影和面孔在憔悴的皱纹对比下，全都显得模糊不清。对罗斯玛丽来说，这些与她遥远得就像疾病与她的距离一样远。

"我毕生仅仅要求一次机会，"彼得森用十分精确的声调说，但是，这种声调在殖民国家中听起来却十分怪诞。"我的方法十分简便，我的鞋油配方太好了，结果却被赶出了斯德哥尔摩，事业给毁了，因为我不愿意公开配方。"

迪克礼貌地跟他打招呼，对他产生了兴趣，后来又丧失了兴趣。他转向阿贝说：

"你找个旅馆，然后上床去睡觉。等你完全清醒了，彼得森先生会去那儿看你的。"

"可是,你难道没有理解彼得森面临的麻烦吗?"阿贝抗议道。

"我可以在门厅里等待,"彼得森先生委婉地说,"也许当着我的面讨论我的事情有些困难。"

他笨拙地用法国方式鞠了一躬便走出门外。阿贝像一只火车头一样坚定地站起身。

"我今天也许并不太受欢迎。"

"受欢迎,但是并非也许。"迪克向他提出忠告说,"我的建议是,假如你愿意的话,应该离开这家旅馆——从酒吧走出去。到香堡德旅馆去,要是你需要周到的服务,那就去皇家旅馆。"

"我可以麻烦你给我倒杯酒吗?"

"这上面什么也没有。"迪克撒了个谎。

道别时,阿贝与罗斯玛丽握手;他缓缓地让面孔恢复了正常,长时间地握着她的手,想组织一个句子,结果却没有说出来。

"你是最……一个最……"

她感到难受,他的手几乎让她感到恶心,但是她还是用相当有教养的方式笑了笑,仿佛望着一个人在梦境中缓缓漫游,对她来说并不是什么非同寻常的事情。人们常常对醉汉表现出一种好奇的尊敬,有点儿像人们对疯子表现出的尊敬。人们的态度是尊敬而不是畏惧。那些完全失去自制能力、什么都干得出来的人,有一种激发人们敬畏的东西。当然啦,我们事后会逼着他为片刻的优越感和他在片刻之间给人们留下的深刻印象而付出代价。阿贝转向迪克,向他提出最后一个请求。

"假如我找到一家旅馆,恢复了元气,收拾好须发,再睡上一会儿,并且打走那些塞内加尔人——晚上我可以过来在壁炉边坐一会儿吗？"

迪克朝他点了点头，与其说是表示同意，不如说是对他的嘲弄，然后说："你对你现在的能力有很高的估计。"

"我敢打赌，假如尼科尔在这儿的话，也会同意让我来的。"

"好吧，"迪克走到一个柜子那儿取来一只盒子，放在屋中央的桌子上，里面放着数不清的字母卡片。

"你要是想玩字谜游戏，就来吧。"

阿贝朝盒子里面望了一眼，立刻觉得十分反感，仿佛有人逼着他生嚼燕麦似的。

"什么是字谜？好像我还没有受够怪事似的……"

"这是一种平静的游戏。用它们拼单词——什么词都行，就是不能拼出酒精那个词。"

"我敢打赌，你会拼酒精这个词，"阿贝将手猛地扶在柜子面上，平衡住身体，"要是能拼出酒精这个词，我可以来吗？"

"要是想玩字谜，你可以来。"

阿贝晃了晃脑袋，表示服从。

"假如你有这么个念头，那可没用——我会阻拦的。"他朝迪克摇动手指头，责备他。"但是要记住，乔治三世说过，假如格兰特喝醉了酒，他希望他会撕咬其他的将军们。"

他的目光从金色睫毛遮住的眼角朝罗斯玛丽又瞥了一眼，走了出去。让他感到宽慰的是，彼得森已经不在走廊里了。他感到怅然若失，无家可归，便回到保罗那里去打听那条船的名字。

25

他趔趔趄趄走出去后,迪克和罗斯玛丽匆匆拥抱了一下。他们身上都沾着一层巴黎的尘埃,透过这层尘埃,他们闻到了对方身上的气息:迪克身上的自来水钢笔的橡皮套,罗斯玛丽的脖子和肩膀上散发出淡淡的温馨。又过了半分钟,迪克仍然抱着她不放;罗斯玛丽先清醒过来。

"我必须走了,年轻人。"她说道。

他们俩的身子渐渐分开,互相眨巴着眼睛,罗斯玛丽用早年便学会的方法走了出去,那种方法完美得连导演们都用不着帮她改进。

她打开自己的房间门,直接走到书桌前,到了那儿,她才突然想起忘戴手表了。手表就在那儿,她顺手把表戴上,朝每日写给母亲的信上扫视了一眼,脑子里想好了最后一句话。接着,她没有转身就渐渐意识到,这个房间里还有另外一个人。

一个有人居住的房间里,总有不少能够起反射作用的物体,这些东西很少受到人们的注意,比如:光滑的木器家具;光滑的铜器、银器、象牙器具;除此之外,还有无数件能够透过光线和影子的物体,它们的作用微乎其微,人们几乎忽略它们的这种作用,比如说镜框的顶部、铅笔的边角或烟灰缸的边角、一件水晶器皿或瓷器。所有这些光反射,能引起同样微妙的视觉反应,也能引起我们信赖的潜意识的反应,就像棱角残缺不全的碎玻璃片有时产生的反射一样。所有这些因素都造成了罗斯玛丽的奇异感觉,她后来回忆起当时情景,把它称作"意识到"屋子里有个人,可是她没有能确定。当时,她意识到这一点后,立刻以芭蕾舞步一样的敏捷转过身去，看见她的床上躺着一具黑人的尸体。

她大声喊着"啊——噢！"仍然没有卡紧的手表磕在书桌上，她心里怀着一个荒诞的念头，认为那是阿贝·诺思。说时迟，那时快，她立即冲向屋门，穿过走廊。

迪克正在做着正正派派的事情。他刚刚检查了一下这天戴过的手套，然后把它们扔进屋角的一只箱子，里面堆着脏手套。他挂好外套和背心，将衬衫挂在另一个衣架上拉展——那是他的一种花招。"宁穿稍有点脏的衬衫，也不穿皱巴巴的衬衫。"尼科尔已经回到房间里了，这时正在将阿贝用过的烟灰缸朝垃圾筐里倾倒，突然罗斯玛丽闯进门来。

"迪克！迪克！快来看！"

迪克慢吞吞横过走廊走进她的屋子。他跪下来听了听彼得森的心脏，摸了摸他的脉搏——尸体还是温热的，那张没有生命的面孔显得又大又痛苦，他的胳膊底下还夹着那只箱子，但是耷拉在床外面的脚上，鞋子并没有打鞋油，鞋底也已经磨透了。根据法国法律，迪克无权触动这具尸体，但是他还是稍稍挪开他的胳膊，想看看下面的东西——绿色的床单上有一点污渍，下面的毯子上准有模糊的血迹。

迪克把门关上，站在那儿思索；他听到走廊传来蹑手蹑脚的脚步声，然后是尼科尔呼唤着他的名字。他打开门，低声说："从咱们的床上把床单和上面那块毯子拿来——别让任何人看见你。"然后，他注意到她扭曲的面孔，便迅速补充说："瞧瞧这儿，你千万别大惊小怪——不过是几个黑人争斗而已。"

"让这事快点结束吧。"

迪克搬起那具尸体，发觉它挺轻，足见生前营养不良。他把尸体抱成直立姿势,以便让伤口的血流进死人的衣服里面。他把死人放在床旁边的地上,把床单和毯子都拉下来,然后他把门拉开一道缝倾听着——沿着走廊传来一阵杯盘的碰撞声,接着是高声的致谢声:"谢谢,夫人。"不过那个侍者是背朝着这里,向服务专用的楼梯走去了。迪克和尼科尔迅速穿过走廊,更换了两包东西。迪克在罗斯玛丽的床上铺上那张床单,他站在温暖的暮色中浑身是汗,心里在思考着。他对尸体做了检查后,某些问题已经弄清楚了。首先,对阿贝有敌意的第一个印地安人跟踪了这个友好的印地安人,并且发现他在走廊里,这个友好的人在绝望中逃进罗斯玛丽的房间寻求避难时,那人扑上来对他下了毒手;第二,假如当时的形势可以自然发展下去,世界上没有什么力量能阻止他对罗斯玛丽下手。阿尔巴克案件的血迹还没有干透呢。她继续以严格和完美的方式履行"爸爸的女儿"的职责,是十分偶然的。

尽管迪克身上穿的是短袖衬衫,他还是下意识地做了一个卷袖子的动作,弯下了腰。他用肩膀靠在墙上,用脚后跟将门踢开,把尸体拖到走廊上一个似乎合理的位置。他回到罗斯玛丽的房间,将地毯上的划痕清理光滑。然后他走到自己房间的电话机前,给这家旅馆的经理兼房东打电话。

"是麦克贝思吗?我是戴弗医生——有件非常重要的事情告诉你。我们现在的交谈别人听不到吧?"

他这样做十分明智,因为下了这点儿额外的工夫,他便与麦克贝思先生确实处于安全地带了。虽然迪克随时随地总是那副喜悦随和的态度,但此刻还是做得非常周全……

"我们走出房间时看到一个黑人的尸体……就在门厅里……不,不,他是个老百姓。请你等一等——我知道你不想让任何房客看到这具尸体,所以我才打电话告诉你的。当然了,我必须请求你,不得将我的名字与这件事联系在一起。我可不想因为发现这么一个人,让自己的名字印在法国公文上。"

他替这家旅馆考虑得多么细致周到啊!因为麦克贝思先生在两天之前曾经了解到戴弗医生的人品,所以才会毫不怀疑地相信他的故事。

一分钟后麦克贝思到了,又过了一分钟,一个警察也赶到了。在这个过程中,他找了个空儿对迪克说:"我向你保证,所有房客的名字都会受到保护的。我对你付出的心血只有充满感激。"

麦克贝思先生立刻采取了一个步骤,那个步骤只能想象出来,不过,这个步骤对警察产生了影响,警察用狂暴、不安、贪婪的动作使劲捋着自己的八字胡。他例行公事,做了些记录,给他的警察局打了个电话。与此同时,尸体立刻被搬进这家世界上最时髦的旅馆之一的另一间套房里去了。朱尔斯·彼得森是个生意人,要是活着,他一定十分理解迅速行动的意义。

迪克回到自己的客厅。

"发生什么事情了?"罗斯玛丽问道,"难道在巴黎的所有美国人都同时互相残杀了吗?"

"现在看来是个开放的季节,"他回答道,"尼科尔在哪儿?"

"我想她在卫生间。"

她崇拜他对她的拯救行动——在她的脑子里,那个事件后可能发生的灾难像预言一样肯定会发生,她心里疯狂地祈祷着,耳朵里听到他用强壮、自信、礼貌的声音使这一切转危为安。但是,她还没来得及将灵魂和肉体全都投进他的怀抱,他的注意力便集中在另外的东西上了:他走进卧室,朝卫生间走去。此时,罗斯玛丽也可以听到越来越大的惨烈嘶喊声,像是野兽的嘶鸣而不像人的声音。那声音透过门的锁眼儿和缝隙传进房间里,房间再次笼罩在恐怖之中。

罗斯玛丽以为尼科尔在卫生间摔了一跤,伤着了,便跟在迪克后面。可是实际情况并不是那样,她仅仅朝里面望了一眼,迪克便用肩膀将她顶开,粗暴地遮挡了她的视线。

尼科尔跪在洗澡池边,身体使劲摇摆。"你!"她哭喊道,"……是你闯进了我在世界上唯一能保留自己隐私的地方——而且还是带着沾有鲜血的床单闯进来的。我要把它披在身上让你看——我一点儿也不觉得羞耻,尽管是这么可怜。愚人节的时候,我们给苏黎世人开过晚会,所有的傻瓜都去了,我当时想披上一张床单,可是人家不允许……"

"控制住自己!"

"……后来我就坐在卫生间,人家给我送来了带有假面具的化装舞衣,要我穿那衣服。我穿了。我有什么别的办法呢?"

"控制住自己,尼科尔!"

"我从来没指望你爱我——已经太迟了——可是别闯进这个卫生间,拖来带着鲜血的床单,还要我收拾,这是我唯一能保留隐私的地方啊。"

"控制住自己。站起来……"

罗斯玛丽听到卫生间的门"砰"的一声摔上了,她吓得浑身发抖,退回到客厅。这下子,她知道瓦奥莱特·麦基斯科在黛安娜别墅的那个卫生间中看到的是什么了。电话铃响了,她接电话时宽慰得几乎哭出来,因为她听到的是科利斯·克莱的声音。他径直把电话打到了戴弗夫妇的房间里来,想要找到她。她一边找帽子,一边求他上来,因为她害怕独自回到自己的房间里去。

第二部

1

1917年春天，理查德·戴弗初到苏黎世时，年仅二十六岁，对男人来说，这是个风华正茂的年纪，也是单身生活的顶峰。尽管是在战争年代，对迪克来说，这仍然是个美好的年纪。投入那么大的资本才培养成他这么有价值的人，如果送去当炮灰，未免太可惜了。然而，几年之后，在他看来，即使是在自己那神圣的殿堂中，也并不容易逃脱。1917年，他嘲笑了当时的想法，并且带着抱憾的口吻说，战争终归没有触及他。当地政府委员会指示他完成自己的学业，按自己的计划获得学位。

瑞士像个岛屿，一侧受到以戈里奇亚为中心的雷电的轰击，另一侧受到法国索姆到埃纳一带的瀑布冲刷。一时，这儿城镇里满怀阴谋诡计的陌生人，似乎比病人都多，不过这都是猜测而已——

在伯尔尼①和日内瓦的咖啡店里鬼鬼祟祟低声交谈的人们,很可能只是些钻石贩子或者商业旅行者。不过,没有一个人怀念那些长长的列车,上面坐满了瞎了眼睛、断了一条腿,或者垂死的人们。这些列车在康斯坦茨湖与纳沙泰尔州之间穿行。啤酒屋和商店橱窗里悬挂着招贴画,标榜瑞士在1914年如何保卫自己的边疆——上面画着满怀激情的年轻人和上了年纪的人恶狠狠地瞪着山下鬼影般的法国人和德国人。这些招贴的目的,是要让瑞士人的心中记住那些能给人以激励的光荣岁月。随着屠杀的继续,那些招贴失去了光彩。美利坚合众国不光彩地参战时,没有哪个国家比这个共和国更感到吃惊了。

戴弗医生当时看到战争已经迫近。他1914年从康涅狄格州到英国,是牛津罗兹学院的留学生。他最后一学年返回美国,在约翰·霍普金斯学院修业完毕,获得学位。1916年他设法到了维也纳,当时他似乎认为,如果不抓紧时间的话,伟大的弗洛伊德②就会最终败给飞机投下的炸弹。尽管当时维也纳行将就木,但是迪克仍然设法搞到了足够的煤炭和灯油,住在达蒙斯蒂夫斯特拉斯自己的那间屋子里,写了几本小册子,后来这些东西被毁掉了,他又重新写出来,成了他1920年在苏黎世出版的那本书的主要框架。我们大家生活中都有一个最得意的、英雄般的时期,当时便是迪克·戴弗生活中的这个时期。他并没有意识到自己相当富有魅力,也不知道

---

① 瑞士首都。——译注
② 西格蒙德·弗洛伊德(1856—1939),奥地利精神病学家、心理学家,精神分析学派的创始人。他凭着卓越的学说、治疗技术以及对人类心理隐私的深刻理解,开创了一个全新的心理学研究领域。由他所创立的学说,从根本上改变了人们对人类本性的看法。——译注

他给予并激励起来的爱对于健康的人来说是不平常的。他在纽黑文居住的最后一年中,有人把他叫作"幸运迪克"——他的脑子里常常记起这个名字。

"幸运迪克,你这个大笨蛋。"他围着自己炉子里燃烧着的最后几根木柴走来走去的时候,就这么低声对自己喃喃着。"你打了个正着,伙计。你来之前,谁也不知道它的存在。"

1917年初,很难搞到燃煤,迪克将自己积攒起来的课本烧了将近一百本,用来取暖;不过,他每向火里投入一本书的时候,都确信自己完全消化了这本书里的内容,并且能在五年之内讲出其中值得记忆的核心要点。这种活动随时都可能进行,他会把铺在地上的地毯披在肩膀上,他那学者的宁静与天堂中的祥和极为接近——不过,这种宁静终于被打乱了。

在这个短暂的时期中,他为自己有个健壮的体魄感到庆幸,在纽黑文时,他能在吊环上翻腾,现在又能在冬天畅游多瑙河。他与大使馆的二等秘书埃尔金斯合住一套公寓,当时有两个漂亮姑娘来拜访——既来公寓拜访,也去大使馆拜访,但并不常来。他与爱德华·埃尔金斯的交往激起了他心中对自己第一丝朦胧的怀疑,怀疑自己脑子的活动能力。他无法不感到自己的思维活动与埃尔金斯的思维能力有深刻的差别,埃尔金斯可以在三十年后回忆起纽黑文橄榄球队中所有四分卫的名字。

"……幸运迪克不可能那么聪明;他应当受点触动,甚至该把他毁灭掉才对。假如生命不能弥补他的缺陷,那就让他生病,或者让他的心受到伤害,或者让他产生自卑心理。不过,最好是在碎裂的侧面开始建筑,直到建筑得比原先的结构还要好为止。"

他嘲笑自己的推理,说它貌似有道理,还说它是"美国模式"——他衡量不假思索讲出的警句，用的标准是：要符合美国模式。不过，他知道，他不受触动所付出的代价是缺乏完美。

萨克雷写的童话《玫瑰与戒指》中，一根黑色的魔棍说道："孩子，我给你的最好祝愿，便是一点点不幸。"

情绪不佳的时候，他会为自己的推理感到痛苦：皮特·利文斯通在选举日那天把自己关在更衣室，大家满世界找他的时候，我能有什么办法呢？我参加了选举，因为我认识的人太少，便选了伊莱休。他是个好人，而且做得正确，本来该由我坐在更衣室里才对。假如我认为我在选举中有机会获胜，也许我也会那样做。但是，默瑟那几个星期不断地到我的房间里来。我猜想，我明白自己有机会，不错。但是假如我自讨苦吃找了麻烦，那是我活该倒霉。

在大学的时候，下课以后，他常常与一位年轻的罗马尼亚学者争论这个问题，那人安慰他说："没有证据显示，歌德遇到过现代意义上的'矛盾'，荣格[①]那样的人也没有遇到过这种矛盾。你并不是个浪漫主义哲学家——你是个科学家，相信记忆、力量、个性——尤其是好的意识。你对自我的判断对自己反而是个累赘，我以前认识一个人，那人花了两年时间，研究犰狳的脑，他心想，他迟早会成为比任何人都更加了解犰狳脑子的人。我不断跟他争论说，他这并不是在真正发挥人类的能力——那样做太极端了。结果，他将自己的研究成果寄给医学杂志，受到了拒绝——那家杂志却接受了另一个人课题相同的论文。"

迪克到苏黎世去加入一个复杂的机构，他的弱点比预料的少，心里充满关于永恒力量和健康的幻想，也怀着人本善的幻想，这就

[①] 卡尔·G. 荣格（1875—1961），瑞士心理学家、精神病学家。——译注

像边疆地区①的好几代母亲，在摇篮曲中低声唱出的虚假情况那样：小屋门外没有狼。他获得学位以后，接受了指令，去参加一个在奥布省的巴尔城组成的精神病机构。

在法国的时候，让他感到倒胃口的是，他做的是行政工作，而不是具体研究。作为补偿，他挤出时间写完一本小篇幅的课本，并整理出材料，为下一个研究课题做准备。他于1919年春天离开那个机构返回苏黎世。

前面的故事介绍了发展的年轮，却没有让人满意地了解到，主人公马上就要卷入错综复杂的命运，正如格兰特懒洋洋地靠在加利纳的杂货店时的情况一样。此外，看到一个已届壮年、体格匀称的男人年轻时的照片，照片上的人吃惊地盯着一个长着老鹰一样的眼睛、目光炯炯有神的陌生人，也确实让人感到迷惑。不过，非常肯定的是——迪克·戴弗生命中的重要时刻到来了。

2

这是四月里一个潮湿的日子，天穹上斜悬着长长的云带，低洼地积满了片片雨水。苏黎世与美国城市不无相似之处。迪克自从两天前抵达的时候，便感到怅然若失，后来他意识到，那是他在法国的范围局限中产生的除此之外一无所有的感觉。在苏黎世，人们除了这个城市之外还看到许多东西——目光划过屋顶继续向上，可以看到高处响着牛铃的牧场，牧场又烘托着更高一层的山丘——这儿

---

① 指美国人19世纪开发的西部地区。——译注

的生活便如同明信片上的天堂胜景一样，在垂直的场景中展开。阿尔卑斯地区并不属于凡俗尘世，它是滑雪、索道的胜地，娱乐内容和隐约的钟声多得如同在法国土地上绊在脚下的葡萄藤一样。

在萨尔茨堡，迪克的印象是一个世纪来与这座城市不可分割的音乐；到了苏黎世大学的实验室，将注意力集中到一个脑髓部之后，他感觉自己仿佛是个玩具制作人，而不像两年前在霍普金斯大学上学时那样，如旋风般卷进旧式红色楼房，在楼房入口处那座具有讽刺意味的巨大基督塑像前并不停下脚步。

不过，他决定在苏黎世再待上两年，因为他没有低估这种玩具制作活动的价值，它需要有无限的精确性和无限的耐心。

今天，他到坐落在苏黎世河畔的多姆勒诊所，去拜访弗朗茨·格雷戈罗休斯。弗朗茨是住院部的病理学家，他生在沃州①，比迪克大几岁。他肤色黝黑，相貌堂堂，如卡廖斯特罗②一样，与他圣徒般的眼睛形成鲜明对比。他是格雷戈罗休斯家的第三代——他祖父在精神病学刚刚形成时，便是克拉普林的导师。在个性方面，他富有自豪感，有时急躁，有时温顺。他把自己想象成一个催眠术士。这个家庭原有的天赋之光已经不再闪烁，但是弗朗茨无疑会成为一个优秀的临床医师。

弗朗茨这时到有轨电车站去接迪克。在前往诊所的路上，他说道："给我讲讲你在战争中的经历吧。你像别人一样发生了变化吗？你跟其他美国人一样有着愚蠢而年轻的美国面孔，不过我知道

---

① 瑞士的一个州。——译注
② 意大利的骗子、魔术师和冒险家（1743—1795）。法国大革命前在巴黎上层社会中曾经红极一时。——译注

你并不愚蠢，迪克。"

"我根本没有看到战争——你一定从我的信中了解到这一点了，弗朗茨。"

"那没关系——我们有几位炮弹震伤的病人，他们仅仅听到发生在远处的空袭。另外一些人不过是从报纸上读到战争的消息而已。"

"这让我听上去像是胡扯。"

"也许是胡扯，迪克。不过我们这儿是个富人的诊所——我们并不使用胡扯这个字眼儿。坦白说吧，你来是为了看我，还是看那个姑娘？"

他们俩侧过脑袋互相望着；弗朗茨神秘地微笑着。

"最初的信件我自然都看到了，"他用他的男低音打着官腔说，"发生变化以后，那种微妙关系阻止我拆开信。那真的成了你的个人往来了。"

"这么说，她还好？"迪克问道。

"不能再好了，我是她的上司，实际上我负责治疗大多数英国和美国的病人。他们称呼我格雷戈里①大夫。"

"我向你解释一下那个姑娘的事情，"迪克说，"我只见过她一面，这是事实。那是在我去法国前来跟你道别的时候。当时，我平生第一次穿上军装，我觉得十分虚伪——便转来转去，到处与士兵单独敬礼致意。"

"你今天干吗不穿制服？"

"嗨！我退役已经三个星期了。我再讲讲当时是怎么见到那个姑娘的。我离开你，走向湖边你那座房子，去取我的自行车。"

---

① 格雷戈罗休斯的便称。——译注

"……朝'西达斯'走去?"

"……那是个美妙的夜晚——月亮从那座山后升起来……"

"克伦采格山。"

"……我快步赶上一个护士和一个年轻姑娘。我当时并不认为那个姑娘是个病人;我向那位护士打听了有轨电车的时间,然后我们一路走去。那个姑娘真是我平生见过的最漂亮的女子。"

"她现在还是。"

"她在那以前从来没见过美军制服,我们交谈起来。我觉得这没什么。"他辨认出一处熟悉的景色,停顿了下来,然后又接着说:"……弗朗茨,只是我还没有像你那样老练,当我看到一个像她一样的漂亮炮弹,就不禁对其中包藏的东西感到遗憾。当时绝对就这些——后来开始了通信。"

"对她来说,那是最好不过的事情,"弗朗茨说得挺滑稽,"是最意外不过的情绪转移。所以我才撇下非常繁忙的工作,到这儿来接你。我想要你到我的办公室来先跟我进行一番长谈,然后再见她。实际上,我把她打发到苏黎世去送信了。"他的口吻既紧张又带着热情。"我打发她单独外出,没让护士陪着,而是让一个不如她那么稳定的病人陪着去了。我对这个病例极为满意,是我一手处理的,当然,你也帮了我一把。"

汽车沿着苏黎世河岸进入一片肥沃的地区——绿色的牧草场、舒缓起伏的丘陵、尖顶木屋点缀其间。太阳沐浴在海洋般湛蓝的天空,突然展现在他们面前的是瑞士谷地最美的景色——悦耳的鸟鸣虫吟和有益健康的新鲜空气,构成了一幅怡人的乡村画卷。

多姆勒教授的机构在三座老式建筑物和两座新楼房之中,位置在一片稍高于其他地方的隆起坡地与湖岸之间。十年前建立这个机构时，曾经是第一座现代化的脑疾病诊所；不知情的人如果随意扫视一眼，尽管楼房外面的围墙上爬满绿叶，让人不易判断其高度，但是人们肯定不会把这地方看成个避难所，里面住的是对别人有危险的精神分裂病人。有些人在阳光下割草。他们驱车进入庭院后，在车道上看到不少护士，在病人身旁挥动着白色旗帜。

弗朗茨将迪克让进自己的办公室后，便道了声歉，说是要出去半个小时。迪克独自一人留在那里后，便在屋子里四下走动，望着桌子上的零乱摆设、他家三代人收藏的书籍和他父亲和祖父写的书、挂在墙上的一幅富有瑞士传统的大型棕色全家照片，想象着弗朗茨的个性。屋子里有些烟雾，迪克将一扇落地窗推开，让一束阳光洒进屋子里。突然间，他的思想转到了那个有病的姑娘。

他收到她在八个月期间写给他的大约五十封信。她在第一封信中用道歉的口吻解释说，她在美国听说过姑娘们如何给自己并不认识的士兵写信。她从格雷戈里大夫那儿得到了名字和地址，她希望他不会反对自己有时写一封信给他，表示一点儿祝愿之类。

在这一阶段，他无须费力就能从"特苗条"到"信不信由你"之类在美国流行的时髦说法，辨别出那种口吻。她写来的那些信中充满感情，口气轻快。但是，这种风格却突然结束了。

那些信分成了两类，第一类的时间大约到停战为止，这标志着病理发展的转折，第二类的时间从那时到现在，内容完全正常，充分展示了一个成熟的个性。正是由于后面这一类信件的缘故，迪克才急不可耐地熬过了在奥布省巴尔城的那几个阴沉沉的月份——然而，即使从最初收到的信中，他得到的信息也已经超出了弗朗茨的猜测。

我的上尉：

　　我看到你身穿军服的模样时，觉得你漂亮极了。后来，我想，我也喜欢法国和德国军服。你觉得我挺漂亮，不过，我以前很长一段时间的确挺漂亮。假如你再到这儿来的时候还是带着那种罪犯一样的态度，丝毫也没有我心目中的绅士风度，那就只有天能帮你的忙了。不过，你似乎比别人安静得多，温和得像只大猫。我喜欢那些有点儿女孩子气的小伙子。你有这样的脾气吗？有时候是有点儿。

　　原谅我这么说。这是我给你写的第三封信，我会马上把它寄出去，要不就永远不寄。我想了很多关于月光的事情，要是我能离开这个地方，我能找到许多证人的。

　　他们说，你是个医生，但是既然你是只猫，那可就不一样了。我头疼得厉害，所以，请你原谅我像个普通人一样漫步，我想是陪着一只白猫。我会说三种语言，加上英语是四种，假如你能在法国做出安排的话，我想我在口头翻译方面可能是有用处的。我想我可以控制周围的一切，到处都是铃声，就像星期三那样。可现在是星期六，你呢，远在天边，也许已经给打死了。

　　以后到我身边来吧，我会永远在这座绿色的山丘上。除非他们让我写信给我亲爱的父亲。

　　请原谅这番话，我今儿个有点心不由己。等我觉得好点的时候再给你写信。

　　再会

　　　　　　　　　　　　　　　　　　尼科尔·沃伦

请原谅这堆胡话。

戴弗上尉：

　　我知道对于我这样一个神经高度紧张的人来说，反省是没有好处的，可我想让你知道我现在的心情。去年……要不就是随便哪一年，我在芝加哥成了这个样子的时候，我不能跟侍者说话，也不能到街上去走，我一直在等待着有个人来对我解释。某个能理解这种事情的人有责任对我解释。盲人就得有个人引路，可就是没有人把真情全都告诉我。他们只告诉我一半实话，我的脑子太糊涂了，简直算不出二加二等于几。有个人很好——他是个法国军官，他知道我的情况。他送给我一朵花，说这花儿"越小越不精致"。我们是朋友。后来他把它带走了。我病得更厉害啦，谁也不向我解释清楚。他们对我唱一首歌，唱什么凯旋门下的琼，那可太卑鄙了，只能把我气得哭出来，因为那歌跟我的脑袋根本毫无关系。他们还不停地说起体育事情，我当时才不喜欢体育呢。有一天，我到密执安大道去散步，后来他们坐着汽车跟在我身后，我才不上车呢。最后他们把我拖上车，车里坐的是护士。那以后我开始意识到这一切了，因为我感觉到了别人发生的事情。所以，你知道我的处境了吧。我待在这儿有什么好处？大夫们不停地唠唠叨叨，说我在这儿是为了让我痊愈。所以，今天我给爸爸写了信，要他来把我接走。我很高兴你喜欢给人们做检查，还把人们打发回家。那一定太有趣了。

在另一封信里，她写道：

　　也许你可以少检查一个病人，省下时间给我写封信。他们给我送来几张唱片，免得我忘记功课。我把唱片全都砸碎了，免得护士们对我唠叨。它们都是英语的，护士们听不懂。芝加哥的一个大夫说我这是在假装，其实他的意思是说，我是个六胞胎中的一个，他以前还从来没见过呢。可我当时正忙着发疯，所以也就顾不上听他说些什么了。我忙着发疯的时候，一般就顾不上考虑人们说些什么，他们就是说我是一百万胞胎中的一个姑娘，我也不在乎。

你那天晚上对我说，你要教我玩。照我看，爱情就是全部，或者将是全部内容。不管怎么说吧，我很高兴你对检查感兴趣，还忙得要命。

我的一切属于您

尼科尔·沃伦

另外还有一些来信，其中晦涩的节奏里潜伏着毫无希望的休止符。

亲爱的戴弗上尉：

我给你写信，是因为我找不到其他人诉说。另外，在我看来，要是这种滑稽的情景让我这么严重的病人都觉得清楚，你一定也清楚。我脑子的问题已经彻底结束了，除此之外，我的生活完全毁了，人格受到侮辱。也许这正是他们想要的。令人伤心的是，我的家人完全不关心我，根本别指望他们会帮助我，就连要求他们可怜我也做不到。我受够了，现在就是装出我脑子的毛病能够治好，也简直能把我的身体搞垮，而且也是浪费我的时间。

我待的这个地方就像个半疯人院，这都是因为谁都觉得不该把任何事情讲给我听。假如当时我像现在一样知道会发生什么事情的话,我本来可以忍受得了,因为我相当坚强,但是那些本来该给我启蒙的人却没有那样做。到了现在,我明白了,而且为了明白过来付出了代价,那些狼心狗肺的人们却坐在那儿指手画脚地说,我该相信这些事情,可这些我已经相信了。尤其是我知道的事情。

我觉得孤独极了,我的朋友和家人都远在大西洋彼岸,我却独自在朦胧中到处漫游。假如你能给我找个翻译工作(我说法语和德语像本族语一样好,意大利语说得也不错,还会一点儿西班牙语),或者在红十字救护车上工作,或者做一名受过训练的护士。我不需要接受训练,你会发现这有极大的好处。

信中还有这样的话:

既然你不接受我对事情的解释,你至少可以向我解释你对这事是怎么看的,因为你有一张像猫一样的面孔,不像这儿的人一样滑稽。格雷戈里大夫给我看了一张人家为你抢拍的照片,不像你身穿军装那么漂亮,但是看上去年轻些。

我的上尉:

收到你的明信片了。我真高兴你有意取消护士们的资格——啊,我真的非常理解你的评论。自从我见到你的那一刻起,就发现你与众不同。

亲爱的上尉:

我的脑子今天是一种念头,明天又变成了另一种。我的全部麻烦不过就是这些而已，另外，有时想跟人疯狂地争斗一下，有时精神不怎么对劲儿。要是你建议我去找哪位医生，我一定很高兴接受的。这儿的人们躺在洗澡盆里唱《在自家后院玩耍》，好像我可以在自己后院里玩耍，好像我只要前后望一望，就能看到自己家的后院似的。他们在糖果店又想挑衅，我差一点儿就狠狠揍那家伙一顿，可是他们把我抱住了。
我不想给你再多写了。我觉得特别反复无常。

接下来的一个月里没收到她的信。后来突然发生了转变。

——我渐渐恢复了正常生活……
——今天花儿和云彩……
——战争结束了，我几乎还不知道发生过一场战争呢……
——你对我多好啊！你的面孔像白猫一样，一定非常聪明。可是格雷戈里大夫给我看的照片上，你不是这个样子的……
——今天，我到苏黎世过，再次看到一座城市，感觉多么奇怪啊。
——今天，我们去伯尔尼了，那座城市有那么多钟，真漂亮啊。
——今天，我们攀登到挺高的地方，摘到了日光兰和雪绒花……

在这之后，她写来的信少了，但是他每信必复。他收到的一封信中这样写道：

我真希望有个人会像好多年以前我生病以前那样爱上我。不过，我觉得还得过上许多年，我才该想这种事儿。

但是，不论迪克的复信由于什么原因受到耽搁，她都会产生焦急不安的反应——就像情人们之间的感情一样："是不是我让你感到厌烦了"，或者是："恐怕我有些越格了"，或者是："我晚上常常想到你病了"。

实际上，迪克真的感冒了。病好以后，除了在信中写几句客套话之外，其他内容都被身体的虚弱吞噬了。不久，奥布省巴尔城里一个来自威斯康星州的电话接线女郎，冲淡了他对她的记忆。这个女郎嘴唇红得像招贴画上的姑娘，大伙儿给她取了个猥亵的诨号："电话插孔"。

弗朗茨回到办公室，显得十分自负。从他训导护士和病人的洪亮而果断的声调判断，迪克认为他也许是个好大夫，他的声音不是发自他的神经系统，而是来自博大而没有恶意的虚幻之中。他的真实情感含而不露，十分正常。

"现在说说那个姑娘吧，迪克，"他说道，"当然啦，我想了解你的事，也要对你讲讲我自己的事，但是首先谈谈那个姑娘，因为我这么长时间以来一直等着要对你讲起她的事。"

他在一个文件柜里翻找了一阵，找到一个夹子。翻动了一会儿以后，觉得这东西碍手碍脚，便把它撇在桌子上，直接讲起当时发生的事情来。

3

大约一年半之前，多姆勒大夫收到美国一位德弗罗·沃伦先生寄来的信，信中内容暧昧。这位先生住在洛桑，可他是芝加哥的沃伦家族的成员。他们安排了一个会面的日子，那天，沃伦先生来到这家诊所，身边带着他十六岁的女儿尼科尔。很明显，她精神不正常，沃伦先生向大夫咨询的时候，陪她来的护士带着她在场地周围散步。

沃伦的的确确是个美男子，看上去不足四十岁。不论从哪一方面看，他都属于典型的优秀美国人，高个头，胸脯宽阔，体格健壮——正如多姆勒大夫向弗朗茨描绘时说的那样："英俊潇洒，十足的男子汉。"他的一对灰色大眼睛由于在日内瓦湖上泛舟而布满血丝，从他的风度上可以看出，他对这个世界上的精华了如指掌。对话是用德语进行的，因为他在交谈中流露出，他是在格丁根①接受的教育。他神经紧张，这显然是由于这趟旅行的性质造成的。

"多姆勒大夫，我女儿的脑子不正常了。我为她找过许多专家和护士，她也进行过两个周期的疗养治疗，但是这件事在我看来已经变得实在太严重了，他们都极力推荐我来找你。"

"很好，"多姆勒大夫说道，"你是不是可以从开始讲起，把一切情况都对我谈谈。"

"没有什么开始，至少就我所知，在我们家族里没有精神不正常的因素，父系和母系方面都没有。尼科尔的母亲在她十一岁那年去世了，对她来说，我是既当爹又当妈，只有一个家庭女教师做助手。"

他说这席话的时候感情十分激动。多姆勒大夫看到，他的眼角上已经涌出两滴眼泪，可以闻到他呼吸里带有威士忌的气味。

---

① 德国一城市。——译注

"她还是个孩子的时候,十分惹人喜爱——人人见了她都乐得要命,凡是跟她接触过的人,都喜欢她。她又漂亮,又欢乐,喜欢阅读、绘画、跳舞、弹钢琴——什么都喜欢。我以前听我妻子说过,在我们的孩子当中,只有她夜里不哭。我还有个比她大些的女儿,还有过一个儿子,已经死了,但是,尼科尔是……尼科尔是……尼科尔……"

他说不下去了,多姆勒大夫便帮他讲完。

"她是个十全十美的正常孩子,又聪明,又幸福。"

"对极了。"

多姆勒大夫等待着。沃伦先生摇了摇头,长长地叹了口气,匆匆朝多姆勒先生瞟了一眼,然后又将目光投回到地板上。

"大概在八个月前,或者是六个月,要不就是十个月前——我努力回忆,可我说不准她开始做滑稽事——疯狂的事情时,我们是在什么地方。她姐姐最先对我说起这事——因为在我看来,尼科尔从来都是那样,"他仿佛害怕什么人指责他似的,连忙补充说:"……从来都是个那样可爱的小姑娘。第一件事是关于一个男仆。"

"哦,是啊。"多姆勒点了点他那可敬的头,仿佛他就是福尔摩斯,早已预料到会谈起一个男仆,而且到了这个节骨眼儿上,也只能谈起一个男仆。

"我有一个男仆,他跟随我许多年了。顺便说,他是个瑞士人,"他抬起头来,希望从多姆勒大夫那里得到同胞应有的赞许。"她对他产生了一些疯狂的念头,她以为他在向她求爱——当然啦,那时我便相信了她的话,把仆人打发走了。可我现在知道了,她当时说的全都是胡话。"

"她说他干过些什么？"

"这就是首要问题——大夫们都没法强迫她说出来。但是她的意思当然指的是，他对她干过某种事情——这一点她让我们感到确信无疑。"

"我明白了。"

"当然啦，我在书里也读到过，孤独的妇女会疑心床下藏着个男人。但是尼科尔为什么会产生这种想法呢？她要是愿意的话，哪个年轻人得不到啊？我们住的地方叫湖滨林宅——是个夏日别墅，离芝加哥不远——她整天都出去跟小伙子们一起打高尔夫球和网球。有几个青年在那些活动中跟她挺亲热的。"

在沃伦讲话的整个这一段时间中，多姆勒大夫保持着一副干巴巴的外表，他的脑子还不时开小差，想一想芝加哥。他在年轻时期，本来可以到芝加哥去做一名客座讲师，要真是那样的话，他或许会在那儿发财，并且拥有自己的诊所，而不是像现在这样，仅仅是一个诊所份额很少的股东。不过，那时他想到要将自己微薄的知识散播到整个那片麦田和草原上去时，便打消了那个念头。但是他当时也读到过关于芝加哥的文章，读到过关于几个封建大家族的事，提到阿穆尔、帕尔默、菲尔德、克兰、沃伦、斯威夫特、麦考密克，以及其他许多家族。后来，从芝加哥和纽约的那个阶层来找他的病人不在少数。

"她的病越来越严重，"沃伦继续说道，"她一阵一阵发作——她说的话越来越疯狂。她姐姐把她说的有些话记了下来……"他把一张折了许多折的纸递给大夫。"几乎都是说男人想要袭击她的话，说的是她认识的男人，或者马路上的男人——任何男人。"

他讲述了他们的警觉和沮丧，谈到许多家庭在这种情况下感到的恐怖,谈到他们在美国毫无结果的努力,最后,谈到希望换个环境可能带来好结果,这才冒着危险冲破潜水艇封锁线,带着女儿到瑞士来了。

"……乘了一艘美国巡洋舰,"他具体说出这一点的时候,态度不无一丝傲慢。"当时我有幸安排了那次旅行。另外,我是不是可以补充一点,"他面带歉意,露出微笑,说道:"就像人们说的那样:金钱不成问题。"

"当然啦。"多姆勒用干巴巴的声调附和道。

他心里在想,这个人为什么要对他撒谎,他说的谎是关于哪方面的。假如他判断错误,那么这种虚伪气氛是怎么回事?它弥漫在整个房间里,笼罩在这个身穿花格呢衣服,坐姿像运动员一样随便的漂亮男人身上。这是二月份的一天,外面演出的是一场悲剧,就像一只幼鸟折断了翅膀,而室内却是如此虚伪,虚伪而且荒谬。

"我现在想……跟她谈上几分钟。"多姆勒大夫用英语说,仿佛这样会显得与沃伦亲近些。

后来,沃伦将女儿留在那儿,返回了洛桑。几天过后,多姆勒大夫和弗朗茨往尼科尔的卡片填写上:

诊断:人格分裂症。急性发作下滑期。症状为恐惧男性,但绝对不是器质性的。

……须保留预后确诊。

那以后,随着沃伦先生预订好的第二次访问日渐临近,他们便越来越急切地等待着。

那个日子来得很慢。两个星期之后,多姆勒大夫写去一封信,得到的结果仍然是沉默。他便干了一桩在当时被认为是"疯狂"的事情:给沃韦①的大饭店打了个电话。他从沃伦先生的仆人那里打听到,沃伦先生此时正在收拾东西准备乘船回美国。想到四十瑞士法郎的电话账单将记在诊所的名下,多姆勒大夫心头涌起战士般的怒火,逼着沃伦来听电话。

"你——绝对有必要——到这儿来。这与你女儿的健康——有着极大的关系。对此我不能负任何责任。"

"听我说,大夫,那正是你的责任啊。我收到个紧急电话,要我回家去!"

多姆勒医生在这之前从来没有隔着那么远的距离与人进行过交谈,但是他以坚定的口气将最后通牒传进电话里,结果,电话另一端那个苦恼的美国人屈服了。沃伦第二次到达苏黎世河畔半小时后,精神垮了,线条优雅的肩膀发出剧烈的颤抖,他用舒适合体的外套捂在面孔上呜咽起来,他的眼睛比日内瓦湖上的夕阳还要红。

"是发生过这种事,"他沙哑着嗓子说,"我不知道——我不知道。

"她母亲去世后,她还小,她那时每天早上钻进我的被窝里,有时候就睡在我的床上。我为这个小东西感到难过。噢,在那以后,我们乘汽车或者火车不论到什么地方,都手拉着手。她为我唱歌。我们常常说:'咱们今天下午不要让别人注意我们——只有咱们俩——因为今天上午你是我的。'"他的声音变成一种讽刺,结结巴巴地说:"人们赞叹我们之间和谐的父女关系……他们还会揉揉眼睛看我们。我们俩就像情人一样……而且突然之间,我们真的

---

① 瑞士一城市。——译注

成了情人……发生那事十分钟后,我简直要开枪自杀……不过我是这么一个乱伦的混账,根本没有勇气自杀。"

"后来呢?"多姆勒医生问道。他的思绪又转到芝加哥,还想起三十前在苏黎世一位戴着夹鼻眼镜打量过他的先生,那人态度温和,面色苍白。"这种事情后来继续过吗?"

"不,没有继续!她几乎——她似乎立刻变呆了。她仅仅说:'没关系,没关系,爸爸。没关系的,不要介意。'"

"没有什么后果?"

"没有。"他短时间痉挛性地抽泣了一会儿,擤了几次鼻子。"可是现在却有无穷的后果了。"

故事结束后,多姆勒的身体靠在中产阶级常有的辐射状扶手椅上,口气激烈地自言自语道:"乡巴佬!"——这是他二十年来允许自己说出的很少几个特别粗俗的字眼之一。接着他说道:

"我想要你到苏黎世一家旅馆住上一晚,明天早上来见我。"

"然后怎么样呢?"

多姆勒大夫把两手一摊,那模样似乎能抱起一头小猪。

"芝加哥。"他建议道。

4

"这样我们便了解到这个病例的真正病因了,"弗朗茨说。"多姆勒告诉沃伦说,我们可以接受这个病人,条件是他必须同意无限期避免与女儿见面,时间至少是五年。沃伦的精神首次垮下来后,他似乎主要担心这件事会不会泄露出去,传回美国。

"我们为她规划了一个日常治疗方案,希望等着观看效果。预期的治疗效果不佳——这你是知道的,在这个年纪上,治愈率很低,即使是所谓的社会治愈率,也很低。"

"开始的时候,那些信看上去很糟糕。"迪克表示同意。

"很糟糕——非常典型。我很犹豫过一番,才准许最初那些信从诊所发出去。后来,我认为,让迪克了解我们这儿搞的工作是有益处的。你真好心,对那样的信还做了答复。"

迪克叹了口气。"她表现得那么好——在信里写进那么多责骂自己的话。有一段时间,我都不知道该怎么办才好了。只能说:'做个好姑娘,要听大夫们的话。'"

"那就足够了——因为她因此能想着外面的某个人。有一阵子,她什么亲友关系都没有——只有一个与她并不亲密的姐姐。此外,我们在这儿读她的信也能从中了解她——那些信是了解她状况的一扇窗口。"

"听到这些我很高兴。"

"你现在一切都知道了?她觉得自己是个同谋犯——并不局限于某个特定案件中,不过我们想要重新估价她的最高稳定程度和个性的最大力量。最初出现的是这样一个震动。那时,她去上一个寄宿学校,听到女孩子们谈论——纯粹出于自我保护意识,她产生了自己并不是同谋犯的念头——从那一点上,就很容易滑进一个幻想世界,在那个幻想世界中,越是受到喜爱和信赖的男人,就越邪恶……"

"她直接进入那种恐怖状态了吗?"

"没有。其实,到了十月份她开始显得正常时,我们却觉得陷入困境了。假如她是个三十岁的人,我们就会让她自行调整,但是她还那么年轻,我们担心她的内心扭曲状态会就此定型。所以多姆勒先生便对她坦白地说：'你现在的职责是为了自己。这绝对不是说你已经走到了尽头——你的生活才刚刚开始呢。'等等。她的脑子的确好极了，所以，他就让她看一点儿弗洛伊德的书，并不给她看很多。她非常感兴趣。实际上，我们把她变成这里的宠儿了。不过，她是个沉默寡言的孩子。"他补充说。接着，他用迟疑的口气问道："她最近写给你的信是她直接从苏黎世寄出的，我们一直想知道，她在信中写的内容是不是能揭示她的心理状态，她是不是已经为自己的将来做打算了？"

迪克考虑着。

"也是，也不是——你想要的话，我就拿出这些信让你看。她似乎充满了希望，并且一般来说，渴望生活——甚至有些浪漫。有时候，她谈起'往日'的口吻，就像出狱囚犯的口吻一样。但是你却分辨不出她指的是罪行，还是监禁，还是所有这些经历。毕竟，我在她的生活中不过是个稻草人而已。"

"当然啦，我非常理解你的处境，我再次向你表示我们的感激。所以我才希望在你见到她之前，先与你会会面。"

迪克笑了。

"你以为她与我的个人关系会来个飞跃？"

"不，不是为那个。但是我想要求你非常温和地处理这事。你对女人十分有吸引力，迪克。"

"那么，上帝帮助我吧！好的，我要态度温柔，并且避免吸引人——不论什么时候，只要我打算见她，我就嚼上一头大蒜，还要留上一口短髭。我要把她吓得掩起面孔来。"

"不许吃大蒜！"弗朗茨把他的话当真了，"你不会以自己的职业做赌注的，不过，你是在拿它开玩笑。"

"……而且我还可以一瘸一拐地走。再说啦,我住的地方的确没有真正的洗澡盆。"

"你这完全是开玩笑,"弗朗茨松弛下来,至少是装出松弛的姿势,"现在对我讲讲你自己和你的计划吧。"

"弗朗茨,我只有一个计划,那就是做个称职的心理学家——也许要做世界最伟大的心理学家。"

弗朗茨笑得很开心,不过,他发现迪克这一次并不是在开玩笑。

"这太好了——而且非常富有美国风格,"他说道,"对我们来说,要这么做更困难些。"他站起身,走向落地窗。"我站在这儿看到的是苏黎世——那儿是大教堂的尖塔。在教堂的墓地中,埋葬着我祖父的遗骸。与教堂隔河相望的地方,埋葬着我的祖先拉瓦特,他没有埋在教堂墓地里。附近是另一位祖先的塑像——海因里希·佩斯塔罗茨,还有一个是阿尔弗雷德·埃斯彻大夫。最重要的是最常见到的兹温格利——这些天神般的英雄对我产生耳濡目染的影响。"

"我懂了,"迪克站起身来,"我刚才那不过是说大话。一切其实仅仅是个开端。在法国的大多数美国人想回国都想疯了,可我不想。我只要到大学去听课,就能整年从军队里领取津贴。一个博大的政府为了培养未来的伟人,这样做不是很好吗?然后,我要回家去过上一个月,看看我的父亲。再以后,我就回到这里来——有人给了我一个工作。"

"在哪儿?"

"你的对手——在因特拉肯①的吉斯勒诊所。"

---

① 瑞士中部阿勒河畔最古老的城市,现为旅游胜地,夏季游客甚多。——译注

"别沾它的边,"弗朗茨告诫他说,"一年之中已经有十几个年轻人到他们那儿去试过了。吉斯勒本人就是个狂郁症患者,他的妻子和她的情人经营那个诊所——当然,你明白,这是个秘密。"

"你那套美国的老计划怎么样了?"迪克用轻描淡写的口气问道,"我们到纽约去,面向亿万富翁建立一个时髦的机构。"

"你这是稚童的想法。"

迪克应邀到院子边缘的一个小屋里与弗朗茨和他的新婚夫人一起用餐,跟他们一起进餐的,还有一只小狗,狗身上散发出的气味就像烧焦的橡皮。他感到一种朦胧的压抑,并不是由于这里稍有些寒碜的气息,也不是由于弗劳·格雷戈罗休斯的举止出人意料,而是由于弗朗茨突然从似乎颇有见地的领域畏缩了。在他看来,禁欲主义有着不同的界定方法——他可以将它看作走向终结的途径,甚至可以当作获得荣耀的过程,但是想到故意将生活范围缩减到几套世代相传的衣裳,未免太苛刻了。弗朗茨和他妻子的举止在这个狭小的空间显得缺乏优雅,也缺乏豪放。迪克战后在法国居住的几个月时光,以及在美国的荣耀福荫庇佑下,进行的奢侈清算,都对迪克产生了影响。另外,人们对他也产生了很大的影响,他之所以来到这块巨大的瑞士手表的核心,也许是出于他的直觉,也就是说那种影响对一个严肃的人来说并不是好事。

他的恭维让凯瑟·格雷戈罗休斯感到自己具有魅力,但与此同时,他却对弥漫在屋子里的菜花气味感到越来越难受,他也讨厌自己,因为他莫名其妙地产生了不快的感觉。

"上帝啊,难道我跟这些人完全一个样吗?"他在不眠之夜中就是这样胡思乱想的,"难道我跟其他人完全一样吗?"

这样的素质对于一个社会主义者来说相当糟糕,不过对于那些专门做世界上最罕有工作的人来说，却是十分优良的品质。说实话，几个月来，他一直在分析年轻时的一个分野时期，就是在那个时期，他决定了自己是否愿意为不再相信的主义而献身。在苏黎世寂静的不眠之夜中，他的目光划过明亮的街灯，盯着一个陌生人家的厨房，他那时常常想，自己要做个善良的好人，要做个勇敢聪明的人，可是这一切要想实现却很困难。假如环境允许的话，他还希望得到爱情。

5

灯光从落地长窗泻出来，照亮了主楼上的那个阳台。爬满藤叶的墙壁阴影和雕花靠背铁椅的影子，蜿蜒伸向床上的菖蒲席垫。沃伦小姐的身影最初出现在屋子之间纷繁的人群中，看到他后，她便用锐利的眼光盯住他。她跨出门槛时，面庞上闪耀着屋子里射出的灯光。她的脚步踏着一种节奏，整整一个星期，她的耳畔都在鸣响着音乐，那是在歌唱夏日的万里晴空和狂暴阴云，他的到来使这些歌曲变得更加响亮，她的身躯都要飘然化作那些乐符了。

"你好，上尉，"她说道。她的目光十分艰难地脱离开他的注视，仿佛两人的目光缠绕在了一起似的。"我们在外面坐好吗？"她一动不动地站着，她的目光朝周围扫视了一下。"已经是十足的夏天了。"

一个围着披肩的矮胖女人跟着尼科尔走出门，尼科尔便向迪克做了介绍。

弗朗茨道了歉便起身离开，迪克将三把椅子拢在一起。

"夜色真美。"那位夫人说道。

"的确很美。"尼科尔附和道；说完，她转向迪克问道："你能在这儿待很长时间吗？"

"我要在苏黎世待很长时间。不知道这是不是你的意思。"

"这只不过是春天第一个真正的夜晚。"那位夫人这么说道。

"要住这儿吗？"

"至少住到七月份。"

"我六月份就要走了。"

"六月在这儿可是个十分美好的月份，"那位夫人评论道。"你应该过完六月，等七月份天气太热了再走。"

"你要上哪儿去？"迪克问尼科尔。

"跟我姐姐去一个地方——我希望去个让人激动的地方，因为我失去了那么多时间。也许，他们觉得我该先去一个安静的地方——大概是科莫①吧。你干吗不上科莫去呢？"

"啊，科莫……"那位夫人开口说道。

室内，一个三重唱组骤然唱起了祖佩②的《轻骑兵》。尼科尔利用这个机会站起身。她青春的身段和美丽的面庞打动了迪克，他心中渐渐涌起越来越强烈的激情。她微笑着，那是一种带着稚气的迷人微笑，就像世界上所有逝去的青春那样美好。

"这歌声太响亮，没法谈话了，我们散散步好吗？您不介意吧，夫人？"

"晚安，晚安。"

他们朝小径上迈出两步，片刻之后便置身于一片横过小径的阴

---

① 意大利一城市。——译注
② 弗朗兹·冯·祖佩（1819—1895），奥地利轻歌剧作家。——译注

影之中了。她把手搭在他的胳膊上。

"我有几张唱片,是姐姐从美国寄来的,"她说道,"等你下次来,我放给你听。我知道一个地方,在那儿放唱片不会让别人听见。"

"那可太好了。"

"你听过《印度斯坦》吗?"她问话的声调中有一种愁闷的情绪。"我以前从来没听过,不过我喜欢它。我还有《为什么把他们叫宝贝?》和《我乐意叫你哭》。我猜想,你在巴黎的时候,一定踩着这些乐曲的节奏跳过舞吧?"

"我没去过巴黎。"

她的乳白色长裙随着他们的步履,在阴影中忽而变成蓝色,忽而变成灰色,衬托出她金黄色的秀发,让迪克着迷——只要他朝她稍稍转过身去,她就会报以微微一笑。他们来到路边的一排拱门前时,她的面孔显出熠熠光彩,仿佛天使的面孔一样迷人。她为他做的一切向他致谢,仿佛迪克刚刚带她参加过一个晚会。迪克越来越怀疑自己与她的关系时,她却显得越来越自信了。她显出的激动简直能反映出世界上的全部激情。

"我现在不受任何限制啦,"她说道,"我要为你放两支好曲子《等到奶牛回家时》和《再会,亚历山大》。"

一个星期之后他再次去拜访时,去得迟了些,尼科尔在他离开弗朗茨家的必经之路上等候着他。她的披肩长发拢在耳朵后面,好像她的面孔刚刚从头发里钻出来,仿佛她片刻之前才从树林里走到皎洁的月光下。一种莫名的东西夺走了她。迪克真希望她没有这种病史,真希望她除了过夜的那个地方之外,只不过是个无家可归的姑娘而已。他们一起去她存放唱机的秘密所在。两人绕过一个作坊,攀上一块岩石,坐在一截矮墙下,面对着连绵数英里的沉沉夜色。

他们现在简直像是到了美国，尽管弗朗茨深知迪克具有女子无法抗拒的魅力，但是也猜不出他们竟然走得这么远。啊，亲爱的，这多么令人遗憾；噢，宝贝儿，竟然不得不在出租汽车里幽会；他们多想在印度斯坦会面，相互报以微笑，不久之后，他们当然会开始争吵，因为谁也说不准，而且到时候谁也不会再关心这样的事情。可是到后来，一个人走了，另一个留下来伤心痛哭。

这个不充实的曲调，将失去的时光与未来的希望联系在一起，回荡在瓦莱州①的夜色之中。在放唱片的间隙中，一只蟋蟀以自己单调的鸣声填补了这段空白。后来尼科尔不再摇唱机，开始为他歌唱。

丢一枚银币，
任凭它落地，
望着它旋转，
一圈又一圈……

她的嘴唇张开着，却并不呼吸。迪克突然站起身来。
"怎么啦？你不喜欢？"
"我当然喜欢啦。"
"我家的厨子还教过我这样一首歌：

一个女人要是想知道
她得到个多好的男人
只有在她拒绝他以后……

---

① 瑞士一州名。——译注

"你喜欢吗？"

她朝他微笑着，让他觉得，对他的那个微笑中包含了她内心的全部感情，让他感到，他并没有为她做什么事，仅仅为她打了打拍子，身子晃动着表示恭维，她便对他以身相许。随着每一分钟的逝去，柳树间和夜色中的甜蜜便渐渐灌注到她的身上了。她也站起身来，在唱机上绊了一下，扑倒在他身上，靠进他的肩窝里。

"我还有一张唱片，"她说道，"……你听过《再见，莱蒂》那支歌吗？我猜你一定听过。"

"实不相瞒，你一定会纳闷——我什么也没听到过。"

他甚至还可以补充说：他什么也不知道，什么也没有闻到过、尝到过；只知道在闷热的密室中的那些脸颊潮热的姑娘们。1914年，他在纽黑文认识的那些年轻姑娘们与男人们接吻，嘴里喊着："嘿！"然后双手在男人胸脯上使劲一推，将他推开。可是现在，眼前这个灾难的幸存者却给他带来了一片大陆的真谛……

6

他再次见到她已经是五月份了。在苏黎世与她共进午餐，就像开一次警告吹风会议；显然，他生活中的逻辑要他离开这个姑娘；然而，坐在相邻桌子旁的一个陌生人盯着她观望，眼睛里闪烁出一种莫名的光芒，炽热得让人感到不安，他便转向那个人，以一种文雅的恐吓方式打断了他的凝视。

"他喜欢窥视，"他口气欢快地解释说，"他不过是看看你的衣服。你怎么有那么多衣服？"

"姐姐说我们家很富有，"她说话的口吻显得十分卑微，"因为祖母去世了。"

"这不怪你。"

他的年纪比尼科尔大得多，从她那种年轻人的虚荣和欢乐中，他可以获得喜悦，只见她在离开饭馆前，几次在门厅的镜子前停下脚步，让无私的水银镜将她自己的真实面貌归还给她。看到她发现自己又美丽又富有，摆出手舞足蹈的姿势，他觉得十分有趣。他真的在努力割断以前与她交织在一起的关系，看到她不依靠他也能获得幸福和自信，他十分高兴。困难的是，尼科尔将一切都奉送到他的脚下，其中既有牺牲的祭品，也有崇拜的果实。

进入夏季后的第一个星期，迪克在苏黎世重新安定下来。他将自己发表过的小册子，以及服役期间搞过的各种研究结果整理起来，准备增补改写《精神病医生心理学》。他认为自己已经有了一个出版商；他还与一位经济拮据的学生建立起联系，帮他修改书中的德语错误。弗朗茨认为这个专题未免欠考虑，但是迪克指出，这个主题包含着让人疑虑顿消的谨慎。

"我再也没有机会像这样熟悉这些材料了，"他坚持说，"我的第六感觉告诉我，它没有成为基础理论，仅仅是由于它没有获得充实的素材。这种职业的弱点在于它对稍有残疾和缺陷的人具有吸引力。在这种职业的围墙之内，医生凭借照看有'真正'精神疾病的病例而获得补偿，换句话说，医生不必战斗便可获胜。"与他们相反，你是个好人，弗朗茨，因为在你出生之前，命运已经为你选定了职业。你该为没有'折腰'而感谢上帝才对。而我成为一个精神病学者是因为在牛津圣希尔达学院有一位姑娘也上同一种课程。也许我有点陈腐了，不过，我可不想让我现在的想法，被几十杯啤酒冲跑。"

"好吧，"弗朗茨回答道，"你是个美国人。你干这事不会危害自己的职业。我不喜欢这种归纳。用不了多久，你就会写一本小册子，名字叫作《门外汉的深刻思想》，书中内容简单得绝对保证不能激发人们的思考。假如我父亲还活着，迪克，他会瞪着眼睛朝你哼鼻子。他会把餐巾叠成这个样子，抓住餐巾叠成的环，就照这样……"他将它举起，举目望去，只见上面棕色木头上有一个野猪头雕刻，"他准会说：'哼，我的印象是……'然后他就看着你，突然开始考虑，问道：'这有什么用？'然后他会停下来再哼一声；然后我们就别想继续吃饭了。"

"我今天是独身一人，"迪克用试探般的口吻说道，"但是明天我也许就不是独身了。再往后，我就像你父亲那样，把餐巾叠起来哼鼻子。"

弗朗茨等了一会儿。

"我们的病人怎么样了？"他问道。

"我不了解。"

"哎呀，到现在，你本该了解她才对。"

"我喜欢她。她挺迷人。你想要我做什么——把她从火绒花中采摘下来？"

"不是的。我想，既然你喜欢科学书籍，也许你有什么主意。"

"……把我的生命献给她？"

弗朗茨招呼在厨房里的妻子："你在那儿干吗呢！怎么不给迪克拿杯啤酒来？"

"我还得去见多姆勒，不能再喝了。"

"我们认为最好先有个规划。四个星期都过去了——那个姑娘显然爱上你了。假如我们是莫不相干的世人,这本来不干我们的事,可我们在这个诊所,就得为这事操心。"

"多姆勒大夫怎么说,我就怎么做,"迪克表示同意。

但是他对多姆勒是否能讲清楚这个问题没有多少信心;他本人也还是个未知因素呢。这事落到他手中,并不是出于他有意识的努力。这让他想起了童年时期发生的一幕,当时,全家人都忙着寻找开餐具柜的钥匙,只有迪克知道钥匙是自己藏在妈妈那只最上面的抽屉里,放在手帕下面了。那时候,他所经历的是一种哲学上的超脱;他和弗朗茨此时并肩走进多姆勒教授的办公室,正是那种超脱的再现。

教授使他的疑虑冰消瓦解了。教授的相貌很漂亮,蓄着直挺挺的八字胡,好像一栋高雅的老房子,阳台上爬满了茂盛的藤萝。迪克认识一些更加富有天赋的人,但是从来没有见到过任何人比多姆勒的品质更优秀。

——六个月之后,他看到多姆勒的遗体时,对他的看法仍然没有改变,不过他那生命阳台上的光芒已经熄灭,缠绕在上面的藤萝般的胡子扎在白色的衣领上,薄薄的眼皮下面,两条裂缝一样的眼前闪过的一幕幕战斗场面永远平静了下来——

"……早上好,先生!"他以立正姿势站定,仿佛回到军队里一样。

多姆勒教授平静地将手指交叉在一起。弗朗茨说话的时候,口吻一半像联络官,一半像秘书,他的上司没等他讲完整个句子,就将他打断了。

"我们已经走过一段道路,"他温和地说道,"戴弗医生,现在能帮助我们的正是你。"

迪克听到命令后，承认说："我自己单独努力并不能胜任。"

"对你的个人反应，我没什么办法，"多姆勒说，"不过我有办法应付另外一种事实，那就是这种所谓'转移'，"他朝弗朗茨投去带有讽刺意味的短暂一瞥，弗朗茨报以温和的眼光，"必须终止。尼科尔小姐现在过得不错，但是她无论如何也经受不住她或许会解释作悲剧的那种情景。"

弗朗茨再次开口讲话，但是多姆勒大夫做了个手势，要他保持安静。

"我意识到你的处境一直比较困难。"

"是这样的。"

这时，教授靠在椅背上笑了，敏锐的灰色小眼睛闪烁着光芒，笑声一停就紧接着说："也许你已经把自己的情感卷进这事里面了。"

迪克感到自己被诱入圈套，便跟着笑起来。

"她是个漂亮姑娘——任何人都会在不同程度上产生反应的……"

弗朗茨又一次想开口讲话，多姆勒用一个直接向迪克提出的问题又一次阻止了他："你考虑过离开吗？"

"我不能离开。"

多姆勒转向弗朗茨说："那么我们就把沃伦小姐送走。"

"多姆勒教授，你的方法最好。"迪克勉强承认道，"眼前的情景的确是这样的。"

多姆勒教授像个没有下肢的残疾人一样，用双拐支撑着自己站起身来。

"但是，这是个职业问题。"他平静地喊道。

他自己叹了口气，坐回椅子上，等待着自己的回声在屋子里渐渐消失。迪克看到，多姆勒已经达到了自己的巅峰状态，他不能肯定自己是不是已经超越了这一点。等到震耳的声音平息下来，弗朗茨终于有机会插话了。

"戴弗医生是个品德优良的人，"他说道，"我觉得他需要的只是评价这种情景，以便正确应付。照我看来，迪克可以在这方面合作，用不着让任何人离开。"

"你觉得怎么样？"多姆勒教授问迪克。

面对这种情景，迪克觉得自己穷于应付了；与此同时，他意识到，在多姆勒宣布之后，这种凝滞的气氛是不能无限延长的。突然，他把一切都搞糟了。

"我已经有点儿爱上她了——心里也想过和她结婚的问题。"

"嗤！嗤！"弗朗茨发出了这样的声音。

"等一等。"多姆勒警告他说。弗朗茨并不等待，开口说："你在说些什么呀！把你下半辈子贡献出来，又当大夫又当护士——绝对不行！我知道这种病例。二十个里只有一个有可能痊愈——最好再也别见她！"

"你觉得怎么样？"多姆勒问迪克。

"弗朗茨的话当然是对的。"

7

到了傍晚，他们才结束谈话。谈的内容是关于迪克该怎么做。大家认为他无疑帮了大忙，然而他本人必须离开。大夫们最后起身的时候，迪克的目光落在窗外。外面下起了小阵雨——雨中，尼科尔一定在一个地方眼巴巴地等待着。片刻之后，就在他走出门外，扣上油布雨衣脖子上的纽扣，拉下帽檐时，突然看到她站在主楼大门外的屋檐下。

"我们可以去一个我知道的新地方，"她说道，"我生病的时候，不在乎晚上跟其他人一起坐在屋子里——他们说的话仿佛都是些莫不相干的东西。现在，我自然觉得他们病得就像……就像……"

"你很快就能出去了。"

"啊，很快。我姐姐贝思——人们总是把她叫成贝贝——她过几个星期要接我到一个地方去；在那以后我还要回到这个地方来最后住上一个月。"

"你姐姐？"

"对，比我大得多呢。她已经二十四了——她很有英国派头。她在伦敦跟我姑姑住在一起。她跟一个英国人订了婚，可是那人被打死了——我从来没见过他。"

她的面孔在夕阳透过雨丝射来的光芒中，颜色既有象牙的润泽，又有金色的光辉。迪克从来没有看到过这样充满希望的面容：高高的颧骨、略带病容的娇美、冷静而不是狂热，活像个生气勃勃的小伙子——这并不仅仅是投在一张灰色银幕上的年轻生命的影子，而是一个实实在在茁壮成长的生命。这张面孔到了中年仍然会是漂亮的，到了老年也是漂亮的：因为它的结构和组织已经定型了。

"你在看什么呢？"

"我在想，你会过得十分幸福。"

尼科尔像受到恐吓一样："我会吗？好吧——事情不会比以前更糟了。"

她把他带到一个木棚里，盘腿席地坐在自己的高尔夫球鞋上，雨衣缠起来绕在身上，她的脸颊在潮湿阴冷的空气刺激下变得绯红。她发现他在注视她，便以严肃的目光回报，看着他微微侧身靠在柱子上那种颇为骄傲的姿态。她望着他的面孔，他总是在欢乐和嘲讽之后，将面孔控制成一副专注中不乏严肃的面具。他的这种特征似乎符合他那爱尔兰的红润，她对这方面知道得很少，也感到害怕，但是却迫切地想要探索它，也就是他那男子汉气概的方面。另外一方面是教养，是礼貌的目光中现出的体贴，她像大多数女人那样，毫不犹豫地将这种体贴占为己有了。

"在这个医院至少对使用各种语言是有好处的，"尼科尔说道，"我跟两位大夫说法语，跟护士们说德语，跟擦地板的女人们和一个病人说意大利语或者像意大利语的一种语言，我还跟另外一个人学会一点儿西班牙语。"

"那很好。"

他想表现出一种态度，可是心里没有酝酿出成熟的逻辑。

"……还有音乐。希望你别以为我仅仅对爵士音乐感兴趣。我每天都练习的——过去两个月来，我一直在苏黎世上音乐史课程。实际上，音乐和绘画促使我不断奋发向上。"她突然俯身，从她的鞋底里面揪出一条碎布片，然后抬起头望着他说，"我想把你现在的模样原封不动画下来。"

她把画好的作品交给他，请他赞扬的时候，他不禁感到悲哀。

"我嫉妒你。目前，我除了自己的工作，对其他任何东西都不感兴趣。"

"啊，我认为这对一个男人来说很好，"她迅速说道，"但是对一个姑娘来说，我认为她应当做出许许多多成就，好让她的孩子们获益。"

"我想是这样的吧。"迪克故意带着冷漠的口吻说道。

尼科尔平静地坐着。迪克倒真希望她能讲话,他好轻轻松松扮演一个泼冷水者的角色;可是现在她却一声也不吭了。

"你做得很对,"他说道,"设法忘记过去吧;一两年之内别劳累过度。回美国去,开始参加社交活动,然后恋爱,享受幸福吧。"

"我不能恋爱。"她那只残缺的鞋子将她坐的白木桩上蹭出一片尘土。

"你当然能,"迪克坚持说,"也许一年之内还不行,不过,你迟早会恋爱的。"接着,他用恼人的声调补充说:"你能过上完全正常的生活,生下一屋子漂亮娃娃。在你这样的年纪能完全复原,就说明那些希望会很快实现。年轻的女士,在你的朋友们惊得大声嚷叫时,你准会继续恪尽自己的职责。"

——但是她服下这剂苦药,让这些严酷的话提醒自己时,她的眼睛里产生的是痛苦的表情。

"我知道,在很长时间里,我不适于跟任何人结婚。"她的语气带着卑微。

迪克感到不安,什么话也说不出来。他望着外面的庄稼地,竭力想把自己不严肃的态度改变过来。

"你会好的,这儿的人都相信你会好。不是吗?格雷戈里大夫为你感到自豪,他也许会……"

"我恨格雷戈里大夫。"

"哎呀,这可不应该。"

尼科尔的世界摔得粉碎,但那不过是个微不足道的世界,也许是个并没有创造出来的世界。在它之下,她的情感和本能在继续斗争着。一个小时之前,她在主楼门口等待时,心中的希望不是像腰带上的花饰一样美好吗?

……那衣服保持着平整,纽扣一颗也没有解开,她像盛开的水仙花——空气纹丝不动,散发出甜美的气息。

"要是能重新享乐多好啊。"她探索着说道。有一刻,她心血来潮,向他讲述自己多么富有,住着多大的房子,还说自己是家里的宝贝——有一刻,她把自己比作自己那个当过马贩子的祖父锡德·沃伦了。但是她没有让那些诱惑迷住,没有混淆各种价值观,后来将这些事情装回到记忆中那些维多利亚时期的箱笼里——然而她除了空虚和痛苦之外,连自己真正的家也没有。

"我得回诊所了。现在不下雨啦。"

迪克走在她身旁,感觉到了她的不快,心里真希望能将接触她面颊的雨水吞下自己肚子里。

"我有几张新唱片,"她说,"我多想放来听啊,几乎都等不及了。你知道吗……"

那天晚饭后,迪克想,他要结束这场谬误,他还要踢弗朗茨的屁股,因为是弗朗茨把他牵扯进这么一桩倒霉的事情中来的。他在门厅里等待着,目光跟随着一顶贝雷帽,那帽子不像尼科尔等待时戴的帽子那么湿,而是戴在一颗最近做过手术的脑袋上。帽子下面,一双眼睛窥视着。发现他后,朝他走来:

"你好,大夫。"

"你好,先生。"

"天气真好。"

"是啊,好极了。"

"你在这儿工作吗?"

"不,是来拜访的。"

"啊,好吧。那么——再会,先生。"

迪克很高兴又一次与人交往后没有受到损失,贝雷帽下面的那个倒霉蛋走开了。迪克继续等待着。不久,一位护士从楼梯上走下来,交给他一封信。

"沃伦小姐请你原谅她,大夫。她想躺一会儿。她今晚想在楼上吃晚餐。"

护士等待着他的反应,心里半带期望,想听到他暗示说,沃伦小姐的态度属于病态。

"啊,我知道了。好吧……"他重新安排了一下自己唾液的流向和心脏的跳动,"我希望她会觉得好一些。谢谢。"

他感到迷惑,也感到不满足。但是无论如何他自由了。

他给弗朗茨留了个条子,求他原谅不能与他一起用晚餐,然后便穿过田野朝有轨电车站走去。他走上站台后,春天的暮色仍然在铁路和自动售货机的玻璃上反射出金色的光芒,他开始感到,这个车站和那所医院,在离心与向心之间飘浮着。他感到害怕。当实实在在的苏黎世卵石再次在自己脚下发出碰撞的声音时,他感到很高兴。

他期待着第二天会听到尼科尔的信,然而却连一个字也没有。他不知道她是不是生病了,就给诊所打电话,跟弗朗茨交谈。

"她昨天和今天都下楼来吃过午饭,"弗朗茨说道,"她似乎神情有点恍惚。事情进行得怎么样?"

迪克试图飞越像阿尔卑斯山涧一样宽阔的性别鸿沟。

"我们压根儿没谈——至少我认为没有。我尽量显出疏远的样子,不过我认为,假如向纵深发展的话,已经发生的事情还不足以让她改变态度。"

也许由于没有一锤定音,他的虚荣心受到了伤害。

"从她与护士的谈话中,我倾向于认为,她已经理解了。"

"好吧。"

"这是能够预料到的最好结局。她看上去并没有过分躁动不安——仅仅稍有些恍惚而已。"

"那就好。"

"迪克,尽早来看我。"

8

接下来几个星期的经历让迪克极为不满意。病理上的根源和处理上的失败让他感到一种金属般的单调味道。尼科尔的情感受到了不公平的利用——要是换了他自己,他会有什么感觉呢?他不可避免地承受了一段时间的痛苦——梦中他看到她在诊所的小径上步行,摆动着她那顶宽大的草帽……

有一次他实实在在看见了她。那是在他步行经过王宫饭店时,一辆罗尔斯牌豪华轿车转弯驶上半月形的门前车道。巨大的车身和几百马力的功率,把车里的人比得十分渺小。里面坐着的是尼科尔和一个年轻女人,他猜想,那是她姐姐。尼科尔也看见他了,有一刻,她的嘴唇微微张开,脸上现出惊恐。迪克抬了一下帽子,便走开了,然而有一刻,他周围的空气中似乎充满了来自格罗斯明斯特河上的魔鬼发出的喧闹声。后来,他想把自己在她面前的庄重表现详细记载下来,凭借记忆写一个备忘录,记下病人受到再次"冲击"的可能性,这种压力不可避免地总会再次遇到。这个备忘录要对任何人都有说服力，只是没法说服他这个写备忘录的人。

这项努力的全部价值在于，他再次意识到自己的感情已经深深卷了进去；在这之后，他决定以其他方式来调整自己的感情。一种方式是找奥布省巴尔城那位电话接线姑娘。她正在欧洲旅行，从尼斯到科布伦茨周游，身边围着一帮奋不顾身的男人，那是她在无与伦比的假日中结识的；另一种方式是做出一种安排，八月份趁政府的交通便利回家探望；第三种方法是集中精力搞工作，找到证据写好书，今年秋天就把它呈献给讲德语的精神病学专家们。

迪克的情绪激越，简直要撇开这个作品了，他想要做更多整理准备工作；假如他能找到个伙伴与他进行交流，便能指望那个人为他做大量的日常工作了。

与此同时，他规划出一个新的课题：根据当代不同的分类术语在一千五百例克拉帕林前与克拉帕林后检查基础上对神经病和精神病统一和实用的分类的一种努力——他拟出另外一个响亮的段落——在长期细致的研究中独立发展形成的深入看法。

这个标题翻译成德语，读起来会显得具有划时代的气魄。

进入蒙特勒伊后，迪克减慢了蹬车速度，只要有可能就朝迦根霍恩瞅上一眼，透过湖滨旅店之间的小巷看到湖水的耀眼波光。一群群英国人让他觉得十分显眼，他们四年之后再次出现在这里，目光中都带着侦探故事里那种怀疑一切的神色，仿佛在这个值得怀疑的国度里，德国人训练出的匪徒随时都可能袭击他们。在这片由山洪冲积成的碎石地上到处有建筑物和正在建造的楼舍。迪克在到南面来的路上，在伯尔尼和洛桑曾经急切地打听过，今年是不是有美国人："要是六月没有，那么到了八月有没有？"

他身穿皮夹克，内穿美军衬衫，脚上穿着登山靴。在他的旅行背包里，还放着一件棉布外衣和替换用的内衣。在格里昂索道站，他检查了一下自行车，在车站小吃店的阳台上喝了点儿啤酒，同时还望着索道车从山坡上以八十度的倾角缓缓爬下来。他的耳朵里满是佩尔兹路程中渗出的血渍，一路上他感觉到自己要当一个运动员已经没希望了。他要了些酒精揩净皮肤，这时索道车滑进了车站。他看到自己的自行车装到车上，便把旅行袋投进车子下层，然后上了车。

缆车斜挂在索道上，仿佛一个人不愿让人辨认出来，将帽檐斜压在面孔上一样。看着水从缆车下面的储水舱涌流出来，迪克对整个设计的别出心裁留下深刻的印象——对面那只缆车正在山顶灌水，只要放松刹车，就会由于重力的作用将这个变轻的缆车拉上山。这一定是产生于一个了不起的灵感。在对面的座位上，一对英国人正在讨论这缆索。

"英国制造的从来都能用五六年。两年以前德国人压价投标，夺走生意，你知道他们的缆索用了多长时间？"

"多长时间？"

"一年零十个月。然后瑞士人把它卖给了意大利人。意大利人对缆绳没有严格的商品检验。"

"我明白，假如缆绳绷断，对瑞士来说实在太可怕了。"

乘务员关上车门，给自己的同事打了个电话，缆车猛地抖动了一下，向前移动，朝翡翠色的山巅驶去。缆车离开低矮的屋顶后，沃州、瓦莱州、瑞士萨沃伊州和日内瓦的全景俯瞰景色展现在旅客面前。被罗讷河冰冷的水流降低温度的湖心是西方世界的真正中心。湖面上漂浮着像小船一样的天鹅，以及像天鹅一样的小船，二者都融进这烟波浩渺的美景之中了。这是个晴朗的日子，阳光在下面的青草上和娱乐宫白色的庭院中反射出明亮的光芒。庭院中的人都留不下自己的影子。

奇龙和萨拉农岛屿宫殿映入眼帘时，迪克将他的目光转向车内。缆车已经高于湖滨最高的楼宇，两侧不时擦过交织在一起的树叶和花朵，让人看到片片斑斓的色彩。那是个索道旁的花园，缆车内有一条标语：不得采摘花朵。

虽然人们不准在车上采摘花朵，但是缆车经过时，花儿却扫进车厢里来，随着缆车缓慢的移动，多萝西·珀金斯玫瑰扫进缆车的每一个厢座，最后又摇晃着恢复到玫瑰丛中。这些花枝一再扫进过往的缆车。

在迪克上面和前面的厢座里，一群英国人站起身，为蓝天背景而欢呼，突然他们中间起了一阵骚动——人们纷纷为一对年轻人让路，那对年轻人一边道歉，一边朝缆车后部的一个厢座爬去——那就是迪克所在的厢座。那个年轻人是个拉丁人，眼睛又大又黑活像玩具鹿；那姑娘是尼科尔。

两人爬上来后累得喘息了片刻。他们笑着在座位上坐定，把英国人都挤到角落里去，尼科尔打了个招呼说："你好。"她看上去十分可爱；迪克立刻就发现某种东西有些不一样。他立刻就意识到那是她精心梳理的发卷，摆动起来活像艾琳·卡斯尔的秀发，发卷蓬松抖动着。她穿一件深蓝色的毛衣和白色的球衣——她就像五月第一个明媚的早晨，诊所的一切痕迹全都消失殆尽了。

"砰！"她气喘吁吁地说，"唔，那个卫兵。他们要在下一站逮捕我们。这位是戴弗医生，这是马莫拉先生。"

"哎哟！"她气喘吁吁地摆弄着自己新理的头发，"姐姐买到了一等票，这是她的原则。"她和马莫拉交换一下眼色，喊道:"后来我们发现那个一等票是个司机座后面的棺材架,四周为了防雨拉下帘子来,这下你什么都明白了吧。但是姐姐十分有派头……"尼科尔和马莫拉再次以年轻人的亲热笑了起来。

"你们上哪儿去?"迪克问道。

"考克斯。你也去那儿吗?"尼科尔望着他的装束,"前面那是你的自行车?"

"对。星期一我要去海边。"

"带我坐在你的车梁上?我的意思是说——你愿意吗?我想不出比这更有趣的事情了。"

"可我要抱着你下去,"马莫拉强烈抗议道,"我滑旱冰送你去,要不就把你抛下去,让你像根羽毛一样飘下去。"

尼科尔想到自己要变成一根羽毛,而不是一只铅锥,要飘下去,而不是栽下去,不禁喜形于色。她看上去就像个狂欢节上的中心人物,时而腼腆,时而矫揉造作,时而颦蹙双眉,时而比手画脚。有时候,过去痛苦的阴影再次落到她身上,一直能涌流到她的每一根指头尖上。迪克真希望自己能离开她,因为他害怕自己在场会提醒她已经留在身后的那个世界。他打定主意,要住另一家旅馆。

缆车停下来后,不习惯的人们看到不同的蓝色调发出一阵怀疑的骚动。这只不过是上行和下行的缆车更换了一下乘务员。然后,升啊升啊,飞越一条林间小径和一条峡谷,然后继续向山丘上升去,这时由于能看见山丘上生长的水仙,已经在旅客与天空之间看到了实在的山丘了。在蒙特洛伊湖滨球场打网球的人们这时变得像针尖一样小。空中有了新鲜的东西,新鲜体现在音乐上。他们的缆车滑进格里昂后,人们听到花园饭店传来一阵管弦乐之声。

当人们换上山地列车后,音乐被储水室的水涌流的声音压倒了。考克斯几乎在头顶上,一家旅店的几千个窗户正在傍晚的阳光中反射出燃烧般的光芒。

但是旅行的方式不同——一台皮囊机车将旅客顺着螺旋形车道一圈一圈往上拉,升啊升,上啊上。它们发出咔嚓咔嚓的声响,穿过低垂的云彩,有一阵儿,在轻便机车拉着他们倾斜向上时喷出的雾气中,迪克看不到尼科尔了。他们乘着一丝风向上,每过一个索塔,旅馆就变得大一些,最后,在一阵惊讶赞叹声中,他们到了阳光明媚的山巅。

在到达后的纷乱之中,迪克将自己的旅行包甩到背上,举步走向站台,取自行车,尼科尔已经跟在他身旁了。

"你不住我们的旅馆?"她问道。

"我要节省钱。"

"你愿意来跟我们共进晚餐吗?"取行李的时候人们有些混乱。"这是我姐姐——这位是苏黎世的戴弗医生。"

迪克朝一位二十五岁的女子鞠躬致意,只见那女子身材高大,态度自信。他回忆起另外一些嘴巴像花朵、一次吃一丁点儿东西的女人们,他认定,她既可畏,又脆弱。

"晚饭后我来拜访,"迪克许诺说,"首先,我得适应这儿的环境。"

他跨上自行车离开,感觉到尼科尔的目光在追逐着自己,感觉到她那没有意义的初恋,感觉到那段恋情在自己心中扭曲。他蹬车爬上三百码外一个山丘,在上面一个旅馆里订了个房间,痛痛快快洗了个澡,十分钟之内什么念头也没有,只有一种潮涌般的感觉,其中夹杂着刺耳的声音,那是一种无关紧要的声响,那声音并不知道他受到怎样的爱恋。

9

他们在等待他,没有他便觉得不完整。他仍然是个无法估价的因素。沃伦小姐和那位年轻的意大利人脸上的期待表情,与尼科尔的一样明显。旅馆的大厅结构有着神奇的音响效果,中间有舞池。不过,里面有一小群年龄不同的英国女人,只见她们围着领巾,留着染过的头发,脸上扑的粉颜色粉红中带有青灰色;还有一批年龄相仿的美国女人,她们戴着雪白的假发,身穿黑色长裙,嘴唇涂成鲜红色。沃伦小姐和马莫拉坐在角落的一张桌子旁边,尼科尔坐在离他们四十码以外,屋子另外一角。迪克步入大厅时,听到她的声音:

"听见我的声音了吗?我用的是正常的音量。"

"清楚极了。"

"你好,戴弗医生。"

"这是干吗?"

"你知道吗?屋子中央那些人听不见我的声音,可你能听见。"

"是一个侍者告诉我们的,"沃伦小姐说道,"从屋子一角到另一角能通话,就像无线电一样。"

山顶上让人感到激动,就像乘海轮时一样。过了一会儿,马莫拉的父母来了,跟他们坐在一起。他们对沃伦家人的态度中流露出尊敬——迪克体会到,他们的财富与米兰的一家银行有联系,而米兰银行又与沃伦家的财富有联系。但是贝贝·沃伦想跟迪克交谈,迫切得像见一个男子想追一个的疯女人,好像她给拴在一根没有弹性的绳子上,想要尽量达到最远端。她像个子较高的少女一样,不安地交替跷着腿。

"……尼科尔对我说,你帮助照顾过她,而且对她的痊愈起了很大作用。我不懂,我们该怎么做才对——在疗养院该做的事情是那么不确切。他们仅仅告诉我说,应当让她自然,让她愉快。我知道马莫拉一家在这儿,就请蒂诺到索道这儿来见我们。你看到发生什么事了——尼科尔要他干的第一件事是从缆车侧面爬上去,仿佛他们俩都发了疯似的……"

"绝对正常,"迪克笑道,"我认为这是个好的迹象。他们俩都在向对方表现自己。"

"但是我怎么分辨得出来呢?我还没来得及明白过来,而且几乎是当着我的面,她已经在苏黎世把自己的头发剪短了,就因为在'浮华市场'看到一幅照片。"

"这很好。她是个精神分裂症患者——永远都是个怪癖的人。你改变不了这一点。"

"是个什么?"

"我刚才说过——是个怪癖的人。"

"那么,怎么才能分清楚什么是怪癖,什么是疯病呢?"

"不会再有什么疯病了——尼科尔现在生气勃勃,十分幸福,你用不着担心。"

贝贝再次交换一下跷起来的腿——她就是许多没有得到满足的女人中的典型,那些女人爱着一百年前那个拜伦①,尽管与那位卫队长的恋情只能是一场悲剧。可她却显得笨拙、缺乏激情。

"我不在乎承担责任,"她声明说,"但是我不知道该怎么办。我们家族从来没有过这种事。我们知道尼科尔受过刺激,照我

---

① 英国诗人(1788—1824),美男子,生活浪漫放荡,风流事件层出不穷。——译注

看,那是为一个男孩子的缘故,但是我们知道得并不确切。父亲说,要是能找到那个人,他准会开枪要他的命。"

乐队在演奏《可怜的蝴蝶》;年轻的马莫拉与他母亲跳起了舞。这是个对他们来说十分新鲜的曲调。迪克听着尼科尔与老马莫拉聊天,望着马莫拉黑白相间的头发,觉得挺像钢琴黑白相间的键盘;他望着尼科尔的肩膀,觉得颇像小提琴弯曲的琴肩;接着,他想到了那个秘密和那场耻辱。啊,蝴蝶——片刻的光阴融进了漫长的几个小时之中……

"其实,我已经有了一个计划,"贝贝带着歉意用生硬的口吻说,"也许你会觉得这个计划绝对无法实行,但是几年之内,尼科尔需要有人照顾。我不知道你是不是熟悉芝加哥……"

"不熟悉。"

"嗯,那个城市有一个北区,一个南区,两部分相隔挺远。北区漂亮,豪华,我们从来就在那儿住,至少已经住了许多年,但是,许多老的家族,老的芝加哥家族,仍然住在南区,你明白我的意思吧。大学就在那儿。我是说,在有些人看来,那儿有点拥挤,但是不管怎么说,那儿与北区有些不同。我不知道你是不是明白我的意思。"

他点了点头。他稍稍费了点劲,总算弄懂了她这番话。

"好吧。我们当然在那儿有许多关系——父亲在大学担任着几个职务,我想,假如我们把尼科尔带回家,把她丢到那群人里面——你知道,她十分爱好音乐,而且会说那么多种语言——可是,什么能比她爱上个大夫好呢……"

迪克心中突然产生潮涌般的激动,沃伦家要为尼科尔买个大夫——你手头有没有个大夫卖给我们啊?要是他们有能力为她买上个年轻的大夫,那就用不着为尼科尔担心了,这幅想象画的油墨还没有干涸。

"可是这个大夫打哪儿来呢?"他不由自主地问道。

"一定有许多人想抢这个机会。"

跳舞的人们返回来了,贝贝迅速压低声音说道:

"这就是我的意思。尼科尔上哪儿去了?她走开了。她是不是在她的屋子里?我该怎么办?我根本不知道这事到底是无关紧要,还是该去找她。"

"也许她只是想单独待一会儿——独自生活的人习惯于孤独。"他发现沃伦小姐并没有听他说话,便不再讲下去。"我去找找看。"

一时间,室外整个笼罩在了雾霭之中,如同隔着纱帘看到的春色。旅馆附近充满生命的气息。迪克经过几个低矮的房屋,隔着窗户看到里面有些公共车司机围坐在床铺上,边喝着一罐西班牙葡萄酒,边打扑克。他走近步道时,星光开始闪现在阿尔卑斯群山之巅。在俯瞰湖面的马蹄形步道上,尼科尔的身影一动不动地出现在两根灯柱之间,他穿过草坪悄没声儿地朝她走去。她朝他转过身来,面部表情好像在说:"我看见你啦。"他一时很后悔,觉得不该来。

"你姐姐在找你。"

"噢!"她习惯于受人监视,此时吃力地为自己做着解释:"有时候,我有点儿——事情有点儿过分。我一直生活得那么平静。今晚,那音乐太吵。我听了直想哭……"

"我理解。"

"这一天让人兴奋得要命。"

"我明白。"

"我并不想做任何反社会的事情——我已经给大家找了够多的麻烦。可我今晚想逃避一下。"

就像一个垂死的人突然想起忘记告诉人们遗嘱藏在什么地方了,迪克这时突然想起,尼科尔已经受到多姆勒和他幽灵般的几代门徒的"再教育";他还同时想到,应该告诉她的事情还有许多许多。但是,他想完这些之后,却针对此刻的表面形势,就事论事道:

"你是个有教养的人——保持对自己的判断吧。"

"你喜欢我?"

"当然啦。"

"你愿意……"他们并肩散步,朝马蹄形步道两百码以外那朦胧的尽头走去。"假如我没有生病,你愿意……我的意思是说,我是不是那种类型的姑娘你可能愿意……哦,得了,你懂我的意思的。"

他现在真是骑虎难下,完全被没有理性的巨大冲动攫住了。她距离他这么近,他都能感到她失去正常韵律的呼吸了。然而,他受到的教育再次帮了忙,他像个孩子那样笑了笑,用陈词滥调做了点评论。

"你这是在逗自己玩呢,我亲爱的。以前我认识一个男人,那人爱上了自己的护士……"他大声讲着那个趣闻逸事,其间除了他俩的脚步声没有别的声音。突然,尼科尔用一句简洁的芝加哥方言打断了他:"牛粪!"

"这话可太粗俗了。"

"这故事是什么意思?"她勃然大怒,"你以为我没有正常的理智——我生病之前的确没有，可我现在有了。要不是因为我把你看作我见到的男人里最迷人的，你准会以为我还是个疯子。我自认倒霉——可是你别以为我不知道。对你和对我自己，我知道得一清二楚。"

迪克更加处于不利地位了。他记起了那位年长些的沃伦小姐的话——也就是要在芝加哥知识分子集中的南区买上个年轻医生的话，他硬了硬心肠说道："你是个迷人的孩子，可我不能恋爱。"

"你不愿给我个机会。"

"你说什么！"

她的鲁莽和暗示出的介入权利使他大吃一惊。他的思想并不混乱，也想不出尼科尔·沃伦有权得到什么机会。

"现在就给我这个机会吧。"

那声音降低了，深深沉进她的胸部，鼓起她的紧身胸衣。她朝他贴上来。他感觉到了她充满青春魅力的双唇，越来越紧地搂着她躯体的胳膊让她感到宽慰。迪克此时什么策略也没有了，仿佛他随意将几种东西搅在一起，搞出一种无法分解的混合物，其中的原子联合在一起，无法将它们分开来；现在除了将它彻底扔掉之外，已经不可能将里面的成分还原了。他搂着她，尝试着她，她越来越扭曲着身体贴向他，她对自己的嘴唇也感到陌生，她深深沉浸在爱情的甜蜜中，被爱情卷入其间，然而她感到的是慰藉和胜利。他甚至为自己能有此生而感恩不尽，即使这生命仅仅反映在她湿润的眼睛里，也已经感到满足。

"天哪，"他气喘吁吁地说，"跟你亲吻多美啊。"

这仅仅是说说而已，但是尼科尔已经更紧地掌握住他了，她得到了这个机会；她飘飘然转过身去，走开了。他被留在那儿，心里的悬念多得像下午在缆车上时一样。她似乎感到：看看他那样子吧，多么自负，可他跟我在一起会怎么样啊，噢，那可真是太美妙啦！我得到他了，他是我的了。后来她跑开了，可当时的感觉那么新鲜甜美，她迟疑着不想离开，想把那一切都吮吸进去。

她突然颤抖起来。在两千英尺下方，她看到了形状如同项链和手镯般的光亮，那是蒙特洛伊和沃韦，比它们更远些，有一条形状如表链般的朦胧光带，那是洛桑。从那个地方，不知怎的传来一阵隐隐约约的舞曲。尼科尔这时清醒了，心情冷静得像周围冷飕飕的空气。她想唤回童年般的柔情，而且她十分专注，就像刚打过一架又想喝个酩酊大醉的人一样专注。但是她仍然害怕迪克，迪克就站在离她不远的地方，身子斜靠在围着这条马蹄形步道的铁栏杆上，体态很富有个性。这一切使她不由说道："我记起当时在花园里怎么等你了——把自己整个捧在手上，就像捧着一篮鲜花。我就是这么想的——我觉得自己是甜美的——我等待着将那个花篮奉献给你。"

他把脑袋搭在她肩膀上，急促地呼吸着，然后把她的身体转过来。她跟他一再亲吻着，每次她朝他凑上来，他就看到她的面孔变大了，她的手搂着他的肩膀。

"雨下大了。"

突然间，湖对面坡地上的葡萄园那儿传来轰鸣声。人们在向携带冰雹的云团开炮，为的是把它们驱散。步道上的路灯熄灭了，接着又再次亮起来。暴风雨骤然降临，首先是从天上降下来，接着又增加了从山上冲下来的山水，哗啦啦顺着道路和石砌的水沟涌流下去。天空随之变成漆黑一片，一道狂暴的闪电划破夜空，紧接着便是一声能撕裂世界的炸雷，被撕成碎片的云彩从旅店旁边奔逃而去。在这剧烈的喧嚣、混乱与黑暗中，那座旅店龟缩着。

迪克和尼科尔这时已经到了门庭，贝贝·沃伦和马莫拉一家三口正在那儿焦急地等待着他们。从湿漉漉的雾中走出来让人感到十分激动——门在身后"砰"的一声关上，耳畔响着风声，衣服淋得精湿，他们站在那儿乐得哈哈大笑，激动得浑身发抖。舞厅里，乐队这时奏起一支施特劳斯圆舞曲，声音响亮而杂乱。

……戴弗医生要与一个精神病人结婚？怎么会发生这种事？这事是从哪儿起的头？

"换过衣服请回到这儿来好吗？"贝贝·沃伦仔细观察了一下后问道。

"我除了几条运动短裤之外，没什么好换的衣服。"

他身披一件借来的雨衣步履艰难地朝自己的旅馆走去时，不禁咕哝着嘲笑自己："好一个机会——可不是吗。老天爷！他们决定要买个医生？哈，他们最好在芝加哥找到个什么人，赶紧把他缠住。"他回忆起尼科尔的嘴唇比他记忆中的任何事情都更让他体会到青春的激情，他记起了雨滴像泪珠一样从他脸上淌下去，他的脸当时紧紧压在她那色泽柔和得像瓷器一样的脸颊上，他开始对自己刚才那种粗鲁的念头进行反抗了……三点钟左右，暴风雨停歇后的寂静反而把他惊醒了，他到窗前。她的美貌像幽灵般升上起伏的山坡，飘进屋子里，穿过帷幔……

……第二天早上，他攀登了两千米，登上罗彻斯德内耶峰，他感到滑稽的是，前一天那位乘务员也利用这天的休假来登山。

后来，迪克一路走下山，到蒙特洛伊去游泳，回到他的旅馆后刚好赶上吃晚饭。他收到写给他的两张便条。

昨晚发生的事情让我感到害羞——那是我经历过的最美好

的事情,我的上尉,即使我再也不能跟你见面了,我也会为经历过那样的事情感到高兴。

这话足能让人消除疑虑了。然而,迪克打开第二个信封后,多姆勒那沉重的影子又返回来了。

亲爱的戴弗医生:

我给你打过电话,可你出去了。我不知道是不是能请你帮个大忙。原先没能预见到的情形使我不得不返回巴黎,如果取道洛桑,我可以争取到时间。知道你星期一要回苏黎世,是否可以请你与尼科尔同行?带她到苏黎世,送到疗养院。不知这个要求是不是过分?

诚挚的

贝思·埃文·沃伦

迪克感到怒不可遏——沃伦小姐本来知道他随身带着一辆自行车的;然而她在便条里的措辞那么客气,让他觉得无法拒绝。逼我们俩待在一起!甜蜜的亲近外加上沃伦家的金钱!

他错了:贝贝·沃伦并不是这个意思。她的确以世俗的眼光看过迪克,还用亲英派扭曲的尺度衡量过他,发现他有欲望——尽管如此,却仍然发现他颇对她的胃口。不过,在她看来,他有些过于"饱学"了,她在心里将他归入一批又穷酸又高傲的人之流,在伦敦她曾经认识过那样一类人。他过分表现自己了,正好符合那种人的特征。她看不出,他怎么能与她心目中的贵族相提并论。

除此之外,他还十分顽固——有五六次,他中断与她的交谈,眼神里显出那种悒郁的神色。她不喜欢尼科尔童年时那种自由随便的态度，现在，她在内心中习惯于把她看成个"不可救药的人"；不过，戴弗医生无论如何不是她想象中可以待在她家里的那种医生。

她不过是想图个方便，利用他一下而已。

但是，迪克认为，她的要求产生的效果正是她的愿望。一起乘火车旅行，可能是一件可怕的、伤心的，或者是一件喜剧性的事情；它可能是一段试航，它可能是另一次旅行的先兆，正如与朋友同行一日那样漫长。开始时，在早晨匆匆品尝；以后，两人便会在饥饿中一起大嚼；到了下午旅途即将结束，但是在到达终点的时候又会重新振作起来。迪克看到尼科尔贫乏的欢乐，不禁感到悲哀。不过，对她来说，那将是个安慰，因为她要回自己唯一熟悉的家。那天他们没有再亲热，但是当他把她留在苏黎世河畔那扇门外的时候，她转过身来望着他。他明白她担心的问题：她害怕他们从此再也不能见面。

10

九月的一天，戴弗医生与贝贝·沃伦在苏黎世共进茶点。

"我看这个是馊主意，"她说道，"我没有真正弄懂你的意图。"

"别搞得大家都不愉快。"

"我毕竟是尼科尔的姐姐啊。"

"你犯不着为此觉得不愉快。"迪克感到恼火，因为他知道那么多情况，却不能对她讲。"不错，尼科尔富有，我可不是为这个来投机的。"

"正是这样，"贝贝顽固地一口咬定，"尼科尔富有。"

"那么她有多少钱?"他问道。

她吃了一惊;他平静地笑了一声,继续说道:"你看出这有多无聊了吧?我想与你家的一个男人谈谈……"

"一切都交给我来办理了,"她坚持说,"我并没有把你看成个投机者,只是不了解你是什么人。"

"我是个医生,"他说道,"我父亲是个牧师,现在已经退休了。我们家住在布法罗市,关于我的过去可以随意调查。我在纽黑文上学,后来成了罗兹学者。我的曾祖父以前是北卡罗来纳州的州长,我是马德·安东尼·韦恩的直系后代。"

"马德·安东尼·韦恩是谁?"贝贝怀疑地问道。

"你不知道马德·安东尼·韦恩是谁?"

"我认为我们遇到的疯狂已经够多了。"

他无可奈何地摇了摇头。正在这时,尼科尔走到旅馆阳台上,到处张望着寻找他们。

"他的确太疯了,没有像马歇尔·菲尔德那样留下大量金钱。"他说。

"那倒是不错……"

贝贝是对的,她自己也明白。要是她父亲在场,准会注意任何一位牧师。他们是美国没有爵位的世袭贵族——不论是写在旅馆登记簿上,签在来客登记卡上,还是用在困难场合,都会引起人们的心理变化,这种变化反过来也使她的地位感变得更加明确了。她是从英国人那里得知这种事实的,英国人二百多年来对这种情形了如指掌。但是她并不了解,迪克两次接近了将结婚计划通知她的边缘。这次仍然没能如愿,是因为尼科尔发现了他们的桌子,脸上立刻露出红晕,在九月这个下午,她显得白皙、清新、生气勃勃。

你好，律师。我们明天要上科莫去住一个星期，然后回苏黎世来。我想要你和姐姐安排这事，因为对我来说，你给我多少都没什么关系。我们要在苏黎世平静地居住两年，迪克有足够的钱养活我们俩。不，贝贝，我比你想象的要实际得多——我要钱只是为了买点衣服和用品……哎呀，这可超过——家里的产业真能给我这么多吗？我恐怕永远也花不完这么多钱。你也有这么多吗？你为什么比我多——是因为我不正常吗？好吧，那就把我那份积攒起来……不，迪克拒绝从这桩事情中得到任何利益。我为此感到骄傲……贝贝，你根本不了解迪克是个怎样的人，只有，只有……哎，我在哪儿签字？哦，对不起。

……迪克，待在一起既有趣，又孤独，对不对？除了待在一起之外，哪儿都不去。我们什么也别干，一心相爱好吗？啊，我爱你胜过你爱我，我知道你什么时候离开了我，即使只是一小会儿。能像其他人一样，我觉得美极了。我在床上伸出手就能摸到你温暖的身体。

……请你打电话到医院找我丈夫好吗？是的，那本小册子在哪儿都能买到——他们要用六种语言出版。我要搞法文翻译，可我这些天太累了，我担心会累垮的，我觉得又沉重又迟钝，活像个打碎的不倒翁，站也站不起来。冷冰冰的听诊器贴在我心口上，我的强烈感觉就是："我什么都不在乎。"——噢，医院那个可怜的女人和放在她身边那个脸色发紫的孩子，真不如死了的好。要是现在我们成了三个人难道不好吗？

……迪克，这听上去没有道理——我们完全有理由占用那个大些的套房。只因为沃伦家的钱比戴弗家的多，难道我们就该受罚？

唔，谢谢你，先生，可是我们改变主意了。这位英国牧师告诉我们说，你们这儿的奥尔维耶托葡萄酒好极了。这种酒不外运？这恐怕就是我们从来没有听说过它的缘故，我们很喜爱葡萄酒。

湖水被棕色的土地遮盖起来，山坡层层叠叠，像个大肚皮。摄影师把我的照片给我，在那条开往卡普里的船上，我柔软的头发飘在甲板扶手外面。"别了，蓝色的格罗特，"一位船员唱道，"不久我会再来。"然后，船就顺着这只意大利靴子①的外胫朝不祥的炎热地带驶去，岸上，阴森可怖的城堡周围，风飕飕地刮着，山丘上的幽灵瞪着眼睛望着下面。

……这条船真漂亮，我们的脚步同时碰撞着它的甲板。这个转弯的地方风真大，我每次拐过来都得俯下身子抗着风，还要把我的外套拢起来，才赶得上迪克的脚步。我们嘴里都喊着些没有意义的话：

"噢——噢——噢——喔

除了我还有别的火烈鸟，

噢——噢——噢——喔

除了我还有别的火烈鸟——"

跟迪克在一起生活是有趣的——坐在甲板帆布椅子上的人们看我们，有个女人还想听清楚我们唱的是什么。迪克唱烦了，就默不作声地散步。天哪，散步时默不作声可完全是两码事，空气中满是云雾，脚下到处是椅子，烟囱里冒出的灰沙落到头上来，从观望的眼睛里感觉到自己的存在。在这种情形下人们不再与世隔绝，可我

---

① 意大利版图的形状像只长筒靴。——译注

猜想，必须接触生活，才能跳出来，超脱它。

我坐在这条救生艇的系船桩上，朝海上望去，任海风将我的头发吹起来，让头发闪闪发亮。在蓝天的背景下，我一动不动地坐着，小船将我带向朦胧的未来，我就是装在大船之首的雕像帕拉斯·雅典娜[①]。公用厕所里水花四溅，船头划开的浪头水花绿得像玛瑙一样，发出哗哗的声响。

……那年我们到处旅行——从伍鲁姆鲁湾到比斯克拉。在撒哈拉边缘，我们赶上一场蝗灾，我们的司机出于好意解释说，它们是些大黄蜂。到了晚上，天空低沉，上面满是些奇怪的神，盯着人看。啊，那些可怜的裸体土著人。塞内加尔的夜晚十分吵闹，鼓声、笛声、骆驼的嘶鸣声、当地人用旧汽车轮胎做的鞋子弄出的踢踏声。

不过，到了这个时候，我已经走了——火车和海滨都留在了身后。他就是为了那些才带我旅行的，但是，我生了第二个孩子，也就是我的女儿托普茜，后来，一切又变成黑暗一片了。

……假如我能对我的丈夫说句话就好了。可他认为该离开我，把我交给一些不够格的人照顾。你告诉我说，我的孩子是个黑人——这简直太滑稽了，太卑鄙了。我们到非洲去仅仅是想看看泰蒙神庙，因为我一生主要的兴趣就是考古。我什么也不知道，什么也需要由别人来提醒，对此我感到厌烦透了。

……迪克，等我病好了，我要做个像你一样的好人。我想学医，可就是有点太晚了。我们一定要花我的钱买一座房子——我已经厌倦了住在公寓中等待你回家来。你已经厌倦了苏黎世，你也没

[①] 希腊神话中的智慧女神。——译注

有时间在这儿等待,你说过,一个科学家要是不写东西,就等于承认自己无能。我要概览整个知识领域,挑出一些自己真正理解的东西,以便我再次糊涂的时候集中精力学习它。你得帮助我,迪克,让我不感到那么愧疚。我们要住在一个温暖的海滨,在那里我们可以一起把皮肤晒成古铜色,我们俩就会觉得富有朝气。

……这屋子可以做迪克的工作室。啊,我们俩同时想到了这一点。我们乘车经过这座名字叫塔姆斯的房子十几次了,我们发现,除了两个马厩之外,这座房子整个是空的。我们是通过一个法国人买下的,但是,海军立刻就派来了间谍,因为他们发现,美国人把这个山村的一部分买了下来。他们在建筑材料中到处寻找大炮的踪迹,最后,贝贝不得不为我们向巴黎的外国事务部求援。

夏天,谁也没到里维埃拉来,所以我们没打算招待多少客人,准备潜心工作。这儿有几位法国客人——上个星期来过一位米斯廷古埃特,他发现旅馆开着门感到十分吃惊,还有毕加索和写了《不在嘴上》的那个人。

……迪克,你登记的时候为什么要用戴弗先生和戴弗太太,而不是用戴弗医生和戴弗太太?我真想知道——我碰巧想到了这个——你教过我的,工作就是一切,我相信你的话。你以前说过,一个有知识的人要是丢掉了知识,就跟任何人无异了,还说,要在忘掉知识之前获得权力。你要是想把事情搞得颠三倒四,随你的便,可是,亲爱的,你的尼科尔也得跟着你头朝下用手走路吗?

……汤米说我很安静。既然这是我第一次好转,我就跟迪克长时间交谈,一直谈到深夜,我们俩坐在床上,点上香烟。后来,黎明时天色变蓝了,我们一起跳进被窝里,好让我们的眼睛里保存那光亮。有时候,我对动物歌唱,还跟它们玩耍,另外,我也有几位朋友——玛丽就是一个。玛丽跟我交谈时，我们都不听对方说些什么。谈的内容是男人。我说话的时候，心里自忖说，我也许就是迪克本人。我也扮演过我儿子的角色，当时我心里想着他有多聪明，动作多缓慢。有时候，我是多姆勒大夫，有一次，我甚至是你的一部分，汤米·巴尔邦。我想，汤米爱上我了，不过他的方式很谨慎，让人放心。不过，他真的爱我，结果他和迪克开始相互忌恨。总而言之，什么也没有好转过。我周围的朋友都喜欢我。我此时在这个平静的海滨，周围有我的丈夫和两个孩子陪着。一切都不成问题——要是我能把这种该死的马里兰鸡的烹调法翻译成法语就好了。我的脚指头在沙子里觉得挺温暖。

是的，我会看的。又有些新来的人——啊，那位姑娘——不错。你说她像谁来着……不，我没有看，我们在这儿没多少机会看美国电影。罗斯玛丽是谁？好吧，我们要过一个十分热闹的七月了——对我来说可实在是奇特。对，她很可爱，不过人可能太多了。

11

八月里的一天，理查德·戴弗医生与埃尔西·斯皮尔斯太太坐在同盟咖啡店，这里的树荫虽然凉爽，尘埃却很多。炽热的地面使星星点点的云母反光也变得黯然失色，从海岸刮来的几阵北风越过埃斯特里尔山，扫进海港，摇动几艘渔船，船的桅杆摆来摆去，指向万里无云的天空。

"今天早上我收到一封信，"斯皮尔斯太太说，"你们跟那些黑人一起度过的时光该是多么可怕啊！但是罗斯玛丽说，她觉得你实在太迷人啦。"

"罗斯玛丽应该戴上军龄袖章才对。这可真有些让人感到麻烦,唯一不打扰人的是阿贝·诺思,他飞到哈佛去了,他也许还不知道这事呢。"

"戴弗太太不舒服,我很难过。"她小心翼翼地说。

罗斯玛丽写了这么个条子:

> 尼科尔的神志好像有些不对头。我不想跟他们上南方去,因为我觉得迪克手头的事情够他麻烦的了。

"她现在没事了。"他说话的口吻几乎失去了耐心,"这么说,你明天要走。什么时候乘船?"

"马上。"

"我的天哪,你不在这儿可太糟了。"

"我们很高兴能来这里。我们玩得很高兴,这都是因为有了你。你是罗斯玛丽关心过的第一个男人。"

又一阵风扫过拿波勒山的斑岩。空气中已经有了很快就要变天的征兆;室外,炽热的时刻已经结束。

"罗斯玛丽碰过几次壁,但是她迟早总要将男人送到我这里来分析。"斯皮尔斯太太笑道。

"这么说,放过我了。"

"我那时什么忙也帮不上。她爱上你的时候,我还不认识你。我对她说,你继续按自己的意思走下去好啦。"

他看出,在斯皮尔斯的计划中,根本没有为他或者为尼科尔着想的地方。他还看出,从她自己退步的条件中,显示出了她缺乏道德观念的本质。那是她的权利，是她自己的情感做出让步的补偿。女人在为了生存而进行的斗争中，几乎什么都做得出来，而且几乎无法证明她们犯有那种被称作"残酷"的人为罪行。不论爱情或者痛苦藏在什么围墙后面，斯皮尔斯太太总有办法带着阉人的超然和幽默看到它。她甚至不能允许出现罗斯玛丽受到损害的可能性，然而，她能保证女儿不会受到损害吗？

"假如你说的是真话，我看这事对她不会有任何伤害。"他要装到底，仿佛对罗斯玛丽的事十分客观。"她已经超越了这件事啦。另外，生活中有那么多重要的时刻都仿佛是由偶然的小事引发的。"

"这可不是个偶然的小事，"斯皮尔斯太太坚持道，"你是第一个男人，你是她的意中人。她在每一封信中都这么说的。"

"她可真够客气的。"

"你和罗斯玛丽是我见过的最客气的人，可她说的是实话。""我的礼貌不过是我玩的一个把戏。"

这话有些真实成分。迪克从父亲那儿学到的礼貌，是内战后到北方去的南方青年带有点做作的礼貌。他常常使用这种礼貌，但是也常常蔑视这种礼貌，因为那不过是个表面文章，而不是对令人不快的自私进行的抗议。

"我爱上罗斯玛丽了，"他突然这么对她说，"这么对你说是一种自我陶醉。"

在他看来，这么做非常奇怪，也非常正规，仿佛同盟咖啡店的这些桌子和椅子都会把这事牢牢记住似的。他已经感觉到她不在这里，蓝天也觉得空虚：在海滨，他只能记起她那受到阳光曝晒的肩膀；在塔姆斯，他穿过花园的时候踏平她留下的脚印；此刻乐队奏起一首微妙的狂欢曲，这曲子让他回忆起去年已经消失的欢乐，当时的那场舞蹈都是围绕着她进行的。一百个小时之内，她已经掌握了世界上全部的黑色魔力：颠茄制剂、咖啡因、曼德拉草。这些东西能把身体的能量转换成精神力量，让人产生幻觉与和谐。

他再次接受了一种幻觉，仿佛他也获得了斯皮尔斯太太的那种超然。

"你和罗斯玛丽并不真的相像，"他说，"她从你这儿获得的智慧已经全部融进了她的个性之中，融进了她面对世人时的面具之中了。她不会思考；她的真正深度无非发发脾气、来点浪漫，可就是缺乏理性。"

斯皮尔斯太太也知道，尽管罗斯玛丽表面柔弱敏感，其实骨子里是一匹年轻的野马，美军上尉霍伊特大夫分析后认为能感觉到这一点。在罗斯玛丽可爱的外表下，藏着一颗博大的心，还有她的热情和气魄。

迪克与埃尔西·斯皮尔斯道别的时候，才体会到她的全部魅力，才意识到她的本意并不在于谈论罗斯玛丽上次不情愿地放弃的交往片段，而在于他。他或许可以打扮罗斯玛丽，但是他绝对不可能打扮她母亲。罗斯玛丽出去的时候身上可以穿戴着他赠送的斗篷、马靴和珠宝，显得珠光宝气，但是相比之下，她母亲的雍容优雅更加迷人，因为他知道那不是他的功劳。她的样子似乎在等待，仿佛在等一个男人带来比她本人更加重要的东西，或者等那个男人进行一场战斗或行动，她不能催促，也不能干预他的行动。等到那个男人完事以后，她仍然不会焦急，也不会失去耐心，她会继续等待，一边坐在一只高凳子上，翻看报纸。

"再见——我希望你们两位都能一直记住，我和尼科尔是多么喜欢你们。"

回到黛安娜镇后,他走进自己的工作室,放下百叶窗帘,挡住正午刺眼的光芒。在他那两张长条桌上,一片有秩序的混乱之中,放着完成他那套书的材料。第一卷是有关分类的内容,其附属版本已经取得了相当程度的成功。他正在设法使之再版。第二卷将对他的第一本小册子《精神病医生心理学》进行大幅度的增补。正如大多数男人一样,他发现,自己不过只有一两个想法而已,还发现,他出版的小册子集虽然现在已经出了德文第五版,其实已经包含了他知道的和能够想到的全部原始想法了。

但是他此时对这一切都感到不安。他恨自己在纽黑文浪费掉那么多岁月,但是他感到最大的问题是自己家人越来越豪华的生活,与显然不可避免的炫耀之间有着不和谐之处。他记起那位罗马尼亚朋友讲的那个人多年潜心研究犰狳脑的故事,想起那些耐心的德国人,他们表情麻木不仁,挤坐在柏林和维也纳的图书馆里,等着听他的讲座,他心里不禁感到怀疑。他差不多要打定主意,将这部作品就按现在的状况出版,不搞成文献本,仅仅以十万字左右的篇幅,为一个学术性更强的版本做介绍。

他在自己的工作室里围着夕阳投进室内的光柱踱步,最后确认采用这个决定。按照这个计划,他可以在春天完成。他似乎认为,一个生气勃勃的人假如在一年之内一直为怀疑所困扰,那么就表示他的计划有问题。

他把镀金的金属镇纸条与一叠笔记放在一起,动手清理卫生,因为佣人是不允许到这里来的。他用"好朋友"牌肥皂,马马虎虎收拾了一下卫生间,修理了一个屏风。还向苏黎世的一家出版社寄去一份订单。然后他在一盎司杜松子酒里掺了两倍水,喝下去。

他看见尼科尔在花园里。想到马上就要与她正面相遇,他不禁觉得心情沉重。在她面前,他必须保持一副完美的外表,现在要这样,明天、下个星期、明年也要这样。在巴黎的时候,他整个晚上都把她搂在臂弯里,在不间断的照明下,她睡得很轻;清晨,在她的狂躁还没来得及形成的时候,他就用温柔和保护的话语消除那种倾向,他把面孔抵在她芳香的头发上,她便再次入睡。在她醒来之前,他已经用隔壁屋子里的电话安排好了一切。罗斯玛丽要搬到另一个旅馆去。她要扮演"爸爸的女儿",甚至走以前也不愿跟他们道别了。旅馆主人麦克贝思要扮演那三只中国猴子。迪克和尼科尔将一堆箱子收拾起来,还把买来的许多东西用纸巾包上装箱,他们要在中午时分启程前往里维埃拉。

接着,出现了反应。他们上车后,迪克看出,尼科尔在等待着一种反应,它来得迅速、狂放,列车离开站台之前,他唯一的欲望就是要在车速还不快的时候跳下去,跑回旅馆找到罗斯玛丽,看看她在做些什么。他打开一本书,戴上夹鼻眼镜俯身阅读,因为他意识到,尼科尔正缩在包厢对面的靠枕上望着他呢。他读不进去,便装出疲倦的样子,闭上眼睛,可她仍然在盯着看他,尽管她本人在服过药后药力并没有消失,正处于半睡眠状态。她几乎感到自己是幸福的,因为他再次成为她的了。

他把眼睛合上更糟,因为他脑子里有节奏地交替出现得与失,失与得;但是,为了避免显出不安的样子,他就保持着这个样子,直到中午时分。吃午饭的时候,情况变得好多了——饭从来都不错。在旅店中、饭馆里、车厢里、餐车上、飞机上吃过足有一千顿饭,真是件了不起的事情。列车服务员那熟悉的急促动作、小瓶葡萄酒和矿泉水、巴黎—里昂—地中海这条线上的美食,这一切都让他们产生一种想象：这里从来就是这个样子。然而，这是他第一次带着尼科尔旅行远离此地，而不是奔它而来。他把整瓶葡萄酒都喝光，只给尼科尔剩下一杯；他们谈论起房子和孩子。但是，一回到公寓两人就安静下来，就像在卢森堡大街对面那家饭馆里的情景一样。悲哀让他们畏缩了，他们似乎觉得有必要顺着来路返回去。迪克感到一种从未有过的不耐烦；突然，尼科尔说：

"那样离开罗斯玛丽可太不好了——你觉得她不会有事吗？"

"当然不会。她到了哪儿都会照料自己的⋯⋯"他害怕这话会让尼科尔觉得是在贬低她做同样事情的能力，便连忙补充说："不管怎么说，她是个演员嘛，虽然有她母亲撑腰，可她必须照料自己。"

"她非常迷人。"

"她是个娃娃。"

"可她很迷人。"

他们漫无目标地对答着，每个人都为对方说出心里话。

"她并不是我想的那种有知识的人。"迪克说道。

"她做得相当漂亮。"

"不过还并不非常漂亮——充满了幼稚园的气息。"

"她非常——非常标致，"尼科尔用一种超然的口气强调说，"再说，我认为她在电影里演得非常好。"

"导演导的好。全面考虑一下，电影并不是一个人的功劳。"

"可我看是的。我看得出她让男人们非常着迷。"

他的心给扭疼了。什么男人们？多少男人们？

——我把窗帘拉上你不反对吧？

——请便。里面太亮了。

她现在何处？跟谁在一起？

"用不了几年,她会显得比你大出十岁去。"

"正相反。有一天晚上,我想象着她在一个戏里扮演角色,我认为她能保持青春。"

这一晚,他们俩都在不安中度过。一两天后,迪克会设法把罗斯玛丽的幽灵从脑子里赶出去,而不能等它把他们缠住,可是此刻,他没有力量这么做。有时候,要想把心中的痛苦撇开,比赶走愉快更困难,他现在的心境太专注,除了假装之外,什么也不能做。再说,这事比其他事更加困难,因为他此时在生尼科尔的气。这么多年了,她本该认识到一些心情方面的紧张症状,并且设法防止它们才对。她在半个月之内已经发作了两次啦:一次是在塔尔姆吃晚饭的时候,他却发现她在自己的卧室里一边狂笑,一边对麦基斯科太太说,她进不了卫生间,因为钥匙已经给扔到井里去啦。麦基斯科太太当时感到又吃惊又厌恶,虽然觉得迷惑,但是已经有点儿明白是怎么回事了。迪克并没有为此事感到惊慌,因为尼科尔事后表示悔恨。她到高斯酒店去拜访,结果麦基斯科一家已经走了。

另一次发生在巴黎,使第一次发作的重要性变得明显了。它可能预示着一个新周期的到来,预示着又一次的恶化。托普茜出生后,她旧病复发,持续了很长时间,他经历了正常人的焦虑,不可避免地对她变得不那么柔顺,对尼科尔生病和痊愈两种状态分别对待了。此刻,他便很难分辨出自己采取的是自我保护式的职业超然态度,还是心里变得更加冷漠了。心里已经存在的冷淡,或者留在心中的冷漠,已经变成了空虚,现在到了这样的程度,他已经学会不把尼科尔当回事了,伺候她有悖自己的意志,他在情感上越来越怠慢她了。写书的时候可以说,伤口痊愈后,只会在皮肤上留下一道伤疤,但是对于一个人的生活却不是这么一回事。那是些无法痊愈的伤口，有时会愈合到针眼那么小，可仍然是伤口。苦难的痕迹可以与失去一根手指或者失去视力相提并论。我们一年中也许一分钟也不能离开它们，但是假如我们失去它们，却毫无办法。

12

他发现尼科尔在花园里，只见她的两条胳膊高高交叉起来，翘得跟肩膀一般高。她用一双灰色的眼睛盯着看他，目光里带着稚童般的好奇。

"我去过卡恩家，"他说，"还遇见斯皮尔斯太太。她说明天要走。她想来跟你道别，可我打消了她的念头。"

"真遗憾。我想见她。我喜欢她。"

"你知道我还见着谁了——巴塞洛缪·泰勒。"

"不可能。"

"我还能认错他那张脸？那个卑鄙的老油条。他当时正在为西罗的动物们物色展览场地呢——他们明年都要来这儿。我怀疑艾布拉姆斯太太担任的是他们的先行侦探。"

"我们刚到这儿的第一个夏天，可把贝贝气坏了。"

"他们在哪儿都是一个样，所以，我不明白，他们干吗不留在一个地方，在迪奥镇扎下根呢？"

"难道咱们就不会散布谣言，说这儿闹霍乱之类的瘟疫？"

"我对巴塞洛缪说，这里有些像苍蝇一类的动物都死了。我告诉他说，寄生虫的寿命就像战场上的机关枪手一样短。"

"你没这么说。"

"对,我没这么说。"他承认道,"他非常高兴。那样子实在漂亮,他跟我在大马路上握手,活像西格蒙德·弗洛伊德和沃德·麦卡利斯特正式会见。"

迪克不想谈了——他想单独思考,以便让有关工作和未来的想法胜过有关爱和今天的念头。尼科尔知道这个,但是她的认识是朦胧的、悲剧性的,像野兽那样对他有些忌恨,不过还是想蹭一蹭他的肩膀。

"宝贝。"迪克轻松地说道。

他走进屋子里,忽然忘记到这儿来想做什么,然后又想起是想弹钢琴,便打着口哨坐下来,不看乐谱弹奏起来:

我多想要你坐上我的膝盖,
两人吃茶点,吃在一起
你依偎着我,我依偎你……

弹奏之间他脑子里突然意识到,尼科尔听见这曲子会迅速猜想到他这是在忆旧,回忆两个星期之前的情形呢。他中断了那曲子,随意弹奏几个乐句,然后从钢琴旁边走开。

他很难想出该上什么地方去。他望了一眼尼科尔整理的房子,想到这儿的一切都是尼科尔祖父的钱买的。他仅仅拥有自己的工作室和房子的地皮。靠他三千元的年薪和出版书得到的一点点版税,他买自己的衣服,支付个人花费,付酒账,支付拉尼尔的教育费用,剩下的就只够付一位护士的工资了。从来没有哪一步计划不需要迪克计算自己分担的花费。他过的几乎是禁欲主义者的生活,要是独自旅行,就坐三等舱,喝最便宜的葡萄酒,还得仔细注意别弄脏自己的衣服。对于任何过度的消费,都要严酷自责。他在一定程度上保持了经济上的独立。不过，超过一定限度时，就困难了，他常常需要与尼科尔一起做出决定，在某种方面使用尼科尔的钱。尼科尔自然想要拥有他，想要他永远保持现在的地位，便鼓励他花钱手松些。而且在许多方面，他简直要被滚滚而来的商品和金钱淹没了。他们开始产生购买悬崖别墅的念头，便是一个想摆脱苏黎世的典型例子，这个念头被他们当作对未来的幻想，一再详细讨论过。

起初他们谈起它用的说法是："假如真的能……该多有趣。"后来变成："……这样安排该多有趣。"

其实事情并不那么有趣。他的工作与尼科尔的问题搅在了一起；另外，她的收入近来增加得那么快，相比之下，他的工作便显得无足轻重了。为了有利于她的治疗，他多年来一直装作热爱家庭生活，此时他正在偏离原先的路线，在不花费精力的静止状态下，那种假装变得更加困难了，他不可避免地要受到仔细的检查。迪克不再能随意在钢琴上弹奏，便标志着他的生活范围受到了限制。他在那间大屋子里待了很长时间，倾听着电钟发出的嘤嘤声，听着它报时。

到了十一月，海浪的颜色变得发黑，撞击着海滨大道的防波堤——夏日留下来的生命气息全都消失殆尽，在北方来的凄风苦雨扫荡之下，海滨变得忧郁而凄凉。高斯酒店很快就要进行维修和扩大，松树街的夏日赌场已经搭起了脚手架，而且越搭越高，让人望而生畏。迪克和尼科尔在戛纳或尼斯新结识了一些人：乐队成员、饭店老板、园艺爱好者、造船商——正巧迪克买到一条旧游艇——还有创造协会的成员。他们十分了解佣人们，现在正考虑孩子们的教育问题。到了十二月，尼斯似乎又恢复了正常；一个月过去了，没有发生神经紧张，嘴也没有抽搐，没有发出无缘无故的微笑，没有发表不着边际的评论，他们就去阿尔卑斯山瑞士一侧，去度圣诞节的假期。

13

迪克用帽子使劲抽打掉深蓝色滑雪衣上的雪,走进屋里。门厅地板二十年来让人们钉着铁钉的靴子践踏得坑坑洼洼,宽阔的大厅此时摆成茶点舞会的格局,在格施塔德①附近学校宿舍住的七八十个美国年轻人,踏着一曲吵闹欢快的音乐《别带露露来》的节奏,舞蹈时相互碰撞,一听到查尔斯顿②的打击乐响起,便疯狂扭动。这显然是个年轻人的领地,而且还十分昂贵。富人们的聚集地在圣-莫利茨酒店。贝贝·沃伦认为自己已经做了个姿态,表示不打算与戴弗夫妇坐在一起。

迪克从这间温和地摆动着、优雅而恼人的大厅里很容易便找到了两姊妹,她们身穿防雪服装,像两根路标一样醒目、威武,尼科尔的衣服是天蓝色的,贝贝的衣服是红砖色的。那位年轻的英国人在与她们交谈;但是她们并没有仔细听,目光集中在那些跳舞的孩子们身上。

尼科尔看见迪克后,雪后暖过来的面孔泛出喜悦的色彩:"他在哪儿?"

"他没赶上火车——我稍等一会儿要见他。"迪克坐下来,把一只沉重的靴子一甩,跷起一条腿。"你们俩坐在一起十分醒目。每隔一会儿,我就会忘记咱们是在同一个晚会上,看到你们不由大吃一惊。"

贝贝是个身材高大、容貌漂亮的女人,她的姿态完全显示出自

---

① 瑞士伯尔尼州的阿尔卑斯山村。避暑胜地和冬季运动中心。——译注
② 美国南部佐治亚州一城市。——译注

己的年龄已经接近三十岁。看样子,她从伦敦带来两个男人,一个仿佛还没有从剑桥毕业,另一个年纪大些,一副恶习难改的维多利亚式好色之徒模样。贝贝已经显露出一些老处女的特征——与她接触会让人感到不快,要是有人接触她,她便会突然惊慌起来。诸如拥抱接吻之类持续性的接触,会直接从肉体滑向她的意识核心。她很少用自己的躯干和体态表达意思,而是用近乎老古板的方式,或跺脚,或扬脑袋来表达。她的嗜好是提前体会死亡的滋味,她从朋友们遇到的灾难中品味想象——她还顽固地认为尼科尔会有个悲剧性的结局。

贝贝带来的那个比她年轻的英国人一直陪伴着她们两个女人到了合适的雪坡上,然后把她们推出去,让她们惊恐不堪地下滑。迪克在一个过于大胆的旋转急停中扭伤了脚踝,于是满心欢喜地陪孩子们在"初学坡地"缓慢地滑雪,或者在旅馆里陪一位俄国医生喝格瓦斯。

"高兴点儿吧,迪克,"尼科尔鼓励他说,"你干吗不见见这些小姑娘,下午跟她们跳跳舞呢?"

"我跟她们有什么好谈的呢?"

她先前那种低得几乎成了沙沙声的嗓音提高了几度,模仿一种忧郁的调情强调:"就说:'小姑娘,你真是个最漂亮的姑娘。'你觉得你该怎么说?"

"我可不喜欢小姑娘。她们身上净是橄榄香皂和薄荷气味。我跟她们跳舞的时候,觉得是在推一只摇篮。"

这可是个危险的话题,他十分小心谨慎,眼睛也盯在那些小姑娘的脑袋上方。

"有许多事情要办,"贝贝说道,"首先是家里来的消息——说的是我们叫作车站财产的那一笔。起初,铁路仅仅买下了它的主要部分。现在他们把其余部分也买了下来,这地方以前属于母亲。现在的问题就是投资。"

那个英国人装作不介入,利用话题的这个转折赶忙抽身,朝舞场上一个姑娘走去。贝贝迷惑的目光追随着他望了一会儿,那是个一生都受到亲英派影响的美国姑娘的目光。接着,贝贝继续用挑战般的口吻说道:

"这可是一大笔钱。每份三十万。我注意照料我自己的投资,可是尼科尔根本不懂证券的事情,不知道你懂不懂?"

"我得去火车站接人。"迪克躲闪说。

到了室外,他吸了口气,嘴里吸进一些湿漉漉的雪花,天色黑得连雪花都看不见了。三个孩子滑着雪橇从他身旁冲过,嘴里用一种奇怪的语言呼喊着向人们发出警告。在下一个转弯处,他听见他们在喊叫,再远一些,便只能听见黑暗中传来雪橇上的铃声,那雪橇在向山丘上冲去。假日车站灯火辉煌,接站的人们满怀期待,青年男女在等待新来的小伙子和姑娘。火车来的时候,迪克正好赶上了趟儿,他见到弗朗茨·格雷戈罗休斯,便装作从无止境的欢乐中挤出半小时来接他的样子。但是弗朗茨此刻目的极为明确,根本顾不得留意迪克做作出来的情绪。迪克曾经在信中告诉他说:"我或许要到苏黎世去走一天,那样的话,就请你设法到洛桑来。"然而弗朗茨却一路赶到格施塔德来了。

他已经四十岁了。健康的壮年外表上有一种泰然自若的官员风度,不过,他在拥挤的安全室中却最为舒坦,因为他在那儿可以鄙视那些精神分裂、接受他再教育的富人们。他的科学传统本来可以让他得到一个更加宽广的世界,可他似乎故意挑选了一个卑微的阶级,他选择妻子就突出说明了他的这种选择。到了旅馆之后,贝贝·沃伦迅速审视了他一下,并没有看出她所仰慕的特征,也就是特权阶层交往时的那种微妙的优点,或者说是微妙的礼貌。于是她便使用次一等的态度对待他。尼科尔从来就有点害怕他。迪克就像喜欢一个毫无保留的朋友那样喜欢他。

晚上,他们乘小雪橇滑向村庄,这种雪橇的用途就像在威尼斯用的平底小船一样,是输送乘客。他们的目的地是一家式样古色古香的旅馆,里面有个老式的瑞士酒吧间,完全是木质结构,室内回音隆隆,还有一间屋子里摆满了钟表、小木桶、啤酒杯,还有多叉的鹿角。在一张长长的餐桌旁,几批不同组合的人群分界线变得模糊了,组成一个大聚会,大家一起吃干酪煎肉丁——这是一种特别不容易消化的威尔士兔肉,需蘸着热料酒来吃。

大厅里气氛欢快,那个年轻些的英国人评论说,简直没有什么词语能形容它,迪克也勉强承认了。他喝了那种容易上头的劣质葡萄酒,紧张的情绪松弛下来。钢琴旁边的一群男人头发灰白,属于过去的好时光,他们放声唱着老歌;一些年轻的声音也随声附和,鲜艳的服装与旋转升腾的烟雾搭配协调。迪克装出的模样仿佛认为世界因此重归大同。他一时觉得他们是在一条轮船上航行,前面已经看见了陆地;姑娘们的脸上都显出同样天真的期待,期待着这种情景和这个夜晚会带来的各种机会。他望了望,想看看心里想的那个姑娘是不是在那儿,得到的印象是她在他们身后的桌子旁边,于是,他把她撇到脑后,开始说些活跃气氛的话,好让自己这群人度过一段愉快的时光。

"我必须跟你谈谈,"弗朗茨用英语说,"我在这儿只能待二十四小时。"

"我怀疑你的脑子里有心事。"

"我有个计划,这计划太妙了。"他把手搁在迪克的膝盖上,"我有个计划,能让咱们俩联手工作。"

"是吗?"

"迪克——有一个诊所咱俩可以买下——布朗在祖格斯河畔的那个诊所。那完全是个现代化的诊所,只有不多几处不尽如人意。他生病了想到奥地利去,也许想在那儿度过风烛残年。这可是个千载难逢的好机会啊。你和我——多好的搭档!听着,我说完之前别插嘴。"

从贝贝微微发黄的眼珠反射的光,迪克看得出,她在倾听。

"我们必须合伙经营它。这不会把你的手捆得太紧,却会让你得到个大本营——既是一间实验室,又是个生活工作的中心。天气好的时候,你可以在那儿住上不到半年时间,到了冬天,你可以到法国或美国去,在临床经验的基础上写出内容新鲜的文章,"他压低声音说,"为了你家人的康复,诊所的气氛和规律唾手可得。"迪克的表情显示,他不赞成这种说明,弗朗茨便不再继续说这个问题,这个话题迅速离开了他的舌尖。"我们可以做合伙人。我当执行经理,你担任理论家、高级顾问以及各种高级职务。我了解自己——我知道我没有天赋,而你有。但是人们认为我干自己的工作很有能力。我在最现代化的医疗手段方面具有极强的能力。有时候,我一连几个月担任那家老诊所的实际领导人。教授说,这个计划实在太好了,他建议我按这个计划干下去。他说,他要工作到最后一分钟。"

迪克心里想象出了这幅景象。这是一种尚未做出任何判断之前的想象。

"经济方面呢?"他问道。

弗朗茨抬起下巴,扬起眉毛,额头上皱起了抬头纹,他的双手、胳膊肘、肩膀一起往上抬,腿上的肌肉绷得那么紧,连裤子的布面也绷得鼓起来了。这些动作把他的心脏一直顶到喉咙那儿，他的声音碰撞到口腔里的上颚。

"这正是我们的问题！钱！"他哀叹道，"我没有多少钱。价格折合成美国货币是二十万美元。初开…创…始……"他怀疑自己用的这个字眼是不是正确，"……阶段，另外还需要两万元，因此只有你同意才能搞。但是，我告诉你吧，这个诊所就是一座金矿。我还没有去查账。投入二十二万美元后，我们的收入保证可以达到……"

贝贝对此极为好奇，迪克便把她拉进他们的谈话里来。

"照你的经验，贝贝，"他问道，"你是不是认为，一个欧洲人非常急迫地想见一个美国人时，无一例外是为了钱？"

"还能是什么事？"她天真地问道。

"这位讲师先生认为，他和我应当开一间大企业，设法将美国的精神分裂病人吸引到这里来。"

弗朗茨担忧地盯着贝贝看，这时迪克继续讲下去：

"可是我们算什么人呢？你的名声很大，而我不过写了两本讲义。这点儿本钱能吸引什么人吗？另外，我也没有那么多钱——我连那个数目的十分之一也没有。"弗朗茨听了微笑了一下，其中带着讽刺。"说真话，我没有。尼科尔和贝贝像克利萨斯①一样富有，不过我并没有试图占有她们的财产。"

大家这时都在听——迪克想知道，坐在他们身后那张桌子旁的姑娘是不是也在听。这个想法吸引了他。他决定让贝贝做他的代言人，人们往往让女人谈论并不属于她们的事务。贝贝的口吻突然变

---

① 公元前六世纪，小亚细亚古国吕底亚国王，以富有著称。——译注

得就像她的祖父一样，冷淡而干练。

"迪克，我认为你应当考虑这个建议。格雷戈里大夫说的这些我不懂，可我觉得……"

他身后那位姑娘俯身捡起地上的一个东西，隐隐约约进了他的视力范围。尼科尔的面孔与他的面孔正面相对——她的美貌若隐若现，像开在他心头的一朵花儿，激起他的爱恋与保护之心。

"考虑一下吧，迪克，"弗朗茨激动地敦促他道，"一个人想要在精神病理学方面著书立说，就应该有真正的临床接触。荣格写过书，尤金·布洛伊勒①写过书，弗洛伊德写过书，福雷尔②写过书，阿德勒③写过书——另外，他们从未间断过与精神错乱病的接触。"

"迪克有我呢，"尼科尔说道，"我猜想，对于一个男人来说，这种精神错乱已经足够了。"

"那可不一样。"弗朗茨小心翼翼地说。

贝贝已经在考虑，假如尼科尔住在一间诊所旁边，自己会永远觉得她是安全的。

"我们必须仔细地全盘考虑一下。"她说道。

虽然迪克对她的蛮横态度感到可笑，但是他并没有鼓励她继续走下去。

"这个决定与我有关，贝贝，"他温和地说道，"你想为我买个诊所真是太好了。"

贝贝这才意识到自己已经直接插手了，连忙撤退：

---

① 瑞士当时最有影响的心理学家之一（1857—1939）。——译注
② 瑞士神经解剖学家、精神病学家（1848—1931）。——译注
③ 奥地利精神病学家（1870—1937）。——译注

"当然,这完全是你的事情。"

"像这样重要的事情需要花费好些个星期才能决定。我不知道我和尼科尔是不是喜欢在苏黎世扎下根来……"他转向弗朗茨,怀着期待:"……我知道得很清楚,苏黎世有一间加油站,有自来水和电灯……我在这儿住了三年啦。"

"我把这件事留给你考虑,"弗朗茨说,"我相信……"

一百双足有五磅重的靴子踏出沉重的脚步声,朝门口涌去,他们也加入了这种杂沓的潮流。到了外面,在寒冷的月光下,迪克看见那位姑娘正在将她的雪橇绑在前面一个马拉雪橇上。他们挤上自己的马拉雪橇,随着清脆的鞭声,马匹一齐用力,冲进黑暗之中。他们身边经过的身影,有的在跑,有的在奋力挣扎,年轻人或乘雪橇,或跑步,相互碰撞,有的倒在柔软的雪地上,然后气喘吁吁地跟在马匹后面奔跑,有的累得半死,爬上一个雪橇,有的因为被抛在后面而大声号啕。四野一片静谧祥和,这个车队穿过的空间既高又远,无边无际。乡间的噪声更少,仿佛人们都返回到往昔的日子,在空旷的雪地上仔细倾听着狼群的动静。

到了萨侬镇,他们涌进那里举行的舞会,拥挤的人群中有牧牛郎、旅馆服务员、店员、滑雪教师、导游、游客,以及贫苦农民。外面黑黢黢的空间似乎有不知多少个神灵在窥视,能让人产生动物般的恐惧;走进温暖的室内,便仿佛恢复了虽然荒诞,却十分动人的爵士称号,响亮得如同战士钉着铁钉的靴子踏出的声音,又像橄榄球砸在更衣室地板上发出的铿锵碰撞声。舞会上有瑞士山民常常表演的岳得尔小调,听着这种熟悉的节奏,迪克从刚才浪漫的意境中清醒过来。起初他有那种想法,是因为他为那个姑娘而着迷,后来,他心中又一直响起贝贝的话:"我们必须仔细地全盘考虑一下……"没有说出来的意思是:"你归我们所有,你迟早得承认这一点。要保持现在的独立是荒诞的。"

多年来,迪克一直压制住自己对任何人的恶意——那是自从他在纽黑文上大学一年级的时候读过一篇文章之后的事,那篇受欢迎的论文是关于"心理卫生"的。可是现在他却生了贝贝的气,不过,尽管他憎恨她那种富人的冷漠和傲慢,同时却竭力把它压制在自己心底。还得过上好几百年,那些女斗士们才能理解这个事实:男人只有在骄傲的时候才最脆弱,如果他受到摆布,便会娇嫩得像个再也无法修复的玩具——不过,有些人口头上不愿承认这种事实。戴弗医生的职业是挑选出另一种鸡蛋的碎壳,可他自己却特别害怕破碎。

"人们太多礼了。"他们乘着平稳的雪橇返回格施塔德时,迪克说道。

"嗯,我倒觉得那挺好。"贝贝说。

"不,那不好,"他朝一堆毛皮说道,而他看不出那毛皮里面裹的是谁,"礼貌是一种认可,大家都那么温和,因此对待他们时必须戴上手套小心翼翼才成。人们相互尊敬——便不能随意把一个人称作胆小鬼或者骗子,可是,假如你一辈子都宽恕人们的感情,满足人们的虚荣心,那么到头来,你都看不出他们有什么地方值得尊敬了。"

"我觉得美国人把礼貌看得太重了。"那位年纪较大的英国人说。

"我猜也是这样,"迪克说,"我父亲的礼貌是从昔日传下来的,那时,人们见面先开枪,过后才道歉。男人都带着武器。怎么,你们欧洲人自从18世纪初以来,在文明的生活中就不携带武器了……"

"的确不带,也许……"

"并不确切。并非如此。"

"迪克,你的礼貌从来都那么漂亮得体。"贝贝迎合道。

女人们的目光穿过那一片华丽服装,吃惊地盯着他。那个年轻些的英国人并不理解——他属于那种飞檐走壁,在阳台上蹿上蹿下的人物,仿佛这些人觉得自己是在帆船的索具上灵活攀附;他们挤坐在到旅馆来的车辆、雪橇上,跟自己最好的朋友们谈论有关拳击的荒谬故事,还互相打斗嬉戏,不过总是极为克制。迪克在大家的眼光里变成个滑稽人物了。

"这么说,他每次揍你一下,你就以为他跟你的友谊加深了一分?"

"我更加尊敬他。"

"我可不理解这种前提。你和你最好的朋友为一丁点儿的小事争斗……"

"如果你不理解,我就没法向你解释了。"那个年轻的英国人冷淡地说。

——如果我讲出心里想的话,我就会得到这个,迪克心里自忖道。

他觉得逗那个人是一件丢人的事情,因为他意识到,在这个人故弄玄虚的态度和复杂的讲故事方法背后,不过藏着一个不成熟的故事而已。

狂欢的情绪相当强烈,他们随着人群涌向一个小酒吧,酒吧掌柜是个突尼斯人,他以音乐般的节奏控制着不同颜色灯光的明灭,冰场反射的月光从大窗户泻进屋子里,构成了另一支乐曲。在那道光线下，迪克发现那个姑娘变得黯然失色，丝毫也引不起人的兴趣——他不再看她，把头转向黑暗。红色灯光闪亮时，烟头发出绿色和银色的光，酒吧的门开关时，一道白光扫在跳舞的人们身上。

"告诉我，弗朗茨，"他说道，"坐在酒吧喝上一夜的啤酒，你认为还能回去让病人相信你有什么品行吗？难道他们不会把你看成个酒囊饭袋吗？"

"我要回去睡觉了。"尼科尔宣布说。迪克陪她走到电梯门口。

"我很想跟你走，可是我必须让弗朗茨知道，我并不打算做个临床医生。"

尼科尔走向电梯。

"贝贝有很多大家都接受的观念。"她谨慎地说。

"贝贝是一个……"

门咔嗒一声闭上了，迪克面对着一部发出嗡嗡声的机器，在脑子里完成了那个句子："……贝贝是个浅薄、自私的女人。"

但是，两天之后，迪克和弗朗茨一同乘雪橇去火车站的途中，他承认说，有意搞那件事。

"我们开始围着一个圆圈旋转，"他承认道，"现在的生活中充满了无法避免的一系列压力，尼科尔无法逾越它们。里维埃拉夏天的田园景色也已经发生了变化——明年，他们要在那儿举办个庆祝活动。"

他们经过几个碧绿色的溜冰场，维也纳华尔兹的音乐大声播放着，淡蓝色的天空映衬下，许多山地学校的彩色十分耀眼。

"……我希望我们能合作，弗朗茨。在世界上我最愿意跟你在一起尝试办这种事情……"

再见，格施塔德！再见，新面孔，再见，甜蜜的冷花朵，再见，黑暗中的雪花。再见，格施塔德，再见！

14

迪克做了个挺长的梦，梦境中看到的是战争景象。早晨五点钟，他醒了，走到窗前，望着外面的祖格斯河。他的梦开始时庄重而堂皇，身穿蓝色海军制服的人们穿过黑暗的都市广场，后面的乐队在演奏普罗科菲耶夫①的《三个橘子的爱情》。突然间，闯来了消防车，出现了灾难的征兆，伤员包扎站的断肢伤兵发起了可怕暴动。他打开床头灯，对梦境做了完整的记载，结尾用半带讽刺的词语归纳道："非参战人员受到的炮弹震伤。"

他坐在床的一侧，觉得这间屋子、这座房子，以及整个夜晚都是空虚的。隔壁屋子里，尼科尔孤零零地喃喃念叨着，他为她睡梦中的孤独而感到遗憾。他好像觉得，时间突然静止了，然后又像高速放影片一样，几年的光阴加快速度冲了过去。但是对尼科尔来说，岁月是以时钟、日历和生日庆祝活动的速度缓缓逝去的，她那易于消褪的红颜随之变化着。

就连过去这一年半的光阴，似乎也是为她而浪费掉的，四季的更迭仅仅体现在路上工人们的服装颜色，五月变成了粉红色的，七月变成了棕色，九月变成黑色，到了春天重新变成白色。她第一次大病痊愈后心中充满了新的希望，期待的事情那么多，但是除了迪

---

① 苏联作曲家（1891—1953），其135部作品形式广泛，极大地丰富了20世纪前半叶西方音乐的结构形式与表现力。——译注

克之外,生活中的一切都被剥夺了。养育孩子和带领孤儿时,她只能温和地装出慈爱。她喜欢的人们大多数都对她反目,这让她大为不安,而且对她很不好。她想从他们身上寻找活力,那种活力使他们获得独立的精神、创造性或者使他们变得强壮,可她的寻找却以失败而结束,因为他们的秘密深深潜藏在幼年的争斗之中,后来早已忘得一干二净了。他们对尼科尔表面的和谐与魅力更加感兴趣,却不关心她生病时的面孔。她拥有迪克以后过的仍然是孤独的生活,因为迪克不愿意让别人拥有。

有许多次,他试图割断与她的纽带关系,都没有成功。他们共同度过许多美好的时光,在迷人的月色下有过美好的交谈,但是,他一旦从她身旁走开,却什么也没有留给她。不论她瞪大眼睛看,还是喃喃地呼唤不同的名字,她只知道,自己拥有的只是个他不久会回来的希望。

他的脑袋重重压在枕头上,重新躺下,像日本人那样,把后颈项压在枕头上,以便延缓循环。他又睡了一会儿。后来,他在刮脸的时候,尼科尔醒了,到处走动着,向孩子们和佣人们发出生硬而简短的命令。拉尼尔跑来看他父亲刮脸——住在一个精神病诊所旁边,他已经建立起了对父亲的信任和崇拜,同时也对其他成人表现出夸张的冷漠态度。在他看来,那些病人不是显出怪诞的品质,就是些没有个性、没有活力、过于苛刻的生物。他是个漂亮而有希望的男孩子,迪克在他身上花费了很多时间,他对孩子的态度就像个富有同情心,然而要求严格的上级军官,又像个值得尊敬的军人。

"你刮胡子的时候,为什么总是要在头发上面留下一点儿肥皂泡呢?"拉尼尔问道。

迪克小心翼翼地张开涂满肥皂的嘴唇:"我从来不明白这是为

什么。我常常感到奇怪。我想，这是因为我在腮帮子上刮第一刀的时候，食指沾上了肥皂，但是它怎么跑到我头上去了，我却不知道。"

"明天我要整个看一遍。"

"这是你吃早饭之前唯一的问题？"

"我不愿把它叫作问题。"

"那就随你吧。"

半个小时后，迪克起身朝管理楼走去。他三十八岁了，留着山羊胡子，然而他身上的医生风度比在里维埃拉时要强烈得多。他在这个诊所已经居住了十八个月，当然，这是欧洲最好的位置。诊所像多姆勒大夫的一样是最现代化的类型——不是一座黑暗、阴森、孤零零的楼房，而是一个建筑分散的村庄，管理却十分集中。迪克和尼科尔给它增加了许多情趣，使它变成个漂亮的地方，旅行经过苏黎世的精神病学专家们，都要来访问。要是再有个茶馆，简直就像个乡村俱乐部了。"蔷薇宅"和"山毛榉宅"是供那些精神永远坠入黑暗的人们居住的。它们和主楼之间隔着矮树丛，像是伪装起来的堡垒。后面有一个大菜园，园中活计有一部分由病人承担。供劳动疗养的车间有三个，都在一个大屋顶之下。木工车间里阳光充沛，其中放着的木材已经无法考证其年龄，散发出锯末的飘香。这儿总有五六个人干活，他们用钉锤钉、用刨子刨，发出一片嚯嚯的声音。这是些安静的人们，他经过他们身旁的时候，他们就把严肃的目光从正在干的活计上抬起来，朝他望一眼。他本人是个好木匠，便与他们商量如何有效利用某种工具。他的声音平易近人，像个人之间交往的口吻，听上去能激起他们的兴趣。与木工车间相连的是书籍装订车间，适宜于病情最反复无常的病人在里面工作，这些病人并非总是处于生病状态,而且他们痊愈的希望最大。最后一个车间供病人制作串珠、编织和打制铜器。从这里的病人面部表情上看,仿佛他们长长叹过一口气,呼出一种无法解释的东西,然而这种叹息却让人开始了另一轮无休无止的推论,并不是像评说正常人那样推论,而是在同样的圈子里。一圈,一圈,又一圈,以至永恒。但是他们手中干的活计颜色鲜艳,陌生人一时不免产生幻觉,以为此地就像幼儿园里一样一切正常。看到戴弗医生进来,这些病人脸上露出愉快的神色。大多数病人喜欢他胜过喜欢格雷戈里大夫。在那个大世界生活过的人,无一例外都更加喜欢他。也有几个病人认为他不重视他们,或者认为他并不单纯,或者认为他是在做作。他们的反应与迪克在普通人的生活中遇到的不无相似之处,只不过他们在这儿的反应是扭曲的、变态的。

一个英国女人总是跟他谈起她认为属于自己的话题。

"我们今晚能听音乐吗?"

"我不知道,"他回答道,"我还没有见到拉迪斯劳大夫。昨晚萨克斯太太和朗斯特里特先生为我们演奏的音乐,你喜欢吗?"

"一般化。"

"我倒觉得挺好。尤其是肖邦的钢琴曲。"

"我觉得一般。"

"你自己打算什么时候为我们演奏呢?"

她耸了耸肩,听了这个请求像多年来每次听到一样,感到愉快。

"找个时间吧。不过我弹的一般。"

他们知道,她根本就不会弹钢琴。她的两个姊妹都是了不起的音乐家,但是她们幼年在一起学习的时候,她怎么也学不会识谱。

离开车间后,迪克到"蔷薇宅"和"山毛榉宅"去看那儿的病人。从外表上看,这些房子与其他房子没什么区别。里面的装潢和家具是尼科尔设计的,当然,必不可少的基础是,栅栏和栏杆要隐蔽,家具不能移动。这个问题需要许多想象力和创造性,而这一点正是她所缺乏的。结果,得到授权来此参观的人,谁也不会认为窗户上那种纤细优雅、华而不实的栅栏,在一个兽笼里能独当一面,也没有人会以为,这个反映了现代管状倾向的作品,会比爱德华时代建筑的庞大结构更加坚固——那时的结构即使是铁枝上的花朵和每一个看似随意的装饰或固定件,都像摩天大楼上的大梁一样必不可少。她不知疲倦的眼睛使每一间屋子的实用性都让位于她的审美观。她受到恭维后,便唐突地以管子工大师自居。

在那些没有迷失方向的人看来,这些房子里有许多奇怪的事情。戴弗医生常常对"蔷薇宅"感到好笑,这是个供男人居住的房子,这里有一个奇怪的小病人患有暴露癖,这个病人似乎认为,假如他不穿衣服而且不受到人们干涉,从外面的十字路口一直走到协和宫,他就能解决许多问题。迪克想,也许他的主意很对。

最让他感兴趣的病人在主楼里。那是个三十岁的女人,是个久住巴黎的美国画家,在诊所已经住了六个月。他们并没有关于她的满意病史。她的一位表兄弟碰巧发现她完全发了疯,然后带她到市区外面一个主要应付游客吸毒、酗酒的诊所治疗过,结果根本不能满意。然后带她来到瑞士。入院时,她极为漂亮,可现在却是满脸愁容苦相。各种血液检查都没能查出确切的反应,结果她的问题被说成是神经湿症,十分令人不满意。两个月来,她一直在这个房子里躺着,活像是套着铁女[①]关押在监狱中一样。在她的特殊幻觉限

[①] 一种旧刑具,外型像女人里面带铁刺的铁箱。——译注

度之内,她说的话有条有理,甚至十分明智。

她是由他专门处理的病人。她处于过度激烈的发作期时,大夫中只有他能"对她起点儿作用"。几个星期之前,在她受到一连许多个夜晚无法入睡的折磨时,弗朗茨成功地把她催眠,好让她获得几个小时必需的休息,但是,后来他再也没有奏效过。催眠是迪克所不信赖的一种工具,他极少使用它,因为他自己总是不能振作起情绪利用这种工具。他以前曾经在尼科尔身上试用过一次,结果她却轻蔑地嘲笑他。

他走进20号房间时,里面的那个女人看不见他,因为她的眼睛周围肿得厉害。她说话的声音强烈、浑厚、低沉,带着震颤。

"这种状态还要持续多久?难道要永远这样了?"

"不会太长了。拉迪斯劳大夫告诉我说,为你整个清理过了。"

"要是我早知道过去做的事情会得到这么个结果,我本来可以平静地接受它的。"

"为此感到惊慌是不明智的,我们知道这是一种神经现象。它与脸红有关系。你还是个姑娘的时候,很容易脸红吗?"

她面朝天花板躺着。

"自从我长出智齿以来,就没有为任何事情红过脸。"

"难道你就没有犯过什么精神上的罪过,难道你没有出过错误吗?"

"我没干过什么值得责备自己的事情。"

"你真是非常幸运。"

这女人思索了片刻;她的声音从包扎着绷带的面部传出来,苦恼中夹杂着隐秘的声调:

"我的命运与本时代向男人发出挑战的女人们维系在一起。"

"让你感到极为惊奇的是，它其实与任何战斗一样。"他顺着她的字眼儿回答道。

"其实与任何战斗一样。"她考虑了一会儿。"你接受挑战，要么付出极大牺牲赢得胜利，要么遭到惨败和毁灭，成为断垣残壁后面发出的可怕回音。"

"你既没有遭到惨败，也没有遭到毁灭，"他对她说道，"难道你能肯定自己真的参加过一场战斗吗？"

"看我这模样！"她疯狂地喊道。

"你遭难了，但是许多女人没有把自己错当成男人，也遭了难。"这简直成了一场辩论，他连忙撤退出来。"无论如何，你千万不要把一次失利当成最终的失败。"

她冷笑了一声："漂亮的辞藻。"这个从痛苦中挤出的词语使他显得卑微。

"我们愿意谈谈你上这儿来的真正原因……"他刚开了个头，就被她打断了。

"我在这儿是一种象征。我认为，你也许知道是什么的象征。"

"你生病了。"他机械地说。

"那么我这种差不多要诊断清楚的是什么病？"

"一种大病。"

"就这？"

"就这。"他听到自己撒的谎不禁感到厌恶，但是此时此地，那个大大的主题也只能压缩成一个谎言了。"在这之外，只有迷惑和混乱。我不能对你说教——我们对你身体遭受的痛苦知道得清清楚楚。但是，每天遇到的问题不论有多琐细，多烦人，我们只能一个个应付它们，才能最终恢复健康。在那以后——也许你就有能力探索……"

他放慢速度,想避免他思路必然的终点:"……神志的边疆了。"艺术家必须探索的那种边疆却永远不属于她。她十分脆弱,而且是先天的,最终,她或许会发现自己处于某种平静的神秘之中。具有农民血统的人,长着粗壮的大腿和结实的脚踝的人,每一寸肌肉和神经承受打击时,表现得就像吃面包咸盐一样自然的人,才能进行探索。

他几乎说出——你不行。对你来说这场斗争太严酷了。

然而,在她可怕而庄严的痛苦中,他却毫无保留地对她充满了同情,感情真挚得近乎性爱。他想把她抱在自己的胳膊里,就像常常把尼科尔抱在怀中一样;甚至对她的错误表现出爱怜,因为那是她根深蒂固的一部分。橙黄色的光线从闭合的百叶窗缝隙间泄漏进来,床上是她像石棺一样的体型,露在外面的仅仅有一小片面孔,她的声音询问她那种虚无缥缈疾病,却得到个极为抽象的答复。

他起身的时候,泪水像涌泉一样渗进她的绷带。

"那是为了某种东西,"她低声说,"某种东西肯定会从中产生的。"

他弯下腰亲吻她的额头。

"我们都必须努力好好表现。"他说道。

离开她的房间后,他派了个护士到她身边。还有其他病人需要他巡视呢:一个十五岁的美国姑娘,她的童年本来应当在充满乐趣的环境中度过。他去看她的原因是,她用一把指甲剪将自己的头发全部剪掉了。他们对她没什么办法好想——她有家族精神病史,她从来没有表现出可以让医生依赖的稳定状态。她的父亲本人十分正常、相当谨慎,他竭力防止由于血统的关系而导致她产生终生的麻烦，结果却仅仅阻止了她发展出一种适应能力，应付生活中出现不可避免的惊人事件。迪克没什么好说的："海伦，你做事情拿不准时，必须问一个护士，你必须学会听从劝告。向我保证说你要这样做。"

头脑有问题的人能做出什么保证？他顺便看望了一个来自高加索地区的脆弱的逃亡者，这个病人被皮带稳稳当当地扣在一张吊床上，后来又被送进一只温暖的医用浴缸里。他还看望了一位葡萄牙将军的三个女儿，这三个孩子在人们几乎没有注意到的情况下渐渐滑进麻痹性痴呆状态。他走进她们隔壁的一个房间里，对一个精神崩溃的病人说，他好多了，而且一直在好转。那病人望着他的面孔，想判断他这话是真还是假，因为他与真实世界的唯一联系，就是戴弗医生声音里这种或多或少的保证，这对他是一种慰藉。在这之后，迪克结束了例行值班，这时也到了午饭时间。

15

病人用餐只不过是个日常事务，他漠不关心地朝吃饭的人们走去。聚在一起的人当然不包括"蔷薇宅"和"山毛榉宅"里的住户。乍一看，这是个十分平常的聚餐，但是餐桌上的气氛向来沉重忧郁。与大家坐在一起的大夫们不断地引导人们交谈，但是大多数病人仿佛在上午的活动中已经累得精疲力竭了，要不就是觉得自己的同伴让人沮丧，他们眼睛盯在盘子里，话说得很少。

午饭过后，迪克回到他的别墅里。尼科尔脸上带着奇怪的表情，正在客厅里。

"读读这个。"她说道。

他打开信。信是一个最近出院的女人写来的,不过,她的状况仍然值得怀疑。信中用不容置疑的说法指控他诱奸过她的女儿,她的女儿在她病情严重的时候曾经在母亲身旁侍奉过。信上说,她相信戴弗太太很高兴得到这个消息,以便看清自己丈夫的"真面目"。

迪克又把那封信读了一遍。信是用简洁明了的语言写的,然而他看得出,内容反映出的是一个疯狂的灵魂。只有一次,他让那个皮肤浅黑的轻佻小姑娘搭他的车到苏黎世去过,不过那是应她的要求,而且晚上还把她送回了诊所。他用近乎娇惯孩子般的态度随意亲吻过她。后来,她想加深跟他的关系,他不感兴趣,或许是因为这个原因,那姑娘讨厌他,便带着她母亲出院了。

"写这信的人脑子不正常,"他说,"我跟那个女孩子没有任何关系。我甚至都不喜欢她。"

"是啊,我也努力这么想来着。"尼科尔说道。

"你肯定不会相信这事吧?"

"我一直在这儿坐着。"

他的声音降低成一种责备的腔调,在她身边坐下来。

"这可真荒唐。这是一个精神病患者写来的信。"

"我也是个精神病患者。"

他站起身,用更加有权威的声调说话。

"尼科尔,咱们别说废话了。去把孩子们叫来,咱们要出发了。"

大家坐车,迪克开车,沿着湖边随弯就势而行,通过挡风玻璃,望着外面强烈的光芒和湖水的风光。汽车穿过像瀑布一样扫过挡风玻璃的常青树枝叶。他们坐的是迪克的雷诺牌汽车,车子小得除了孩子们以外,大家都把身子探出车外了。后座上,坐在孩子们中间的是女佣,她高得活像一根桅杆。他们对这段路的每一公里都很熟悉,知道在什么地方能闻到松针的气息,也知道什么地方能闻到黑炉子冒出来的烟味。高高挂在天上的太阳毒烈地照在孩子们的草帽上。

尼科尔默默地坐着,迪克让她直勾勾的严厉目光盯得难受不堪。他跟她在一起的时候常常感到孤独,她频繁地用些意外的个人琐事,劈头盖脸向他倾泻过来:"我喜欢这个……我更喜欢那个。"要是她这天下午喋喋不休地说些互不连贯的话,让他了解一下她的想法,他准会十分高兴的。最让人感到恐惧的情景,就是她退回到自己内心世界,还把门关上。

到了祖格斯,女佣下车走了。戴弗一家的车穿过一支面朝他们缓缓走来,供展览用的动物队伍,最后到了阿基利集市。迪克把车停下,尼科尔一动不动地盯着他看,他说道:"快点,亲爱的。"她的嘴唇突然张开,做出个可怕的微笑。他不由收紧了腹部。但是他就像没有看见一样,重复道:"快点。你下车后孩子们才能下来。"

"噢,我会下来的。"她回答道,她用的词语是从某个故事里借来的,从她脑子里飞快地甩出来,快得让他几乎理解不了。"别为这个担心,我会……"

"那就下来吧。"

他走在她身旁时,她把脸转向一侧不看他,可她的微笑仍然挂在脸上,带着嘲弄和疏远的意味。拉尼尔问了她好几遍,她才将注意力集中在一个木偶表演的目标上,为了调整自己的态度,她停下脚步。

迪克竭力想着下一步该怎么办。他相对于她有着双重的身份：丈夫和精神病大夫。这双重的身份让他变得越来越不中用了。六年中，她有好几次蒙蔽了他，她凭借带有伤感的怜悯，或喷涌而出的智慧，使他放松了警惕。她的智慧那么奇妙，那么游离，只是在那一幕结束时，他才清醒地意识到自己的紧张情绪放松了，才意识到她成功地搅乱了他的正确判断。

他跟托普茜讨论了布袋木偶的问题，讨论的内容是：这些木偶是不是与他们去年在戛纳见到过的木偶相同。问题得到解决后，全家人再次穿行在露天货摊之间。女子戴的软帽摆在天鹅绒背心和色彩鲜艳的百褶裙上，在马车和展台的蓝色和橘黄色陪衬下，显得娴静庄重。一场丁零作响的肚皮舞正在表演，舞女发出悲号般的声音。

尼科尔突然撒腿跑动起来，突然得让迪克一时没想到她。很远的地方，他看见她穿的黄裙子正在人群中飘动着，那是在现实与虚幻的边缘缝上的暗褐色的一针，他拔脚朝她追去。她不声不响地跑着，他也不出声地追着。毒日当空的下午时光随着她的飞奔而逝去，他全然忘记了孩子们。后来他连忙回转身，朝他们跑过来，拉着他们的胳膊到处跑，他的目光从一个货摊扫向另一个货摊。

"夫人，"他对一个白色赌彩轮后面的年轻女人喊道，"能请你替我照看一下这两个小孩子吗？就几分钟——我有急事——我送给你十法郎。"

"行。"

他把孩子们拉进摊位中："那么——跟这个好夫人待在这儿。"

"好的，迪克。"

他再次冲出去，可是已经看不到她的影子了。他围着旋转木马跑动，后来才发现自己是跟着木马转，总是盯着同一匹木马看。他从小酒吧的人群中挤过去，然后记起给尼科尔算的一卦，便撩起一个卜卦人的帐篷门帘，朝里面瞅。只听到一个单调沉闷的声音："出生在尼罗河上的第七个姑娘的第七个姑娘……，请进，先生……"

他一把丢开门帘，朝游乐场外面的湖边跑去，在天空的背景下，一个小转轮缓缓转动着。他在那儿找到了她。

她正孤零零地坐在转到最上面的一只船形座位里，随着那座位转下来，他看见她在歇斯底里地狂笑，他一个箭步冲进等着上转轮的下一批人群中，那群人发现了尼科尔的疯狂模样。

"瞧，我的天哪！"

"看哪，看那个英国人！"

她再次转下来——这一次，转轮和音乐都慢了下来，十来个人围着她的座位，大家都为她的狂笑而发出又同情又无可奈何的微笑。但是，尼科尔一看见迪克，笑声立刻停止了，摆出架势要溜，拔脚就跑，可是他抓住了她的胳膊，带着她走开。

"你怎么能那样放纵自己呢？"

"这一点你很清楚。"

"不，我不清楚。"

"那可太荒谬了——放开我——那是侮辱我的智慧。难道你没想过？我看见那个姑娘盯着你看来着——就是那个黑皮肤的姑娘。啊，这可太滑稽了——一个孩子，大不过十五岁。你就没想到我看见了？"

"在这儿歇一歇，安静一会儿。"

他们在一张桌子旁坐下来，她的眼睛里流露出的是深深的怀疑，她伸出一只手在自己的视线上挥了一下，好像自己的目光受到了阻碍。"我要喝杯酒。我要一杯白兰地。"

"你不能喝白兰地——要是想喝，就喝杯黑啤酒。"

"我为什么就不能喝白兰地？"

"我们不能在这儿畅饮。听我说——关于一个姑娘的说法是个幻觉，你明白这个词吗？"

"我看见你不想让我看的东西，就成了幻觉。"

他产生一种犯罪的感觉，就像在噩梦中受到犯罪的指控，这种罪行真的犯过无法抵赖，但是醒来后却发现并没有犯那种罪。他的目光摇摆不定地离开了她的目光。

"我把孩子们交给一个吉卜赛女人看管，在一个货摊上。我们得回去接他们。"

"你当你自己是个什么人？"她问道，"斯文加利[①]？"

十五分钟之前，他们还是一家人，可现在，由于她被他不情愿地用肩膀顶到一个角落里，他觉得其中的孩子和大人都是一场危险事故的产物。

"我们回家去。"

"家！"她咆哮的声音那么放荡，尖利嘶哑的声音颤动不已。"然后坐下来想着我们都要毁灭，孩子们的骨灰在我打开的每一只盒子里腐烂？那可太恶心了。"

他发现她的这番话的效果仿佛将她消了毒似的，心里几乎感到一种安慰。尼科尔整个清醒过来，从她的面孔上看出她的退缩态

[①] 英国小说家乔治·杜·莫里耶（1834—1896）所著小说《软帽子》中的一个音乐家，他用催眠术控制了女主人公，使其唯命是从。——译注

度。她自己的面部表情缓和下来，乞求道："帮帮我，帮帮我，迪克！"

一股苦闷的浪潮涌遍他的全身。这么美好的一座塔不能独自屹立，却只能依靠他，这可太糟糕了。在某种意义上，那是对的：男人生来的职责就是发出光亮，拿出主意，挑起大梁，精于计算。但是，不知怎么，迪克和尼科尔合而为一，成为平等的整体了，既不互相反对，也不相互恭维；她就是迪克，如同鱼水不能分离。他不能在她分裂时袖手旁观。他的直觉像温柔和激情一样，从他身上彻底流走了。他只能采取典型的现代手段进行干预——他要从苏黎世找个护士，今晚照管她。

"你可以帮我的。"

她甜言蜜语的央求让他又变得飘飘然了。"你以前帮过我——现在也可以帮我。"

"我只能用同样的老办法帮你。"

"有人能帮助我的。"

"也许是这样。最能帮助你的是你自己。我们去找孩子们吧。"

许多摊位上有白色的赌彩轮，迪克在第一个摊位上遭到漠然否认，简直惊呆了。尼科尔站得远远的，目光中含着敌意，否认有过孩子，怨恨他们，把他们看作真实世界中的一部分，而她却试图使世界变得虚无缥缈。迪克很快就找到孩子们。他们被一群女人包围在中间仔细观察，好像他们是两件上等商品，还有许多农夫的孩子们瞪着眼睛旁观。

"谢谢你，先生，啊，您真是太慷慨了。愿你们走运，先生太太。再见，孩子们。"

他们在炎热和悲哀的气氛中回家；他们共同的焦虑和烦恼似

乎沉重地压在汽车上；孩子们的嘴角撇下来，满心失望。悲哀以可怕而不为大家熟悉的晦暗色彩出现在大家面前。到了祖格斯附近的一个地方时，尼科尔在一阵冲动中，重复以前做过的一段评论，说是距离道路挺远的一座黄色的房子，就像一幅油彩未干的油画，但是，她的做法好像在捕捉一根晃动着的绳索。

迪克努力想休息一下——回到家里很快就要进行斗争，他或许要坐上很长一段时间，将许多话一遍遍讲给她听。分裂人格这个词编得真好——尼科尔就是这样，有时明白得什么也不需要对她解释，有时却怎么说都休想让她明白。因此就有必要坚持不懈地对她进行积极和持久的治疗，让通往现实世界的道路保持畅通，让逃避现实的道路变得越来越难行。但是，疯病的横溢才华和反复无常，跟诡计多端、试图渗透坝体的水是同宗近亲。它要求许多人共同努力，联合起来与之对抗。他觉得，这时候需要尼科尔自己努力治疗自己。他想要等到她回忆起其他时间的事情来，并且起而反抗它们。他不情愿地计划着，要恢复一年以前松懈下来的疗养日程安排。

他将车转弯开上一座山丘，抄近路朝诊所奔去。此刻，他狠踩油门想切上一条与山坡平行的直路，汽车猛地滑向左边，又转而滑向右边，两个车轮登时腾空了，尼科尔尖声惊叫，迪克的一只手胡乱抓住方向盘，车子恢复平稳，接着再次转弯，冲到路外面。汽车冲过一片低矮的灌木，车轮又一次腾空，最后以九十度角缓缓撞在一棵树上。

孩子们一起惊呼，尼科尔一边尖声咒骂，一边探出手去，想抓迪克的脸。迪克首先在脑子里从头到尾把汽车部件考虑了一遍，却无法估计出车子的问题有多大，他把尼科尔的胳膊推开，从车门上爬出去，把孩子们抱出来。然后，他发现，汽车处于十分稳定的状态。他呆站在那儿浑身发抖，心跳不已。

"你……"他喊道。

她乐得直笑，丝毫不感到羞愧，既不害怕，又不关心。到出事地点来的任何人都不会想象出，是她造成的这个事故。她笑得那么开心，仿佛童年捉迷藏时逃过了玩伴的捕捉。

"你害怕了，对不对？"她挑衅道，"你怕死！"

她说话的腔调那么有力，迪克在震惊的心境下，都弄不明白是不是在为自己而害怕。但是看到孩子们变态的面孔，看到他们一会儿望着父亲，一会儿望着母亲的模样，他恨不得把她那张狞笑的面孔捣成肉酱。

在他们正上方，沿着一条蜿蜒的道路走上半公里，或者直接往上攀登一百码，就能到达一个客栈。那客栈的一侧已经从树木覆盖的山丘上显露出来。

"拉住托普茜的手，"他对拉尼尔说，"就那样，抓紧，往那个山丘上爬——看见那条小路了吗？到了那个小旅馆，就对那儿的人说：'汽车司机受伤了。'一定要他们来个人帮帮忙。"

拉尼尔不明白发生了什么事，不过他心里怀疑这是一种没有先例的危险事件，便问道：

"你们怎么办，迪克？"

"我们在这儿守着汽车。"

两个孩子出发的时候，谁也没有朝母亲望一眼。"横过上面那条路的时候要当心！要朝两面看！"迪克在他们身后喊道。

他和尼科尔正面盯住对方的眼睛，两人的眼睛就像同一座房子上对面的两扇窗户，隔着庭院闪烁着恶狠狠的光芒。她掏出个化妆盒，照照镜子，把两鬓的头发撩到后面去。迪克望着孩子们攀登，直到他们消失在半山坡上的松树丛中；然后他绕着汽车走了一圈，察看车子的损坏情况，心里计划着如何把汽车拉回到路上去。他在泥地上循着左歪右扭的来路走了一百英尺；心里憋着一股不同于愤怒的强烈厌恶情绪。

几分钟之内，客栈主人便一路跑步赶过来了。

"我的天哪！"他惊呼道，"怎么会发生这种事？你开得太快了？真是太走运了！要不是有那棵树，你们就滚到山底下去啦！"

来人名叫埃米尔，只见他系着宽大的黑围裙，圆鼓鼓的脸上满是汗水。迪克趁埃米尔在场，向尼科尔做了个平淡的手势，表明他要帮她下汽车；她在他帮助下从离地较近的一侧跳下车，在坡地上身子一歪跪倒在地，然后站起来。两个男人设法移动汽车，她望着他们，脸上露出挑战般的神色。迪克甚至宁愿看到她这种神色，说道：

"尼科尔，去找孩子们，在那儿等着。"

她走之后，他才记起，她想喝白兰地，她去的地方能喝到白兰地。他告诉埃米尔别管汽车了；他们得等一辆大汽车把它拖到路上去。两人连忙朝客栈跑去。

16

"我想离开一段时间，"他对弗朗茨说，"时间尽可能长些。"

"当然可以啦，迪克。我们原来就是这么安排的——坚持留下来是你自己的主意。假如你和尼科尔……"

"我不想带尼科尔一起走。我想独自离开。最后这件事对我是个打击——我要是在二十四小时中能睡上两个小时,那简直是奇迹了。"

"你想度一个禁欲主义的假期。"

"正确的说法是'缺席'。听我说,假如我到柏林去参加精神病学会,你能设法维持平静吗?三个月她不会有事,而且她喜欢她的护士。我的天哪,我在这个世界上除了你,不能向任何人提这样的要求了。"

弗朗茨咕哝着表示不满,同时心里在考虑,不知道是不是能一直信赖他,不知道他是不是能为合伙人的利益着想。

接下来的那个星期,迪克开车到苏黎世机场,乘坐一架大型客机飞往慕尼黑。飞机呼啸着冲向蓝天的时候,他感到浑身麻木,这才意识到自己有多么疲惫。他屈服于向往平静的巨大诱惑,不再考虑病人的疾病,任凭发动机轰鸣,听任飞行员把他带往任何方向。他连大会的一次会议也不想参加——他完全能想象出会议的情形:布洛伊勒①宣读新论文,老福雷尔宣读论文,他回家后可以更加仔细地研究它们。还有美国人的论文,说他使用为病人拔牙或烧灼扁桃体的办法,治愈精神分裂症,要不是因为美国这么富有,这种观点绝不会受到半带嘲弄的礼遇。来自美国的其他代表还有一位长着红头发,有着圣人一样面孔的施瓦茨,他以无限的耐心往返于两个世界之间;另外还有几十位面目卑鄙的专职精神病医生,他们来参加会议为的是提高自己的地位,以便将来在从事犯罪般的业务时,能获得更大的成果,部分原因是想掌握新颖的诡辩术,冒充自己的职业本领,搅乱各种价值观。与会的还会有些玩世不恭的意大利人

---

① 布洛伊勒(1857—1939)为当时最有影响的瑞士心理学家之一。——译注

和来自维也纳的弗洛伊德的信徒。在他们之中,只有伟大的荣格能讲得头头是道,他态度温和,精力充沛,会兜一个大圈子,从森林开始讲起人类的起源,一直讲到男学生的精神病。最初,大会有一个美国模式,在形式和仪式上几乎是美国扶轮社的翻版,然后,态度严谨、活力旺盛的欧洲人会一路反抗下去,最后,美国人会打出自己的王牌,宣布自己的丰厚馈赠和捐款,用来建立大规模的新医院和培训学校,在那些天文数字面前,欧洲人会变得黯然失色,走路都得小心翼翼。但是,他不准备到那儿去观看这种表演。

在福拉尔贝格州①境内的阿尔卑斯山周围,点缀着一片村庄,迪克望着它们,体会到一种田园乐趣。眼前总能看到四五个村庄,每个村庄中心都有一座教堂。从空中远远望去,地面上的情景显得十分简单,简单得像用布娃娃和玩具兵做游戏。这正是政治家、军事将领和隐士们看问题的角度。不管怎么说,这是个很好的逃避和安慰。

过道对面一个英国人跟他讲话,可是,近来他觉得英国人有些与自己格格不入的东西。英国就像个富有的人刚刚搞过一次灾难性的狂欢,为了巴结主人便与之单独交谈,然而他们显然是想重新获得自尊,以便夺回原来的权力。

迪克随身带着从机场能搞到的各种杂志:《世纪》《电影画报》《名人》,还有《空中旅行》杂志,但是更加有趣的是想象着他从飞机上落到地面,与乡下人握手。他就像在父亲常去的布法罗教堂里那样,坐在教堂里,旁边的人身穿浆过的星期日礼服。他倾

---

① 奥地利最西边的一个州。——译注

听着近东的智慧①,感到自己给钉在十字架上,死掉了,埋葬在教堂欢快的墓地中,心里还再一次焦急起来,不知道募捐盘子到了自己面前是该捐五分,还是一角,因为后排座上坐着一位姑娘。

那位英国人突然稍稍改变了话题,借走了迪克的几本杂志。他很高兴摆脱那些杂志,一心想着前面的旅程。他身上穿着澳大利亚长绒羊毛做的衣服,模样却像条狼,心里想象着世俗的乐趣——不受腐蚀的地中海地区,橄榄树下隐藏着甜美古老的丑陋行为,萨沃纳附近一个农家姑娘年轻美貌,玫瑰色的脸蛋儿活像灯光照亮的祈祷书。他要牵着她的手,带她穿过边界……

……但是,他却把她抛弃了。他必须继续向前,到达希腊诸岛,行驶在陌生港口阴云密布的水面上,抛弃的姑娘待在岸上,月光下唱起流行的歌曲。占据着迪克脑子的有一部分是他孩提时期的廉价纪念品。然而。在那些有点儿零乱的廉价物品中间,他设法保存了自己痛苦而并不旺盛的智慧火焰。

17

汤米·巴尔邦是个统治者,汤米是个英雄——迪克碰巧在慕尼黑市马林广场的一间咖啡店里见到他,小批的赌客在那种咖啡店的铺着毛毯的桌子上赌博。空气中充满了政治气息和甩扑克牌的声音。

汤米在一张桌子旁,发出军人般的笑声:"唔—呼—哈—哈!

---

① 指《圣经》中的内容。——译注

唔—呼—哈—哈！"他总是喝得很少，他的策略是勇气，他的同伴们从来都有点儿害怕他。最近，一位华沙的外科大夫为他做过手术，占颅骨面积八分之一的一大块给取掉，又在头发下面缝合起来。咖啡店里最虚弱的人，只要用一张折成花结的餐巾，便能要了他的命。

"……这位是契利科夫王子……"那是个五十岁的俄国人，形容憔悴，面色灰白，"……这是麦基宾先生……和汉南先生……"汉南先生长着一头黑发和一双骨碌直转的黑眼睛，一副小丑模样，他立刻与迪克搭腔：

"握手之前我得先问问——你说跟我姑妈闲逛是什么意思？"

"这个吗，我……"

"你听见我的话了。不管怎么说，你上慕尼黑来干吗？"

"唔—呼—哈—哈！"汤米笑起来。

"你自己难道没有几个姑妈？干吗不跟她们一起闲逛？"

迪克笑了，那人因此立刻转而攻击他。

"好吧，咱们暂且撇开姑妈不谈。我怎么知道你说的这一切不是胡编乱造的？你在这儿完全是个陌生人，认识的人充其量只有半小时的交情，可你却到这儿来跟我说你跟你那些姑妈的恶心风流事。我怎么知道你心里到底隐藏起什么事情呢？"

汤米再次大笑，然后态度温和口气坚决地说："够了，卡莱。坐下吧，迪克。你好吗？尼科尔好吗？"

他并不很喜欢任何一个男人，对他们出现在面前也没有好感。他整个放松下来，为的是战斗，好像一个优秀运动员在任何比赛中与二流赛手较量，大部分时间只是放松和休息，然而一个能力较差的人却只能装作若无其事，其实，持续的神经紧张简直能让他不战自败。

汉南并没有完全被制止,他走向旁边的一架钢琴,弹几支曲子,每逢看到迪克,脸上就增加一分憎恨,嘴里还不时咕哝着说出:"你姑妈,"一曲终了他又会说:"我说的根本不是姑妈,我说的是裤子嘛。"

"嘿,你好吗?"汤米重复问道。"你看上去不怎么……"他搜索枯肠,想找个合适字眼儿,"……不像以前那么带劲,没以前那么棒了,你明白我想说的是什么意思。"

这说法听上去显然是说他的性能力在衰退,让他觉得恼火,迪克心里打算反戈一击,评论汤米和契利科夫王子穿的破外套,说穿上这种样式的衣服,外加衣服上的破洞,最适合星期天在贝勒大街压马路——可是他们看出了他的心思,抢先做出解释。

"我看出你打算评论我们的衣服,"王子说,"我们刚从俄国来。"

"这些衣服是在波兰由宫廷裁缝做的,"汤米说,"这是真的——毕苏斯基①的私人裁缝做的。"

"你们旅行过?"迪克问道。

他们都笑了,王子用力拍了汤米脊背一巴掌。

"是的,我们旅行过。是这样的,旅行。我们在俄国各地大游特游。"

迪克等着他们解释。解释从麦基宾嘴里吐出来,只有几个字:

"他们逃了出来。"

---

① 波兰革命者、政治家(1867—1935),第一次世界大战后,任新诞生的波兰首任总统。——译注

"你们都在俄国当过囚徒?"

"是我一个人,"契利科夫王子解释说,他的黄眼珠像死人一样直勾勾盯着迪克。"不是囚徒,而是潜藏。"

"你们逃出来费了很大周折吗?"

"遇到点儿麻烦。在边界上留下三个红军士兵的尸体。汤米干掉两个……"他像法国人那样伸出两根手指,"我干掉一个。"

"我弄不明白这一点,"麦基宾先生说,"他们干吗要反对你们离境?"

汉南从钢琴那边转过头来,朝大家眨巴了一下眼睛,说:"麦克以为马克思主义者就是在圣马克学校上学的学生。"

那是个流传最广的逃跑故事——一个贵族隐姓埋名,在原先一个佣人家躲了九年,还在政府经营的面包房干活儿;十八岁的女儿住在巴黎,她认识汤米·巴尔邦……在他们讲述的过程中,迪克认定,旧时代的这个遗老如此衰弱干枯,根本不如三个年轻人的生命有价值。他想知道,汤米和契利科夫是不是给吓坏了。

"我发冷的时候,"汤米说,"总是害怕冷。在战争时期,遇上我冷的时候,我总是害怕。"

麦基宾站起身来。

"我必须走了。明天早上,我要乘汽车去因斯布鲁克①,我太太和孩子们都要去,还要带上家庭女教师。"

"我明天也要去那儿,"迪克说。

"哦,是吗?"麦基宾感到惊讶,"干吗不跟我们同行呢?我们坐的是一辆大型帕卡德轿车,乘车的只有我、我太太、我的孩子

---

① 奥地利一城市。——译注

们和家庭女教师……"

"我不可能……"

"当然啦,她并不是个真正的家庭女教师,"麦基宾带着同情的目光望着迪克说,"其实,我太太认识您夫人的姐姐贝贝·沃伦。"

迪克绝对不愿意盲目签订一项合同。

"我已经答应跟两个男人同行了。"

"噢,"麦基宾的脸上的肉耷拉下来。"那好吧,咱们再见。"他从邻近桌腿上解开两条纯种刚毛犬,牵着狗走了。迪克想象着自己与麦基宾同行,乘坐挤满了人的帕卡德车,一路颠簸着朝因斯布鲁克行驶的情景,车上满载着他们的孩子、行李、两条凶神恶煞般的狗,还有那个家庭女教师。

"报纸上说,他们已经知道杀他的凶手是谁了,"汤米说,"但是他的表兄弟们不想让报纸披露姓名,因为案件发生在一个非法秘密酒店里。你对这事有什么看法?"

"那是所谓家族的骄傲。"

汉南在钢琴上弹了个响亮的曲调,好把人们的注意力吸引到自己那里。

"我看,他最初的说法不能让人信服,"他说,"就算不让欧洲人入内,那也有十几个美国人能干出诺思的事情来。"

迪克这才开始想到,他们谈论的是阿贝·诺思。

"唯一的不同点是,阿贝最先动的手。"汤米说。

"我不同意,"汉南坚持说,"他有一个好音乐家的名声,因为他喝得醉醺醺的,他的朋友们只得替他把事情解释个清楚……"

"阿贝·诺思是怎么回事?他怎么啦?卷进麻烦里了?"

"你今天早上没看《先驱报》？"

"没有。"

"他死了。他在纽约一个非法酒店里几乎让人活活打死。后来好不容易挣扎着爬回在网球俱乐部的家里，就死了……"

"是阿贝·诺思？"

"那还有假，他们……"

"阿贝·诺思？"迪克噌的一声站起来。"你们肯定他死了？"

汉南转身面对着麦基宾："他不是爬回狂欢俱乐部，是哈佛俱乐部。我可以肯定，他不属于网球俱乐部。"

"报纸上是这么说的。"麦基宾一口咬定。

"这准是个错误。这一点我能肯定。"

"在一个非法酒店里让人活活打死。"

"可我正好认识网球俱乐部的所有会员，"汉南说，"那一定是哈佛俱乐部。"

迪克站起身，汤米也站起来。契利科夫王子结束了一种毫无意义的研究，也许研究的是他逃离俄国的机会，那个研究这么长时间来一直吸引着他的注意力，他很难立刻将它放弃。这时他也站起身跟他们一起离开这地方。

"阿贝·诺思让人活活打死。"

迪克几乎没有意识到自己走在回旅馆的路上。只听汤米说道：

"我们在等一个裁缝为我们做完几身外套，好穿着去巴黎。我要做个股票经纪人，穿这身衣服谁也不会接受我。你们国家人人都成百万成百万地挣钱。你明天真的要走？我们连晚饭也不能跟你一起吃了。看起来王子在慕尼黑有个老相好的。他去拜访她，可她五年前就死了，我们要跟她的两个女儿吃饭。"

王子点了点头。

"也许我可以安排请戴弗医生来。"

"不,不。"迪克连忙说。

他睡得很沉,后来被他的窗外缓慢的哀悼行列弄醒了。那是个由身穿制服的男人组成的长长的行列,他们头上戴的是他熟悉的1914年型号的钢盔。身穿长礼服、头戴丝礼帽的人们密密麻麻地拥在后面,其中有市民,有贵族,也有平民。这是个退伍军人的行列,他们要在战死疆场的战友坟墓上献花圈。游行的人们踏着缓慢而骄傲的步伐行进着,怀念着失去的风采、昔日的成就以及为人们所忘怀的悲哀。人们的面孔上仅仅做出悲哀的样子,但是此刻,迪克为阿贝的死和自己十年前失去的青春而深感悲哀,他的胸口憋得胀鼓鼓的。

18

黄昏时分,迪克抵达因斯布鲁克,将行李送到一家旅馆的房间里以后,步行进城。夕阳映照在马克西米连皇帝[①]跪拜祈祷的铜像上;四个耶稣会见习修士在大学校园中边散步边朗读。以昔日城池被围、联姻、纪念等事件为题材雕成的大理石雕像,很快随着日落而变得暗淡了。他要了一盘撒有香肠丁的豌豆汤,喝了四小杯威士忌,但是名叫"黑百合烙蛋饼"的甜食让他觉得可怕,他没有吃。

---

① 德意志国王和神圣罗马帝国皇帝(1459—1519)。生于奥地利的维也纳新城。——译注

虽然举目望去高山尽入眼帘，然而瑞士离得很远，尼科尔也离他很远。后来，他在苍茫暮色中漫步花园时，想起她，感到满怀眷恋，他爱恋她本性中最美好的部分。记得有一次，她脚步匆匆穿过湿漉漉的草地朝他走来，她脚上一双薄薄的拖鞋让露水浸得透湿，她踩在他脚面上，紧紧依偎着他，把面孔扬起来对着他，仿佛一本书翻开的书页。

"想一想你多么爱我吧，"她低声说，"我并不要求你永远像这样爱我，但是我要你记住：在我的内心中永远有一个你今晚看到的我。"

但是迪克因为自己心灵的缘故，已经离开了她，可他开始想到了那时的情景。他已经丧失了自我，说不准这事发生在哪年，哪月，哪个星期，哪一天，更说不上是哪一个时辰。他在解决最复杂的问题时，一度十分顺利，如同给最简单的病人看最简单的病。有时，他发现尼科尔在苏黎世河畔那个诊所就像压在石头下仍然盛开的花朵，但是他见到罗斯玛丽的那一刻，立刻觉得自己的看法就像失去利刃的矛。

他望着自己的父亲在贫穷的教区苦苦奋斗，心中便摒弃了父亲那种甘愿不追求物质的职业，并且积蓄起了对金钱的欲望。从安全的角度考虑，这并不是个健康的欲望，在他与尼科尔结婚的时候，他比什么时候都更加自信，更加信赖自己。然而，他却像个靠女人生活的寄生虫一样，任凭自己的武器被锁进沃伦家的财宝安全柜里。

"本来应该按照欧洲大陆风格拿出个解决方案，但这事却没有结果。我在教那些富有的人学习人类最基础的知识方面，浪费了八年的光阴，不过我并没有失败。我手里还有好些没有吹过的号角。"

他在没有人光顾的玫瑰丛之间和湿漉漉的不知名的蕨类花圃间

信步。时间已经是十月份,天气算是够暖和的,不过穿上件厚厚的格子呢外套,再把领子上的松紧扣扣上,却很合适。一个人影从黑黢黢的树影里走开来,他认出,那是他离开门厅时见到过的一个女人。此时,他见了随便哪个女人都会爱上,在远处爱她们的体型,爱她们投在墙上的身影。

她正面向城里的灯光,背对着他。他划了一根火柴,故意让她听见,可她并没有因此改变姿势。

——这难道是个默认的邀请?还是个淡漠的表示?他已经长时间失去了与简单的欲望和满足欲望之间的联系,此时便觉得茫然不知所措。照他看来,在隐蔽的作乐场合闲逛的人们中间,有一种能让他们迅速发现对方的密码。

——也许,该迈出下一步的是他。陌生的孩子们因此便会相互微笑着说:"那我们就玩吧。"

他走近些,那个影子朝侧面移动。也许他会受到责骂。年轻时听说,心急莽撞的年轻人会遭到姑娘的责骂。他的心脏狂跳起来,因为他是在与一个没有探索过,没有了解过,没有分析过,没有证明过的异性进行接触。突然,他转过身去,那个姑娘也随着转过身来,摆脱了与树叶之间连为一体的黑影,迈着坚定的脚步,以中等速度沿着那条小路返回旅馆。

第二天早上,迪克在一位向导和另外两个人的陪同下,出发攀登伯卡斯派策峰。看到海拔最高的牧场和牛铃声已经远在脚下,真是一种美妙的感觉。迪克盼望着在一间小木屋里过夜,他喜欢累得腰酸背疼,喜欢接受导游的指挥,为没有人知道自己是何人而感到喜悦。但是,中午时分,天气骤变,阴沉的冻雨夹着冰雹随着深山里的闷雷袭来。迪克和另一位登山者想要继续前进,但是导游不干。他们感到十分遗憾，只得挣扎着返回因斯布鲁克，待第二天再说。

迪克在没什么人的餐厅吃过晚饭，还喝过一瓶当地产的烈性葡萄酒以后，觉得精神亢奋，他自己也不知道是为了什么缘故，后来他才想到了花园中的经历。晚饭前他从前厅经过，这一次她望着他，眼睛里带着赞许的目光。但是这事继续让他担忧：为什么？我本来可以与那个漂亮女人在一起度过一段美好的时光，然而我没那么干，还提了个问题：为什么现在要这样？是因为迷信？是出于我自己的愿望？这到底是为什么？

他的想象将他向前推去——昔日的禁欲主义和谨慎的言行占了上风：我的天哪，要真是这样的话，我简直可以回到里维埃拉，去跟贾尼丝·卡里卡门托或者跟那个威尔伯黑兹姑娘上床。难道要抛弃这么多年来的道德修养，屈服于卑鄙轻浮的冲动吗？

不过他仍然处于亢奋状态，他转身离开阳台，回到自己的屋子里去思考。肉体和精神上的孤单让他产生了孤独的感觉，孤独的感觉越体会越孤独。

上楼之后，他在屋里踱着步子思考这事，把登山服装晾开，靠近已经有微热的暖气。他再次面对着尼科尔的电报，那电报仍然没有打开，她的电报每天都追随着他的旅行路线。他在晚饭之前没有打开它——也许是因为花园经历的缘故。那是一封来自布法罗，由苏黎世转交的电报。

令尊今晚溘然长逝。霍姆斯。

这个打击让他感到一阵剧烈的痛苦，身体中仿佛绞成一个疙瘩，由小腹部翻腾而上，拧过腹部到达喉咙。

他再次阅读了那段电文，然后跌坐在床上，眼睛直勾勾盯着前方，沉重地呼吸着，脑子里首先出现的是，在父亲去世时儿子一般本能产生的自私想法：自出生以来最强有力的保护失去了，这对我会有什么影响呢？

这种返祖思绪过去后，他接着在屋里踱起步来，还不时停下脚步看看那封电报。名义上，霍姆斯是他父亲的副牧师，但实际上十年来早就是那个教堂的主持牧师了。父亲是怎么去世的？年老——他已经七十五岁了。他的寿命够长了。

迪克为他孤零零死去感到悲哀。他死在他的妻子、他的兄弟姐妹之后；弗吉尼亚有些堂、表兄妹，但是他们都挺穷，没有能力到北方去，结果，只好由霍姆斯签署那封电报。

迪克热爱自己的父亲——他一向以父亲在同样的场合下会产生什么想法，拿出什么行动来做出自己的判断。迪克是在两个姐姐夭折几个月后出生的，他父亲猜得出这对他母亲会产生什么影响，于是为了避免他被娇惯坏，便担负起他的道德教师的职责。虽然他每天像头累垮的牲口，可他还是逼着自己做出这种努力。

夏天，父子俩一路步行进城去把皮鞋擦得闪闪发亮——迪克身穿浆洗过的粗布水兵套装，父亲总是身着剪裁漂亮的牧师制服——父亲对他漂亮的小儿子感到非常自豪。他把自己的全部生活知识都传授给迪克，虽然内容并不很丰富，但大部分都是真实而淳朴的，讲的是他牧师生活范围内的言行。"有一次，在一个陌生的城镇里，我那时第一次受到任命，我走进一个拥挤的房间，不知道哪一位是女主人。我认识的几个人朝我走来，可我没有过多理会他们，因为我看见屋子另一头一扇窗户前面，坐着一个头发灰白的女人。我朝她走去，向她做了自我介绍。后来，我在那个城镇里交了许多朋友。"

他父亲凭着自己的良心做事——父亲对自己的身份十分自信,他的自豪中反映出两位养育他长大成人的寡妇早先有过的自豪。她们让他产生的信念是:没有什么高于"善良的本能"、荣誉、礼貌,以及勇气。

父亲从来都认为他妻子的一笔小小的私房钱属于儿子,在迪克上大学和上医学院时,一年四次寄支票给儿子。在那个镀金时代,自以为是的人们会一口咬定说,他属于这样一类人:"绅士风度有余,远大抱负不足。"

……迪克叫人到楼下去找一份报纸。他仍然在屋里踱步,那封电报仍然展开在写字台上。他选了一条去美国的船。然后,他接通了苏黎世的电话,要与尼科尔通话。他记起自己等待着许多事情,但愿自己能始终如自己的意图一样善良。

19

迪克心里对自己父亲的去世深感悲哀,轮船进港后,有一个多小时,他觉得纽约港似乎整个沉浸在了悲哀和荣耀之中。但是上岸后,这种感觉立刻便消失了。到了街道上和旅馆中,这种感觉也没有再次出现在他的心头。后来上了去布法罗的火车,继而扶着父亲的灵柩南下去弗吉尼亚,一路上,那种感觉也没有出现。只是在当地火车慢吞吞爬行在威斯特摩兰县,进了那片树木低矮的林子里后,他才触景生情,再次产生那种感觉;下车后,他在车站看到自己熟悉的一颗孤星,和低垂在切萨皮克湾上空的冷月;他听见了弹簧钢板马车的车轮转动发出的刺耳声音,听见了那种可爱而荒唐的交谈声,听见了那条有个柔和的印地安名字的古老小河发出舒缓的潺潺水声。

第二天,在教堂的墓地中,迪克的父亲被安葬在一百多位戴弗家、多尔西家和亨特家的先人们中间。将他留在自己的亲戚中间实在非常有益。花朵撒在棕色的新土上。迪克从此与这里再没有什么联系了,也不相信自己还会回来。他在坚硬的土地上跪下来。那些死去的人他全都认识,记得起他们饱经世故的面孔和闪亮的蓝眼睛,记得起他们瘦弱而威武的身体,记得起自17世纪以来在黑沉沉的森林新地上凝成的精神。

"别了,我的父亲——别了,我所有的祖先们。"

旅客到了盖着长长顶篷的轮船码头上,便已经离开了一地,却还没有到达另外一地。烟雾弥漫的黄色穹型天篷下,到处是人们的呼喊声和隆隆回声。人们能听到卡车的轰鸣和起重机刺耳的尖叫,能看到一堆堆木箱,闻到第一阵咸湿的大海气息。即使时间充裕,人们也会匆匆而过。身后的大陆已经是过去,轮船侧舷洞开的明亮入口便是未来。这条昏暗骚乱的走廊混乱得让人难以置信,但是它却代表着现在。

登上船桥后,世界的景象调整成狭窄的一条。在这个比安道尔还小的政体中,乘客变成个对一切都没有自决权的公民。坐在轮机长办公桌后面的那个人与客舱中的人一样古怪,这些航海者和他们的同事们目光都一样傲慢。接着,在几声响亮而悲哀的汽笛声之后,随着一阵不祥的颤动,照岸上的人观点,这条船移动了起来。码头和码头上的一张张面孔从船旁划过,这条船仿佛意外地与它们分开了;那些面孔越来越远,声音已经消失,码头变成了水面上许多模糊物体之一。港口轻灵地朝大海深处漂去。

艾伯特·麦基斯科也随之漂去，报纸把他称作这条船上最珍贵的船货。麦基斯科正大受欢迎呢。他的小说是他同时代最佳作品的杂凑，这可是个不能蔑视的业绩，此外，他还具有一种天才，能将借来的东西加以淡化，降低道德水准，以便让许多读者被他作品中的魅力和简单易读的特征所打动。成功既提高了他的地位，又让他降低到卑鄙的地步。他对自己的能力并非无知——他意识到，他拥有的活力超过了大多数比他更有天赋的人。他决心享受自己赢得的成功。他常常说："我其实什么也没有做。我认为我并不具备真正的天才。但是如果我继续努力，我就能写出一本好书。"无意义的跳板上创造出漂亮的入水动作。过去的无数斥责已成过眼烟云。其实，他的成功在心理上是以他与汤米·巴而邦的竞争为基础的，正是在这个基础上，他创造出新的自尊，然而那个基础却在他心中枯萎了。

启航后第二天，麦基斯科发现了迪克，便试探性地盯着他看了几眼。然后，麦基斯科用友好的口吻做了自我介绍，坐在迪克身旁。迪克将手中的读物放在一旁，过了几分钟，他意识到麦基斯科发生了变化，那种让人厌恶的自卑感消失了，与他交谈让人觉得颇为愉快。麦基斯科对许多学科的知识"相当了解"，他的知识面甚至比歌德的还要宽。听着他按照自己的观点将大量的素材敏捷地组合在一起，真是一种乐趣。他们遇上一个熟人，迪克便与他们一起吃了几顿饭。麦基斯科夫妇受到邀请，要他们到船长的那一桌就餐，可他们摆出新滋生出的傲慢姿态，告诉迪克说，他们"受不了那帮人的俗气"。

瓦奥莱特此时十分漂亮，她由一位著名时装师打扮得十分入时，还时常为一些小小的发现感到着迷，那是出身名门的小姑娘们感到着迷的事情。她这种习惯或许是在博伊西①家中跟母亲在一起养成的,可她那忧郁的灵魂完全是爱达荷州的小电影院造就的,再说,她没有时间陪着母亲。现在,她像几百万其他人一样,有了自己的"归属",感到幸福,不过,在她天真得要命时,她丈夫仍然要嘘她,要她住口。

麦基斯科夫妇在直布罗陀下了船。第二天晚上,迪克在那不勒斯从旅馆到火车站的公共汽车上,邂逅了一家三口人,她们迷了路,十分凄惨。他在船上见过她们——两个女儿和她们的母亲。他油然产生一阵助人为乐的冲动,要不就是一种想受人崇拜的欲望。他表现出不连贯的欢乐,礼貌地请她们喝葡萄酒,看到她们开始恢复了适当的自我中心心理,他感到喜悦。他假装把她们比作这个比作那个,让她们的心理顺应自己设计的框架,可他喝得太多,心里无法保持那种幻想,在此期间,那三个女人心里无非觉得,这番款待是从天上掉下来的面包。夜幕降临后,他离开了她们。火车震动着、喷着浓浓的烟雾朝卡西诺和佛罗西侬驶去。到了罗马车站,他们以稀奇古怪的美国方式道别,迪克走进奎利纳饭店时,觉得几乎要累垮了。

在前台登记时,他突然抬起头瞪大了眼睛。仿佛一杯烈酒正在对他发生作用,让他的胃感到温暖,将一阵冲动涌向他的脑子。他看见了到这里来要见的那个人,正是为了这个人,他才横穿地中海,到达这里。

与此同时,罗斯玛丽看见了他,还没来得及认准他是谁,就跟他打了个招呼。她连忙再次扭过头来,惊得眼睛都瞪圆了,她急忙跟自己的女伴分手,朝他跑过来。迪克保持直立姿势,屏住呼吸,

---

① 美国爱达荷州首府。——译注

向她转过身去。她奔跑着穿过大厅时,她的美貌像盛开的花朵一样展现出来,又像一匹服过黑豆油的幼马,奔跑起来仿佛蹄子都消失了,他一下子惊得清醒过来。但是,这一切来得太突然了,他除了尽量掩盖自己的疲惫之外,什么也来不及做。为了与她亮晶晶的眼睛和洋溢的自信相匹配,他振作起来,用一个并不真实的动作暗示出自己的意思:"准知道你在这儿——不管世界上有多少人。"

她把戴着手套的双手探到柜台上,抓住他的手:"迪克,我们在这儿拍摄《壮哉罗马》——至少我们认为是在为这部片子拍镜头。我们很快就要离开。"

他的眼睛死死盯着她,想让她产生一点自我意识,以免她仔细观察他没有刮过脸的面孔,也免得她注意他一夜没脱的邋遢衬衣领子。幸好她急着要走。

"我们要早早开拍,因为雾在十一点钟会散开——两点钟给我打电话。"

进了自己房间后,迪克恢复了自己的能力。他嘱咐服务台中午打电话叫醒他,然后扒去衣服跳上床,立刻就睡熟了。

收到电话过后他没有起床,不过两点钟的时候他醒过来。他打开箱子,把套装和要洗的衣服叫人送去整理清洗。他刮了脸,在温暖的浴缸里躺了半个小时,然后吃早饭。太阳已经落进民族大道上的楼群中,他透过窗子上的纱帘望着夕阳,听到一阵老式铜钟敲出的声音。他在等待自己的套装熨好的时候,从报纸上看到一则消息,说的是辛克莱·刘易斯写了本小说叫《华尔街》[①],分析了美

[①] 这里指的是美国作家辛克莱·刘易斯(1885—1951)及其著名小说《大街》。——译注

国一个小城镇的社会生活。接着,他努力想念着罗斯玛丽。

起初他什么也不想。她既年轻又充满魅力,可托普茜也是一样。他猜想,她在过去四年中有过不少情人,一定爱过他们。人们反正很难弄明白自己在别人的生活中到底占有多大的比重。然而,他的爱情正是从这样的迷雾中显现了出来——最好的接触是在人们已经知道障碍在哪里,还仍然想保持关系。过去已经烟消云散,他要把她美丽的外表和喜欢出风头的脾气整个据为己有,一丁点儿都不让它漏出去。他努力集中起自己可能吸引她的全部本领——他的这种本领比四年前少得多了。十八岁的姑娘或许可以隔着一层升腾的幼稚迷雾观看一个三十四岁的男人,但是二十二岁大姑娘的眼睛看一个三十八岁的男人就会用明晰善辨的目光。此外,以前那次见面时,迪克正处于情感的巅峰;那以后他的激情已经受到了创伤。

负责服装的侍者回来之后,他穿上一件白衬衫,扎上黑领带,在上面别了一根珍珠别针。他的夹鼻眼镜链搭在另一颗同样大小的珍珠下面,那颗珍珠的位置低一英寸左右,仿佛随意挂在那儿似的。睡过觉后,他的面孔恢复了在里维埃拉度过好几个假期形成的红里透黑的色泽,他像做预备动作一样,在一把椅子上做起了双手倒立,直到把钢笔和硬币全都倒出来为止。三点钟时,他给罗斯玛丽打了电话,她要他上她的房间去。他在刚才那种杂技动作之后一时眼冒金星,便在酒吧柜台前停下脚步,喝点加兴奋剂的杜松子酒。

"哎呀,戴弗医生!"

仅仅因为罗斯玛丽在这家旅馆里,迪克才立刻认出那人是科利斯·克莱。他还是原来那副自信的样子,还多了点富有的风度,下巴突然变得肥厚了。

"你知道罗斯玛丽在这儿吗?"科利斯问道。

"我遇到她了。"

"我正在佛罗伦萨,听说她在这儿,上个星期就来了。你绝对不会认识那个妈妈的小姑娘,"他修正了一下说法,"我的意思是说,她受到过精心的培养,现在已经成了个世界知名的女人啦——你明白我的意思吗?相信我吧,她把几个罗马小伙子包裹在行李里一路带来啦!你知道是怎么回事吗?"

"你在佛罗伦萨上学?"

"我?当然啦,我在那儿学建筑。星期日回去——我在这儿等着看比赛。"

迪克很费了一番努力,才没有让他把自己的酒记在他的账单上。他手里拿的那个账单,长得就像份股市报告。

20

迪克走出电梯,顺着一道长得让人焦心的走廊走去,最后转了个弯,朝一扇传来微弱声音、外面有灯光照明的门走去。罗斯玛丽身上穿着黑色睡衣,屋里的餐桌上还摆着食物,她正在吃茶点。

"你还是这么漂亮,"他说道,"比以前更多了一点儿美。"

"想来点咖啡吗,年轻人?"

"对不起,我今天上午的样子一塌糊涂。"

"你那时看上去的确不怎么好——现在好了?想喝咖啡吗?"

"不。谢谢。"

"你又恢复了原来的样子,可我今天早上吓坏了。要是电影公司待在这儿不走的话，妈妈下个月要来。她总是问我在这儿见到你没有，好像咱们一直是隔壁邻居似的。妈妈从来就喜欢你——她总是觉得你是我该认识的人。"

"好啊，我很高兴她还惦记着我。"

"哦，她记着呢，"罗斯玛丽向他保证说，"记的清楚着呢。"

"我到处都能在电影里看到你，"迪克说，"有一次我让人专门为我一个人放了《爸爸的女儿》！"

"要是不剪裁，我在这部片子里有很长的镜头呢。"

她从他身后走过去，边走还边把手搭在他肩膀上。她打了个电话，叫人把餐桌搬走，然后坐在大椅子里。

"我见到你的时候不过是个小姑娘，迪克。现在我成了个女人。"

"你的事情我什么都想听。"

"尼科尔好吗？还有拉尼尔和托普茜？"

"他们都好。他们常常说起你……"

电话铃响了。在她接电话的时间里，他浏览了一下两本小说。一本是埃德娜·费伯写的，另一本的作者是艾伯特·麦基斯科。服务员进来收拾桌子；桌子搬走后，身穿黑色睡袍的罗斯玛丽显得更加孤独了。

"……我有一个客人……不，不太好。我得去找服装师试衣服，要花很长时间……不，现在不行……"

餐桌搬走后，罗斯玛丽仿佛感到松了一口气似的，她朝迪克微微一笑——那微笑好像在说，他们俩已经把世界上所有的麻烦都拒之门外，现在安详地待在他们自己的天堂里了……

"完事了，"她说，"你知道吗，我刚才花费了一个小时，专门为迎接你做准备。"

但是,电话又打来了。迪克站起身,把他的帽子从床上抓起来,挂在行李架上。罗斯玛丽吃了一惊,把手堵在话筒上。"你不是要走吧!"

"不。"

电话结束后,他努力寻找话题,说道:"我期待着从众人中间得到一些营养。"

"我也是,"罗斯玛丽同意道,"刚才给我打电话的那个男人以前认识我的一个表弟。你能想象出为这么一个缘故就给人打电话吗!"

她把灯关掉几个,看来是想和他亲热。要不是这样,干吗不让他看她?他一字一顿对她说了句话,仿佛这些字离开他后,隔了一阵才到达她那里。

"很难离你这么近,却不亲吻你。"然后,两人就在地板中央热烈地亲吻起来。她的身子紧紧地贴在他身上,两人挪到她的椅子那儿。

待在屋子里仅仅这么作乐不可能持久。他们挪过来走过去,突然电话铃又一次响起来,他走进她的卧室,躺在她床上,打开艾伯特·麦基斯科的小说。罗斯玛丽很快就进来坐在他身旁。

"你的睫毛比任何人的都长。"她评论说。

"现在我们是在大学舞会上。光临的嘉宾中有睫毛爱好者,罗斯玛丽·霍伊特小姐……"

她亲吻他,他把她拉倒在床上,两人并排躺在一起,拼命吻啊吻,直到两人都喘不上气来为止。她呼出的气息年轻、热切,让人激动。她的嘴唇稍有点皲裂,但是两个嘴角却十分柔软。

他们身上穿着衣服,肢体搂抱在一起,他仰卧着,胳膊挣扎着从她的脖子抚摸到乳房,她低声说道:"不。不行——那东西月月都来。"

他克制住自己的情欲,将激情从脑袋里赶出去,把她娇嫩的身体抱起来,让她比他高出半英尺。他用轻柔的声音说:

"亲爱的——没关系。"

从下面仰视,她的面孔有点走样,可面孔上仍然闪烁着那永恒的皎洁光芒。

"要是跟你,那可既有诗意,又合情合理。"她说道。她从他的怀抱中挣脱出来,走到镜子前面,双手把零乱的头发别起来。很快,她搬了张椅子回到床边,抚摸他的脸颊。

"对我讲讲你的真实情况。"他要求道。

"我对你讲的从来都是实话。"

"话虽这么说——可就是不连贯。"

两人都笑了,可他坚持着。

"你真是个处女吗?"

"不——!"她像唱歌一样拖长腔调。"我跟六百四十个男人睡过觉——不知道这是不是你想听到的回答。"

"那不关我的事。"

"你想把我当成个心理研究对象?"

"我看你是个完全正常的姑娘,芳龄二十有二,生活在一九二八年,我猜你朝爱情开过几枪。"

"判断完全——错误。"她说道。

迪克不能相信她的话。他拿不准她这是要故意在两人之间制造障碍,还是想使最后的摊牌变得更加动人。

"我们去平西奥散散步吧。"他提议道。

他猛地一蹦,站稳在地板上,整理衣服,梳了梳头发。一个时刻到来了,又过去了。三年来,迪克一直是罗斯玛丽心目中的偶像,也是她衡量其他男人的尺度,结果,他的形象已经增长到英雄般的高度。她不想让他像别人一样,然而他的迫切要求却与别人的相同,仿佛他想得到她身体的一部分,把它装在衣袋里拿走。

他们在绿茵茵的草地上散步,身旁有长着翅膀的天使,有古代的哲人,有半人半兽神,也有飞挂的瀑布。她搂着他的一条胳膊,依偎在他身旁。她把那条胳膊的位置做了几次小小的调整,仿佛她想让它处于最佳位置,好永远保持下去。她拖下一根树枝,把它折断,却发现里面不再带有春意。她突然明白自己想从迪克的面孔中看到什么,她托起他戴着手套的手,亲吻着。然后她像个孩子一样为他跳跃着,他微笑起来,她开心地笑了,于是两人过了一段愉快的时光。

"亲爱的,我今晚不能陪你出去,因为我很久以前就答应了其他人。不过,要是你明天能早起床,我就带你去拍摄现场。"

他独自在旅馆吃晚饭,饭后早早上床睡觉,早上六点半在大厅与罗斯玛丽会合。上车后她坐在他身旁,早晨的阳光照耀下,她放射着青春的熠熠光彩。他们出了城,沿着亚平宁路穿过圣塞瓦斯蒂亚诺港,到了一个庞大的古罗马广场复原拍摄场地,它比真正的古罗马广场还要大。罗斯玛丽把他托付给一个男人,那人带着他四处参观大型道具、拱门、阶梯看台和铺了沙子的角斗场。她正在一个场景里工作,那是关押基督教囚犯的禁闭室场景。稍后,他们一起去那儿观看尼科特拉在十几个女"囚犯"面前摆出姿势,装腔作势地表演,他是众多求婚者之一。囚犯们涂着睫毛油,眼睛显出忧郁和惊恐。

罗斯玛丽身穿长及膝部的外套出现了。

"瞧这个,"她低声对迪克说,"我想听听你的意见。凡是看了这种破烂货的人都说……"

"什么是破烂?"

"他们说起前一天拍的片子时,就说这是我最富有性感的服装。"

"我没有留意到。"

"你不会留意!可我留意到了。"

尼科特拉身披豹子皮态度殷勤地与罗斯玛丽交谈,一位电工正在与导演讨论着,身子靠在他身上。最后,导演把手一挥,抹掉额头上的汗珠,迪克的向导评论说:"他又要忙得团团转啦,等着瞧吧!"

"谁?"迪克问道。没等那人回答,导演快步朝他们走过来。

"谁要四处忙乱——你自己才忙得团团转呢。"他口气激烈地说,说话的时候面对的是迪克,仿佛他是在法庭上向陪审团讲演。"他忙得团团转,就以为别人都跟他一样,等着瞧吧!"他恶狠狠地瞪了向导挺长一段时间,然后拍了几下巴掌喊道:"好啦——大家各就各位。"

来这儿参观就好像拜访一个乱糟糟的大家庭。一位女演员朝迪克走过来,跟他交谈了五分钟,以为他是个刚从伦敦来的演员。她发现自己搞错了,慌得连忙拔脚便走。这帮人的大多数成员不是觉得自己的地位远比局外人优越,就是感到自己的地位远远低于局外人,不过,抱前一种看法的人占绝大多数。他们都是些勇敢勤奋的人,他们在整个民族中已经跃升到十分显著的地位了,因为这个民族十年来除了娱乐什么都不想要。

光线变得朦胧时，拍摄结束了。这时的光线对画家来说可是绝好的，但是对摄影机来说，却无法与加利福尼亚清新的空气相媲美。尼科特拉陪罗斯玛丽走到汽车旁边，与她低声说了几句话。她与他道别的时候脸上没有挂出微笑。

迪克与罗斯玛丽在"恺撒城堡"共进午餐，这是一家在高岗别墅里的壮观饭馆，从这儿可以俯瞰一座颓废时期年代无法考证的广场废墟。罗斯玛丽要了一杯鸡尾酒和一点儿葡萄酒，迪克喝的酒多得足够驱散他的失望心情。饭后，他们驱车回到旅店，两人的脸都红了，觉得十分快活，平静的表面显得十分高贵。她想做爱，也得到了爱。她幼年时在海滩上便产生过的性幻想，此时终于变成了现实。

21

罗斯玛丽再次与他约会，这次是为电影公司的一个同人举行生日晚会。迪克在大厅遇上了科利斯·克莱，可是他不想与科利斯同桌吃饭，便推说在埃克塞西奥饭店有事。他与科利斯一起喝了杯鸡尾酒。他起初朦胧的不满渐渐变成了不耐烦——他再也找不出逾期不归诊所的借口了。他在这儿不是产生了性幻想，而是留下了风流的回忆。他的姑娘是尼科尔——他的心常常由于她而痛苦，然而她却是他的姑娘。与罗斯玛丽一起消磨的时光是自我放纵——与科利斯在一起消磨的光阴什么也算不上。

在通往埃克塞西奥饭店的路上，他与贝贝·沃伦狭路相逢。她那双又大又漂亮的眼睛看上去完全像两颗玻璃球,她瞪着他,感到又吃惊又好奇。"迪克!我还以为你在美国呢!尼科尔跟你在一起吗?"

"我是途经那不勒斯回来的。"

他胳膊上的黑纱提醒了她,她说道:"我听到你的不幸真感到难过。"

他们免不了一起进餐。

"把一切都讲给我听听。"她要求道。

迪克把事实讲给她听,贝贝皱起了眉头。她觉得有必要责备某个给她妹妹的生活带来灾难的人。

"你认为多姆勒大夫起初为她制订的治疗方案正确吗?"

"在治疗方面没有很多花样——当然你们尽量寻找过处理特殊病例的合适人选。"

"迪克,我并不想装作向你提出什么忠告,也不是懂得很多,不过你不觉得改变一下环境对她或许有益处?离开那个充满病人的氛围,像其他人一样过正常生活。"

"可是对那个诊所表示出热心的正是你自己啊。"他提醒她道,"你告诉我说,你觉得她不会有真正的安全……"

"那是在你远离尘世,隐居在里维埃拉的时候。我不是要你回到那样的生活中去。我的意思是住在比方说伦敦那样的地方。英国人是世界上情绪最稳定的民族。"

"他们不稳定。"他表示不同意。

"稳定。我了解他们,这你是知道的。我的意思是说,要是你春季能到伦敦找个房子住一段,或许是好的。我认识塔尔勃特广场的一个房主,你可以得到那个房子,里面家具一应俱全。我的意思是要你们跟心智健全、情绪稳定的英国人生活在一起。"

要是他没有笑出声来,她准会把1914年那一套老掉牙的宣传故事一股脑儿兜售给他。他说道:

"我正在读一本迈克尔·阿伦写的书,不知道那是不是……"

她用舀凉菜的勺子挥了一下,仿佛要把迈克尔·阿伦撇到一边。

"他写的仅仅是堕落。我的意思是指有价值的英国人。"

她将自己的朋友这么随便就撇开了,迪克心里觉得,取而代之的就剩下住在这家欧洲旅馆里的面孔陌生而冷漠的人了。

"当然这不关我的事,"贝贝重复说出这句话,作为进一步深入表达的前提,"但是把她独自留在那样的环境中……"

"我上美国是去奔丧的。我父亲去世了。"

"我理解这个,我对你说过我感到难过。"她摆弄着项链上的玻璃葡萄,"但是现在有那么多的钱。无论干什么都足够,应该把钱用来为尼科尔治病。"

"有一件事我不能允许自己到伦敦去。"

"为什么不能?我认为你到那里是可以像在任何地方一样工作的。"

他靠在椅背上望着她。假如她以前怀疑过那个让人作呕的真情,也就是尼科尔生病的真正原因,那她现在准是打定主意对自己也不讲真话,把它锁进一个满是尘土的柜子里,就像把一幅错买回家的油画锁进去一样。

他们继续在乌尔比亚餐馆交谈着,科利斯·克莱走到他们的桌子前坐下,一个天才的吉他琴师在堆满了葡萄酒桶的酒窖里,情绪激昂地弹奏了一曲《我的苏奥娜·范法拉》。

"对于尼科尔来说，或许我不合适，"迪克说，"她仍然需要跟我这类人结婚，嫁给一个她认为可以无限依赖的人。"

"你觉得她跟别人会幸福吗？"贝贝突然从沉思中大声讲出自己的想法，"当然，这事是可以安排的。"

看到迪克苦笑着弯下腰，她才意识到自己的话十分荒谬愚蠢。

"啊，你理解的，"她向他保证说，"千万别认为我们对你做出的一切没有感激之情。我们知道你过了一段艰苦的日子……"

"看在上帝的分儿上，"他提出抗议了，"要是我不爱尼科尔，那可完全是两码事。"

"那么你真心爱尼科尔？"她吃惊地问道。

科利斯这时想要摸清他们谈话的来龙去脉，迪克迅速扭转话题："咱们是不是谈点别的——说说你的事，好吗？你为什么不结婚呢？我们听说你跟佩利勋爵订婚了，他的表兄是……"

"噢，不。"她腼腆地躲闪着，"那是去年的往事了。"

"你为什么不结婚呢？"迪克顽固地追问道。

"我也不知道。我以前爱的一个男人在战争中牺牲了，另一个把我甩了。"

"讲给我听听。贝贝，把你的私生活讲给我听听，讲讲你的看法。你从来没讲过，我们总是谈尼科尔。"

"他们都是英国人。我认为，除了一流的英国人之外，世界上没有什么档次更高的人了，你说是不是？就算有，我也没有见到过。这个男人——啊，那是个很长的故事。我讨厌长故事，你呢？"

"可不是吗！"科利斯说。

"哦，不——要是好我就喜欢。"

"你这一点很好,迪克。你不时说上短短的一两句话,就能让一个晚会继续进行下去。我觉得这是一种了不起的天赋。"

"不过是个雕虫小技。"他温和地说。这就构成了她让他不能同意的第三种观点。

"当然我喜欢礼节——我喜欢那种规模宏伟的事情。我知道你也许不喜欢,但是你必须承认,这是我内心坚定的一种标志。"

迪克甚至没兴趣对此表示异议。

"当然我知道人们说,贝贝·沃伦在整个欧洲漫游,追了一个名人又追另一个,结果把生活中最美好的东西都错过了,但是我的看法正相反,我认为我是追逐生活中最美好事物的少数几个人之一。我结识了我这个时代最有趣的人物。"另一首吉他曲轻轻奏起来,她的声音被压下去了,不过她提高声音说:"我犯的大错误非常少……"

"……只犯顶大的错误,贝贝。"

她从他的目光中看出滑稽的反应,便改变了话题。看来,他们在任何事情上都不可能有共同看法。但是他崇拜她的某种气质。后来他离开埃克塞西奥饭店,把她独自留在那儿的时候,对她说了许多恭维话,让她的眼中闪烁出熠熠光彩。

罗斯玛丽执意要在第二天请迪克吃午饭。他们一起进了一家小吃店,店主是个在美国工作过的意大利人,他们一起吃了火腿、鸡蛋和华夫饼。饭后,他们回到旅店。迪克发现自己已经不再爱她,她也不再爱他,他的激情不但没有因此减退,反而增加了。他知道他不可能更加深入她的生活,于是在他看来,她就变成个陌生的女人了。他猜想,许多男人口称恋爱的时候,心里想的并不比口头表达的深刻多少,并不像他爱上尼科尔时那样,灵魂疯狂地投入其中,好像将各种颜色倾入一缸不鲜明的染料之中。尼科尔可能死去，可能沦入精神的黑暗，可能爱上另一个男人，想到这些，他就感到实实在在的痛苦。

尼科特拉在罗斯玛丽的起居室里，谈论一件工作上的事情。罗斯玛丽暗示要他离开的时候，他起身幽默地提了个抗议，还朝迪克蛮横地眨了眨眼睛。

电话一如既往，聒噪个不休，罗斯玛丽在电话跟前周旋了十分钟，让迪克觉得越来越不耐烦。

"咱们上我屋里去吧。"他建议道，她表示同意。

在一张大沙发上，她坐在他腿上；他用手指梳动着她可爱的流苏。

"我可以再次对你感到好奇吗？"他问道。

"你想知道什么？"

"关于男人。我感到好奇，而不是渴望知道。"

"你的意思是我认识你之后？"

"或者之前。"

"啊，不。"她感到震惊，"之前一个也没有。你是我喜欢的第一个男人。而且你仍然是我喜欢的唯一一个男人。"她考虑了一下。"大约一年前，我想。"

"是谁？"

"哦，一个男人。"

对于她的躲闪，他紧追不舍。

"我敢打赌，事情准是这样的：第一次爱情没能让你满意，那以后有长长一段间隔。第二次比较好，但是你并没有打心底爱上那人。第三个还不错……"

他折磨着自己,继续说道:"然后你有了一次实实在在的关系,让你不由自主地投入了,那时你开始害怕,怕的是到了爱上最后一个男人的时候,没有可以献给他的礼物了。"他觉得自己越来越带有维多利亚式的伪善了。"那以后到现在,有过五六次插曲式的暧昧关系。说得还接近吧?"

她笑了,感情介于感到滑稽和快要伤心落泪之间。

"大错特错,"她说。迪克感到十分欣慰。"不过,总有一天我要找到一个人,跟他爱得如胶似漆,不放他走。"

这时他的电话响了,迪克听出是尼科特拉的声音,要找罗斯玛丽。他捂住话筒。

"你想跟他谈吗?"

她走到电话机前,用意大利语叽叽喳喳说个没完。迪克听不懂。

"这次电话太耗时间了,"他说道,"都四点多了,我五点有个约会。你最好去跟尼科特拉先生玩好啦。"

"别犯傻了。"

"既然这样,我认为我在这儿的时候你应该挡他的驾。"

"难哪,"她突然哭了,"迪克我真的爱你,从来没有像爱你一样爱过别人。可你对我呢?"

"尼科特拉对别人怎么样呢?"

"那可不一样。"

——因为年轻人要跟年轻人做伴。

"他是个拉丁人!"他说。他忌妒得都发狂了,他可不想再受到伤害了。

"他不过是个娃娃,"她嗤了一下鼻子说,"你知道我跟你是第一个。"

他一把抱住她,可她疲惫地向后面倒去。他就这样抱着她,仿佛芭蕾舞的双人舞结束动作。她闭着眼睛,头发笔直地垂在后面,像个被淹死的姑娘。

"迪克,让我走吧。我的脑子一辈子从来没像现在这么混乱过。"

他就像只涨红了冠子的公鸡,她本能地从他的怀抱里脱出身,因为他毫无道理的嫉妒给她本来感到舒适的那种体贴和理解上降了一层霜雪。

"我想知道真实情形。"他说道。

"那么好吧。我们常常在一起,他想跟我结婚,可我不愿意。这有什么呢?你要我怎么办?你从来没有向我求过婚。难道你要我永远跟科利斯·克莱那样的准白痴捉迷藏吗?"

"你昨晚跟尼科特拉在一起?"

"这不关你的事,"她抽泣着说,"对不起,迪克,这跟你有关。你和妈妈是我在世界上真正爱的两个人。"

"那么尼科特拉呢?"

"我怎么知道?"

她的躲闪仿佛是轻描淡写地提到隐蔽起来的重要东西。

"是不是像你跟我在巴黎时的感觉一样?"

"我跟你在一起觉得又舒适又幸福。在巴黎可不一样。但是你绝对记不起以前的感觉,对不对?"

他起身拿自己的晚礼服。假如他不得不将世界上全部的苦难和仇恨都装进自己心中,他就再也不会爱她了。

"我不爱尼科特拉!"她声明说,"但是我明天必须随着公司去里窝那。啊,为什么会发生这样的事情?"一股新的泪涛汹涌而来。"多糟糕啊。你为什么要上这儿来?我们像原先那样互相想念不好吗?我现在的感觉好像跟妈妈争吵过一样。"

他开始穿戴的时候,她起身朝门口走去。

"我今晚不去参加晚会。"这是她做出的最后一次努力,"我要跟你在一起。反正我也不想去的。"

潮水再次涌流,可他退却了。

"我在我屋里,"她说,"再见,迪克。"

"再见。"

"啊,多糟糕啊,多糟糕啊,啊,多糟糕啊。这都是为了什么哪?"

"我很久以来就想知道。"

"可是,干吗要带到我这儿来呢?"

"我就像黑死病[①],"他缓缓说道,"看来我不会带给人们幸福了。"

22

晚饭后,奎利纳饭店的酒吧里坐着五个人。一位上流社会的少妇坐在高凳子上,盯着酒吧掌柜跟他说话,那掌柜觉得厌烦,连连接应道:"是啊……是啊……是啊。"一位轻浮傲慢的埃及人十分孤独,却尽量避免得罪那女人和两个美国人。

---

① 欧洲人对鼠疫的俗称。——译注

迪克向来对周围的环境十分敏感,而科利斯·克莱却浑浑噩噩,最敏锐的感觉被一台早已损坏的录音设备磨钝了,于是,他们两人前者讲,后者听,仿佛是个坐在微风中乘凉的人。

下午的经历让迪克感到精神不振,他于是想找意大利当地人出气解闷。他朝酒吧周围望了一圈,那模样仿佛希望有个意大利人听到他的话并且感到厌恶。

"今天下午我跟我妻子的姐姐在埃克塞西奥饭店一起吃茶点。我们占到最后一张桌子,两个男人在我们后面进去,找不到桌子了。于是,他们中的一个人走到我们跟前问:'这不是为奥西尼公主预订的桌子吗?'我就说:'上面可没有标志,'他就说:'可我认为这是为奥西尼公主预订的桌子。'我简直不屑于回答他。"

"后来呢?"

"他走开了,"迪克在椅子上转了个方向,"我不喜欢那帮人。有一天,我把罗斯玛丽独自留在一家商店前面,走开两分钟,一个军官就在她面前走来走去,还不断地脱帽致意。"

"我不知道,"过了片刻科利斯说,"不过,我宁愿在这儿,也不想到巴黎去,那里的扒手多得要命,随时都会掏走你的钱包。"

他一直在享乐,他会起而反对任何有可能破坏他享乐的东西。

"我不知道,"他坚持说,"我不在乎住在这儿。"

几天来的经历在迪克的脑子里留下一副深刻的印象,他的思路追溯着它的路线:经过民族大道上芳香扑鼻的糕饼店,穿过腐臭的隧道登上西班牙阶梯,在那里,看到一爿爿鲜花店和济慈[①]度过

[①] 英国诗人(1795—1821),也是19世纪最伟大的诗人之一。——译注

最后时光的房舍，他的情绪像鸟儿一样翱翔起来。他关心的仅仅是人；要不是因为天气的缘故，他很难对地点发生兴趣，不过，发生过具体事件的地方会给他留下印象。他的罗斯玛丽梦在罗马结束了。

一个侍者走过来递给他一个条子。

"我不去参加晚会，"条子上写着，"我在我的屋里。我们明天一早启程去里窝那。"

迪克收下条子，付给侍者小费。

"告诉霍伊特小姐，就说你找不到我。"他转向科利斯，提议去邦波尼里舞厅。

他们审视了一下酒吧里的妓女，对她的职业能带给人的乐趣表示极不感兴趣，她恶狠狠回瞪了他们一眼。他们穿过空荡荡的大厅，大厅里悬挂的帏幔褶皱间藏着陈年积灰。他们朝值夜班的门卫点了点头，那人扮了个夜间服务人员特有的古怪鬼脸作为答复，其中既有凄苦又有奴颜卑膝。然后两人乘出租汽车穿过十一月份潮湿萧瑟的街道。马路上没有女人，只有一群脸色苍白的男人，他们的黑色外套一直扣到脖子底下，站在齐肩高的寒冷石墙旁边。

"我的天哪！"迪克叹息道。

"怎么啦？"

"我想起今天下午那个男人啦：'这是为奥西尼公主预订的桌子。'你了解这些古老的罗马家族吗？他们是些匪徒，罗马帝国崩溃后夺得神庙和宫殿，还鱼肉人民的就是这帮家伙。"

"我喜欢罗马，"科利斯坚持说，"你干吗不跟这个民族相处呢？"

"我不喜欢这个民族。"

"可是所有的女人都……"

"我知道我不会喜欢这儿的任何东西。我喜欢法国，因为那儿的人都把自己当成拿破仑——可这儿的人都以为自己是基督。"

他们在邦波尼里舞厅下车，发现那是个在冷冰冰的石头楼房夹缝中用装饰板搭建的非永久性建筑物。一个无精打采的乐队奏着一曲探戈，十几队舞伴在宽阔的舞池中跳出优雅精美的舞步，让美国人看得倒胃口。众多的侍者阻止了几个好事者可能制造的骚乱和喧闹。这种生动的形式孕育出一种等待气氛，等待着这舞蹈、这个夜晚和这种维持平衡力量的结束。这种气氛仿佛向敏感的客人保证：不论他们想找的是什么，反正这儿没有。

这是非常清楚的，迪克对此十分明白。他朝四周望了望，希望他的眼睛能看到点东西，以便让接下来的一小时中，维系兴趣的不是想象而是精神。但是他什么也没看到，过了一会儿，他回到科利斯身旁。他把自己此刻的一些观念告诉科利斯，结果对听者的记忆之短暂和反应之贫乏感到厌烦。跟科利斯交谈半个小时后，他深感自己的精力受到了损害。

他们喝了一瓶意大利乳香酒，迪克的脸色变白了，有点控制不住自己的言谈。他把乐队领班叫到自己的桌子跟前，这是个巴哈马的黑人，态度高傲，没有笑意，几分钟后他们争吵起来。

"是你要我坐下的。"

"好吧。我给了你五十里拉[1]，对不对？"

"没错。没错。没错。"

---

[1] 意大利货币单位。——译注

"没错,我给了你五十里拉,对不对?然后你走过来还要求我往你的号筒里放钱!"

"是你要我坐下的,对不对?你没要我坐吗?"

"我要你坐下,可我给了你五十里拉,没有吗?"

"好吧。好吧。"

那个黑人一脸的愠怒,起身走开。迪克的态度更加怒气冲冲。但是他看见屋子另一端有一个姑娘在朝他微笑,他立刻觉得周围这些苍白的罗马人形变成一派得体而谦恭的景象了。那是个年轻的英国姑娘,头发金黄,身体健康,容貌漂亮。她再次朝他微笑,并且向他发出只有他才能看懂的邀请,这个邀请不是肉体上的,即使愿意用金钱购买也休想得到。

"那儿打牌要不是作弊,就算我不懂桥牌。"科利斯说。

迪克起身穿过大厅朝她走去。

"跳个舞好吗?"

与她坐在一起那个中年男人几乎用道歉的语气说:"我马上就走开。"

激动使迪克清醒了,他跳起了舞。他发现那姑娘身上有各种让人愉快的英国品质;她明快的声音里隐含着那个为大海所包围的安全花园中的故事,他对她讲的纯属真心话,结果他的声音都在为之颤抖。一曲终了,她的舞伴应当离开时,她许诺到他那儿去坐。那个英国男人再次道歉,微笑着欢迎她回来。

迪克回到自己的桌子旁边,又要了一瓶斯普曼特汽酒。

"她看上去像电影里的一个角色,"他说,"可我想不起是像谁。"他不耐烦地扭头朝后面望了一眼。"不知道她为什么待在那儿不走。"

"我想上上银幕,"科利斯沉思着说,"可父亲想要我去干他那一行,我没兴趣。在伯明翰的一间办公室里坐上二十年……"

他的声音竭力抵抗着物质文明的压力。

"大材小用了?"迪克问道。

"不。我不是那个意思。"

"你是这个意思。"

"你怎么知道我的本意呢?要是你这么喜欢工作,干吗不行医?"

这一回,迪克和他都变成可怜虫了,但与此同时,他们的这种形象在惺松醉眼中变得模糊了,片刻之后,他们便忘记了自己的形象。科利斯告别了他,他们热情地握手。

"考虑考虑吧。"迪克的口吻像个道貌岸然的哲人。

"考虑什么?"

"你知道的。"是关于科利斯去继承父业的意思——听上去是忠告。

克莱走到外面。迪克喝完自己那瓶酒,然后再次与那个英国姑娘共舞。他控制住自己不情愿的身体,做出狂放的旋转,在舞池中迈出坚定的前进舞步。最奇特的事情突然发生了。就在他与那个姑娘跳舞的时候,音乐停止了——她倏忽间消失了。

"你看见她了吗?"

"看见谁?"

"跟我跳舞的那个姑娘。突然不见了。肯定在这房子里。"

"别!别!那是女厕所。"

他站在酒吧柜旁边。那儿还有另外两个男人,可他不知道该怎么开口跟他们交谈。他可以对他们讲出罗马的所有东西,讲述科洛纳家族和盖塔尼家族的暴虐往事，但是他意识到，以这些事情来开始一场交谈未免过于唐突。香烟柜台上的一排装饰品娃娃突然掉在地板上，接着便是一场混乱，他觉得自己导致了这麻烦，便走进后面的餐饮部喝了杯苦咖啡。科利斯走了，那个英国姑娘也走了，看来没什么别的好干，只有回旅馆带着一颗阴郁的心上床睡觉。他付了账，拿到自己的帽子和外套。

阴沟和卵石之间流着肮脏的水，罗马平原上弥漫着沼泽般的阴霾，疲惫的文化冒出的汗液污染了早晨的空气。四个出租汽车司机把他团团围住，他们的小眼睛在黑洞洞的眼眶里眨巴着。

"去奎利纳饭店？"

"一百里拉。"

相当于六美元。他摇了摇头，出价三十里拉，这已经是白天价钱的两倍。但是他们耸了耸肩走开了。

"最多四十里拉！"他口气坚决地说。

"一百里拉。"

他一着急，脱口说成了英语。

"仅仅半哩路？四十里拉送我回去吧。"

"啊，不行。"

他累得厉害。拉开一个出租汽车的车门上了车。

"奎利纳饭店！"他对站在车窗外面那个顽固的司机喝道。"收起你的嘲弄表情，送我去奎利纳饭店。"

"啊，不行。"

迪克下了车。在邦波尼里舞厅门口，有个人正在与出租汽车司机争执，有个人过来对迪克解释自己的态度；另一个人凑得更近些，比画着，坚持着，迪克把他们推开。

"我要去奎利纳饭店。"

"他说要一百里拉。"一个翻译用蹩脚的英语对他解释道。

"我能听懂。我给他五十里拉。走吧。"最后那个咄咄逼人的家伙再次凑上来,望着他,鄙视地唾了一口。

迪克心中一个星期来的不耐烦和激越情绪跃然升腾起来,民族的传统和荣誉凝成一股狂暴的火焰,他扑上去照准那人的脸抽了一记耳光。

人潮立即在他周围汹涌翻滚,威胁声响成一片,人们挥动拳头,想挤上来揍他,却很难靠近——迪克背靠着墙,笨拙地抵抗着,还发出点儿笑声,刚开始并不是真的打斗,无非在门口怒目相视,推搡一番而已。接着迪克绊了一下,倒在地上,身上受了点儿伤,可他挣扎着爬起来,用胳膊扭打。又有一些新的声音和新的争吵,可是他靠在墙上,嘴里喘着粗气,心里为自己受辱的处境感到怒不可遏。他看出,人们对他根本不表示同情,可他决不相信自己是错的。

他们要去警察派出所解决这纠纷。人们把他的帽子找回来递给他,有人轻轻抓着他的胳膊,他跟着那些出租汽车司机大跨步拐过一个街角走进一个光秃秃的兵营,意大利宪兵在一盏孤零零的灯光下闲坐着。

桌子跟前坐着一个上尉,刚才把打架双方拉开的那个多管闲事的人,用意大利语详细讲了事情的经过。他不时指指迪克,他的话不时被出租汽车们的咒骂和指控所打断。上尉开始不耐烦地点了点头。他把手举起来,人们七嘴八舌的议论平息下来。然后他转向迪克。

"会说意大利语吗?"他用意大利语问道。

"不会。"

"会说法语吗?"

"会。"迪克怒视着他。

"那么,听着。你要去奎利纳饭店,就别惹麻烦。听着,你付给司机钱,坐车走。懂了吗?"

迪克摇了摇头。

"不。这不行。"

"怎么?"

"我付四十里拉。这已经足够多了。"

"听着!"上尉站起身,用可怕的声音喊起来:"你捣乱。你打了司机。现在两条路任你选。"他情绪激动,把右手伸出来,接着又伸出左手:"要么你步行回奎利纳饭店,要么付这笔钱——一百里拉。"

迪克被这种屈辱刺激得怒火中烧,用恶狠狠的目光回敬那上尉。

"好吧,"他看也不看,朝门口走去。在他面前,那个把他带到警察派出所来的人睨视着他,晃动着脑袋。"我要回家去,"他喊道,"可我首先要治一治这个狗崽子。"

他从那个瞪着他的意大利宪兵身旁走过,走向那张狞笑的面孔,狠狠朝那人左腮帮子上打了一拳。那人倒在地板上。

他一时呆站在那里俯视着那人,体会到一种野蛮的胜利感。但是即使是在他颤巍巍打出第一拳时,他的视线已经在颠簸摇晃了。他被一棍打倒,拳打脚踢像雨点般野蛮地落在他身上。他感到自己的鼻子像一片木板瓦一样裂开了,他的眼睛猛然什么也看不见了,仿佛人们在他脑袋上套了个橡皮圈。一根肋骨在狂暴践踏的脚后跟下粉碎了。他失去了知觉，片刻之后，人们把他拉起来让他坐着，给他戴上手铐，他又恢复了知觉。他机械地挣扎着。那个被打倒过的便衣中尉，站在那儿用手帕揩一揩下巴，想看看是不是有血。他走近迪克，摆好姿势，一条胳膊甩到身后，狠狠打过来，把迪克打倒在地板上。

戴弗医生一动不动地躺在地板上，一桶水朝他泼过来。他被拉着手腕拖走的时候，一只眼睛微微睁开，透过血乎乎的眼皮，他认出一个出租汽车司机那半像人半像鬼的面孔。

"去埃克塞西奥饭店，"他虚弱地喊道，"告诉沃伦小姐。两百里拉！沃伦小姐。两百里拉！哼，你们这些脏……你们他妈的……"

血雾朦胧中他继续被拖着走，一边呛咳着，一边呻吟着，从凹凸不平的地面上被拖过去，到了一个小屋里，被掼在地上。那几个人走出去，一扇门咣当一声关上了。他被孤零零地关在里面。

23

贝贝·沃伦躺在床上读一本马里恩·克劳福德写的古罗马故事，书写得死气沉沉，让人感到惊异。她一直读到一点钟，然后走到窗口，朝下面的街道望去。旅馆对面，两个奇怪的宪兵身穿紧绷绷的短斗篷，头戴滑稽的帽子，那种帽子宽大得左右晃动，活像船上的主帆降下来时的样子。望着他们，她回忆起吃午饭时那个门卫死死盯着她看的情形。他的态度像羊群里的骆驼那么高傲，虽然个头高，但似乎没什么用处。假如他走上前来，对她说："咱们一起去

走走,就你和我,"她准会回答说:"干吗不呢?"——至少现在她觉得会那样做,因为她仍然为这个陌生的地方感到魂不守舍。

她的思路从那个门卫飘到两个宪兵,又飘到迪克——她上了床,把灯熄掉。

快到四点的时候,她被一阵唐突的敲门声惊醒了。

"哎——什么事?"

"是门卫,夫人。"

她披上晨衣,瞌睡兮兮地面对着他。

"你那个名叫戴弗的朋友遇上麻烦啦。警察把他关进了监狱。他派了个出租汽车来报信,那司机说他许诺给司机两百里拉。"他小心地停顿了一下,以便让这件事得到证实。"那司机说,戴弗先生遇上了大麻烦。他跟警察打架,结果伤得厉害。"

"我马上下去。"

她在心脏狂跳的伴奏下穿好衣服,十分钟后便走出电梯,步入昏暗的大厅。送信的司机已经开车走了,门卫招呼来另一辆车,把监狱的地址告诉他。他们驱车行进的途中,昏暗渐渐消失,天光放亮了,贝贝还没有完全清醒过来,在昼夜还没有完全转换过来的时候,她的神经紧张,战战兢兢。她开始与白昼竞赛,有时候,在宽阔的大道上,她赢得了胜利,但是不论什么时候,只要稍有片刻停顿,阵风会不耐烦地到处刮,光亮便会悄悄爬过来。出租汽车从一个声音响亮、影子十分古怪的喷泉旁边驶过,一头钻进个小胡同,那条路弯曲得仿佛两旁的楼房都在跟着车子跑。汽车在卵石路面上颠簸行进,猛地一个急刹车,停在一堵长满苔藓的绿墙和两个醒目的岗亭跟前。突然,从一个紫黑色的拱门里传出迪克尖声惊叫的声音。

"有会讲英语的人吗？有美国人吗？有英国人吗？有……啊，我的天哪！你们这些肮脏的意大利匪徒！"

他的声音消失后，她听到一阵沉闷的敲门声。接着那声音再次响起来。

"有美国人吗？有英国人吗？"

她循着那声音穿过拱门冲进庭院，在院子里原地转了个圈子，一时不知道该往哪儿走，后来找到了传出喊叫声的那个小警卫室的位置。两个宪兵正要起身，贝贝已经从他们身边擦过，冲到那间牢门前。

"迪克！"她喊道，"出了什么事？"

"他们打瞎我一只眼睛，"他哭喊道，"他们拷上我的手打我，这帮该死的……这帮……"

贝贝猛地一个转身，朝两个宪兵逼近一步。

"你们对他做了些什么？"她压低声音的吼叫口气那么凶猛，他们在她逐渐积聚的怒火前退缩了。

"不懂英语。"

她用法语咒骂他们。她的愤慨又狂暴又自信，统治了这间屋子，把他们包围在里面了，她用谴责的长袍把他们包裹起来，他们在里面畏缩着、扭动着。"还不赶快动作！赶快动作！"

"没有命令，我们什么也不能做。"

"干点好事吧。做点好事！"她用意大利语说。

贝贝再次用激情的火舌焚烧他们，到后来他们脸上渗出汗水，为自己无能为力表示道歉，他们对视了一下，感到犯了个严重的错误。贝贝走到牢门前，靠在门上，几乎是在抚摸那门，仿佛这样就能让迪克感到她的存在和力量，她嚷道："我要去大使馆，我会回来的。"她朝宪兵扫去最后一个充满威胁的眼色,便跑了出去。

她驱车前往美国大使馆,在司机的执意坚持下,付给他车费。她奔上台阶时,天色依然相当黑暗。她按了门铃。她连续按了三次铃,一个睡眼惺忪的英国男仆人才为她开了门。

"我要找个人,"她说道,"任何人都成——要快。"

"谁也没醒,夫人。我们九点钟才开门呢。"

她不耐烦地挥了一下手,不顾他说的那个时间。

"这事很重要。一个人——一个美国人让人打成重伤。还给关进了意大利的监牢。"

"这会儿谁也没醒。到了九点钟……"

"我不能等。他们把一个人的眼睛打瞎了——是我的妹夫,他们还不放他出狱。我必须找这儿的人谈谈——难道你还不明白?你疯了吗?看你站在那儿脸上显出的样子,你是个白痴?"

"海姆什么忙也帮不上,夫人。"

"你必须叫醒一个人!"她抓住他的肩膀,拼命摇动了他一下。"这是人命关天的大事。要是你不叫醒什么人,当心你的……"

"行行好,夫人,放开手。"

从仆人身后,上面传来一个疲惫的格罗顿①口音。

"什么事啊?"

仆人舒了口气,回答他的问话。

"先生,这儿有一个夫人。她抓着我摇个不停。"他后退几步说道。贝贝向前推门走近大厅。楼梯上面那个平台上站着一个年

---

① 美国马萨诸塞州城镇。在波士顿西北65千米。设有两所著名大学预科学校,被誉为"新政"政治家的发祥地。校友中有F. D. 罗斯福总统等。——译注

轻人，他身穿白色绣花波斯睡袍，刚从睡梦中被吵醒。他的脸色粉红，颜色不自然得让人害怕；他的长相十分生动，可是表情却像个死人；他的嘴巴上显然戴着一个嚼子。他看见贝贝，连忙把脑袋缩进阴影中。

"什么事啊？"

贝贝把事情讲给他听，情绪激动之中，朝那楼梯靠过去。在她讲述的过程中，她发现那个嚼子其实是套在他的八字胡外面的网络，那人的脸上涂着一层粉红色的冷霜，但是她讲的事实却与他的噩梦融合在了一起。她情绪激昂地喊道，现在他要立即跟她到监狱去，把迪克弄出来。

"这可是件糟糕的事情。"他说。

"是啊，"她感到宽慰，同意道，"嗯？"

"我是说跟警察打架。"公事公办的口吻渐渐出现在他的声音里，"很抱歉，九点钟之前我无能为力。"

"九点，"她惊呆了，"可你有办法的，我敢肯定！你能陪我到监狱去，阻止他们继续伤害他。"

"我们不能做那种事情。这类事情由领事馆负责，领事馆九点开门。"

他那张面孔让捆在上面的网络限制成一副冷漠的表情，贝贝让他激怒了。

"我不能等到九点钟。我妹夫说他们打瞎他的一只眼睛——他疼得要命！我必须去他那里。我必须给他找个医生。"她边说，边放任自己哭出声来，发泄自己的愤怒，因为她知道，他对她的激动情绪比对她的言辞会做出更明确的反应。"你必须为此做出反应。你的责任就是保护遇到麻烦的美国公民。"

但是他有一副美国东海岸的风度,对她来说,这可太难以忍受了。对于她不能理解他的地位,他摇了摇头,将波斯长袍裹紧些,往下走了几个台阶。

"把领事馆的地址给这位女士写下来,"他对那位仆人说,"查一下科拉佐大夫的地址和电话号码,也一起写下来。"他转向贝贝,面部表情就像夸张过的基督。"我亲爱的女士,这个外交机构代表美利坚合众国政府与意大利政府打交道。除非接受到美国政府的特别指示,否则保护公民不是它的职责。你的妹夫违反了这个国家的法律,被关进监狱,就像一个意大利人也会被关进纽约的监狱一样。唯一能放他出狱的机构是意大利法庭。如果你的妹夫已经立案,你可以请求领事馆给予帮助,并得到他们的忠告,他们负责保护美国公民的权利。领事馆要到九点钟才开门。即使这是我的亲兄弟,我也无能为力……"

"你能给领事馆打个电话吗?"她打断他的话。

"我们不能干涉领事馆的事务。等到领事九点钟上班的时候……"

"你能把他的官邸地址告诉我吗?"

停顿了片刻之后,这个男人摇了摇头。他从仆人手中接过那张条子,递给她。

"现在我要请你原谅我了。"

他把她送到门口。黎明的紫色天光刹那间投在他粉红色的面膜和套在八字胡上的亚麻丝网上。然后贝贝便孤零零站在门外的台阶上了。她在大使馆里总共停留了十分钟。

大使馆对面的广场上空空荡荡,只有一个老人在用带尖的棍子拾香烟头。贝贝立刻找到一辆出租汽车,到了领事馆,但是那儿除了三个可怜的女人在刷洗台阶之外,什么人也没有。她无法让她们听懂,她想要领事官邸的地址。焦虑突然回到她的心头,她连忙冲到外面,告诉司机带她去监狱。他不认识路,她便使用几个简单的意大利词语:前、左、右,指挥他把车开到大致位置上,然后她下了车,在迷宫般的巷子里探索起来。但是那些建筑物和巷子看起来全都很相似。她从一个巷子走出来到了西班牙广场,看见了美国联运公司,她的心为"美国"这个字而感到振奋。一扇窗户里亮着灯,她连忙穿过广场,去敲门,但是门上了锁,看见里面的钟指着七点钟。然后她想到了科利斯·克莱。

她记起了他住的旅馆名字,就在埃克塞西奥饭店对面,被一群豪华的红色别墅楼宇包围在其中。值班的那个女人不愿意帮助她,因为她无权打扰克莱先生,而且她不允许沃伦小姐独自上楼到他屋里去。后来她终于相信这不是为了风流的缘故,她才陪着贝贝登上楼梯。

科利斯全身赤裸地躺在床上。他昨晚回来的时候喝得醉醺醺的,醒来后,过了一阵才意识到自己是光着身子。他连忙用极为礼貌的语言弥补,抓起衣服走进卫生间,匆匆穿起来,嘴里自言自语说:"嚆哟,她肯定看见我了。"他们打了几个电话后,找到了那个监狱,便一起去了。

牢门已经打开,迪克被人扔在警卫室的椅子上。宪兵已经将他脸上的一些血渍洗掉了,还给他刷过衣服,把他的帽子扣在他脑袋上掩盖创伤。贝贝站在门口,浑身颤抖着。

"克莱先生跟你在一起,"她说,"我要去领事馆,还要找个大夫。"

"好的。"

"好好待着。"

"好的。"

"我很快就回来。"

她驱车到了领事馆，这时已经过了八点了，她得到允许，可以坐在前厅。九点钟，领事来了，贝贝疲惫加衰弱，歇斯底里地重新叙述了一遍事情原委。领事感到恼火。他警告她，不要在陌生的城市里跟人发生争执，不过，他主要的愿望是把她打发出去。她从他一双老眼里看出，他想尽量少卷入这场灾难。她等待着他的行动，同时给一位大夫打电话，要他去看迪克。前厅还有几个其他人，他们都得到允许，进了领事的办公室。半个小时之后，她找了个机会，趁一个人出去时，从秘书身旁挤过去，进了一办公室。

"简直让人无法忍受！一个美国人被打得半死投进监狱，而你却什么忙都不帮。"

"稍等。太太……"

"我等的时间够长了。你马上到监狱去，把他弄出来！"

"太太……"

"我们是美国相当体面的人……"她继续说下去的时候，语塞了，"要不是因为这种事情不太光彩，我们可以……我会把你的冷漠报告给有关部门的。如果我妹夫是个英国公民，他肯定在几个小时之前就被释放了，但是你关心的却是警察会怎么想，而不是你在这个职位上该怎么做。"

"太太……"

"戴上你的帽子，马上跟我走。"

领事听她提到自己的帽子，马上警觉起来，连忙开始动手擦眼睛，整理文件。可是这些活动根本没有用处，这个激怒了的美国女人站在对面俯视着他,她横扫一切的不讲理脾气已经打断了一个民族的道德支柱,把这个大陆当幼稚园对待,他可受不了这个。他动手给副领事打电话——贝贝赢了。

迪克坐在透过警卫室窗户射进屋里的充沛阳光中。科利斯和两个宪兵陪着他,大家都在等待发生某种事情。迪克透过一只眼睛的缝隙可以看到宪兵;他们是些托斯卡纳①农家子弟,上唇很短,他很难把他们与昨晚那些野蛮的人们联系在一起。他打发他们中的一个去给他拿杯啤酒来。

喝了啤酒他有点头晕眼花,这事突然投进一丝具有讽刺意味的幽默色彩。科利斯以为这场灾难与那个英国姑娘有关系,但是迪克保证说,她早在事情发生之前就已经离开了。科利斯还一心为沃伦小姐看到他赤身裸体睡在床上而耿耿于怀呢。

迪克的怒火又稍稍有点恢复,他产生了一种罪犯般的不负责任感。发生在他身上的事情那么可怕,但是除非他咽下这口气,否则不会有什么不同结果,而他咽不下这口气,因而毫无希望。从此,他可能变成个另外一个人,在这种原始状态,他对未来自己会变成什么已经有了一种奇怪的感觉。这件事就像上帝安排的一样,具有超越人为力量的特征。没有一个亚利安人能靠屈辱获得利益,当他表示原谅时,屈辱会变成他生命中的一部分,他与那些使自己受到屈辱的东西混为一谈——这种情况产生那样的结果是不可能的。

科利斯谈起报复的事情,迪克摇了摇头安静下来。一个宪兵中尉走进来,他的衣服熨得十分平整,头发上了发蜡,态度十分神

---

① 意大利中西部地名。——译注

气，胖得足能比得上三个人。警卫立即跳起身做立正姿势。他抓起那只空啤酒瓶，朝他的人发了一顿雷霆。他带来了新气象，第一件事便是将啤酒瓶弄出警卫室。迪克望着科利斯笑了。

名叫斯旺森的副领事到了，他是个劳累过度的年轻人，他们动身去法庭。科利斯和斯旺森一边一个走在迪克身旁，身后紧跟着两名宪兵。这是个有雾的昏暗早晨，广场和拱门附近挤满了人，迪克把帽子拉下来低低地压在脑袋上，他走得很快，后来一个腿比较短的宪兵只得跟在他身后跑步，嘴里表示不满。斯旺森协调了一下。

"我让你丢人了，是不是？"迪克快活地问道。

"跟意大利人打架，你可能丢掉性命，"斯旺森胆怯地回答道，"也许他们这次会放了你，你要是个意大利人，准得在监狱里住上两个月。等着瞧吧！"

"你住过监狱吗？"

斯旺森笑了。

"我喜欢他，"迪克对克莱说，"他是个挺讨人喜欢的年轻人，而且他能给人很好的忠告，但是我敢打赌，他自己也住过监狱。也许有一次在监狱里还待过几个星期呢。"

斯旺森笑了。

"我的意思是说，你需要小心些。你不了解这些人怎么样。"

"噢，我了解他们是什么样，"迪克恼火地脱口而出，"他们是些该死的臭东西。"他转身对着那个宪兵说："你听懂了吗？"

"我要跟你们分手了，"斯旺森匆匆说道，"我对你妻子的姐姐说过，我要在这儿跟你们分手，我们的律师要在楼上的法庭里与你会面。你要当心些。"

"再见。"迪克与他礼貌地握手,"非常感谢你。我认为你的未来将……"

斯旺森再次微笑一下,匆匆走开了,脸上恢复了表示不赞成的表情。

现在他们来到了庭院里,院子四面是室外楼梯,通向楼上。他们穿过那些旗子的时候,院子里闲混时光的围观者们朝他们发出愤怒轻蔑的号叫声。迪克瞪着周围。

"这是怎么啦?"他吃惊地问道。

一位宪兵朝一群男人说了几句话,人们才静下来。

他们走进一间审判厅。领事馆来的律师衣服破旧龌龊,对法官长时间地讲演着,迪克和科利斯在一旁等待。有个懂英语的人从窗户那边转过身来,解释了他们进门时为什么听到那种声音。一个弗拉斯卡蒂地方的汉子强奸了一个五岁的孩子,还把她杀害了,那个犯人这天早上要被带来,人群以为迪克就是那凶手呢。

几分钟后,律师告诉迪克说,他自由了——法庭认为他已经受到了足够的惩罚。

"足够!"迪克喊道,"为什么受惩罚?"

"走吧,"科利斯说,"你现在什么也别想做了。"

"可是我除了跟几个出租汽车司机打架,又做过什么呢?"

"他们称,你走到一个侦探跟前,好像要跟他握手,却动手打了那人……"

"这不是真的!我告诉他说,我要揍他……而且我也不知道他是个侦探。"

"你最好走吧。"律师敦促道。

"来吧。"科利斯拉着他的胳膊,他们走下了楼梯。

"我想讲话，"迪克喊道，"我想对这些人解释说，我是怎么强奸了一个五岁的姑娘。他们也许要说是我干的……"

"走吧。"

贝贝跟一位大夫在一辆出租汽车里等着他们。迪克不想看她，也讨厌那个大夫，他的严厉态度显示出，他属于那种最捉摸不透的欧洲类型，属于那种拉丁道学家的类型。迪克讲述了一下自己这场灾难的前因后果，但是谁也没有多说什么。回到奎利纳饭店他自己的房间以后，那位大夫将迪克身上残留的血渍和油腻腻的汗渍清洗干净，为他接上了鼻骨、肋骨和手指骨，为他比较轻微的伤口消了毒，为那只眼睛做了有益的包扎。迪克要求服用四分之一片吗啡，因为他仍然极为清醒，而且神经处于亢奋状态。服过吗啡后，他睡着了。那位大夫和科利斯离去，贝贝守护着他，等待一位英国私人诊疗所的女人来看护。这是个严酷的夜晚，但是她获得了一种满足的感觉：不论迪克以前的作为如何，她们只要能对他有用处，就在道德上处于一种优越地位了。

第三部

1

弗劳·凯瑟·格雷戈罗休斯在别墅外面的小道上赶上她丈夫。

"尼科尔好吗？"她温和地问道。但是她说话的时候上气不接下气，让人看出，她这个问题是在刚才跑步过来的时候心里一直想问的。

弗朗茨吃惊地望着她。

"尼科尔现在没有病。你怎么问起这个，亲爱的？"

"你看过她那么多次，我想，她准是病了。"

"我们回屋里再谈这事吧。"

凯瑟柔顺地同意了。他在行政楼里的工作已经结束，孩子们在起居室跟他们的教师在一起，他们便一起上卧室去。

"原谅我，弗朗茨，"凯瑟没等他开口就说道，"原谅我，亲爱的,我没有权利说这话。我知道我的责任,而且我也为此感到自豪。但是尼科尔和我之间的感情不好。"

"窝里的小鸟儿也同意,"弗朗茨大声说道。发觉自己读的重音不适合此时的心境,他读的时候增加了停顿和韵律:"窝里的—小鸟儿——也——同意!"他的老主人多姆勒大夫常常在这种陈词滥调之中制造深长的意味。

"我意识到了。你没有见过我对尼科尔失礼。"

"可我见你失去了常识。尼科尔是半个病人,她可能终生都摆脱不了病人的一些特征。迪克不在的时候,我就得负责。"他迟疑着;后来他平静地编造出个谎话,为的是蒙哄一下凯瑟:"今天早上收到一封从罗马来的电报,迪克感冒了,明天启程回家。"

凯瑟感到宽慰,接着以不太投入个人感情的口吻谈下去:

"我觉得尼科尔的病比其他人想象的要轻——她不过以自己的病作为一种手段而已。她应该去拍电影,就像你崇拜的那个诺尔马·塔尔梅奇一样——美国女人到了那儿都会快活的。"

"你连电影上的诺尔马·塔尔梅奇也忌妒?"

"我不喜欢美国人。他们自私,自私!"

"你喜欢迪克?"

"我喜欢他,"她承认道,"他跟别人不同,他能替别人考虑。"

——诺尔马·塔尔梅奇也是一样,弗朗茨心里自言自语说。诺尔马·塔尔梅奇一定不错,除了可爱,还是个高尚的女人。他们准是采取了强迫手段才让她扮演了无聊的角色;结识诺尔马·塔尔梅奇,当然便是享有极大的特权。

凯瑟已经把诺尔马·塔尔梅奇忘掉了,可是那天晚上他们在苏黎世离开电影院,那个生动的影子曾经使她感到焦躁,感到痛苦。

"……迪克跟尼科尔结婚是为她的钱,"她说道,"那是他的弱点——你有一天晚上就这么暗示过的。"

"你这是存心不良。"

"你怎么能这么说呢,"她反驳道,"你说过,我们必须像鸟儿一样生活在一起。但是有尼科尔那么……尼科尔见到我故意闪身向后退避,好像还屏住呼吸——好像我散发出臭味似的!"

凯瑟说的是真话。大部分家务都是她干的,她勤俭持家,很少给自己买衣服。一个美国女店员每天晚上都要洗两套换下来的内衣,这种姑娘准会留意到凯瑟前一天晚上没有换过的内衣散发出的汗臭味,与其说她们闻到的是一种气味,不如说她们从那尿素的气味中体会到她无休止的劳作和不可避免的衰弱。弗朗茨对这种气味习以为常,觉得那不过是凯瑟浓密的头发里散发出的自然气味,因此不会留意;但是尼科尔幼年连替她穿衣服的保姆手上的气味都讨厌,凯瑟的这种气味便是一种她无法忍受的恶臭了。

"还有孩子,"凯瑟继续说,"她不喜欢她的孩子跟咱们的孩子玩……"但是弗朗茨已经听够了。

"闭上你的嘴——这种话会毁了我的职业,你知道这间诊所要仰仗尼科尔的钱。吃午饭吧。"

凯瑟意识到,她这番发作是欠考虑的,但是弗朗茨最后的话提醒了她,其他美国人也有钱,一个星期之后,她换了新的说法表达自己对尼科尔的厌恶。

那是在他们为迎接迪克回家,请戴弗家人吃饭之后。他们的脚步声还没有完全消失在外面的路上,她就闭上门对弗朗茨说:

"你看见他的眼眶了吗?他在外面放荡过!"

"温和点吧,"弗朗茨劝道,"迪克一回来就对我说过了。他在横穿大西洋的轮船上搞过拳击。美国旅客在横穿大西洋的轮船上打拳的多极了。"

"我该相信这话？"她嘲笑道，"他动一条胳膊的时候就显得疼，而且他的太阳穴上还有一道没长好的疤——还看得出那儿的头发给剪掉了。"

弗朗茨没有注意到这些细节。

"那算什么呢？"凯瑟问道，"你认为那种事情对诊所有什么好处吗？自从他回来后，我有好几次闻到他有酒味，今晚也有。"

她放慢说话速度，以便强调下面要说的严肃内容："迪克已经不再是个严肃的人了。"

弗朗茨在楼梯上晃动肩膀，甩开她。到了卧室他朝她转过身来。

"他绝对是个严肃的男人，而且是个出色的男人。近来所有获得神经病理学学位的人之中，迪克是大家公认最出色的，他比我要出色得多。"

"丢人！"

"这是实话——不承认才丢人呢。遇上高度疑难病例，我就找迪克请教。他发表的文章仍然在这个领域独树一帜——不信上任何一个医学图书馆打听打听。大多数学生认为他是个英国人——他们不能相信如此周密的理论是出自一个美国人。"他以家常的声调哼了一声，从枕头下面取出睡衣，"我不明白，你怎么这么讲话，凯瑟，我以为你喜欢他呢。"

"丢人！"凯瑟说，"干实际工作的是你，你把工作全干了。就像龟兔赛跑——照我看，兔子已经差不多要跑完全程了。"

"嘘！嘘！"

"好吧。不过，这是真的。"

他把手掌往下一挥。

"住口!"

结果,他们不过是像辩论双方那样交换了一下观点。凯瑟心里承认她对迪克有些过于严厉了,她其实崇拜他,敬仰他,他不但重视她,而且很理解她。至于弗朗茨,凯瑟的想法逐渐深入他的观念后,他便再也不认为迪克是个严肃的人。随着时间的推移,他竟然使自己相信,他在心中从来没有把他看作个严肃的人。

2

迪克把罗马发生的那场灾难轻描淡写地对尼科尔讲了一遍。照他的说法,他受伤是因为出于好心救一个喝醉酒的朋友。他可以信赖贝贝·沃伦管住自己的舌头,因为他已经向她讲明了,说出真话对尼科尔会有灾难性的后果。与他在这个事件中受到的持续痛苦比起来,这一切无非是些容易对付的枝节问题。

作为一种平衡反应,他在工作中拼命苦干,弄得弗朗茨即便想跟他分手,也找不到借口。真正的友谊不可能在没有受到切肤之痛的情况下,短时间内便被摧毁——所以弗朗茨便越来越相信,迪克的那次旅行是在明智而充满感情的情况下进行的。旅行中风驰电掣,震动强烈,难免受点磕磕碰碰——这种对比的差异以前曾经是他们关系的基础。因而,旧瓶装新酒也可满足此时的需要。

然而,弗朗茨找到机会打进第一个楔子是在五月的事情。一天中午,迪克走进他的办公室,脸色苍白,疲惫不堪。他跌坐在椅子上,说:

"唔,她去了。"

"她死了?"

"心脏不跳了。"

迪克精疲力竭地坐在靠近门口的椅子上。连续三个夜晚,他一直与那个卑微而不知名的女艺术家待在一起,他已经爱上她了。名义上,他是为她定量滴注肾上腺素,其实是为了尽自己所能,向她心灵的黑暗中投去一丝暗淡的光芒。

弗朗茨对他的感情表示半带同情,迅速将观点转移开来:

"那是神经性梅毒。瓦塞尔曼[①]的各种书上都是这样说的。脊椎液……"

"别提了,"迪克说,"啊,天哪,别提了!既然她自己对她的秘密都守口如瓶,那就随她去吧。"

"你最好休息一天。"

"别担心,我会休息的。"

弗朗茨找到了打楔子的机会。他手头拟出一份拍给那个女人兄长的电报,抬起头望着迪克:"你愿意短途旅行一下吗?"

"现在不。"

"我的意思不是度假。洛桑有个病人。我整个上午都在与一位名叫奇林的人通过电话交谈……"

"她那么勇敢,"迪克说,"而且她让病魔缠了那么久。"弗朗茨表示同情地晃了晃头,迪克振作起来:"请原谅我打断你的话。"

"这只是为了换个环境——这个事情是一位父亲为他儿子的问

[①] 德国细菌学家(1866—1952),发明过梅毒瓦塞尔曼氏检查法。——译注

题操心——父亲不能带儿子上这儿来。他想要人去他那儿。"

"是怎么回事？酗酒？同性恋？你说起洛桑……"

"什么都沾点边。"

"我去吧。能收到费吗？"

"我要说，相当丰厚。估计要待上两三天，如果那孩子需要看护，就带他上这儿来。无论如何，悠着点儿，把事务和享乐结合起来。"

在火车上睡了两小时后，迪克觉得恢复了精神，他跟帕杜·伊·奎达·里尔先生会面的时候，精神十足。

这种会见都属于同一种类型。家里那个纯粹歇斯底里的病人在心理上和生理上的状态十分有趣。这个病人也不例外。帕杜·伊·奎达·里尔先生是个长相漂亮、脸色铁青的西班牙人，富有贵族风度，简直是财富和权力的象征。他在三界饭店的那个房间里怒不可遏地来回走动着，讲述自己儿子的事情，比一个喝醉酒的女人还缺乏自制力。

"我智穷才尽，毫无办法啦。我的儿子毁了。他是在哈娄弄坏的，他是在金斯学院出的问题，是在剑桥毁掉的。他毁了，严重得不可救药了。他酗酒，这显然是问题，还连续闹出麻烦来。我什么都试过——我跟我一个医生朋友订过一个计划，把他们一起打发到西班牙去旅行。每天晚上，弗朗西斯科注射一针斑蝥制剂，然后两人一起去一家名声不错的妓院。一个星期下来似乎有效，但是，结果却仍然一无所有。最后，上个星期就在这个屋子里，而不是在卫生间……"他指着卫生间说，"……我逼弗朗西斯科把衣服脱到腰上，用一根鞭子抽他……"

他感情激动，精疲力尽，坐下来。迪克说：

"那可太傻了——到西班牙旅行也毫无用处……他在努力压抑

自己内心中喷涌而出的激动,这种激动是每一位有声望的医生听了这种幼稚的试验,都能体会到的。"……先生,我必须告诉你,遇到这种病例时,我们无法做出任何保证。假如仅仅是酗酒,我们往往能够达到某种效果——只要有适当的合作就行。首先,我要见那孩子,充分了解他的自信心,看看他对这事是不是有所认识。"

——那个孩子大约二十岁,容貌漂亮,十分机警。迪克跟孩子一起坐在露台上。

"我想了解你的态度,"迪克说,"你是不是觉得情况变得越来越坏了?你想采取些什么措施吗?"

"我想,"弗朗西斯科说,"我觉得非常不幸。"

"你觉得这是因为酗酒,还是由于反常?"

"我认为酗酒是由另外那个因素造成的。"他严肃了一会儿,突然一阵无法压抑的滑稽心情爆发出来,他放声大笑,说道:"毫无希望了。我在金斯学院被称作墨西哥女王。到西班牙的那趟旅行——全部的效果就是让我见了女人觉得恶心。"

迪克猛地一把抓住他。

"要是你对这种污七八糟的东西津津乐道,那是浪费我的时间,我可帮不了你的忙。"

"不。我们谈谈吧——我也讨厌大多数其他人。"这个孩子身上还残留着一些男子汉的东西,现在已经扭曲成对父亲的反抗。但是他眼睛里有那种典型的恶作剧神色,那是同性恋的特征。

"那个事情充其量不过是只牛犄角,"迪克告诉他说,"你会钻进去度过一生,承受其后果,你将没有时间或精力搞任何高尚的或者符合社交礼仪的活动了。假如你想面对这个世界,你就得痛下决心,从戒酒开始,因为酗酒是直接的刺激因素……"

他在十分钟之前撇开那个病例的话题，便滔滔不绝地谈下去。在愉快的情绪中，两人又交谈了一个钟头，谈到了孩子在墨西哥的家，谈到了他的抱负。这与迪克在任何场合对这种性格的理解都十分接近，而不是从病态的角度来理解它。他归纳出，这种有魅力的性格使弗朗西斯科有可能发泄自己的愤怒。在迪克看来，魅力从来都是独立存在的，不论它是来自这天早上死在诊所的那个勇敢的可怜病人，还是来自这个孩子讲述逛妓院经历体现出的勇气。迪克试着将这种魅力分解成能够存储起来的小片供剖析，他意识到完整的生活与解剖开来的碎片在质量上是不同的，还意识到，四十年代的生活只能在解剖成碎片后进行观察。他对尼科尔和罗斯玛丽的爱；他与阿贝·诺思与汤米·巴尔邦在这个战后粉碎的宇宙中结成的友谊——在这些接触中，那些个性对他施加了那么大的影响，结果他本人就成了个性的化身——现在似乎有一种需要：要么全部保留，要么干脆不要。仿佛在他的余生中，他注定要携带以前见过和爱过的人们的自我，只有那些人的个性完整，他的个性才会完整。他的个性中掺杂了孤独的成分——十分容易受到别人的爱，要想爱别人却非常困难。

他与那个年轻的弗朗西斯科一起坐在露台上，一个昔日的熟人像幽灵一样倏忽飘进他的视野。那是一个男子，他个子高挑、容貌异常，从灌木丛中闪身出来，朝迪克和弗朗西斯科走来，只见他脚步踌躇，态度犹豫，动作和表情犹豫不定，仿佛为自己的行为感到抱歉，迪克几乎无法对他进行评论。接着，迪克站起身来，把手伸向无形的空气，心想："我的老天！我捅了马蜂窝啦！"他连忙回忆那人的名字。

"这是戴弗医生，对吧？""哎哟，哎哟……是邓弗里先生吧？"

"罗亚尔·邓弗里。我曾经有幸在府上漂亮的花园里用过晚宴。"

"对啦。"迪克为了给邓弗里先生的热情降一降温,便拖长了腔调用公事公办的口吻说:"那是在一九——二四年——或者是——二五年……"

他仍然站在那里,罗亚尔·邓弗里虽然最初看上去十分腼腆,但是他这时手里握着镐头和铁锹,言谈举止却十分机敏。他对弗朗西斯科讲话时使用随便亲密的口吻,但是后者对他的出现感到丢人,与迪克联合起来想用冷冰冰的态度赶他走。

"戴弗医生——在你离开之前,我要对你讲一件事。我从来忘不了在你家度过的那一个夜晚,你和你的夫人多么迷人啊。对我来说,那是我平生最美好的一段记忆,也是最幸福的记忆。我从来都认为那是我所认识的最文明的人举行的聚会。"

迪克继续像只螃蟹一样朝旅馆最近的一扇门退去。

"我很高兴你对那事留下这么愉快的回忆。现在我必须去见……"

"我理解,"罗亚尔·邓弗里同情地说,"我听说他就要死了。"

"谁要死了?"

"也许我不该说——但是我们是让同一个大夫看病的。"

迪克停顿了一下,惊讶地问他:"你说的是谁?"

"这还用说吗,是你的岳父——也许我……"

"我的什么?"

"我猜——你的意思是说,我是第一个……"

"你是说,我的岳父在这儿?在洛桑?"

"当然啦,我还以为你知道呢——我以为正因为这样,你才在这儿呢。"

"给他看病的是哪位大夫?"

迪克匆匆把那个名字记在笔记本上,道了声歉,便朝一个电话亭跑去。

丹古大夫立刻在自己家会见戴弗医生,他丝毫没有感到不方便。

丹古大夫是一位年轻的日内瓦人,起初,他担心自己的一个富有病人会被抢走,但是迪克向他做出保证,他便宣布说,沃伦先生其实已经行将就木了。

"他仅仅五十岁,但是他的肝已经不能恢复;病因是酗酒。"

"对治疗没有反应?"

"那人除了流汁食物,什么也不能吃——我断定他活不了三天,最多一个星期。"

"他的大女儿沃伦小姐了解他的情况吗?"

"出于他自己的愿望,除了那个男佣之外,谁也不了解。仅仅是在今天早上,我才觉得不能不告诉他——虽然自从他开始生病以来,情绪一直是非常富有宗教色彩,非常超然,但是他听了以后仍然激动得厉害。"

迪克考虑了一下:"那么……"他缓慢地将自己的决定讲出来:"无论如何我要从家庭的角度负责照料。但是我猜想她们想要找医生会诊的。"

"随你们的便。"

"我想,我讲下面这番话是为了她们的利益:我请求你给日内瓦的赫布拉格大夫打电话请他来。他是湖区最知名的大夫之一。"

"我心里想的也正是赫布拉格。"

"另外,我在这儿至少要住一天,我会与你保持联系的。"

那个夜晚，迪克去跟帕杜·伊·奎达·里尔先生交谈。

"我们在墨西哥有很大的地产……"那个老人说，"我的儿子本来可以好好管理那些财产的。我也可以让他在十几家巴黎的企业中选一个……"他摇了摇头，在窗户前面踱来踱去，外面下着欢快的春雨，连天鹅都不愿避雨。"我唯一的儿子！你能带他走吗？"

这位西班牙人突然跪倒在迪克的脚下。

"你就治不好我的儿子吗？我相信你——你能带他走，能治好他的病。"

"我不能这样接受一个人。我就是能治好，也不能这样接受。"

那西班牙人站起身来。

"我心急如焚……我被逼得……"

迪克下楼到大厅去的时候，在电梯里见到了丹古大夫。

"我正打算给你的房间打电话呢，"丹古大夫说，"我们能到外面露台上谈谈吗？"

"沃伦先生死了吗？"迪克问道。

"他还是老样子，会诊要在上午进行。另外，他想见见他的女儿——就是你夫人——他特别急切。似乎有过一次争执……"

"这我都知道。"

两位大夫互相望着，思考着。

"在你没打定主意之前，干吗不见见他？"丹古建议道，"他会死得十分安详的——仅仅是逐渐虚弱，缓缓死去。"

迪克吃力地表示同意。

"好吧。"

德弗罗·沃伦的房间与帕杜·伊·奎达·里尔先生的房间大小

相当,他虚弱地躺在其中,态度安详优雅,渐渐滑向死亡——这座旅馆有许多房间住着富有的失败者,他们之中,有的人在这里逃避司法责任,有的曾经是被吞并的公国之主,他们靠鸦片或巴比妥制造的幻觉生活,他们永远在倾听着某种东西,仿佛能听到一种永不消逝的无线电波,或者听着原始罪恶的粗砺乐声。欧洲的这个角落并不吸引人,只是能不加询问地接受他们而已。道路在此交汇,人们纷纷赶往大山里的僻静修道院或者肺病疗养院,这都是些法国人或意大利人,他们已经不再是名人。

房间的光线十分幽暗。一个面目神圣的修女正在照料那个人。他用干瘦的手指在白净的床单上拨弄着一串念珠。他看上去仍然漂亮,丹古离开他们后,他跟迪克交谈,他的嗓音中带着自己独特的小舌音。

"在生命行将终结的时候,我们获得了许多相互理解。戴弗大夫,到了现在,我才意识到这整个是怎么回事。"

迪克等待着。

"我一直是个坏人。你肯定知道我没有权利再次见到尼科尔,可是一个比你我都大的人说,要原谅别人,要有怜悯心。"念珠从他虚弱的手上滑开去,滑下平整的床单。迪克为他捡起来。"假如我能跟尼科尔见上十分钟,我就能愉快地离开这个世界了。"

"这不是我自己能做出的决定,"迪克说,"尼科尔并不强壮。"他已经做出了决定,但是还装作迟疑的样子。"我可以跟我的一个同事谈谈。"

"你那同事的话会跟我的一致的——好吧,大夫。听我说,我欠你的债太重了……"

迪克迅速站起身来。

"我会把结果通过丹古大夫通知你的。"

他从他的房间里给祖格斯打电话。过了很长时间,凯瑟在她自己的家里接电话。

"我想跟弗朗茨通话。"

"弗朗茨到山上去了。我也要上那儿去——我能转告他吗,迪克?"

"是尼科尔的事情——她父亲在洛桑,就要死了。告诉弗朗茨说,这事很重要,请他给我打电话。"

"我会转告的。"

"告诉他说,我从三点到五点都会在旅馆房间里等,然后从七点到八点,在那以后让人上餐厅叫我。"

在筹划这些事情的时候,他忘记补充说,不能让尼科尔知道这事;等他想起来的时候,电话已经没声了。凯瑟当然应该明白这一点。

……凯瑟乘火车到了荒凉的山丘时,并没有打算把这次电话内容专门告诉尼科尔。山上野花盛开,微风轻拂。冬天他们带病人到这儿来滑雪,春天他们带病人来爬山。下车后,她看见尼科尔正组织孩子们搞赛跑游戏。她走到她跟前,轻轻搂住尼科尔的肩膀,说:"你真会逗孩子们玩——到了夏天,你一定要多教教他们游泳。"

他们玩得浑身发热,尼科尔自然而然的反应便是从凯瑟的搂抱中脱出身,动作大了点,显得有些鲁莽。凯瑟的胳膊举在空中,一时十分尴尬,接着她也做出了反应,不过她是用语言做出的,效果极其糟糕。

"你当我要拥抱你?"她尖刻地问道,"那是因为迪克,我跟他在电话上交谈过,我感到难过……"

"迪克出了什么事啦?"

凯瑟突然意识到自己的错误,但是既然已经迈出了不明智的一步,现在没有别的选择,只有回答尼科尔追问的问题:"……你为什么感到难过?"

"不是说迪克。我必须跟弗朗茨谈谈。"

"是说迪克的。"

她的面孔上露出的是恐怖,戴弗家的孩子们就站在附近,他们的表情全都警觉起来。凯瑟无可奈何,只好说:"你父亲生病了,在洛桑——迪克想跟弗朗茨谈谈这事。"

"他病得厉害吗?"尼科尔追问道——正在这时,弗朗茨摆出医生那种热诚的态度走来。凯瑟风度优雅地将球打给他,但是她已经造成了破坏。

"我要去洛桑。"尼科尔宣布说。

"等一等,"弗朗茨说,"我肯定这是合适的。我必须首先跟迪克在电话上谈谈。"

"那我就误了火车啦,"尼科尔抗议道,"而且也赶不上三点钟苏黎世来的车!如果我父亲快要死了,我必须……"她收住话头,害怕把剩余的话说出来。"我必须走。我必须跑去赶火车。"她说着已经开始跑动了,一列火车猛烈喷出的蒸汽覆盖在光秃秃的山丘上,咆哮的吼声震荡在山谷之间。她扭回头喊道:"弗朗茨,要是给迪克打电话,就告诉他说我来了!"

……迪克正在自己的旅馆房间里读《纽约先驱报》,突然,那个颜色像燕子一样的修女闯了进来——与此同时,电话铃响了。

"他死了吗?"迪克问那修女,心里怀着希望。

"先生,这可是他自己干的——他走了。"

"怎么?"

"是他自己干的——他连人带行李都不见了!"

简直不可置信。一个处于那种状态的人,能起床离去。

迪克接了弗朗茨来的电话:"你不该告诉尼科尔。"他抱怨说。

"是凯瑟告诉她的,实在是愚蠢。"

"我看这是我的错。事成之前任何事情绝对不能告诉一个女人。不过,我会见到尼科尔……我说,弗朗茨,这儿发生了一件最不可思议的事情,那个老家伙从床上起来,而且走……"

"什么?你说什么?"

"我说他走了,老沃伦——他走了!"

"但是为什么不能走呢?"

"大夫认为他会由于彻底衰弱而死……可他起了床,而且走了出去,回芝加哥去了,我是这么猜想的……我不知道,护士在这儿……我不知道,弗朗茨——我仅仅是听人这么说的……等会儿给我打电话。"

他花费了将近两个小时寻找沃伦的踪迹。那个病人在白班和夜班的护士交接的时候,找到个机会,到楼下酒吧灌了四杯威士忌;用一张一千美元的支票付了旅馆账单,要求总台在他走后将找的钱寄给他,然后便出发了。据估计,他回美国去了。迪克和丹古想赶在开车前最后一分钟跑到火车站,结果却错过了尼科尔。等他们终于在旅馆的大厅里见面时,她看上去突然疲惫不堪,她的嘴巴高高噘起来,让他觉得不安。

"父亲怎么样啦?"她问道。

"他好多了。他似乎积攒了用不完的力气。"他迟疑着,最后还是轻松地告诉她说:"实际上,他起床走了。"

他想喝杯酒,因为这趟追赶刚好是在晚餐时间。他带着她走向小餐厅,她仍然感到迷惑。他们坐在两张舒适的皮椅子上,要了一杯掺苏打的威士忌和一杯啤酒,接着谈下去:"给他看病的那个大夫诊断错了——等一等,我自己还没有时间把这事考虑一下呢。"

"他走了?"

"他赶了趟夜班车去巴黎。"

他们坐在那里一声不吭。尼科尔表现出的是极大的冷漠。

"那是本能,"迪克最后说道,"他真的快要死了,但是他又设法恢复了生命的节律——他并不是第一个从垂死的病床上走下来的人——他就像一只旧闹钟,你把它摇了摇,它又按照自己的习惯再次走起来。你的父亲……"

"哦,别对我说了。"她说道。

"他的主要动力是害怕,"他继续说道,"他害怕,所以逃走了。他也许能活到九十岁……"

"请你不要再对我说啦,"她说,"请不要……我再也受不了啦。"

"好吧。我到这儿来见的那个小鬼毫无希望。我们明天就可以回去。"

"我不知道你为什么要来跟这些东西接触。"她的脾气爆发了出来。

"噢,你不知道?有时候,我也不知道。"

她把手放在他手上。

"噢,迪克,对不起,我不该说那话。"

有人把一台留声机搬进酒吧,他们就坐在那儿听《布娃娃的婚礼》。

3

一个星期之后的一天早上,迪克去服务台取自己的信件,他感到外面有一种特殊的动荡气氛;名叫冯·科恩·莫里斯的一位病人要出院。他的父母都是澳大利亚人,此时正在动作猛烈地将他的行李抛进一辆大型豪华轿车里,站在他们旁边的是拉迪斯劳大夫,他对莫里斯夫妇的狂暴行为一再提出抗议,毫无效果。戴弗医生走近的时候,年轻的病人对自己要离去显出冷漠和讥讽的神色。

"莫里斯先生,这不是有点太急了吗?"

莫里斯看到迪克,感到一阵惊讶——他红润的面孔和宽大的面颊在西服领子上面仿佛电灯泡不断地开关似的,红一阵白一阵。他朝迪克走去时的架势,好像要扑上去揍他。

"我们早该离开了,我们该走,陪我们来的人也该走,"他开口说道,说完喘了口气,又接着说:"早该走了。戴弗医生。早该走了。"

"到我办公室来一下好吗?"迪克提议道。

"我不去!我可以跟你谈,但是我跟你这地方没关系,也不沾你的边了。"

他冲着迪克举起一根手指摆了摆:"我刚才正在跟这位大夫交谈。我们在这儿浪费了我们的时间和金钱。"

拉迪斯劳大夫微微动了动身体表示反对,还做了个含糊的斯拉夫人的手势表示推诿。迪克从来就不喜欢拉迪斯劳。他陪那个心情处于激昂状态的澳大利亚人散了散步，走向他的办公室，还试图劝他进去谈谈，但是那人摇摇脑袋。

"戴弗大夫，你正是我要找的人。我找了拉迪斯劳大夫，因为找不到你，还因为格雷戈里大夫天黑前不会回来。可我不能等。不等，先生！我儿子把真实情况告诉我后，我一分钟也不能再等。"

他走上前来威胁迪克，迪克将双手松弛地耷拉着，假如需要的话，可以扑上去把他扳倒。"我儿子来这里治疗酗酒，可他告诉我们说，他从你的呼吸中闻到了酒味。不错，先生！"他迅速抽了抽鼻子，显然什么也没闻到。"不是一次，而是两次，冯·科恩说他从你的呼吸中闻到了酒味。我和我太太一生从来没有沾过一滴酒。我们把科恩交给你，要你治好他的病，可是在一个月里，他却两次闻到你有酒味！这儿还有什么治疗可言？"

迪克迟疑了一下。莫里斯先生相当有可能在诊所的车道上大闹一场。

"不管怎么说，莫里斯先生，有些人不会因为你的儿子而放弃他们当作食物的东西……"

"可你是个大夫，伙计！"莫里斯怒不可遏地喝道，"工人喝啤酒是件坏事——可你在这儿本来该治疗……

"这可扯得太远了。你儿子来这儿让我们治疗，是因为他患有偷盗癖。"

"这病是咋引起的？"那人几乎是在厉声吼叫，"酗酒——偷着喝黑酒。你知道黑色是什么颜色吗？它是黑色的！我的亲叔叔就是因为它被套着脖子吊死的，你听到了吗？我的儿子到一个疗养院来治疗，可一个大夫却向他喷那种气味！"

"我必须请你离开。"

"是你请我！哼，是我们要离开的！"

"要是你能稍稍节制一点，我们可以将到现在为止的治疗结果告诉你。既然你有现在这样的感觉，我们也不愿意为你的儿子治疗了……"

"你竟然有权对我用节制这个字眼儿？"

迪克把拉迪斯劳大夫叫过来说："请你代表我们为这个病人和他的家属送行，好吗？"

他朝莫里斯微微躬了躬身，然后走进自己的办公室，进门后直挺挺站了好一阵子。他望着他们开车离去。那是一对粗鲁无礼的父母，和一个态度冷漠的颓废儿子。不难预言，这家人会大摇大摆在欧洲到处闯荡，用他们刻薄冷漠和大笔的金钱欺侮富有的人们。但是，他们的车子消失之后，让迪克陷入沉思的问题是：自己在多大程度上引起了这件事。他每餐必饮法国葡萄酒，上床之前要喝烈性朗姆酒，有时候，下午还要喝杜松子酒——因为杜松子酒最难从呼吸中闻到。他平均每天要喝半品脱①酒，这么大的量，很难由他的身体吸收掉。

他没有试图为自己的行为辩解，而是在自己的办公桌旁坐下来，像给自己开药方一样写了个生活规则，打算将自己的饮酒量减少一半。虽然画家、经纪人、骑兵队长总是酒气冲天，可是大夫、司机、清教牧师绝对不能让人闻到有酒味。迪克仅仅责备自己不够谨慎。然而，半小时后，这件事变得更加不明朗了。弗朗茨在阿尔卑斯山度假两周后兴致勃勃地开车回到诊所，他没等走进自己的办

---

① 容量单位。美国制约为0.47升。——译注

公室就急切地希望恢复工作。迪克在车道上迎接了他。

"在珠穆朗玛峰玩得好吗?"

"我们爬山的那个速度快得真能爬上珠穆朗玛峰。我们也想到过这个。这儿一切都好吗?我的凯瑟好吗?你的尼科尔怎么样啊?"

"一切都像家庭生活一样和谐。不过,我的老天哪,弗朗茨,我们今天早上遇到件倒霉事。"

"怎么回事?是哪方面的?"

迪克在屋子里踱来踱去,弗朗茨给他家打电话。家人通话结束后,迪克说道:"那个名叫莫里斯的男孩被接走了,还吵了一架。"

弗朗茨开朗的面孔沉了下来。

"我知道他走了。我在露台那儿见过拉迪斯劳。"

"拉迪斯劳怎么说?"

"只是说莫里斯走了——跟你说的一样。是怎么回事?"

"还不是通常那些莫不相干的理由。"

"那个孩子真是个魔鬼。"

"他患有偷盗癖,"迪克同意道,"不管怎么说,我回来的时候,那个父亲像个殖民地的总督,把拉迪斯劳当成他的子民一样收拾了一顿。那个拉迪斯劳怎么办?我们留着他?我说不留——他不中用,似乎什么事都应付不了。"迪克迟疑着没有说出真话,把话题转向其他方面,以便使自己有重新谈论这事的余地。弗朗茨靠坐在桌子边上,身上仍然穿着亚麻布风衣,手上戴着旅行手套。迪克说:

"那孩子对他父亲说了诊所许多坏话,竟然诬蔑你杰出的合伙人是个酒鬼。那人容易轻信人言,他儿子似乎从我身上发现了饮酒的迹象。"

弗朗茨坐下来,咬着下唇沉思起来。最后他说道:"以后找时间,你跟我进一步谈谈。"

"干吗现在不谈呢?"迪克提议道,"你一定知道,我绝对不是个嗜酒之徒。"他和弗朗茨的目光短暂地正面接触了一下。"拉迪斯劳任凭那人发作,而我却处于被动挨打的地位。这事险些当着病人的面发生,你可以想象一下,在那种情形下被动防御该是多么尴尬!"

弗朗茨脱掉手套和风衣,走到门口,对秘书说:"不要让人们进来打扰我们。"返回屋里以后,他漫不经心地走向那张长条桌,随意摆弄着信件。在这种心境下,很少有人能进行正确推理。他只得做出一副恰如其分的表情,说点应付场面的话。

"迪克,我知道得清清楚楚,你是个举止得体、情绪镇定的人,当然,我们在饮酒的问题上看法不尽相同。不过,现在机会来了,迪克,我必须坦白地说,我已经有好几次注意到,你在不该喝酒的时候喝了酒。原因是有的。可你干吗不再试着度一次假,把酒戒掉呢?"

"那是缺席,"迪克不由自主地纠正他说,"我离开不是个解决办法。"

两人都很恼火。弗朗茨为一回来便面临混乱局面感到恼怒。

"有时候,你不使用你的一般常识,迪克。"

"我从来不知道一般常识如何能解决复杂问题——只知道这意味着,一个普通的实践者比一个专家在具体操作上会搞得好些。"

他对此刻的形势厌恶透顶。可是对于他这样年纪的人,与其做出解释弥补裂痕,还不如任凭刺耳的老生常谈继续响在耳畔来得自然。

"这样不行。"他突然说。

"唔,我突然觉得,"弗朗茨承认道,"你的心已经不在这个事业上了,迪克。"

"我知道。我想离开……我们可以设法安排一下,将尼科尔的钱逐渐撤出来。"

"迪克,我也想到过这事——我看到了这个形势。我能够从其他来源获得资助,在年底就撤出你们的全部资金。"

迪克不想这么快就做出决定,对于弗朗茨这么快就欣然同意决裂,他也没有心理准备,不过,他体会到一种轻松感。长期以来,他自己的职业道德与单调沉闷的生活掺杂在一起,他心中不无心灰意懒的感觉。

4

戴弗一家搬到里维埃拉去住,因为那儿才是他们的家。他们再次租下黛安娜别墅,用作夏日避暑的去处,把剩余时光打发在德国温泉疗养胜地和法国教堂名城中。他们在那些地方从来都能度过几天愉快的日子。迪克也写点东西,并不是为某种目的,仅仅是生活中等待的一个组成部分而已。也并不是为了等待尼科尔恢复健康,旅行中,她的健康状况好得多,仅仅是等待。使这一时期的生活具有目的性的因素是他们的孩子。

随着孩子们年龄的增长,迪克对他们的兴趣变得越来越浓厚了。现在，他们一个十一岁，另一个九岁。他与他们交往时，尽量使自己的形象高于一个雇员，他的原则是，对孩子们进行逼迫和害怕他们受到逼迫均不适宜，不能以此代替以前对他们的小心关怀和对家庭经济状况的关注，总之，在自己应负的责任方面，不应当降低水准。他对孩子们的了解渐渐比尼科尔更加深入，在喝下不同国家的佳酿，心情十分开朗的时候，他便与他们长时间交谈、玩耍。他们具有一种特殊的魅力，那是一种近乎悲哀的沉思态度，只有幼年被撇开不顾时懂得既不该发笑又不该啼哭的孩子，才具有这样的魅力。他们显然没有产生极端情绪，在一种单调的安排中得到一点点乐趣，他们便会感到满意。他们过着西部世界的古老家族推崇的恬淡生活，孩子们仿佛不是被带到外面漫游，而是在家里养育成长的。迪克感到，强迫的安静气氛比任何东西都更能促进孩子们增长观察能力。

　　拉尼尔的非凡好奇心简直让人无法捉摸。"爸爸，要给一头狮子舔干净身体，需要多少只波米兰尼亚小狗[①]？"这是他折磨迪克的典型问题之一。托普茜就平静多了。她才九岁，长得非常漂亮，活脱脱是尼科尔的化身，过去，迪克一直为此感到担忧。近来，她身体强壮得像任何一个美国孩子一样了。他对他们俩都感到满意，但是他只是用一种相当策略的方法对他们表示出满意。他们是不能超越好的行为界限的，他说："每个人都必须在家里学会礼貌，否则社会就要用皮鞭来教你学礼貌，在那个过程中是要受到伤害的。要不然我干吗要关心托普茜是不是'尊敬'我啊？我又不打算让她长大做我的妻子。"

[①]　产于德国波米兰尼亚的一种小体型名犬。——译注

这年夏天和秋天值得记忆的另一件事是戴弗一家钱多得要命。由于他们卖掉了诊所的股份,也由于美国的经济发展,结果他们的钱多极了,仅仅花这些钱,照料买来的东西,就够让他们费心的。他们旅行中的消费方式奢侈得简直让人难以置信。

我们看看他们在旅行中的情形吧。火车徐徐进入勃茵车站,他们要在这里观光两星期。一过意大利边境,他们就开始搬动行李了。家庭女教师的女佣和戴弗夫人的女佣从二等车厢走过来,帮助搬皮箱、牵狗。大狗姆勒和拜洛瓦要照看手提行李,西尔海姆由一个女佣看管,一对北京沙皮狗由另一个女佣照顾。并非灵魂空虚的人才需要让各种生命围在身边,兴趣广泛的人也可以拥有许多动物,尼科尔除了极其短暂的生病期之外,有能力照顾所有这些宠物。现在从车上卸下来的沉重行李数量极大——四口巨大的木衣箱、一口鞋箱、三只帽箱、两个帽盒、一套佣人的衣箱、一个便携式文件柜、一个药箱、一个酒精灯盒、一套野餐用具、封在套子里还装在箱子里的四只网球拍、一个留声机和一台打字机。送到家人身边来的还有二十多个手提包、书包和手提箱,每一个行李上都编了号,就连手杖箱的标签上也有编号。这样,全部行李在任何站台上都能于两分钟之内核对完毕。尼科尔那只金属边女用背包里的"长途旅行清单"或"短途旅行清单"在随时更改,根据这些清单,有些行李要存放,有些要携带在身边。这是她自幼年与衰弱的母亲同行时就设计出的一套措施。这与军需官的系统颇为相仿,军需官必须考虑如何填饱三千官兵的肚子,并且向他们供应装备。

戴弗一家涌下火车,步入暮色早早降临的山谷之中。当地山民的目光追随着从车上下来的人们,脸上现出的敬畏与一个世纪前望着拜伦勋爵来意大利游历时的表情并无二致。他们的房东女主人是明格蒂伯爵夫人,也就是原来的玛丽·诺思。在纽瓦克市一间裱糊店上面的房间里开始的那次旅程,最终以一桩独特的婚姻而告结束。

"明格蒂伯爵"只不过是个教皇授予的封号——玛丽的丈夫是个西南亚锰矿矿主,滚滚财富皆来源于彼处。他可绝不能轻装简从,好像乘一趟梅逊-狄克逊分界线①南面的卧铺车旅行那样;他出身于北非至亚洲地区的豪门世家,对欧洲人表示出的怜悯胜过对各港口见到的混血儿露出的同情。

这两个贵族般的家庭,一个来自东方,一个来自西方,当他们会合在车站站台上后,戴弗家的光彩顿时相形见绌,活像西部拓荒者一般狼狈。他们的主人由一位手持文明棍的意大利大管家陪同,四个裹着缠头布的门客骑在摩托上伺候,两个半遮面纱的女人恭敬地站在玛丽身后,朝尼科尔行额手礼,尼科尔被她们的动作吓了一跳。玛丽像戴弗一家一样,对这种礼仪稍感滑稽,压低声音咯咯笑出声,表示歉意。然而,她介绍自己丈夫堂哉皇哉的亚洲头衔时,提高的声音里却充满了自豪。

他们到了自己的屋子里后,为了去吃饭穿戴起来。迪克与尼科尔对视着,两人愁眉苦脸,满心敬畏:本想炫耀自家富有的生活,结果却被他们的豪华比得无地自容了。

"那个小玛丽·诺思明白自己想要的是什么,"迪克涂得一脸刮胡膏,嘟囔着说道,"阿贝教育了她,现在她跟一个菩萨结了婚。假如欧洲都变成布尔什维克,她准会摇身一变,做斯大林的

---

① 美国宾西法尼亚州和马里兰州之间的界线,此界限后延伸为美国南北两部分的分界线。——译注

新娘。"

尼科尔朝四下望望，寻找自己的梳妆箱。"迪克，管住你的舌头，行吗？"但是她自己反倒笑了。"他们都趾高气扬，好像炮舰都在朝他们开火，要不就是朝他们致敬。玛丽似乎坐在伦敦的皇家轿车上。"

"是这么回事，"他表示同意。听到尼科尔在门口寻找别针，他大声说："我想喝点威士忌，因为我感到山风刮过来了！"

"她会照料的，"尼科尔的声音立即从卫生间外面传过来，"是车站见过的一个女人。她已经把面纱除掉了。"

"玛丽对你说他们的生活怎么样？"他问道。

"她没有多说——她对上流生活感兴趣——她就我家的家谱和其他事情提了大量的问题，好像我知道这种事情似的。但是那个新郎好像有两个皮肤黝黑的孩子，是前妻所生——其中一个患有亚洲地方病，他们诊断不出来。我得警告孩子们。我听着觉得很奇怪。玛丽想看看我们对这事有什么看法。"她在那儿呆站了一会儿，觉得挺担心。

"她会理解的，"迪克向她保证说，"也许那孩子躺在床上。"

吃晚饭的时候，迪克跟侯赛因交谈起来，他在一所英国公立学校①接受过教育。侯赛因想了解股票和好莱坞的情况，也想了解迪克。迪克用香槟酒煽动起自己的想象力，对他讲了些荒诞的故事。

"几十亿？"侯赛因问道。

---

① 所谓英国公立学校，名不副实，其实是贵族和富人子弟的特权学校，学费极高，教育质量也高，学生不但接受知识，还受到举止、风度、修养之类的训练。英国政界人士多出于这种学校。——译注

"几万亿。"迪克向他保证说。

"我不能真正理解……"

"那么,也许是几百万,"迪克勉强承认道,"饭店的每一位客人都给指定一位陪夜女郎——或者相当于陪夜女郎的那种女人。"

"不仅仅是男演员和导演?"

"饭店的每一个客人——甚至连游商也不例外。这还用说吗,他们强塞给我十二个,要我选,可尼科尔坚决不同意。"

回到屋里,两人单独在一起的时候,尼科尔责骂他说:"你哪儿来的那么多大话?干吗在他面前吹牛?"

"对不起,我说的完全是空话。信口胡诌的。"

"迪克,你这可完全失去自己的本色了。"

"再次原谅我。我的确不太像我自己了。"

那天晚上,迪克打开一扇卧室窗户,望着公馆外面狭窄细长的庭院,这时里面的颜色像老鼠一样灰,正回荡着一丝单调而古怪的音乐,悲哀得像笛子吹出的声音。两个男人正在用带有许多k和l的一种东方语言或方言念经,他俯身窗外,却看不见他们;他们的声音里显然具有宗教意义。他既感到疲倦,又缺乏兴趣,便任他们为自己祈祷。可是为什么祈祷呢?他会在越来越忧郁的环境中失去自我,除此之外,他什么也不知道。

第二天,他们在树木稀疏的山坡上打猎,目标是一种瘦骨嶙峋的鸟儿,像是鹧鸪的一门远房穷亲戚。打猎方式稍有些仿效英国人的风度,一群群帮着主人哄赶猎物的人毫无经验,迪克只得朝天放枪,才勉强避开他们。

返回来的时候,拉尼尔在他们屋里等他。

"爸爸，你说过，要是我们靠近那个生病的孩子，要立即告诉你。"

尼科尔立刻转过来，想要行使保护职责。

"……那么，妈妈，"拉尼尔转向她继续说道，"那个孩子每天晚上要洗澡。今天晚上他在我前面洗澡，我只好在他用过的水里洗。那水真脏。"

"什么？你说什么？"

"我看见他们把托尼从里面抱出来，然后，他们叫我进去洗，那水真脏。"

"那么，你洗了？"

"是的，妈妈。"

"老天哪！"她朝迪克喊起来。

他追问道："为什么卢西尼不给你准备洗澡水？"

"卢西尼不能准备。那是个奇怪的加热器——那东西长长伸出去，昨天晚上把她的胳膊烫坏了，她害怕那东西，所以那两个女人中的一个就……"

"你现在快到这个卫生间洗个澡。"

"别对人说是我告诉你的。"拉尼尔在走廊里说。

迪克走进去，用硫黄把澡盆喷洗了一遍，关上门对尼科尔说：

"我们要么跟玛丽谈谈这事，要么就离开这儿。"

她表示同意，他接着说："人们以为自己的孩子在本质上永远比别人的孩子干净，而且认为他们的疾病不会传染。"

迪克走进屋子，动手拔去一个酒瓶塞子，还随着卫生间注水的韵律使劲嚼着饼干。

"告诉卢西尼，她必须学会使用加热器……"他说道。正在这个时候,那个亚洲女人只身来到门口。

"太太……"

迪克招手让她进屋,然后把门关上。

"那个小病孩子好些了吗?"他态度和蔼地问道。

"好些,是的,可是他还是常常犯病。"

"那可太糟了——我很难过。但是你要知道,我们的孩子千万不能在他用过的水里洗澡。那是绝对不行的。我敢肯定,你的女主人要是知道你做了这样的事情,准会怒不可遏。"

"我?"她听了这话惊得像遭了雷击,"我不过看到你的女佣不会用那个加热器——上来帮她放水。"

"但是有个病人,你必须把澡盆里的水放完,把澡盆洗干净。"

"我?"

那女人哽噎着长长地吸了一口气,颤抖着把气呼出来,从屋里跑了出去。

"不能任她以我们为代价来学习掌握西方文明。"他口气冷酷地说。

那天晚上吃晚饭的时候,他打定主意,认为这次拜访必须缩短。侯赛因在自己国家似乎只观察到那儿有许多山和山羊,还有些牧羊人。他是个保守的年轻人,要想让他变得开朗些,就必须付出真正的努力,迪克只愿意为自己的家人付出这样的心血。晚饭过后,侯赛因撇下玛丽和戴弗一家人离开了,但是他们的老交情已经破裂——在他们之间横亘着一片不安定的社会差异,玛丽想要征服这片领地。九点三十分,玛丽收到一张条子,起身去读,迪克于是觉得宽慰。

"请你原谅。我丈夫要离开本地做一次短途旅行,我也必须陪他同行。"

第二天早上,佣人刚刚端来咖啡,玛丽立刻跟了进来。看来,她起床已经有挺长时间了。虽然她尽量保持着面孔的平静,满腔的愤怒却让它痉挛起来。

"拉尼尔在脏水里洗澡这话是怎么说的?"

迪克刚开口表示抗议,她立刻打断说:

"你命令我丈夫的妹妹为拉尼尔清洗澡盆又是怎么回事?"

她仍然站在那里瞪着他们,他们坐在床上呆若木鸡,像两尊神像,腿上还放着早餐托盘。两人一起喊起来:"他妹妹!"

"你们竟然命令他的一个妹妹去清洗澡盆!"

"我们没有……"两人异口同声说,"……我是对佣人说……"

"你们是对侯赛因的妹妹说的。"

迪克只好承认道:"我以为她们是两个女佣呢。"

"告诉过你们,她们是喜马敦。"

"是什么?"迪克下了床,穿上一件晨衣。

"前天晚上我在钢琴旁边对你解释过的。别对我说你们当时乐得什么都没听明白。"

"你说的是这个?我没听见开始是怎么说的。我没有联系:……我们什么也没有联系起来,玛丽。那么,我们现在只能去见她,向她道歉啦。"

"见她,向她道歉!我向你们解释过,一个家庭年长的那个——一个家庭的长子结婚时,两个年纪大些的姐妹便献身成为他的喜马敦,也就是成为他妻子的贴身侍女。"

"这就是侯赛因昨晚离家出走的原因?"

玛丽迟疑着,然后点了点头。

"他不得不走——他们都走了。他的荣誉感迫使他那样做。"

这时候,戴弗夫妇都下了床,穿戴起来。玛丽接着说:

"那么洗澡水是怎么回事?仿佛那种事发生在这座房子里不足为奇!我们得问问拉尼尔。"

迪克坐在床边,朝尼科尔私下做了个手势,要她接着说。与此同时,玛丽走到门口,对一个侍者用意大利语说了几句。

"等一等,"尼科尔说,"我不同意这么做。"

"你指责我们,"玛丽回答时的声调以前从来没有对尼科尔用过。"现在我有权亲自查问。"

"我不同意把孩子带过来。"尼科尔把衣服披在身上,仿佛衣服是件铠甲似的。

"好吧,"迪克说,"把拉尼尔带进来。我们解决一下洗澡盆的事情——看看它是神话还是事实。"

拉尼尔身上的衣服没有穿好,脑袋还有一半在梦乡漫游,眼睛盯着面前一群人愤怒的面孔直纳闷。

"听着,拉尼尔,"玛丽命令道,"你怎么会想到你在别人洗过澡的水里洗澡的?"

"说话。"迪克补充说。

"水很脏,就因为这个。"

"你当时在自己的屋子里,听不到隔壁新放的水流动的声音?"

拉尼尔承认有这个可能性,但是重复讲出他的看法——水是脏的。他有点儿害怕,推理说:

"那水不可能流,因为……"

他们紧紧咬住这一点。

"为什么不流?"

他身穿日本和服一样的小晨服,站在那里引起父母的爱怜,却惹得玛丽不耐烦——停顿了一会儿他说:

"水很脏,里面有很多肥皂泡。"

"当你不能肯定自己说的话……"玛丽刚开口,尼科尔便打断了她。

"别说了,玛丽。要是水里有肥皂泡,想到水脏是很自然的逻辑。他父亲告诉他……"

"水里不可能有肥皂泡。"

拉尼尔望望父亲,眼睛里带着责备的神色,因为他没有遵守自己的诺言。尼科尔扳着他的肩膀让他转过身来,打发他离开房间。迪克笑了笑打破这紧张气氛。

他的笑声仿佛让大家回忆起了过去的时光,联系起了往昔的友情,玛丽意识到自己走得太远,便用缓和的口吻说:"孩子们总是这样。"

她回忆起过去,更加感到不安:"你们要走可太不明智了——侯赛因反正要出去旅行的。你们毕竟是我的客人,而且你们也疏忽了一件事。"但是迪克让她转弯抹角的话惹得更加恼火了,尤其是她用了疏忽那个字眼,他转过身,开始培养自己的情绪,说道:

"关于那个年轻女人的事真是太糟了。我要向来过这儿的那个女人道歉。"

"要是你当时在钢琴那儿听我说就好了。"

"但是你变得太枯燥了,玛丽。我已经听得够长啦。"

"住嘴!"尼科尔劝他。

"我不接受他的恭维,"玛丽难过地说,"再见,尼科尔。"她走了。

发生了这些事情之后,她也不可能来为他们送行了,大管家为他们安排了上路的所有事情。迪克郑重其事地给侯赛因和他的两个妹妹写了个留言。现在除了走没别的事可干,但是大家都为这事感到糟糕,尤其是拉尼尔。

"我坚持认为,"拉尼尔上了火车还坚持说,"那洗澡水是脏的。"

"行了,"他父亲说,"你最好忘掉这事吧,否则我就跟你分居。你知道吗,法国有条新法律,大人可以跟孩子分居。"

拉尼尔乐得喊叫起来,戴弗一家重归于好——迪克真想知道,这种事情还会发生多少次。

5

尼科尔走到窗前,俯身朝门庭外面望去,那儿发生了一场争执,声音越来越大。四月的阳光把厨娘奥古斯丁那圣人般的面孔照成粉红色,可是她手中那把屠刀却寒光闪闪,她醉醺醺挥舞着那把刀,怪吓人的。自从他们二月份回到黛安娜别墅,她就跟他们在一起。

由于一个凉棚挡住了她的视线,她只能看见迪克的脑袋和手,他的手上正握着一根一端有铜蚀的沉甸甸的文明棍。一刀一棍,相持不下,活像一个搏斗场面中的武术棍和短剑。迪克的话先传到她耳朵里:

"……管你喝多少厨房的料酒,不过要是你让我发现一头扎进沙百里①酒瓶堆里……"

"你还有资格说酒!"奥古斯丁挥动手中的刀张牙舞爪地喊道,"你自己也喝酒——而且喝个不停!"

尼科尔隔着那张凉棚喊,"怎么回事,迪克?"他用英语回答道:

"这个老姑娘在不停地灌咱们的陈年佳酿。我要解雇她——我正在想法子解雇她。

"老天爷!喂,别让她拿着那把刀靠近你。"

奥古斯丁朝尼科尔晃了晃刀。她的那张老嘴巴却像是用两颗有趣的小樱桃拼成的。

"我倒要说,夫人,要是你知道你家汉子每天在自己屋里像个打零工的家伙,喝一整天酒……"

"闭上你的嘴,滚出去!"尼科尔打断她。"要不我叫警察啦。"

"你要叫警察?我哥哥就是个警察!你们这帮美国佬真叫人恶心!"

迪克用英语大声对尼科尔喊道:

"把孩子们从房子里带出去,等我平息这事再说。"

"……恶心的美国佬,跑到这儿来喝我们最好的葡萄酒。"奥古斯丁用泼妇般的嗓音厉声喝叫着。

迪克鼓起勇气,用更加坚定的声音说:

"你必须立刻离开!我把我们欠你的工钱付给你。"

"你们敢不给我钱!我要告诉你……"她走近些,怒气冲冲地挥动着那把刀,迪克赶忙举起文明棍招架,她一闪身跑进厨房,返

---

① 产于法国沙百里地方的一种无甜味白葡萄酒。——译注

回来的时候手中除了那把短刀,又多了一柄斧头。

这种情形会给人留下先入为主的印象——奥古斯丁是个强壮的女人,除非让她吃点苦头,或者让她受到法律制裁饱受折磨,否则不可能让她放下武器。迪克想恐吓她,便用法语向尼科尔叫道:

"给警察打电话。"然后他转向奥古斯丁,指着她手中的两件凶器,"有这些东西,非得逮捕你不可。"

"哈——哈!"她像着了魔一样狂笑,不过,她并没有凑近他。尼科尔给警察打了电话,但是得到的回答就像奥古斯丁那阵狂笑似的回声。她听见电话里咕哝着说话的声音和传话声——电话便突然断了。

她回到窗前,朝下面的迪克叫道:"多付她点报酬好啦!"

"要是我能到那个电话机旁边就好了!"因为这一点看来无法实现,迪克宣布投降。因为他一心要把她赶紧打发走,五十法郎提高成一百,奥古斯丁放弃了自己的堡垒,且退且用暴风雨般的呼喊声打掩护:"薪水!"只有她侄子来帮她取行李,她才走得了。迪克小心谨慎地待在厨房隔壁等待着,他听到开酒瓶软木塞的声音,但是他不打算干涉。除此之外没有惹出更多的麻烦——她那个侄子满怀歉意来接她的时候,奥古斯丁跟迪克热烈道别,还大声朝尼科尔的窗户喊道:"再会,夫人!祝你走运!"

戴弗一家去尼斯餐馆吃普罗旺斯鱼汤,那是用石斑鱼和小龙虾炖成的菜,里面放了大量佐料,有藏红花和一瓶沙百里葡萄酒。他对奥古斯丁表示惋惜。

"我一点儿也不替她惋惜。"尼科尔说。

"我感到惋惜,不过我倒真希望把她从悬崖上推下去。"

在那些日子里,他们不敢多说,即使交谈,也很难找到合适的语句，结果总是在一个人的情绪已经逝去时，另一个人才后悔没有抓住机会。今天，奥古斯丁的发作，把他们从各自的白日梦中摇醒了；他们一边吃放着各种佐料的鱼汤，一边喝火辣辣的葡萄酒，一边交谈着。

"我们不能继续这么下去了，"尼科尔建议说，"我们能这样吗？你是怎么想的？"迪克惊呆了，一时没有进行否认，她继续说道："有时候，我觉得这都是我的错，是我把你毁了。"

"这么说我毁了，是吗？"他口气愉快地质问道。

"这不是我的意思。但是你以前想创造很多东西——可现在你却想把它们都砸碎。"

她为自己在这么泛泛的角度批评他吓得浑身发抖，但是更加让她恐惧的是他越来越肃穆的平静。她猜想，在这平静的背后，在他那双严厉、湛蓝的眼睛后面，在他对孩子们不自然的兴趣后面，有某种东西在发展。与他的性格不相符的大发雷霆让她感到吃惊——他会突然对某个人、某个民族、某个阶层、某种生活方式、某种思维定式，表示极端的厌恶。仿佛在他内心中正在酝酿一个无从判断的计划，她只能从那个计划突然迸发到表面上来的时刻，猜测出其中的些许枝节。

"说到底，你从这一切中得到了什么？"她问道。

"知道你一天天好转，知道你的病走上逐渐恢复的进程，便是我的收获。"

他的声音仿佛从很远的地方传到她身边，似乎他讲的是十分遥远的事情，是学术上的问题。她警觉地叫了起来："迪克！"她突然隔着桌子将手伸过去抓住他的手。迪克把手抽回去，作为自己的反应，他说："整个形势都需要考虑，对不对？不仅仅是你。"他把手压在她的手上，用过去那种愉快的声调对她讲话，那是两人合谋作乐、捣乱、获取好处、得到乐趣时用的声调：

"看见那边那条船了吗？"

那是T. F. 戈尔丁的摩托游艇，此时正平静地躺在尼森湾随着细微的波浪起伏着。这条游艇常常搞浪漫的旅行，这类航行并不确定航线。"咱们上那儿去，问问船上的人们在干吗，看看他们是不是幸福。"

"我们跟他几乎是陌生人。"尼科尔表示反对。

"他邀请过咱们。再说，贝贝认识他。她实际上跟他结过婚，不是吗——难道没这事吗？"

他们租了一艘摩托艇离开港口时，夏日的黄昏已经降临，透过"马尔京号"船舷的索具可以看到灯光骤然亮起来。他们朝那条游艇一侧靠上去时，尼科尔再次感到疑惑不安。

"他正在开晚会……"

"那不过是收音机里的广播。"他猜测说。

人们欢呼着迎接他们，一个身穿白礼服的白发男人俯视着他们，喊道：

"这不是戴弗夫妇吗？"

"'马尔京号'，真是条好船哪！"

他们的船从它的升降口下面通过，他们上船时，戈尔丁使劲弯下身子，伸手拉尼科尔。

"正好赶上吃晚饭。"

一支小乐队正在船尾演奏。

"你们什么要求都可以提——但是别要求我举止得体……"

戈尔丁那两条旋风般的胳膊虽然没有接触他们，却吹得他们团团转,尼科尔比刚才更后悔到这儿来,对迪克更加不耐烦了。因为他们的态度超然,不同于这群快活的人们,又因为迪克的工作和她的健康状况不适于到处走动,他们便得到一个拒绝邀请的名声。回到里维埃拉后的几年中,这个名声便稍有些不受欢迎。不过,既然采取了这样的立场,尼科尔便觉得不该为片刻的放纵随意牺牲本来高贵的立场。

他们穿过主客厅时,透过暗淡的光线,看见前方似乎有些人影在船尾的甲板上跳舞。这是个幻觉,音乐的魅力、陌生的照明和周围的水波造成了这种幻觉。实际上,除了几个忙碌的船员之外,只有几位客人在弧形甲板那儿的咖啡厅里游手好闲地走来走去。那儿有白色的、红色的、花的衣服,有几个男人穿着干净的衣服。尼科尔从中分辨出一个人,突然发出一声罕有的惊喜叫声。

"汤米!"

尼科尔没有让他行法国风格的吻手礼,而是凑上去把自己的脸颊贴在他脸上。与其说他们坐了下来,倒不如说他们是躺在那张安东尼王朝的大靠椅上。他那张漂亮的面孔黝黑得超过了深古铜色,只是还不及黑人的肤色——那简直是块磨旧的破皮革。异邦的阳光赋予他奇异的色泽,陌生的土壤给过他营养,多种方言影响着他的舌头发出滑稽的卷舌音,他的反应与她古怪的惊讶和谐一致——所有这些都让尼科尔感到着迷,也让她感到精神上的恬静。见到他的那一刻,她依偎在他的胸膛上,精神却飞了出去……然后,自卫的本能又回到她的心田,她轻声说道:

"你看上去就像电影里的冒险家一样——但是你干吗这么长时间不露面?"

汤米·巴尔邦望着她,没有弄明白是怎么回事,却没有糊涂;

他的瞳仁闪烁着。

"五年了,"她用沙哑的声音模仿着不知什么角色,"太长太长了。你就不能在杀死几个怪兽之后,回家来喘口气吗?"

在她面前,汤米迅速换上欧洲化的风度。

"可是对我们这些英雄来说,"他用法语说,"我们有的是时间,尼科尔。那些鸡毛蒜皮的英雄业绩用不着干——要干就该干大事业。"

"跟我说英语,汤米。"

"跟我说法语,尼科尔。"汤米用法语说。

"但是意义可不一样——你说法语就显得英勇、显得有尊严,你知道。但是说英语你除了显得有点荒诞之外,不会显出英雄般的英勇,这你也知道。要是那样,我就占了上风。"

"但是不管怎么说……"他突然压低声音笑道,"就算说英语我也照样显得勇敢,有英雄气质。"

她装出惊讶敬畏的模样,可他并没有露出羞愧的样子。

"我只知道我在电影里看到的东西。"他说道。

"真的像电影里一样?"

"电影不赖——那个罗纳德·科尔曼——你看过他的电影吗?就是那些关于北非军团的片子?片子都不赖。"

"好吧,我看电影的时候就会想到,那正是你当时的经历。"

尼科尔说话的时候注意到一个身材娇小漂亮的年轻女子,她的头发在甲板灯光的照耀下显出近乎绿色的金属光泽。那女子坐在汤米另一侧,可以被看作他们这番谈话的参与者,也可能看成他们旁边那一组交谈者中的一员。她显然支配着汤米,因为她这时已经放弃了吸引他注意的希望,用大家认为有失优雅的动作站起来,心绪恶劣地穿过新月形的甲板。

"不管怎么说,我都是个英雄,"汤米平静地说道,不过他带着一点儿开玩笑的口吻,"我的蛮勇有时像狮子一样,有时候又像个醉汉。"

尼科尔等待着,等他那吹嘘的回音从他的脑子里消失掉。她明白,他以前也许从来没有这么声称过。然后她朝陌生的人们望去,像平常一样,发现那是些狂暴的神经病患者,他们假装出平静的外表,嘴上说喜欢乡下的恬静,畏惧城里的嘈杂,其实嘈杂的声音不过是他们自己发出来的……她问道:

"那个穿白色服装的女子是谁?"

"刚才在我身边那个?卡罗琳·西布利比尔斯女士。"他们静下来,听着她在远处说的话:

"那人是个浑蛋,不过他赖一阵,好一阵。有一次我们俩坐了一晚上,赌十一点①,结果他欠了我一千瑞士法郎。"

汤米笑道:"她是目前伦敦最淘气的女人——我不论什么时候回到欧洲,都能发现一批从伦敦来的淘气女人。她是最近才让我发现的。不过,我相信,又有一个几乎要让人们看成淘气的女人。"

尼科尔的目光横过甲板投向那个女人——她体质孱弱,像患有结核病似的——简直无法想象,那么窄的肩膀、那么细的胳膊,能高擎起颓废的旗帜,那是一个行将消亡的帝国最后一面旌旗。她的形象比较接近于小约翰·赫尔德②笔下那些胸脯扁平的轻佻女郎,而不像自从战前开始出现的那种模特儿,她们个子高挑、皮肤白皙、

---

① 一种扑克赌博。——译注
② 美国连环漫画家(1889—1958)。据说他的漫画成就堪与菲茨杰拉德的文学作品媲美。特别是他创造了一些有特色的人物:如穿短裙留短发,叼着长烟嘴的"摩登女郎"等。——译注

模样懒散,在画家或小说家面前摆出矫揉造作的模样。

戈尔丁走过来,用他洪钟般的声音宣布了航行计划,声音大得仿佛用了扩音器。尼科尔虽然满心的不情愿,但是也屈服于他一再重复的说法了:"马尔京号"晚饭后立即启航,驶往戛纳;虽然届时晚饭已经吃过,但是大家仍然可以尽情享受鱼子酱和香槟;迪克此时正在打电话,通知他们的司机把车从尼斯开到戛纳,停在阿莱斯咖啡店外面,戴弗夫妇可以去那儿取车。

他们步入餐厅,迪克被安置在西布利比尔斯女士旁边。尼科尔看见他通常红扑扑的面孔失去了血色,说话的声音也变得武断专横。尼科尔仅仅听到只言片语:

"……对你们英国人没什么,你们这是垂死前的作乐……城堡废墟中的印度雇佣兵,我说的是雇佣兵守在门外,享乐的人在城堡里。皱巴巴的绿帽子,没有前途。"

卡罗琳女士断断续续做出回答,句子结束时常常问"什么?",强调时就说"不错!"。她的欢呼言外之意总是危险迫近,但是迪克表现得对这些信号十分健忘。突然,他口气热烈地宣布了一件特别的事情,尼科尔听不懂他说的是什么,但是她看见那个年轻女人脸色变得阴郁狠毒,听见她厉声回答道:

"不管怎么说,敌人就是敌人,朋友就是朋友。"

他又得罪了一个人。他就不能把自己舌头管束的时间稍长一点儿?多长?到死为止。

在钢琴旁边,一位头发金黄的苏格兰小伙子弹着低音键,开始像丹尼·迪佛尔一样唱起一支旋律单调的歌曲。这小伙子来自一个乐团,乐团以《爱丁堡学院爵士》的鼓乐著称,也因此得名。他唱歌吐字极为精确,仿佛这些字眼儿给他的印象深刻得让他不吐不能抒发快意。

  有一个姑娘来自地狱,
  她听见钟声暴跳如雷,
  因为她是个坏蛋——坏蛋——坏蛋,
  她听见钟声暴跳如雷,
  来自地狱(嘣嘣)
  来自地狱(咚咚)
  有一个姑娘来自地狱……

  "这是些什么玩意儿?"汤米压低声音问尼科尔。
  在他另一侧的姑娘向他提供了答案:
  "卡罗琳·西布利比尔斯作词。他自己作曲。"
  "多迷人哪!"汤米听到下一节开始了,低声评论道,还对那个暴跳如雷的女人的偏爱做了点预测:"又要老调重弹了!"
  卡罗琳女士至少表面上对自己的作品表示出漠不关心。尼科尔再次朝她望去,觉得自己对她印象不错,那既不是对她的性格感兴趣,也不是对她的个性有好感,而是体会到了她的态度中渗透出来的力量。尼科尔觉得她有点可怕,大家从餐桌旁站起身来的时候,这个看法更得到了证实。迪克坐在自己的座位上没动,脸上露出奇怪的表情;然后他突然迸出一句粗劣的蠢话:
  "这种震耳欲聋的英国悄悄话里潜伏着讽刺,我讨厌!"
  卡罗琳女士已经在离开餐厅的路上走出一截,这时返回到他身旁,用尖刻的声音大声说,目的是让所有的人都听见:
  "是你自找的——你侮辱我的同胞,侮辱我的朋友玛丽·明格蒂。我只不过说有人看见你在洛桑跟一群好提问的人有联系,就算个震耳欲聋的悄悄话?难道它把你的耳朵震聋了?"

"声音还是不够大,"迪克稍待了一会儿说,"所以我实际上是个臭名昭著的……"

戈尔丁打断了他,大声说:

"说些什么呀!说些什么呀!"他用庞大的身躯胁迫着客人们,把他们赶到餐厅外面。出门转身时,尼科尔看到迪克仍然坐在餐桌旁。她为那个女人的荒诞说法感到怒气冲冲,也同样为迪克带他们到这儿来感到恼火,为他喝得醉醺醺的感到恼火,为没有人暗示说那个戴帽子的家伙会讽刺感到恼火,为受到羞辱而离开感到恼火。她也稍稍感到一些不安,因为她知道,是她一来就跟汤米·巴尔邦套近乎,惹火了那个英国女人。

片刻之后,她看见迪克站在舷梯上,显然已经完全控制住了自己,他正在与戈尔丁交谈。在这以后的半个小时中,她在甲板上到处都没看到他的影子。她中断了一场用线和咖啡豆交织的错综复杂的马来亚游戏,对汤米说:

"我得找到迪克。"

晚饭之后,游艇便向西驶去。船的两侧是美妙的夜色,柴油发动机发出柔和的突突声。尼科尔走到船头时,一阵春风突然拂起她的头发。她看见迪克站在船旗角上,心里顿时涌起剧烈的焦虑。他发现她后,平静地说:

"多好的夜色。"

"我感到担心。"

"啊,你感到担心?"

"噢,别这样说话。迪克,要是我能为你做点什么事,我会十分愉快的。"

他把身子转开,抬头望着非洲上空的一片星光。

"我相信那是真话,尼科尔。有时候,我相信,事情越小,就越能让你感到愉快。"

"别这么说话,别说这种话。"

船头划开的水花白光粼粼,反射在他苍白的面孔上,又被折射到了壮观的天空中。他的脸上不但没有她想象中的苦恼,而且还很超脱。他的目光逐渐聚在她身上,仿佛望着一颗棋子,想要走出一步。他用同样缓慢的动作拉住她的手,把她拉近自己的身体。

"你毁了我,是吗?"他口气温和地问,"那么咱俩都毁了。所以……"

恐怖让她感到浑身冰冷,她把另一只手也伸向他,让他抓住。好吧,她要跟他走——此刻,她做出完全顺从的反应,再次深切体会到了这夜色的美——好吧,那么……

——在这个时刻,她出乎意料地感到了自由,而迪克却转过身去,长叹两声。

眼泪流过尼科尔的脸颊——她听到有个人走过来。是汤米。

"你找到他了!尼科尔以为你跳海了呢,迪克,"他说道,"因为那个英国小婊子对你说了粗话。"

"跳海后看到的景色倒是更好些。"迪克温和地说。

"可不是吗?"尼科尔连忙表示同意,"那咱们借几件救生衣跳吧。我认为咱们应该做点引起轰动的事情。我觉得咱们的生活中受到的限制太多了。"

汤米嗅一嗅夜色的气息,也想从这气氛中窥探两人的情绪。

"我们去问问啤酒女士,看看该怎么办——她应当了解最近发生的

事情。而我们应当记住她那首歌：'有个姑娘来自远方。'我要把它翻译成法语，还要在赌场靠这歌走红，发一笔财。"

"你富有吗，汤米？"他们从船头走向船尾时，迪克问他。

"不像别人那么富有。我厌倦了经纪人的行当，洗手不干了。不过我还有不少股票在朋友手中。所有股票都不错。"

"迪克要发财了。"尼科尔说。结果，说完话她的声音颤抖起来。在后甲板上，戈尔丁用自己巨大的手掌把三对舞伴鼓动起来跳舞。尼科尔和汤米也参与进去。汤米说："迪克似乎在酗酒。"

"量不算大。"她用忠于自家丈夫的口吻说。

"人有两种，一种能喝酒，一种不能喝。显然迪克不胜酒力。你应当告诉他别喝。"

"我！"她吃惊地喊出声来，"我对迪克说他该干什么，不该干什么！"

但是他们抵达戛纳的码头时，迪克仍然默不作声，态度不明朗，显得很瞌睡。"马尔京号"启航前，戈尔丁放他下了船，卡罗琳女士便引人注目地挪动了一下位置。他以夸张的礼仪从码头上鞠躬道别，好像打算念几句讽刺诗赶她走，但是汤米的胳膊肘顶在他的臂弯里，他们朝等在那儿的汽车走去。

"我开车送你回家，"汤米提议说。

"别费心——我们能找到出租汽车。"

"要是你乐意，我倒想搭车。"

迪克坐在汽车后座上，继续保持沉默。过了戈尔夫·胡安的黄颜色纪念碑后，到了松树街那永无休止的狂欢活动中，这里到处响着音乐，从嘈杂的人声中能辨别出许多种语言来。汽车向山丘上的塔姆斯开去时，车子的倾斜把他惊得突然坐了起来。他于是说了几句废话：

"那是个迷人的代表，代表着……"他一时找不到合适的词语，"……一家公司……送来个头脑空空的英国人。"说完便姑且打起了瞌睡，还不时心满意足地对着温暖的夜色打着嗝。

6

翌晨，迪克早早便走进尼科尔的房间。"我一直等到听见你起床才进来。不必说，我觉得昨天晚上糟透了——但是，咱们别吃后悔药了，好吗？"

"同意。"她冷淡地回答完，把脸扭向镜子。

"是汤米开车送咱们回来的，还是我梦里以为他送的？"

"你知道是他送的。"

"看起来有可能，"他承认道，"因为我听见他在咳嗽。我要去看他。"

他离开她时，她感到高兴，这可是她生平第一次。他办事不出错的能力似乎从他身上消失了。

汤米正在床上蠕动，醒来要喝加奶的咖啡。

"觉得好吗？"迪克问他。

听到汤米说嗓子疼，他马上换了一副职业态度。

"最好含个喉片。"

"你有吗？"

"奇怪的是我没有——也许尼科尔有。"

"别惊醒她。"

"她已经起床了。"

"她好吗？"

迪克慢慢转过身："你以为我喝得醉醺醺的，她就会死吗？"他的声调十分愉快。"尼科尔现在结实得就像——佐治亚州的松树。除了新西兰的愈创木之外，那可是世界上最硬的木质啦……"

尼科尔正朝楼下走来，听到了这段谈话的末尾。她早就知道汤米一直爱着她，也知道他越来越不喜欢迪克。迪克呢，在他开始不喜欢自己的时候已经意识到了这一点，而且会针对这个人的单相思做出某种反应。这个想法过后，她不禁感到一阵女性的满足。她在孩子们的餐桌上俯身对家庭女教师发出几个指示。这时候，楼上的两个男人正在表示着对她的关心。

后来，她到了花园里，觉得十分快活。她并不希望发生任何事情，只盼望能维持现在的状况，让两个男人为她而不断地操心。这种情景并没有维持多长时间，甚至还不及一次舞会长。

"可爱的兔子，对吧……是不是兔子？嘿，兔子……嘿，你！可爱吧？……嘿？你听着是不是觉得很奇怪？"

那只兔子除了对白菜叶子的味道还有些经验之外，其余什么也不懂，这时踌躇地抽动几下鼻子，表示同意。

尼科尔开始了花园里的日常劳动。她把剪下来的花放在固定地点，好让花匠等一会儿送进屋里。走到海堤附近时，她觉得特别想跟人交谈，可是却找不到人说话；于是，她收住脚步思索着。她为自己对另一个男人发生了兴趣而感到震动——但是其他女人都有好几个情人的——我为什么就不能？在这个明媚的春天的早晨，男人世界的禁令消失了，她像一朵花儿一样推理，风拂动着她的头发，后来她的脑袋也随之舞动起来。其他女人都有情人——同样的力量昨晚让她向迪克屈服,几乎到了愿意牺牲自己生命的地步,而现在这力量却让她迎风点着头,为这种逻辑感到既满意又幸福:我为什么不能?

她坐在低矮的海堤上望着下面的海水。但是,她从另一种海洋上翻卷的幻想涌浪中,捕捉到某种有形的东西,把它抛在自己的战利品旁边。假如她不必永远与迪克厮守在一起——迪克昨晚就流露出了这种意思——那么她就必须做点额外的事情,不能仅仅做他脑子里的一个形象,围着一块贞节奖牌团团转。

尼科尔选择坐在这段海堤上,因为那道悬崖遮挡住了后面缓坡上的草地和菜园。透过密密匝匝的树枝,她看见两个男人扛着耙子和铁锨,他们一唱一和地谈论着尼斯和普罗旺斯。她被他们的话和手势迷住了,便仔细听下去:

"我让她躺倒在这儿。"

"我可是把她带到那边葡萄藤后面。"

"她并不在乎——他也不在乎。我说的是那条神犬。话说回来,我让她躺在这儿……"

"你拿着耙子?"

"你自己拿着耙子,你这个小丑。"

"嗨,我才不关心你让她躺倒在什么地方呢。那个晚上以前,我自打十二年前结婚以来,从来没有感觉过一个女人胸脯顶在我胸膛上。可你现在对我说…"

"你听我跟你说那条狗……"

尼科尔从枝叶间望着他们;他们说的事情在她听来似乎很正常,其中一件对一个人很好,另一件事对另一个人很好。然而,她听到的事情发生在男人的世界里。回家的路上,她又感到狐疑了。

迪克和汤米在屋外的露台上。她从他们身边穿过走进屋里，取出一个画夹开始让汤米为她作画。

"手别闲着——要飞针走线似的干活，"迪克口气轻松地说。他脸颊上的血色这时刚刚消褪，可是胡子那地方的皮肤颜色还红得像他的眼睛一样，他怎么能说得那么轻描淡写呢？她转向汤米说：

"我任何时候都能做点事情。我以前有一只可爱的波利尼西亚①小猿猴，能逗着它一连玩好几个小时，直到人们开始用最难听的话开我的玩笑，才停下来……"

她坚决不朝迪克那边望一眼。不一会儿之后，他道了声失陪，走进屋里。她看见他连喝了两杯水，然后她更加硬下心肠。

"尼科尔……"汤米刚开口说话，就开始清理喉咙，停顿下来。

"我去给你拿点特殊的樟脑油来，"她说道，"是美国货，迪克很相信这种东西的。我马上就回来。"

"我得走了，真的。"

迪克走出来坐下。"相信什么？"她拿着那只罐子出来时，两个男人都一动不动，不过，她以为他们一定无是生非激烈地交谈过。

司机站在门口，托着个袋子，里面放着汤米前一天晚上穿过的衣服。看到汤米穿着跟迪克借来的衣服，让她感到一种虚假的悲哀，仿佛汤米没有能力购买这种衣服。

"回到旅馆把这东西抹在脖子和胸脯上，然后闻闻它。"她说道。

"我说，"汤米走下台阶的时候，迪克喃喃地说，"别把整整一罐都给了汤米，这东西得从巴黎订购，这儿没货的。"

---

① 南太平洋上一群岛。——译注

汤米转过身，处于能听见他们说话的地方，三个人站在阳光下。汤米直挺挺地站在汽车前面，仿佛他只要一躬腰，便能用背将汽车撞翻。

尼科尔走下台阶到了小路上。

"嗨，接着，"她对他说，"这可是特别稀罕的东西。"

她听见迪克在她身边安静下来，她跨出一步，离开他，挥手为那辆载着汤米和樟脑油的汽车送行。然后她转身回去吃自己的药。

"没必要做那种姿态，"迪克说，"这儿我们是四个人——多年来，只要有人咳嗽……"

他们互相望着。

"我们总能再弄到一罐……"说到这儿，她没有勇气了，跟着他上了楼。他默不作声，躺倒在自己的床上。

"你想让人把午饭端上来吗？"她问道。

他点了点头，继续静静地躺着，眼睛瞪大了望着天花板。她迟疑不决地走去叫人。她再次上楼的时候，朝他的屋子里望望——那对蓝眼睛像两道探照灯光，搜索着黑暗的天空。她在门口站了一分钟，感觉到自己冒犯他的罪过，有点儿不敢进屋……她向他伸出手去，似乎想摸摸他的头，但是他把头扭向一边，像一头不信赖人的动物。尼科尔忍受不了这种局面，像个帮厨女佣一样慌慌张张奔下楼去，为楼上那个绝食的人该吃点什么而担心，而她自己还得继续在他干瘪的胸脯上吸吮着。

一个星期之后，尼科尔忘记了对汤米一闪即逝的感情——她对人的记忆不佳，很容易便把他们忘掉了。但是在六月份第一阵热浪扑来的时候，她收到他从尼斯寄来的信。他给他们俩写来一纸便条。她从屋子里拿出来许多信，坐在阳伞下，拆开来读。看完那张

便条后,她把它丢给迪克,作为交换,迪克将一封电报投在她的长袍下摆里:

亲爱的二位,明天到高斯酒店。可惜母亲没来。盼望见到你们。

罗斯玛丽

"我很高兴见她。"尼科尔严肃地说。

7

但是,第二天早上,她随迪克到海滨去的时候,心里再次感到不安,害怕迪克制订出个不顾死活的计划来。自从在戈尔丁的游艇上度过的那一晚以后,她就预感到要发生什么事情。她在能保证自己安全的立足点与紧急情况下一改常态跳出去的落脚点之间,保持巧妙的平衡,现在,她简直不敢在清醒的意识中正面考虑这个问题了。迪克和她自己的身影在畸变,变得飘忽不定,仿佛幽灵在飘舞。几个月来,他们之间交换的每一句话似乎都是在唱高调,好像都在影射其他问题,都要由迪克在适当的场合来解决。尽管这种心态也许更加充满希望——它意味着多年来偏离正常轨道的生活,对她天性中早年被扼杀的活泼和生气产生了激发效果,迪克从来没有接触过她的这种品质,这并不是他的错,因为没有哪一种品质能完全包容在另一种品质之中,但是它仍然使人感到不平静。他们关系中最不愉快的成分是迪克变得越来越冷漠,目前,典型的问题是他饮酒过量。尼科尔还无法做出判断,不知道是该让他毁掉,还是该救他出来。迪克的声音中带着虚伪的颤音,这把问题搞得更加不明朗了。她无法猜测出,随着这卷地毯以慢得让人焦心的速度展开,他下一步会怎么走,也不知道最后在跳那一步的时候,会发生什么事情。

她并不担心以后可能发生的事情,她猜想,那将是卸去心头一个包袱,或者除去一副眼罩。尼科尔生来喜爱变化,喜爱飞着旅行,生来就有像翅膀一样的金钱。事物的新状态无非像一辆赛车,原来藏在家用高级轿车的车身下面,现在应当撕去伪装,露出它的本来面貌。尼科尔已经感到了这种新鲜的轻风。她害怕的是对它的曲解和不明朗态度。

戴弗夫妇走到海滩上。她身穿雪白的泳装,他穿着白色的游泳裤,在他们的皮肤衬托下,泳装显得非常白。尼科尔看见迪克朝四处眼花缭乱的各种阳伞下张望着,寻找孩子们,由于他的注意力暂时离开了她,放开了对她的把握,她便以超然的态度望着他,心里认定他找孩子不是为了施与保护,而是为了寻求保护。也许他害怕的正是到这片海滩来,因为这就像一个被废黜的君主密访昔日宫廷一样。她越来越讨厌这个有着精巧的笑话与礼貌的世界了,全然忘记多年来这是向她敞开大门的独一无二的世界。让他盯着它看吧——看着他的海滨,这海滨诱惑着那些索然无味的人们去品尝它的滋味。以前在一块名叫中国长城的岩石周围摆放的石头,他现在就是找上一天也找不到,当然也找不到一个老朋友留下的足迹。

尼科尔一时为此感到遗憾。她记起他从一堆废物里刨出一只玻璃杯的事;记起他们从尼斯一条背街上买到的海员衣箱和海员服装——那是些后来风靡巴黎时装店的丝绸衣服;记起那些单纯的法国小姑娘像小鸟儿一样随着海浪上下起伏翻飞,嘴里还叫着:"哎呀!哎呀!"记起早晨的例行活动,那是些安逸静谧的室外活动,在太阳下，在大海边。他的许多发明在区区几年之后，便消失得无影无踪，仿佛埋在比沙滩更深的地方了……

现在，这个游泳的地方就是个"俱乐部"，只是无法说出什么人不能来，就像国际社会对各国开放一样。

迪克跪在草垫上到处找寻罗斯玛丽，尼科尔的心又变硬了。她的眼睛追随着他的目光，搜索着新的随身用品、水面上起伏的人们、巨大的场地、移动式浴室、漂浮的灯塔、昨晚野外宴会上用过的探照灯、新颖的小吃部。

他还在寻找罗斯玛丽，看样子她绝不会在海水里，因为这时已经很少有人在那片蓝色的天堂中游泳了，只有孩子们在水里嬉戏。一个喜好炫耀的旅店男仆整个早上都在不断地从一块五十英尺高的岩石上搞精彩的跳水表演。高斯酒店的大多数客人到了中午一点钟，才扒去包裹在一身懒肉上的浴衣，他们个个宿醉未消，不过在水里稍稍蘸一蘸而已。

"她在那儿。"尼科尔说道。

她望着迪克的眼睛跟随着罗斯玛丽游泳的踪迹，从浮排游出去，再游回浮排。但是从她胸膛里颤抖着呼出的一声叹息，却是五年前就留在她身上的。

"咱们游过去跟罗斯玛丽说说话。"他建议道。

"你去吧。"

"咱们俩都去。"她与他的决定对抗了片刻，不过最后他们还是一起游了过去，跟在一群追随罗斯玛丽的小鱼儿身后追上去。那些鱼儿在她搅起的浪花里欢腾跳跃着，一个个像钓鲑鱼用的亮闪闪钓饵。

迪克爬上浮排坐在罗斯玛丽身边，尼科尔留在水里没有上来。

两人浑身淌着水，交谈着。口吻仿佛彼此从来没有相爱过，也从来没有接触过对方。罗斯玛丽还是那么漂亮，她的年轻让尼科尔感到震动，不过，她为自己比那个姑娘稍稍苗条一丁点而感到欣慰。尼科尔围着一个小圈子游来游去，耳朵凝神听罗斯玛丽说些什么。罗斯玛丽表现得风趣、欢乐、对前途充满期待——比五年前自信多了。

"我真想念母亲，不过她星期一要来巴黎看我。"

"五年前你在这儿的时候，"迪克说道，"身上穿着旅馆的那种大浴衣，真是又可爱又滑稽！"

"你的记性真好！你从来都是这样——而且记的都是美好的事情。"

尼科尔看出这又是老一套的奉承，她跳进水里，起来的时候听到：

"我要装作现在还是五年以前，我又成了个十八岁的姑娘。你们可以让我感到某种……某种幸福，我是说你和尼科尔可以让我感到幸福。我觉得你们好像还是在那边的沙滩上，在一个大伞下面——你们是我认识的人里最幸福的，也许将来再也不会见到像你们一样幸福的人了。"

尼科尔向别处游去。她看出，迪克与罗斯玛丽在一起玩这种游戏的时候，笼罩在他心头的愁云稍稍散开一些，他与人交往时的老练手段一度成为一件锈迹斑剥的武器，现在再次锋芒毕露了。她猜想，要是他灌上一杯酒，准会为她表演吊环绝技，以前他能轻松自如地在吊环上做出各种难度动作。然而这个夏季，她注意到，他避免高台跳水，这可是以前没有过的。

后来，她从一个筏子游向另一个筏子，尽量避开他们，迪克却追了上来。

"罗斯玛丽的一个朋友有一条快艇,就是那条。你想滑水吗?我觉得那一定很有意思。"

她记起以前他曾在一条滑板末端的椅子上倒立过,便宽容地同意了,仿佛她是在放任拉尼尔做游戏。去年夏天在祖格斯的时候,他们就做过那种愉快的水上游戏,迪克让船上一个体重二百磅的人骑在他肩膀上,还保持站在水面上。女人无一不是嫁给男人的种种才能,但是,婚后自然便对那些才能失去了兴趣,因为它们无非是些虚饰而已。尼科尔甚至连兴趣也没有表示出来,不过这次仍然对他说:"好吧,"而且还说:"好,我也这么想过。"

不过,她知道,他已经有点疲惫了,她还明白,他即将付出的精力,完全是由接近罗斯玛丽迷人的青春活力激发出来的——她以前也注意过,他能从孩子们的身体上获得灵感,她冷冷地想道,要是没有别人,看他能搞出个什么名堂打动人。戴弗夫妇比快艇上的其他乘客年纪都大。那些年轻人对他们既礼貌又谦逊,可是尼科尔从中隐隐感到一种意义:"这到底是些什么人哪?"迪克也没有在她面前发挥出以前那种迅速控制形势、校正偏差的才能来——他这时正全神贯注于自己要搞的活动。

这条摩托艇发出突突的响声驶离岸边约二百码远,一个年轻人从船边跃入水中,游向那块左右乱摆的滑板,慢慢爬上去,站在上面,膝盖露出了水面,随着快艇速度加快,他的脚都露出在水面上。他的身子向后倾斜,笨拙地操纵着那个轻便的滑板,缓缓地在快艇后面的浪峰上划出一个个弧形,吃力地从一侧跳到另一侧。在船尾的波浪中,他放开绳子,身体平衡了一会儿,然后沉入水中,消失时的模样仿佛是一尊象征荣耀的塑像,再次露出水面时便是一颗无足轻重的脑袋了。汽艇绕了个圈子,朝他驶去。

轮到尼科尔时,她谢绝了,罗斯玛丽便上了滑板,动作谨慎而严格,她的崇拜者们便用滑稽的声音向她欢呼。三个年轻人争先恐后,都想独揽拉她上船的荣耀,也都想保护她的膝盖和臀部免得被船帮擦伤。

"现在轮到你了,大夫。"驾驶快艇的墨西哥人说。

迪克和最后一个男人跃入水中,游向滑板。迪克要炫耀自己的双人技巧,尼科尔的嘴角露出轻蔑的微笑。这完全是在向罗斯玛丽炫耀自己的身体,也最让她感到恼恨。

两个男人在滑板上滑了足够长的时间寻找平衡点,然后迪克缓缓跪下来,让那个人骑在他脖子上,把绳子拉在两条腿之间,开始慢慢站起来。

船上的人看出他很吃力。他一条腿跪着,但是这个起立动作本来应当一气呵成才对。他休息片刻,绷着脸憋足气站起来。

滑板很窄,上面那人的重量虽然不足一百五十磅,但是却为平衡自己的身体笨拙地乱抓迪克的脑袋。迪克的背使出最后的努力终于站直了,可是滑板向侧面一滑,两个男人翻倒在水中。

罗斯玛丽在船上欢呼道:"太妙啦!他们基本上完成了动作。"

他们游回到岸边的时候,尼科尔看出迪克面孔显出的恼火表情正好与自己预料的一样,因为两年前他能轻松地完成这个动作。

第二次,他更加当心,先搞了一次小小的试验,背着负荷向上挺了挺,找到平衡点,然后再次跪下来。接着,他大喝一声:"嗨哟!"身子便挺起来。但是没等他完全站直,他的腿突然一软弯曲下去,他急忙用腿把滑板蹬开,以免两人落水时撞在板上。

这位绝技表演者再次回来的时候,快艇乘客都看出他发火了。

"我再试一次可以吗?"他踩着水喊道,"我们几乎要成功了。"

"当然可以。干吧。"

尼科尔看出,他慌得脸都变白了,便小心提示道:

"你不觉得这次已经玩够了吗?"

他没有回答。第一个搭档已经受够了,人们把他拉上船,那个驾驶快艇的墨西哥人自告奋勇替换了他。

他的身子比第一个人还要重。滑板开始滑动时,迪克趴在上面稍事休息。然后他拉着绳子钻到那个人身子下面,放松肌肉准备站起来。

他站不起来。尼科尔看见他调整自己的位置,使劲向上,但是那个人的重量全部落在他肩膀上时,他便再也不能动了。他再次努力,提高了一英寸、两英寸——尼科尔下意识地跟着一齐用劲,额头都渗出了汗珠——他只能保持这种姿势,随后便"砰"的一声跪倒,两人倒在水中,迪克的脑袋险些撞在滑板上。

"快回去!"尼科尔向司机喊道。就在她喊的时候,她看见他在水下失去平衡,不禁轻轻惊叫起来。但是他再次露出水面,躺在水上,像个呼救者一样游动着。快艇似乎永远也到不了他身边似的,但是船终于到了他身边时,尼科尔看见迪克疲惫不堪地浮在水面上,面部表情十分漠然,似乎与水面和天空融为一体了。她的惊慌突然变成蔑视。

"我们帮你上来,大夫……抓住他的脚……好啦……大家一齐使劲……"

迪克气喘吁吁地坐在那儿,什么也不看。

"我早知道你不该尝试的。"尼科尔不禁说道。

"他前两次已经试得不错了。"墨西哥人说。

"干了件蠢事。"尼科尔一口咬定说。罗斯玛丽十分明智,什么也没说。

过了片刻,迪克呼吸平静了一些,气喘吁吁地说:"我连个纸糊的娃娃也背不起来啦。"

大家爆发出的一阵大笑使他失败后的紧张情绪松弛下来。迪克在码头下船的时候,大家都十分留意迪克,但是尼科尔却感到恼火,他现在干的一切都让她感到恼火。

迪克到餐饮部去喝酒,尼科尔和罗斯玛丽坐在一只大伞下乘凉。他很快为她们送来了雪利酒。

"我平生第一次喝酒就是跟你们在一起喝的,"罗斯玛丽说。她又满怀激情地补充说:"啊,我真高兴见到你们,而且了解你们都好。我曾经担心过……"她的话中断了一下,然后话锋一转:"或许你们可能有事呢。"

"你听说我身体变糟了?"

"噢,没有。我只是……听说你发生了变化。我很高兴亲眼看到那并不是真的。"

"是真的,"迪克与她们坐在一起,回答道,"这种变化早已开始,只是刚开始并不明显。本质已经崩溃后,表面仍然保持着原来的模样。"

"你在里维埃拉行医吗?"罗斯玛丽急忙问道。

"这儿可能不缺乏病人,"他朝那些在金色的沙滩上跑来跑去的人们扬了扬头说道,"了不起的人选。注意到我们的老朋友艾布拉姆斯了,为玛丽·诺思这个王后扮演女公爵。别忌妒——想想艾布拉姆斯太太是怎么手足并用从里兹饭店的后楼梯爬上去的,想想她吸了多少地毯上的尘土吧。"

罗斯玛丽打断了他:"那真的是玛丽·诺思吗?"她指的是那个朝他们这边遛达过来的女人,那女人身后跟着一小群人,那些人的模样仿佛习惯于被别人盯着看。等他们走到十英尺以外的地方后,玛丽眨巴着眼睛朝戴弗夫妇脑袋上方扫视了一眼,这种不幸的目光让被注意的人看出,他们已经被观察了有些时间,却不会受到理睬,戴弗和罗斯玛丽·霍伊特一辈子都不会允许自己用这种目光敌视任何人。玛丽发现是罗斯玛丽,改变了自己的主意,走上前来,迪克觉得十分好笑。她用热情的口吻对尼科尔讲话,然后面孔漠然地朝迪克点了点头,仿佛他患有传染病似的,他却用带有讽刺的尊敬朝她鞠躬致敬,她呢,这时正在与罗斯玛丽打招呼。

"我听说你们在这儿。要待多久?"

"明天走。"罗斯玛丽回答道。

她也看出玛丽从戴弗夫妇身边径直走过来与她交谈,于是,一种责任感使她也保持了同样的不热心态度。她表示说,今晚抱歉不能与玛丽共进晚餐。

玛丽转向尼科尔,她的态度中夹杂着爱怜和同情。

"孩子们好吗?"她问道。

正在这时,孩子们跑上前来,尼科尔对他们提出的要求发布自己的答复:她不准女教师带他们游泳。

"不行,"迪克替她回答道,"必须照小姐的话去做。"

尼科尔同意说,必须支持大家认可的权威,也否定了他们的要求。玛丽装出安妮塔·露丝[①]笔下的女英雄态度,仿佛她除了对付既成事实之外,连一只卷毛狗也不忍心惊动。这时她便对迪克表示

---

① 美国女小说家(1893—1981),好莱坞电影剧本作家。——译注

反感,仿佛他犯了一桩最臭名昭著的欺侮罪。迪克被她的表演惹得厌倦至极,便用讽刺的口吻淡然问道:

"你的孩子们好吗?他们的姑姑们好吗?"

玛丽没有回答,用手同情地摸了摸拉尼尔的头,然后离他们而去。她走后迪克说:"我正在想对付她的那段时间。"

"我喜欢她。"尼科尔说。

迪克的辛辣口吻让罗斯玛丽感到吃惊,因为她向来认为他一切都能谅解,一切都能理解。她突然回忆起别人关于他的说法。那是在船上与一个女人进行的谈话,那人是美国政府的人员,是个欧洲化了的美国人,人们很难判断她到底属于哪个国家,至少说不出是哪个大国的,不过也许可以看出是属于公民同出一源的某个巴尔干国家。她提到那个无所不在的名字贝贝·沃伦,还评论说,贝贝的妹妹屈身下嫁了一个不务正业的医生。"哪儿都不会要他。"那个女人这么说。

这个说法让罗斯玛丽感到不安,不过,她无法将戴弗一家的生活与这种意义联系在一起,然而她听到的却是公众一致对他们不利的看法。"哪儿也不再要他了。"她想象着迪克登上一座公馆的台阶,奉上自己的名片,而一位管家却对他说:"我们不会再接待你了。"然后他沿街走去,无数个其他的管家和大使、牧师、主管人都对他说同样的话⋯⋯

尼科尔不知道怎样才能把她打发走。她猜想,迪克受到刺激后会变得警觉起来,也许会变得富有魅力,罗斯玛丽便会与他交流。果然是这样,片刻之后他便设法缓和自己说过的尖刻说法:

"玛丽是对的——她干得不错。但是要想喜欢那些不喜欢你的人可真够困难的。"

罗斯玛丽产生了同感，身体朝他靠过去，低声安慰道：

"啊，你真好。要是有任何人不能原谅你的任何行为，我可真不能理解，不管你对他们做过什么，都该得到原谅。"接着，她感到自己的多情侵犯了尼科尔的权利，便垂下眼睛呆呆望着他们之间的沙子，说："我想问问你们对我最近拍的影片有什么看法——不知道你们看过没有。"

尼科尔什么也没说。她看过一部，但是没什么印象。

"那得花上几分钟才能告诉你，"迪克说，"假设尼科尔对你说，拉尼尔生了病，那么你在真实生活中怎么办呢？任何其他人会怎么办？他们表演——使用面孔、嗓音、话语——面孔表现出伤心，嗓音表示出震动，话语表现出同情。"

"是的，我理解。"

"但是，在演戏的时候却不是这样。演戏的时候，人们夸张扭曲感情的反应——变成恐惧、爱和同情。"

"我懂。"可她并不真懂。

尼科尔不理解他说些什么，迪克继续说下去时，她变得越来越不耐烦了。

"对一个女演员来说，危险在于做出反应。咱们再假设有人对你说：'你爱的人死了。'在真实生活中，你也许会感到五内俱焚。但是在舞台上，你的任务是让别人获得娱乐——观众自己会做出'反应'的。首先，她得念台词，此外，她还得把观众的注意力集中到自己身上来，而不让他们继续去考虑被谋杀的中国人或者其他什么国家的人。所以，她必须做出某种出乎人们意料的事情。假如观众认为这个人物难以接受，她就得温和些；要是观众认为这个人物太温和，她就得变得强硬一些。你得彻底摆脱人物——明白吗？"

"不太明白，"罗斯玛丽说，"摆脱人物是什么意思？"

"你做那种出乎人们意料的事情，直到把观众的情绪从注意的目标引回到你身上来。然后你再回到人物身上。"

尼科尔再也忍受不住了，她并不试图掩盖自己的不耐烦，猛地站起身。罗斯玛丽几分钟来已经意识到了这一点，便转向托普茜，用和解的口吻说：

"你长大想当演员吗？我认为你会成为一名好演员的。"

尼科尔故意瞪着她，然后用她祖父的腔调缓慢而清楚地说：

"把这种观念强加给别人的孩子，实在太出格了。要记住，我们对他们有完全不同的计划。"她猛地转向迪克，"我要开车回家去。我派米歇尔来接你和孩子们。"

"你已经有好几个月没有开过车了。"他表示反对。

"可我还没有忘记怎么开。"

尼科尔没有朝罗斯玛丽望一眼便离开了阳伞。罗斯玛丽的表情"反应"十分强烈。

尼科尔走进卫生间换上浴衣后，表情依然死板得像一块木匾。她驱车走上松树如盖的大道后，周围的气氛变了样——一只松鼠在树枝间腾跃，一阵轻风缓缓拨动着枝叶，一只雄鸡的啼鸣划破了四野的寂静，一缕缕阳光射进静谧的林荫，渐渐地，海滨的嘈杂人声低落下去——尼科尔的精神松弛下来，她感到清新，感到愉快。她的思维清楚得像一声声清脆的铃响——她体会到康复和新鲜的感觉。她心中的自我就像一朵花瓣繁茂色彩艳丽的大玫瑰，她回过头探索多年来漫步其间的那座迷宫。她讨厌海滨，痛恨那个地方，因为在那儿她像一颗行星一样绕着迪克这个太阳转。

"我难道不是几乎完美无缺了吗?"她想道,"就是没有他,我实际上也能独立生活。"她就像个希望尽快独立的孩子,而且心里朦胧地意识到,迪克也是如此为她计划的。一回到家,她就躺在自己的床上,给尼斯的汤米·巴尔邦写了一封内容挑逗的短信。

但这只是白天发生的事情,到了夜晚,随着神经力量的减弱,她的精神萎靡下来,暮色中,她的锋芒不再锐利了。她害怕藏在迪克脑子里的念头。她能感到在他目前的行动后面隐藏着一个计划,而她十分害怕他的各种计划,因为它们都能奏效,而且交织其中的内在逻辑,是尼科尔没有能力把握的。她在某种程度上将思考活动交给他代办,他不在眼前的时候,她的每一个行动似乎都自动地受到他的好恶所支配。此刻,她便感到没有能力以自己的意图与他的意图对抗。然而她必须思考;她终于了解到通往幻想之门的门牌号码了,那是一扇可怕的门,那扇太平门后面并不太平。她明白,现在和将来她可能犯的最大罪过将是欺骗自己。那是一篇长长的课文,但是她已经学会了。要么自己思考;要么别人替你思考,同时夺走你的权利,误导并限制你与生俱来的兴趣,给你以教化,让你与杂念纤毫不染。

他们与迪克在幽暗的屋子里吃了一顿平静的晚饭;喝了很多啤酒,大家兴致很高。饭后,他弹奏了几首舒伯特的曲子,还奏了几支美国的新爵士音乐,尼科尔用沙哑的女低音靠在他肩膀后面哼着:

谢谢你,爸爸
谢谢你,妈妈
感谢大家来相互见面……

"我不喜欢那首。"迪克说,动手翻乐谱。

"噢,就奏这首!"她喊道,"难道我这辈子听见'爸爸'这个字眼就得退缩不成?"

感谢今晚拉车的马匹!
感谢你们穿戴这么整齐……

后来,他们跟孩子们一起坐在马蹄拱形屋顶上,眺望远处海滨两家赌场放焰火。人们之间相互没有感情,可真是既感到孤独,又觉得悲哀。

第二天上午,尼科尔从戛纳买东西回来后,看到一张留言条,说是迪克开走了那部小汽车,要独自到乡下去过几天。她还没看完条子,电话便响了——是汤米·巴尔邦从蒙特卡洛打来的,说他收到她的信了,马上就要开车来拜访。她对他说欢迎的时候,嘴唇感到一阵潮热。

8

她洗了个澡,站在一张浴巾上,往皮肤上涂护肤脂,然后往全身都扑上粉。她仔细端详着自己腹部侧翼的线条,望着优美苗条的腹部,心里纳闷,它什么时候会开始发福下垂。大约六年吧。不过,我现在还行——实际上我不亚于任何人。

她并没有夸张。尼科尔现在与五年前在身体方面的差异,无非不再是个年轻姑娘了而已,可她的精神却受到当今年轻人崇拜狂的支配，受到电影上无数娇嫩的姑娘面孔的支配，仿佛它们便是世界上的一切，以及全部智慧所在。对于年轻人她感到一种忌妒。

她穿上许多年前得到的第一条长及脚踝的礼服裙，又在外面很得体地套了件夏奈尔式上衣①。汤米在一点钟驱车前来时，她便出现在了修剪极为整齐的花园中。

又能受到崇拜，再次做出神秘的样子，这一切多好啊！她失去了生活中重要的两年光阴，那是一个漂亮姑娘极为自豪的两年啊——现在，她觉得自己要挽回那两年的损失。她与汤米打招呼的样子，似乎他是拜倒在她石榴裙下的众多崇拜者之一。他们穿过花园，走向市场上的阳伞时，她摆出的姿态仿佛自己是走在他前面，而不是走在他身旁。十九岁和二十九岁的迷人女子，在傲岸的自信方面并无很大不同；不同的是，二十多岁的躯体变得十分苛求、挑剔，并不乐意让外部世界将自己团团围在中心。前者正值芳龄，行为鲁莽得好比一个幼稚的生手，后者则如同历经沙场后趾高气扬的斗士。

然而，一位十九岁姑娘的自信心来自人们无忌的顾盼；一个二十九岁女人则依赖更加微妙的东西保持自己的自信心。她可以随心所欲地选择开胃酒而不失明智；也能够享用富含能量的鱼子酱而心满意足。幸运的是，她处在这两个年龄时，似乎都无心预见未来的岁月，而后来对或行或止的恐惧往往会干扰她的想法。但是在十九岁和二十九岁时，她心里都十分肯定，门厅里没有吓人的熊外婆。

尼科尔想要的可不仅仅是个朦胧的精神恋爱——她要实实在在

---

① 一种女式上装，有袖，无领，下摆在腰部以上胸部以下，因法国时装设计师加布里埃尔·夏奈尔而得名。——译注

"搞"它一场;她要的是一场变化。用迪克的思维方式考虑,她意识到,从表面上看,她要放纵自己干一件没有激情的坏事,这事对大家都是一种威胁。另一方面,她责备迪克,认为是他造成了现在的局面,心里还真诚地认为,自己的试验具有治疗意义。整整一个夏天,她看到人们随心所欲干出各种事情而不受惩罚,这些对她不断起着鼓动作用——另外,尽管她决意不再对自己撒谎,可她还是宁愿认为,自己不过是冒险探索一下而已,随时都可以退回来的……

到了树荫下,汤米终于追上她,他穿着白色细帆布衣服,伸出胳膊将她拉向自己,望着她的眼睛。

"别动,"她说道,"从现在起,我要好好看看你。"

他的头发上飘散出一种香味,他的白色衣服也散发出一丝淡淡的肥皂味。她的嘴唇紧紧闭着,没有笑意,两人对视片刻。

"你喜欢面前这个人吗?"她喃喃问道。

"请讲法语。"他用法语说道。

"好吧,"她于是用法语再次问道,"你喜欢眼前这个人吗?"

他把她拉得更近些。

"你的一切我都喜欢,"他迟疑了一下,"我原以为了解你的面孔,但是看来其中还有我尚未见识过的东西。你的眼睛什么时候开始变得像个贼了?"

她又惊又恼,脱出身来,用英语喊道:

"这就是你想用法语交谈的原因?"看到管家送来雪利酒,她的声音平静下来,"为的是冒犯人的时候更加准确?"

她猛然起身,从带有银色座垫的小座位上站起来。

"这儿没有镜子,"她再次用法语说,语气十分自信,"但是假如我的眼睛有所变化,那是因为我又一次恢复了健康。病好以后，我也许要恢复原来的样子——我猜想，我祖父就长着一对贼眼，所以我有这样的遗传，怎么样，我的解释能满足你的逻辑思维吗？"

他似乎没有听懂她在说些什么。

"迪克在哪儿？他要跟我们一起吃午饭吗？"

她看出他对自己的话并不在意，便对那段话一笑置之。

"迪克出去旅行了，"她说道，"罗斯玛丽·霍伊特来了，他们要不是在一起，就是他为她神魂颠倒，想独自走开，去想念她。"

"好哇，原来你这么精于世故。"

"噢，不，"她连忙表白说，"不是的。我并不老练——只是——我只是从不同的简单角度看问题。"

马里厄斯送出来一只甜瓜和一罐冰，可是尼科尔心里没法不想着自己像贼一样的眼睛，因此没有理会他。这家伙给人出了一个难题，让人弄不清如何下手。

"他们为什么不让你保持自然状态？"汤米问道，"你是我见过的人之中最富有戏剧性的。"

她没有回答。

"人们如此虐待女人！"他边说边狼吞虎咽。

"在任何社会中，当然……"她感到迪克的影子就在胳膊肘旁边，向她做出提示，她遏制住汤米的暗示：

"我把许多男人当作野兽看待，但是我可不敢冒险将半数女人那么看待。尤其不敢'好心'地欺负她们——这对任何人有什么好处啊——不论是对你，对他还是对任何人？"

她的心跳加快了，然后意识到自己对迪克所欠甚多，心情稍稍沉下一些。

"我看我有……"

"你有太多的财富,"他不耐烦地说道,"那就是问题的症结。迪克在这方面无法比拟。"

甜瓜给端走的时候,她心里还在琢磨着。

"你认为我该怎么做?"

十年来,她的思想第一次摆脱了丈夫的支配。汤米对她说的话成了她生活中不可磨灭的一部分。

他们喝着那瓶葡萄酒。一阵轻风摇动松枝,下午暖洋洋的阳光在方格台布上洒下耀眼的光斑。汤米走过来站在她身后,将两只胳膊搭在她的胳膊上,握住她的双手。他们的脸颊贴在一起,接着贴在一起的便是他们的嘴唇。她娇喘吁吁,一半是因为对他的激情,一半是由于对这种力量的强烈和突然感到吃惊……

"今天下午,你不能把女教师和孩子们打发走吗?"

"他们要上钢琴课的。再说,我也不想待在这儿。"

"再亲亲我。"

稍后,他们乘车前往尼斯,她在途中想道:这么说,我的眼睛像个贼,真是这样吗?那好吧,宁可做个心智健全的贼,也不当发疯的清教徒。

她的这个念头似乎解除了对她的所有责备以及她所负有的种种责任,想到自己这种崭新的感觉,她不禁产生一阵喜悦的冲动。新的景象展现在眼前,其中有许多人的面孔,她不必服从他们,甚至也不必去爱他们。她深吸一口气,使劲扭动肩膀转向汤米。

"难道我们必须一路赶往你在蒙特卡洛的旅馆?"

他猛地刹住车,轮胎发出刺耳的声音。

"不!"他回答道,"天哪,我可从来没有像现在这么幸福过。"

他们沿着蓝色的海岸穿过尼斯,开始朝地处丘陵的科尼彻驶去。这时，汤米突然猛地扭转方向，朝下面的海岸开去，在一个半岛上奔驰着，最后停在一个岸边小旅馆的后门旁。

尼科尔看到旅馆实实在在映入自己的眼帘，一时间心里着实感到吃惊。在登记台前，一个美国人正在与接待员为汇率的问题无休无止地争执。她外表上装得若无其事，可内心中却十分难受，汤米填写了警方要求的表格——他的名字是真的，而她的是假的。他们的房间是典型的地中海样式，几乎是苦行僧的藏身之处，还算得上干净，在海面耀眼反光的对比下，显得光线暗淡。再没有什么比这儿更简单的乐趣，也没有什么地方比这儿更简朴了。汤米叫了两瓶白兰地，侍者在身后关上门，他便坐在唯一的椅子里，黝黑的肤色、脸上的伤疤、漂亮的容貌、弯曲上挑的眉毛——简直是个好斗的妖孽，热心的恶魔。

他们还没喝完白兰地，便突然凑在一起，站在那里会合了。然后两人在床上坐下，他亲吻她硬邦邦的膝盖。她就像个砍掉脑袋的野兽一样，稍稍挣扎了几下，忘掉了迪克，忘掉了自己的贼眼，也忘掉了汤米本人，此刻，她只是不断地向深处沉沦……沉沦。

……他起身打开一个百叶窗，想看看窗户外面越来越大声的吵闹是什么引起的。他的身体比迪克的更加黝黑，更加强壮，鼓胀起来的一束束肌肉在逆光下显得十分突出。一时间，他也把她忘掉了——几乎就在他的肌肉脱离她的那一瞬间，她产生一种预感，认为一切都与她期待的不同。在一切或欢乐或悲哀的感情之上，她感到一种莫名的恐惧，就像暴风雨前的雷鸣一样不可避免。

汤米从阳台上小心翼翼地窥视着，报告说：

"我只看见这个阳台下面那层阳台上有两个女人。她们坐在美国摇椅上前后晃动着，大声谈论天气。"

"闹出这么大的吵闹声？"

"吵闹声是从她们下面的一个什么地方传来的。听。"

啊，在遥远的南方棉花种植园中，
旅馆糟糕透顶，生意臭不可闻。
遥望远方……

"是美国人。"

尼科尔在床上将两条胳膊舒展开，眼睛呆呆地盯着天花板。她身上扑的粉已经让汗水浸湿了，弄得皮肤像涂了一层乳汁。她喜欢这屋子的简陋，也喜欢头顶上一只苍蝇飞来飞去发出的嗡嗡声。汤米将那把椅子拖到床边，掀掉上面的盖巾坐下来；她喜欢这些节俭的轻装，也喜欢他那些堆在地板上的细帆布衣服和帆布便鞋。

他审视着她白皙的躯干，它的颜色与古铜色的四肢和头部截然不同。他不禁庄重地笑起来，说：

"你简直像个孩子。"

"长着一对贼眼。"

"我会留意它们的。"

"留意贼的眼睛可不是件易事——要留意在芝加哥练就的贼眼就更难。"

"我了解讲法国南部各种古老方言的农民们采取的应付办法。"

"汤米，吻我，吻我的嘴唇。"

"这可完全是美国式的，"他说完便亲吻她，"我上次在美国的时候，那儿的姑娘们几乎要用她们的嘴唇把人撕成碎片，她们自己也让人撕，最后，她们嘴旁边的脸上到处是一片片的血红色——

幸亏还没有给真的撕下来。"

尼科尔用一只胳膊肘支起身子。

"我喜欢这个房间。"她说道。

"我觉得它有点寒碜。亲爱的,我很高兴你等不及到达蒙特卡洛。"

"干吗说它寒碜?难道这不是个妙不可言的房间吗,汤米——就像塞尚①和毕加索②的许多作品中那些光秃秃的桌子。"

"我不懂,"他也不想费心琢磨她的话,"又出现那种讨厌的声音了。我的上帝啊,难道要出人命不成?"

他走向窗口,再次报告说:

"好像是两个美国海员在打斗,许多人在为他们叫好。他们是从你们停在海岸外面的战舰上下来的。"他在身上围了条浴巾,走到阳台上去观看。"他们身边还有妓女陪伴。我刚刚听说过这种事,就是说,他们的军舰不论到哪儿都有女人陪伴。那算是些什么女人哪!他们的薪水那么高,准能找到好得多的女人!干吗不找跟在科尼洛夫身边的那种女人!我们除了芭蕾舞女主角之外,对什么人都不会感兴趣。"

尼科尔很高兴他认识那么多女人,因为这样一来,女人这个词在他看来就淡而无味了,她便可以在灵魂比身体更加灵活的变化过程中,将他牢牢控制住。

"朝他疼的地方打!"

"对呀!"

---

① 法国印象派画家(1839—1906)。——译注
② 20世纪最富有影响力的西班牙艺术家(1881—1973),立体艺术运动的创始人之一。——译注

"嘿,听我说,打右边内侧!"

"动手呀,达尔施米特,你这浑小子!"

"嗨呀!嗨呀!"

"好哇,好哇!"

汤米转身望着别处。

"这儿就像个颓废的地方,你说是吗?"

她表示同意。他们赤身裸体紧紧拥抱了一会儿,在接下去的一段时间里,这个地方又变得像任何地方一样好了……

最后终于开始穿衣服了,汤米感叹道:

"我的天哪,下面那层阳台上的两个女人根本就没有挪过窝。她们俩用超然的口吻谈论着这件事。她们是在度一个节俭的假期,美国海军的所有水兵,以及欧洲的全部妓女都不会干扰她们的度假气氛。"

他温和地走上前去,抱住她,用牙齿叼住她的胸衣吊带,拉到肩膀上;就在这时,外面突然发出一声爆裂声:轰隆——隆——隆!这是战舰发出的命令,招呼水兵回舰。

他们的窗户下面简直变成地狱一般了——因为军舰未经宣布而驶向海岸。侍者们以不容商量的口吻要求付款结账,于是便有赌咒保证的声音,拒绝付账的说法;有的抱怨账单上的数目太大,有的指责找头不足;人们搀扶着喝醉酒的人上船;在各种嘈杂的声音之中,海军军警的果断命令最为锐利刺耳。一片混乱的声音中,有嚷叫声、哭泣声、惊叫声,女人们涌上码头,朝开拔的第一条船又是喊叫又是挥手,于是便能听到许诺和保证的话语。

汤米看见下面阳台上的一位姑娘挥舞着一方餐巾冲了出去,他还没来得及看看坐在摇椅上的那两个英国女人是不是已经对眼前的情况发生兴趣,她们是不是看到了那个姑娘,这时他们自己房间的门敲响了。敲门的是几个女人,她们的声音听上去十分激动,他们只得为她们开门。门外是两个姑娘,年轻、苗条、行为粗鲁,尚未受到邀请便闯进门厅。其中一个哭得上气不接下气。

"让我们到你们阳台上挥手送送人吧。"另一个姑娘用美国的一种方言恳求道,"行吗?朝男朋友挥挥手,行吗?其他房间都上了锁。"

"很高兴。"汤米说。

两个姑娘冲到阳台上,嘈杂的各种声音之上立刻便震荡着她们响亮而颤抖的声音。

"再见,查理!查理,朝上面看哪!"

"给尼斯拍回个电报来呀!"

"查理!他没看见我。"

其中一位姑娘突然动手撕自己的裙子,从上面撕下一截足够大的粉红色布条来,嘴里喊着,"本!本!"她疯狂地挥舞着那条子。汤米和尼科尔离开屋子时,那布条仍然在蓝天的背景下哗啦啦飘动着。啊,你看到这回忆中温柔的肌肤之色吗?船头升起星条旗算是作答。

他们在蒙特卡洛的那家新建的海滨赌场吃饭……很晚的时候,他们到博利欧一个无顶洞穴中,在白色月光下游泳,这个洞穴就是一圈光滑的大石头,中间是一池仿佛闪着粼光一样的清水。这个地方面对着摩纳哥和法国的芒通。她很高兴让他带到这个地方来,因为这儿能看到东方的景色,体会到一丝丝惬意的微风,以及凉爽的水波。这些对大家都是新鲜的。想象中,她躺在他的马鞍上,仿佛他是从大马士革将她拯救出来似的,又好像他们一起从蒙古平原上逃了出来。迪克教会她的东西每时每刻都在消逝,她越来越接近很久以前的自我了,在她那时的原型周围,世界上的敌意在朦胧中逐渐毁灭。她心中萌生的爱情与月光融合在了一起,她喜欢这个无拘无束的情人。

他们醒来的时候,发现月亮已经落下去了,空气十分清凉。她挣扎着爬起来,问现在是什么时间,汤米沙哑着嗓子说是三点钟。

"那我得回家了。"

"我以为,我们能在蒙特卡洛睡觉呢。"

"不行。家里还有个家庭女教师和孩子们,我得在天亮前回到家。"

"就听你的。"

他们在水中浸了片刻。他看到她冷得发抖,便用一条毛巾为她轻快地搓擦。上车的时候,两人的脑袋还是湿漉漉的,可是皮肤却显得亮泽而新鲜。他们都不情愿回去。他们所处的地方相当明亮,汤米亲吻着她,她感到他忘情地亲吻着她白皙的脸颊、雪白的牙齿、凉凉的眉骨和她正在抚摸他脸颊的手。她的心仍然想着迪克,便等待某种解释或歉意,然而什么也没有听到。在困倦和适意的气氛中,她对没有任何解释感到满意,她沉坐在椅座上打起了瞌睡,直到发动机的声音变得沉重起来,她感觉到车子是在向山坡上的黛安娜别墅爬去。到了大门外面,她几乎是不由自主地与他亲吻道别。她走在小径上的脚步声发生了变化,花园里夜晚的各种声音都与过去听到的一样,不过,她为自己回到这里感到高兴。这一天发生了许多事情,尽管她十分满足,但是却不习惯于这么紧张的活动。

9

第二天下午四点钟的时候,火车站的一辆出租汽车停在大门外,迪克从车上走出来。尼科尔突然感到张皇失措,从房门口跑上前来。她跑得气喘吁吁,但是尽量控制着自己。

"汽车哪儿去了?"她问道。

"我把它留在阿尔勒①。我再也不想开车了。"

"看见你留的条子,我以为你要在外面逗留几天的。"

"我遇上个卖唱的,还赶了一场雨。"

"玩得好吗?"

"就像躲避责任的人一样觉得有趣。我开车把罗斯玛丽送到阿维尼翁,在那儿送她上了火车。"他们并肩朝房门走去,他把包放在门口,说:"我没有在条子上写得太仔细,怕你想象出太多事儿来。"

"你真体贴人。"尼科尔对自己的能力感到越来越自信了。

"我想弄清楚她是不是想奉献什么——唯一的途径就是单独与她见面。"

"她——奉献了什么吗?"

"罗斯玛丽根本就没有长大,"他回答道,"也许那样更好些。你做了些什么?"

她感到自己脸上的肌肉像兔鼻子一样抽动起来。

"昨晚我去跳舞——是跟汤米·巴尔邦。我们去了……"

他吃了一惊,畏缩着打断了她。

"别说了。你做什么都没关系,我并不想知道任何具体事情。"

"也没什么好说的。"

"好吧,好吧。"然后,他话锋一转,好像一个星期不曾回

---

① 法国一地名。——译注

家:"孩子们好吗?"

屋子里电话铃响了。

"要是打给我的,就说我不在家,"迪克迅速转身走开,"我有些事要上工作间去做。"

尼科尔等他走到井屋后面看不见了,这才进屋抓起电话。

"尼科尔,你好吗?"

"迪克在家呢。"

他哼了一声。

"到戛纳来见我吧,"他提议说,"我得跟你谈谈。"

"我不能。"

"对我说你爱我。"她没有说话,只是对着电话听筒点点头;他重复道:"对我说你爱我。"

"啊,我爱你,"她向他保证说,"但是现在什么也不能做。"

"当然能,"他不耐烦地说,"迪克认为你们之间的关系已经结束了——他显然已经退了出去。他还期待着你做什么?"

"我不知道。我得……"她没有让自己说出:"……等有机会问问迪克再说,"而是改口说:"我会给你写信,明天我给你打电话。"她相当满意地在房子里随意走动着,为自己取得的成就感到得意。她制造了捣乱事端,这就够令人满意的了,因为她不再是个围栏捕猎游戏中的猎手。昨日的无数细节又重现眼前,那些细节开始覆盖住她爱上迪克的类似情节。她开始蔑视那段爱情经历,仿佛当时是出于冲动产生的爱。在她那女人特有的机会主义记忆中,她几乎忘记了自己当时的感受,忘记了婚前那一个月,她和迪克在远离世界的秘密角落里,如何相互占有。她昨晚就是这样向汤米撒谎的,她向他发誓说,从来没有这么完全、彻底、极端地……

……然后,她又为这一刻的背叛感到悔恨,悔恨中她感觉她十年来的生活显得那么微不足道,她不由朝迪克的圣殿走去。

她无声无息地走近他,看见他正在他那小屋后面,坐在峭壁旁的一张帆布躺椅上。她静静地望了他片刻。他正在沉思,完全沉浸在自己的世界中。他的面孔偶尔微微变化;眉毛时而上扬,时而颦蹙;眼睛有时眯成一条缝,有时大睁开;嘴唇不时张合一下;双手互相玩弄着。她看出他的内心活动从一个阶段向另一个阶段变化着,那是他的世界,而不是她的。一时,他攥紧拳头俯身向前;又一时,他面部表情显得受到折磨,绝望无比——这之后,他的目光中便印上了绝望的痕迹。她平生第一次为他感到难过——精神有过问题的人替心智健全的人感到难过,这种事情实在难得遇到。尽管尼科尔口头上常常说,他把她从失去的世界里带了回来,可是她心里从来都把他当作取之不尽、用之不竭的力量源泉,认为他是不疲倦的——她在遗忘痴迷地搞出的那些麻烦时,也忘记了她给他惹出的麻烦。他已经不再能控制她了——他知道这一点吗?他情愿这样吗?她为他感到难过时的情感,就像她有时为阿贝·诺思的不光彩下场感到难过一样,就像有时为婴儿和老人的无可奈何而感到难过一样。

她走上前去,用双臂搂在他肩膀上,用脑袋接触他的脑袋,说道:

"别伤心。"

他冷冷朝她望了一眼。

"别碰我!"他说。

她迷惑不解,走开几步。

"对不起,"他心不在焉地继续说道,"我正在考虑以前对你的看法呢。"

"干吗不把这新的分类记录添加进你的书里?"

"我正在这么想——'此外,超越精神病和神经病的……'"

"我上这儿来可不是为了找不痛快。"

"那你干吗要来,尼科尔?我对你再也不能做什么了。我正在设法拯救自己。"

"免得受我感染?"

"我的职业有时让我不得不与值得怀疑的人为伴。"

听了这种诬蔑,她哭起来。

"你是个胆小鬼!是你把自己的生活搞得一塌糊涂,却把责任推卸给我。"

他没有回答,她便开始感到他过去那种催眠般的智慧,有时候并不强加给人,但是那些绝对的真理从来都让她感到无法打破,她甚至感到无法使之绽开裂缝。她再次与之做斗争,以她那一对漂亮的眼睛,以长毛宠物小狗一般的娇矜,以她新近倒向另一个男人的经历,以她多年来逐渐积累起来的憎恨;她以自己的金钱和她姐姐并不喜欢他的背景做后盾,与他进行斗争;以他忍受痛苦便如遇到众多新敌手的想法;以自己的灵敏诡计对付他酒足饭饱后的迟钝;以她的健康与美貌对付他的日渐衰弱;以她的不择手段对付他的道德观念——在这场内心的战斗中,她甚至动用了自己的弱点——壮起胆子以倒清自己罪过、愤怒和过失的旧瓶瓶罐罐进行斗争。突然之间,在区区两分钟的时间中,她取得了胜利,向自己证实了自己的成就:她道出了真情,丝毫也没有隐瞒,如此便永远割断了一根联系。然后,她冷冷地哭泣着走开了,她迈动虚弱的双腿,走向终于属于自己的家。

迪克一直等到她走出自己的视野，然后俯身向前，将脑袋靠在栏杆上。这个病历可以画上句号了。戴弗医生可以舒一口气了。

10

那天夜里两点钟时分，电话铃将尼科尔吵醒了，她听见迪克在隔壁屋子那张他们称作不眠榻的床上回电话。

"对，对……请问是哪位？……是……"他的朦胧睡意让惊慌的声音全都驱散了。"长官先生，我可以跟其中一位女士谈谈吗？她们两位都是地位显赫的女士，她们的关系可能引起政治上极为麻烦的纠葛……这是个事实，我向你发誓……好吧，你们会看到的。"

他起床后，逐渐理解了面前的形势，他的潜意识迫使他承担起应付这件事的任务——过去在紧急关头感到的那种兴奋和那种强健的魅力又一次涌到他心头，似乎在向他呼喊："利用我吧！"他不得不去处理这件自己根本不关心的事，因为受人爱戴早已成为他的习惯，这也许始于他意识到自己是一批不可救药的人最后的希望。他在苏黎世河畔的多姆勒诊所时，便遇到过类似的情景，他意识到自己的能力，做出了选择，选择了奥菲利娅[①]，选择了最甜蜜的毒药吞了下去。他想显得勇敢，想表示出善意，在这一切之上，他想受到热爱。于是便有了过去的经历。将来他也永远会走同

[①] 莎士比亚著名悲剧《哈姆雷特》中，王子哈姆雷特的恋人。奥菲利娅因父亲遭她的情人误杀而发疯。作者此处喻指尼科尔。——译注

样的道路,随着他挂上电话发出的那个缓缓消逝的铃声,他明白了这一点。

接下来是一段长时间的安静。尼科尔喊道:"什么事?谁打来的?"

迪克刚挂上电话,便开始穿衣服了。

"是昂蒂布①的警察局打来的——他们把玛丽·诺思和那个西布利比尔斯家的人扣住了。是为某种严重的事情——那个特务人员不愿告诉我。他不停地对我说:'是因为车——因为汽车,'可他暗示出,那可能是因为其他任何缘故。"

"他们凭什么给你打电话?这事可太让我奇怪了。"

"他们必须让人保释出来,以便保存自己的面子,而只有生活在阿尔卑斯山沿海地带的富翁才能交保。"

"他们的脸皮可真厚。"

"我不在乎。不过,我要到旅馆去接上高斯……"

他走之后,尼科尔有一阵不能入睡,心里纳闷,不知道她们犯了哪一条,让人逮了起来。后来她睡着了。三点钟刚过,迪克走进屋来,她完全清醒了,坐起来问道:"怎么回事?"仿佛她是在对梦中的一个人物讲话。

"是个奇特的故事……"迪克说道。他在她脚边坐下,讲了自己怎么把高斯老头从沉沉睡眠中唤醒,如何要他倾其钱柜,然后开车与他一起到警察局。

"我可不想为那个英国佬做任何事。"高斯嘟嚷着说。

玛丽·诺思和卡罗琳女士身穿法国水手样式的时装,被人安

---

① 法国一地名。——译注

顿在两间肮脏的牢房外面的一条长凳上。卡罗琳女士脸上挂着布莱顿①式的傲慢，似乎时时刻刻在盼望着英国的地中海舰队会来拯救她。玛丽·明格蒂却惊慌失措，精神整个垮了——她一头栽向他的腹部，恳求他帮忙。与此同时，警长向高斯解释着事情的原委，高斯满心不情愿地仔细倾听每一个字，他的表情中既有对警长叙述天才恰如其分的赞赏，又显示出自己作为一个佣人，这种故事对他产生不了震惊效果。"我们仅仅开了个玩笑，"卡罗琳女士口气轻蔑地说，"我们装成休假上岸的海员，找了两个傻乎乎的姑娘。她们上了当，在一个住处闹出让人恶心的一幕。"

迪克庄重地点了点头，眼睛盯在石头地板上，模样活像个听人做忏悔的牧师——他心中正受到两种倾向的折磨：一种是放任自己哈哈大笑一通，以示讽刺；另一种是命令责罚五十鞭，外加两个星期的禁闭。卡罗琳女士的脸上似乎并无任何负罪感，只有那两个普罗旺斯姑娘和愚蠢的警察给她留下些许污点，他便为此感到失望；不过，他长期以来便在心里做出了结论，认为某些阶层的英国人以反社会为生，相比之下，纽约人的贪婪，简直像吃冰激凌闹肚子一样微不足道了。

"我必须出去，可不能让侯赛因听到这些，"玛丽乞求道，"迪克，你从来都会做出安排的——你从来都有能力。告诉他们说，我们马上回家去，告诉他们说，我们会赔偿一切的。"

"我可不干，"卡罗琳女士轻蔑地说，"一个先令也不给。不过，我倒要听听戛纳的警方对此有什么说法。"

"不，不！"玛丽固执地说，"我们今晚必须出去。"

---

① 英格兰南部沿海地区名，那里的人被认为是英格兰人的代表。——译注

"我可以试试，"迪克说，然后又补充道："但是显然必须破费才成。"说完，他望着她们，仿佛她们本来是无辜的，可他却认为她们并不清白。他摇了摇头说："真是疯狂的游戏！"

卡罗琳女士得意地微微一笑。

"你就是个疯狂的医生，不是吗？你有能力帮助我们，高斯也必须帮忙！"

这时，迪克与高斯走到一旁，打听他了解到的情况。事情比她们说的要严重——她们搞的姑娘中有一个出身名门。那家人怒不可遏，至少装出怒不可遏的样子，现在必须与他们达成一个调解方案才成。港口上的另一个姑娘还算好对付。根据法兰西的法令，外国人如判定有罪，便以监禁或公开驱逐出境惩罚之。更加困难的是，不同的人对此类问题有不同的态度：一种是城市居民，他们能从外国侨居者那儿获取利益；另一种人对外国人侨居造成物价上涨心怀不满。高斯把形势对迪克讲述一遍。迪克将警长招呼到一旁。

"听我说，你知道法国政府想要鼓励美国旅游者前来——政府的态度十分明确，今年夏天甚至发出通令，除非案件极为严重，否则不得逮捕美国人。"

"这个案件就足够严重的啦，我的老天哪。"

"你听我说嘛——你已经看到她们的身份证了吧？"

"她们没有。她们身上除了两百法郎和几个戒指以外，什么也没带。她们就连能用来上吊的鞋带都没有。"

迪克听说没有身份证，心里松了口气，然后接着说：

"这位意大利伯爵夫人仍然是个美国公民。她的祖父是……"他的口气缓慢，态度庄严，流利地讲出一连串谎话，"约翰·D.洛克菲勒·梅隆。你听说过他的名字吗？"

"听说过,噢,上帝啊,当然听说过。难道你以为我是个无知的人?"

"另外,她还是亨利·福特爵士的外甥女,因而与雷诺汽车公司和雪铁龙汽车公司①有联系……"他觉得最好咭到这儿为止。不过,他严肃的嗓音已经开始对这位官员产生了影响,于是他便继续下去:"逮捕她就像逮捕英国皇室成员一样严重。这将意味着——战争!"

"可是那个英国女人呢?"

"我正要谈谈她的事呢。她已经与威尔士亲王的兄弟订了婚约——也就是跟白金汉公爵。

"她要做他的新娘。

"现在,我们打算给……"他迅速计算了一下,"每一位姑娘一千法郎,向那位'重要'的父亲额外支付一千。还打算再付两千,请你按最合适的方案分配……"他耸了耸肩膀,"……给那些逮捕她们的人们、看守们等等。我向你付出这五千法郎,期待着你立即进行交涉。然后她们要按扰乱治安之类指控交保释放,不论需要付多少罚金,明天都将由一位使者交付给治安法官的。"

没等那位长官开口,迪克已经从他的表情中看出,这事没问题了。那人迟疑地说道:"我还没有登记呢,因为她们没有身份证。我得试试看——把钱给我。"

一小时后,迪克和高斯先生将两个女人送到豪华大饭店,卡罗琳女士的司机正在她的敞蓬汽车里睡觉。

"记住,"迪克说,"你们每人欠高斯先生一百美元。"

---

① 这两家公司均为法国富有盛名的汽车公司。——译注

"好的,"玛丽同意道,"明天我会开一张支票给他——还有别的东西相赠。"

"我可不给!"他们都吃了一惊,转向卡罗琳女士。她完全恢复了常态,摆出一副正义凛然的样子:"这件事完全无法容忍。我根本没有授权你给那帮人一百美元。"

小个子高斯站在汽车旁边,眼睛突然闪出一道亮光。

"你不还我钱?"

"她当然要还。"迪克说。

高斯在伦敦当公共汽车司机时曾经遇到过一场争执,此刻又激起他的心头怒火。他在月光下朝卡罗琳女士走去。

他吐出的一连串咒骂,像鞭子一样朝她抽去。她的笑意僵在脸上,转身要走,他赶上前去,敏捷地飞起一脚,朝最为赫赫有名的目标蹬去。卡罗琳女士绝对没料到这个,只见她猛地扬起双手,扑倒在人行道上,仿佛有人朝她裹着水手装的身子上开了一枪。

迪克的声音打断了她的怒骂:"玛丽,你让她平静下来!要不然你们俩不出十分钟都得戴上脚镣!"

回旅馆的路上,老高斯一句话也没说。等到他们从仍然断断续续奏着爵士音乐的松树街赌场经过时,他才叹了口气说:

"我从来没见过这样的女人。我见识过世界上许多高等妓女,而且我对她们常常心怀敬意,可是这样的女人我还从来没见过。"

11

迪克和尼科尔习惯于一起找理发师洗头理发。因为两人分别在一墙之隔的两间屋子里理发，所以尼科尔能听到迪克那边的剪刀咔嚓声、找钱的声音、指点声和道歉声。他回家后的第二天，他们一起去剪发、洗发、用电吹风的香风吹发。

卡尔顿旅馆的窗户夏天都遮盖得严严实实，就像酒窖的门总是关得死死的一样。旅馆门前，一辆汽车从他们身旁驶过，里面坐着汤米·巴尔邦。尼科尔一眼瞥见了他的表情，只见他默默无言地沉思着，与她照面时惊得睁圆了双眼。他的模样让她感到心烦意乱。在理发师那儿消耗的一个小时，对她来说仿佛浪费了生命中一个长长的组成部分，就像受到囚禁一样难受。女理发师的白制服和淡淡的唇膏和香水，使她回忆起许多护士。

隔壁屋子里，迪克脸上涂了一层肥皂，身上围着一条理发巾，打着瞌睡。尼科尔面前的镜子能反映出理发店男部和女部之间走动的人们，看到汤米走进门，她一下子跳起来，猛地转过身去，扑向理发店的男部。她为马上就要有某种摊牌较量而激动。

她听见他们开始交谈时的只言片语。

"嗨，我想见你。"

"……重要。"

"……重要。"

"……完全同意。"

片刻之后，迪克来到尼科尔的理发椅旁，他匆匆洗了洗脸，擦脸毛巾后面现出的表情颇为恼怒。

"你的朋友亲自跑来了。他要见我们俩，我同意去。走吧！"

"可我的头发只剪了一半。"

"别管它——走吧！"

她恼火地让瞪大眼睛盯着他们的女理发师抽走毛巾。

她跟在迪克身后走着，心里觉得自己又脏，又没有梳妆打扮。到了外面，汤米向她鞠躬，行吻手礼。

"我们去阿莱斯咖啡店。"迪克说。

"只要能单独待在一起就行。"汤米表示同意。

时值盛夏，他们坐在树荫下，迪克问道："尼科尔，喝点什么？"

"一杯柠檬汁。"

"我要一杯啤酒。"汤米说。

"布莱肯怀特酒加苏打水。"迪克说。

"这酒没了，只有约翰尼·沃克艾尔酒。"

"好吧。"

她并不想听声音，
但是在平静的时候，
你应当试试这个……

"你妻子不爱你，"汤米突然说道，"她爱我。"

两个男人无可奈何地对视着，模样颇能激起旁人的好奇心。处于这种地位的两个男人之间，很少能进行交流，因为他们的关系是不直接的，他们之间的纽带是每个人或多或少占有或将要占有那个女人的感情，于是，两个人与她分裂的自我之间便像一部接触不良的电话机一样，若即若离。

"等一等，"迪克说，"给我来一杯杜松子酒加苏打水。"

"好的，先生。"

"好，接着讲，汤米。"

"我看得很清楚,你们的婚姻已经走到了尽头。她已经走完了那条路。为此我已经等待了五年。"

"尼科尔怎么说?"

两人一起望着她。

"迪克,我已经非常喜欢汤米了。"

他点了点头。

"你已经不再关心我了,"她接着说道,"一切不过是习惯成自然而已。罗斯玛丽来过以后,一切都跟以前不一样了。"

汤米对这一点不感兴趣,他尖锐地插进来说:

"你不了解尼科尔。你从来都把她当成病人对待,因为她以前生过病。"

他们的谈话被一个态度恶劣、咄咄逼人的美国人打断了。那人向他们兜售从美国运来的新报纸:《先驱报》和《时代报》。

"伙计们,这儿什么都有,"他宣称说,"来这儿很久了吧?"

"闭嘴!滚开!"汤米用法语喊道,然后他转向迪克说:"哪个女子能受得了这种……"

"伙计,"那个美国人再次插嘴,"你当我这是浪费自己的时间——可很多人并不这么想。"他从袋子里取出一张报纸剪贴,迪克认出,他以前见到过这东西。上面用漫画形式画着千百万美国人从客轮上涌下来,身上背着一袋袋黄金。"你以为我不会得到这其中的一份?我会的。我刚从尼斯来,为的是看环法国自行车赛。"

汤米狠狠地用法语喝斥"你给我滚开"的时候,迪克认出,他就是五年前在圣天使路招呼过他的那个人。

"环法国自行车赛什么时候到这儿?"他问了一句。

"马上就到,伙计。"

那美国人欢快地招了招手,走开了。汤米转回头望着迪克。

"她和我在一起比和你更充实。"

"讲英语!你说的'更充实'是什么意思?"

"'更充实'意思是跟我过要幸福得多。"

"汤米,你是个陌生人。可尼科尔和我在一起一直很幸福。"

"过日子罢了。"汤米冷笑道。

"假如你跟尼科尔结了婚,那不也成了'过日子'?"越来越大的骚乱声音逼得他停了下来;一场车赛在蜿蜒前进,人们从午睡中醒来,很快涌到路边,聚成一大群观众。

开路的小伙子们骑着自行车飞奔,汽车被风驰电掣般划过路面的自行车挡在一旁,高音喇叭大声宣告了赛车的临近,好奇的厨师们身穿背心出现在餐厅门口,观看着一个转弯处已经出现的赛事。首先看到的是孤零零的一名车手,他身穿红色运动衣,在西斜的阳光下,伏在自行车上信心十足地奋力苦蹬,在人们音乐般的欢呼浪潮中飞驰过去。接着出现的是三名运动员,他们身穿褪色的运动服,腿上覆盖了一层汗水和尘土,面部没有表情,目光显得疲惫不堪。

汤米面对着迪克说:"我想尼科尔希望离婚——我看,你不会阻拦吧?"

跟在领先车手后面的一群运动员有五十多人,散布在二百多码的长度上;有几位微笑着,显得有点难为情,有几位显然已经累得精疲力竭,大多数的面部表情十分漠然、疲惫。接着过去的是一群小孩子组成的随员,以及不愿就此罢休的落伍者,一辆轻型卡车载着伤员和比赛中认输的运动员。他们的注意力又回到了桌子上。尼科尔想要迪克先开口,但是他似乎满足于仅仅坐在那里,他脸上的胡子刚刚刮了一半,头发也洗到一半。

"你跟我生活在一起已经不感到幸福了,不是吗?"尼科尔接着刚才的话题说道,"没有我,你可以重新回到你的工作中去——不为我操心,你可以工作得好些。"

汤米不耐烦地蠕动着。

"说这些都没用。尼科尔和我彼此相爱,全部问题就在这里。"

"那么,好吧,"医生说道,"既然一切都已经解决了,是不是该回理发店了?"

汤米想要闹上一场:"有好几个问题……"

"尼科尔和我会商量的,"迪克的话合情合理。"别担心——我原则上同意,尼科尔和我彼此理解。假如我们避免三角讨论,不愉快的可能性就小些。"

汤米十分不情愿,却不能不承认迪克的话有理,他心里涌动着想占优势的种族倾向性。

"要明白,"他说道,"从此刻开始,到细节都安排好为止,我处在尼科尔的保护人地位。你继续住在同一所房子里,由此引起的任何纠纷,我将要求你做出解释。"

"我从来不热衷于跟干巴巴的肉体做爱。"迪克说。

他点了点头,然后在尼科尔最像贼的目光注视下,离开他们朝旅馆走去。

"他可真够好说话的,"汤米不得不承认说,"亲爱的,我们今晚可以一起睡吗?"

"我看可以。"

事情就这么发生了——其中的戏剧性极少;尼科尔感到让人猜透了自己的心思,她意识到,自从赠送樟脑油那回事发生以后,迪克已经预料到了一切。但是她也感到幸福,感到激动,原来那种想把一切都讲给迪克听的愿望,很快便烟消云散了。但是她的目光追随着他,直到他变成一个小点儿,与夏天在室外活动的其他小点儿混合在一起。

12

戴弗医生离开里维埃拉前的那天,整个是跟孩子们一起度过的。他已经不再是个满脑子奇妙念头和美好梦想的年轻人了,所以,他想把他们深深记在心中。他告诉孩子们说,今年冬天,他们要在伦敦度过,然后他们很快就能到美国去见他。他坚持说,没有他的同意,家庭女教师不能解雇。

他很高兴对小姑娘付出了很多——但是对于小男孩,他却不那么肯定——对于那些总是让人抱在怀里,总是依附着人找奶吃的娃娃,他真不知道该给他们些什么。但是,到了跟他们道别的时候,他把他们的脑袋长时间拥在怀里,怎么也不愿意放开。

他跟老园丁拥抱,六年前黛安娜别墅的第一个花园就是这位老人开辟的。他吻了吻照料孩子们的那个普罗旺斯姑娘。她跟随他们差不多有十年了,她伤心得跪倒在地上哭泣,迪克把她扶起来,给了她三百法郎。尼科尔没有起床送他,这是他们一致同意的——他便给她留了个条子,还给贝贝·沃伦留了个条子,她刚从撒迪尼亚回来,正住在这所房子里。迪克从一个巨大的白兰地瓶子里喝了大大一口酒。那个瓶子高达三英尺,里面装有十夸脱酒,是人们送来的礼品。

然后,他决定将行李留在戛纳火车站,最后再看一眼高斯海滨。

那天早上，尼科尔和她姐姐抵达时，海滨只有些先来的孩子们。那是个风平浪静的日子，白色的天空中现出一轮白热的太阳。侍者们正往酒吧里运进更多的冰块；一位来自美国两洋公司的摄影师在一片不稳定的阴影里工作着，他在石头台阶上每向下走一步，就迅速抬起头望一眼。旅馆里，他那些预期的目标黎明时分刚服过安眠药，在幽暗的房间里还没起床。

尼科尔朝海滨走去，看见迪克在那儿，只见他并没有换上游泳装下水，而是坐在上面一块石头上。她缩进更衣帐篷的阴影里。片刻之后，贝贝来找她："迪克还在那儿。"

"我看见他了。"

"我以为他会知趣地走开呢。"

"这是他的地方，从某种意义上说，是他发现了这里。老高斯总是说，他的一切都是迪克带给他的。"

贝贝平静地望着妹妹。

"我们本来应当把他的活动局限在骑自行车闲逛上，"她评论道，"人们遇到力所不及的情况就会昏头，不论他们装出多么迷人的假象都无济于事。"

"六年来，迪克对我是个好丈夫，"尼科尔说道，"在那么长的时间中，由于他的缘故，我一分钟的苦头都没有吃过，而且他总是尽自己最大的努力不让任何东西伤害我。"

贝贝的下巴微微朝前翘着说：

"他受了教育就是干这个的。"

两姊妹默默地坐着。尼科尔苦思冥想，思索着许多事情；贝贝在考虑是否该为了金钱和能力，跟最近认识的一个候选人结婚，经证实，那是个哈普斯堡皇亲。她其实并没有认真考虑这事。长期以来,她的婚事全都像一个模子里脱出来的,结果,她的兴趣早已枯竭了,这些事本身远不及它们在谈话中的意义更有价值。她的感情在她谈起婚事的时候最为真切。

"他走了吗?"过了一会儿,尼科尔问道,"我想,他要坐中午的火车。"

贝贝望了望。

"没有。他走到那边高地上,正在跟几个女人交谈。反正人这么多,他不一定看我们。"

不过,他已经看见她们了,她们离开自己的小亭时他就看见了她们,他的目光一直跟随着她们,直到看不见为止。他喝着茴香酒跟玛丽·明格蒂坐在一起。

"那天晚上你帮我们的时候,你又像从前一样了,"她说,"只是临到结束的时候却变了,你对卡罗琳的态度让人难以忍受。你干吗不一直像以前那样呢?你能做到的。"

玛丽·诺思居然对迪克说三道四,真让他觉得不可思议。

"你的朋友依然喜欢你,迪克。可你喝了酒却说人们的坏话。今年夏天,我的大多数时间都花在替你辩护上了。"

"这种说法简直是埃利奥特大夫的翻版。"

"可这是真话。谁也不管你是不是喝了酒……"她迟疑了一下说,"就连阿贝酗酒最严重的时候,也没像你这样得罪人。"

"你可真傻。"他说道。

"可我们都这样!"玛丽喊道,"要是你不喜欢好人,就跟不好的人在一起试试,看你会不会喜欢他们!人们要找的不过是个痛快,要是你惹大家不高兴,那你也就得不到营养了。"

"我得到过营养?"他问道。

玛丽现在就十分愉快，可她自己并没有意识到，因为她只是出于恐惧才跟他坐在一起。她再次谢绝饮酒，说道："自我放纵就是营养的产物。当然啦，在阿贝之后，你可以想象出我有什么样的感觉——因为我眼睁睁看着一个好人变成个酒鬼……"

卡罗琳·西布利比尔斯女士在台阶下面走过，步子轻快得像是故意夸张。

迪克感觉良好——这一天他已经度过了大半；到达的地方本来应该是一个男人在享用过一顿美餐后的必然去处，然而，他对玛丽表现出的不过是优雅、体贴、有节制的兴趣。他的眼睛此刻清澈得像个孩子的明眸，激起了她的同情心，他不觉产生了一种欲望，想要说服她，让她相信他就是世界上的最后一个男人，而她是世界上最后一个女人。

……后来，他不再看另外那两个人的身影，那是一个男人和一个女人，在天空背景下，他们的身影黑白相间，闪烁着金属的光泽"你以前喜欢过我，对不对？"他问道。

"喜欢你？我爱你。人人都爱你。你不可能让你想要的每一个人要求……"

"你我之间从来都有某种共同点。"

她急切地抓住这一点："是吗，迪克？"

"从来就是这样——我了解你的问题，也知道你对待那些问题的时候多么富有勇气。"但是他心里已经开始觉得好笑了，他知道自己憋不了多长时间。

"我从来就知道你了解好多事情，"玛丽热烈地说，"比别人更了解我。也许这就是我跟你相处不太好的时候那么害怕你的缘故。"

他的目光温和慈祥地扫过她的眼睛，暗示出其中的情感，突然，两人炽热的目光结合了，仿佛上了婚床，牢牢地粘在一起。后来，他内心发出的笑声变得越来越响亮，仿佛玛丽也能听见，接着，迪克关掉了脑海里的电闸，两人又回到里维埃拉的阳光下来。

"我得走了。"他说道。起身的时候，他摇晃了两下；他感到不舒服——血液流动的速度慢下来。他举起右手在胸前画了个十字，从高处向海滨祝福。几顶阳伞下的人们仰起了面孔。

"我要去他那儿。"尼科尔跪起身来。

"不，你别去，"汤米说着坚定地拉她坐下，"一切都会过去的。"

13

尼科尔新婚后保持着与迪克的联系；来往书信有的是事务性的，有的是关于孩子们的。她常常说："我爱过迪克，而且我永远不会忘记他。"每逢这种时候，汤米就回答说："当然不会啦，为什么该忘记他呢？"

迪克在布法罗开了间诊所，结果没有成功。尼科尔没有弄明白问题出在哪里，但是几个月后，她听说他到了纽约州一个名叫巴达维亚的小城去行医，为人们治疗一般疾病，后来他又到了洛克波特从事同样的工作。她偶尔了解到他在那里生活的更多情况：他常常骑自行车；大受女士们崇拜；书桌上从来都堆着一大堆文稿，据说是一部差不多就要脱稿的重要医学论著。人们认为他温文儒雅，他曾经在一次健康会议上就吸毒问题做过一次很好的讲演；但是他跟一个食品店的姑娘纠缠在了一起,而且还卷进一场有关某个医疗问题的诉讼案件;所以他离开了洛克波特。

在那以后,他不再要求送孩子们到美国去;尼科尔写信问他是否需要钱,他也不回信。她从他那里收到的最后一封信中说,他在纽约州杰尼瓦市行医,她得到的印象是,他已经定居下来,有某个人为他照料房子。她在地图册上寻找杰尼瓦市,发现那地方在手指湖①地区的中心地带,一般人认为那是个令人愉快的地方。她于是倾向于认为,他的职业生涯也许又像在加利纳的格兰特医院一样兴隆起来。他最近寄来的一张条子上,邮戳是纽约州的霍恩奈尔,那地方离杰尼瓦挺远,是个很小的镇子;不管怎么说,几乎可以肯定,他住在那个地区,不在那个镇,就在另一个镇。

---

① 手指湖位于纽约州中西部,由若干狭长湖泊组成,状如手指,故名。——译注